VERLIEBT IN NINE

LUCY LENNOX

Übersetzt von
SABRINA GMEINER

Umschlaggestaltung: Cate Ashwood Designs

Umschlagfoto: Wander Aguiar

Übersetzung: Sabrina Gmeiner

Korrektorat: Helmut Dworschak

Klappentext (Blurb)

Ein baufälliges Haus mitten im Nirgendwo.

Zwei sture Männer, die sich als Paar ausgeben.

Drei Sommermonate Zeit für die Renovierung.

Vier ineinander verschlungene Beine in einem Bett.

Fünf Kameras, die alles für YouTube aufzeichnen.

Sechshunderttausend Follower auf Instagram.

Sieben neugierige Familienmitglieder, die sich einmischen.

Achttausend Gründe, weshalb sie sich nicht ineinander verlieben sollten.

Neun Millionen Gründe, weshalb sie es trotzdem tun werden.

Verliebt in Nine ist ein Einzelroman.

❀ Erstellt mit Vellum

KLAPPENTEXT

Ein baufälliges Haus mitten im Nirgendwo.

Zwei sture Männer, die sich als Paar ausgeben.

Drei Sommermonate Zeit für die Renovierung.

Vier ineinander verschlungene Beine in einem Bett.

Fünf Kameras, die alles für YouTube aufzeichnen.

Sechshunderttausend Follower auf Instagram.

Sieben neugierige Familienmitglieder, die sich einmischen.

Achttausend Gründe, weshalb sie sich nicht ineinander verlieben sollten.

Neun Millionen Gründe, weshalb sie es trotzdem tun werden.

Verliebt in Nine ist ein Einzelroman.

INHALT

DANKSAGUNG

Mein besonderer Dank gilt May Archer, die mich dazu motiviert hat, hart zu arbeiten und in diesen seltsamen Zeiten fokussiert zu bleiben. Ihre Rückmeldung auf die ersten Entwürfe von Verliebt in Nine hat mich bestärkt, dass ich auf dem richtigen Weg bin.

May, das hier ist für dich. Du verdienst jede einzelne Zimtschnecke in der Vitrine.

KAPITEL 1
NINE

„Nine wird Ihnen helfen, alles zum Auto zu tragen."

Ich sah hoch und lächelte, während Walt Mr. Purcell das Wechselgeld gab. Mr. Purcell war einer der wenigen Kunden, die immer noch bar bezahlten, selbst dann, wenn er wie heute eine halbe Palette Blumenerde kaufte. Ich hatte in meinem Leben bereits unzählige Male gehört, dass Walt meine Hilfe anbot.

Nine wird Ihnen helfen. Nine kann das tragen. Nine wird das für Sie erledigen. Es war ein vertrautes Lied, sowohl in der Arbeit als auch auf der Farm meiner Familie.

Ich ignorierte das Vibrieren des Mobiltelefons in meiner Hosentasche, während ich nach vorne in den Verkaufsraum ging. Meine Mutter schickte mir schon den ganzen Tag Erinnerungen, für sie nach der Arbeit einen tropfenden Wasserhahn zu reparieren. Außerdem hatte ich mit Sicherheit Nachrichten von meinem Bruder Eli mit dem Hinweis, dass dieses Mal ich das Bier für den Poker-Abend besorgen wollte. Als könnte ich das vergessen. Jeden ersten Freitag im Monat war ich dran mit Bier kaufen. Keine Ahnung, weshalb ich den ersten Freitag ausgefasst hatte, obwohl ich der jüngste von uns zehn war. Aber so war es nun mal. Schon in Ordnung. Ich beschwerte mich nicht darüber. Ich beschwerte mich nie und ich half jedem.

Dafür war ich bekannt, und ehrlich gesagt half ich den Leuten gern. Mir gefiel der Gedanke, dazu beitragen zu können, anderen das Leben leichter zu machen.

Mr. Purcell wandte sich mir zu und lächelte. „Da ist er ja. Hast du ein neues Video für mich aufgenommen? Ich habe gehofft, dass du eines darüber machst, wie man eine kaputte Dachabdichtung repariert. Jetzt, wo das Wetter schlechter wird, würde ich gerne raufsteigen und die Lecks ausbessern. Es wäre großartig, wenn ich das alleine schaffe, ohne John von der Dachdeckerei beauftragen zu müssen."

Ich schnappte mir ein paar Säcke Blumenerde vom Tresen und warf sie mir über die Schulter. „Die Videoanleitung zum Auswechseln von Türschlössern habe ich schon für Sie gemacht, aber zur Dachreparatur noch nichts."

„Oha! Tja, wenn du eines über die Türschlösser gemacht hast, gehe ich noch schnell zurück und kaufe welche. Dann kann ich sie am Nachmittag austauschen. Jedes Mal, wenn dieses verdammte Schloss blockiert, würde ich am liebsten den Schlüssel abbrechen."

Er öffnete die Heckklappe seines alten Suburbans und ich verstaute die Säcke. Dann ging ich wieder zurück, um die restliche Erde, die Samen und die Anzuchttöpfe zu holen, die er gekauft hatte. Ich zeigte ihm, wo die Schlösser waren und sagte, ich wäre gleich wieder zurück, um zu helfen, die richtigen auszuwählen. Nachdem ich seinen SUV beladen hatte, fand ich ihn in Gang Vier.

„Hatten Sie nicht gesagt, dass Sie auch eines für den Geräteschuppen brauchen?", fragte ich und kratzte mich im Nacken, während ich versuchte, mich an unser Gespräch von vor zwei Wochen zu erinnern. „Ach ja, und eines für Debbie, weil Nate gegangen ist. Man kann nach einer Trennung nie vorsichtig genug sein."

Mr. Purcell schnippte mit den Fingern. „Ganz genau, Nine. Danke. Ich wollte sie überreden, wieder bei ihrer Mutter und mir einzuziehen. Aber du weißt ja, wie Mädchen manchmal sind. Sie beharren stur auf ihrer Unabhängigkeit." Er griff nach der Packung, auf die ich gezeigt hatte. „Ach, wo wir von unabhängigen Frauen sprechen: Ich habe deine Schwester bei ihrer Schicht im Krankenhaus gesehen. Sie ist wieder schwanger, nicht wahr?“

„Ja, Sir. Beth und Matt erwarten ihr drittes Kind. Wie Sie sich vorstellen können, ist Mom aus dem Häuschen und strickt ohne Pause. Das wird ihr siebtes Enkelkind.“

Seine Augen glänzten. Mir war klar, dass die Hälfte seiner heutigen Einkäufe für seinen eigenen Enkel und eines seiner Projekte war.“ Die Purcells standen sich genauso nahe wie meine eigene verrückte Familie. „Was ist mit dir, Nine? Wann trittst du dem Club bei und machst deine Mutter glücklich?“, fragte er mit einem Zwinkern, doch ich wusste, dass er es ernst meinte. Ich war erst vierundzwanzig, aber da mein ältester Bruder schon siebenunddreißig war, hielten die meisten Leute mich in Sachen Familienplanung für einen hoffnungslosen Fall.

Ich schluckte. Wenn man mir persönliche Fragen stellte oder ich im Mittelpunkt stand, fühlte ich mich unwohl. „Tja, wenn ich die Richtige treffe, nehme ich an. Bis es soweit ist, bin ich auch mit Nacho ziemlich glücklich.“

Der Hund hinter dem Kassentresen hob den Kopf, als er seinen Namen hörte. Ich hörte das vertraute Klimpern seines Halsbands und der Marken.

Mr. Purcell lachte. „Ein Mann braucht mehr als die Liebe eines treuen Hundes, mein Junge. Du solltest das Mädchen, das neu im Diner angefangen hat, um ein Date bitten. Debbie meint, sie ist eine Nette, nicht so wie diese Frau, die den Tierarzt geheiratet hat. Sei mir nicht böse, dass ich das sage, aber die macht nur Ärger.“

Ich war ihm nicht böse. Als ich mit Lauren zusammen war, war sie ziemlich nett gewesen, aber ich wusste, dass sie jetzt mit Eric Pender im siebten Himmel war. Dass sie mich für den neu zugezogenen „Arzt“ verlassen hat, war für alle Beteiligten das beste gewesen. Ich hatte jetzt mehr Zeit für meine DIY-Videos und sie hatte einen Grund, durch die Stadt zu stolzieren und den fetten Klunker an ihrem Finger zu präsentieren.

„Ja", murmelte ich und drehte mich um, um ihm die Schlösser abzunehmen und zur Kasse zu bringen. Walt war verschwunden, also scannte ich die Einkäufe selbst, verpackte sie und trug sie hinaus zum Suburban. „Ist das alles für heute, Mr. Purcell?"

Er klopfte mir auf die Schulter. „So ist es. Ich kann es gar nicht erwarten, zuhause dein Video anzusehen. Ich rufe dich an, wenn ich Fragen habe."

Ich nickte, schloss die Heckklappe und trat einen Schritt zurück. Kaum war er aus der Einfahrt gebogen, parkte ein knallgelber VW Käfer ein und Beverly Abbott stieg aus. „Genau der Mann, den ich gesucht habe", sagte sie mit einem strahlenden Lächeln. „Ich habe dein DIY-Video über das Anlegen von Gemüsebeeten gesehen und wollte das Material dafür kaufen. Hilfst du mir?"

„Klar", murmelte ich und hielt ihr die Ladentür auf. Ich entdeckte Walt, der einige Meter von uns entfernt die Hängepflanzen im Schaufenster goss. Offenbar hatte er Bevs Worte gehört, denn er lächelte mir zufrieden zu. Seit ich begonnen hatte, für unsere Kunden diese Videos zu machen, überhäufte er mich mit Lob für das Umsatzplus.

Es kümmerte mich nicht wirklich, dass der Umsatz gestiegen war, denn es hatte keine direkte Auswirkung auf mich und sicherte höchstens meinen Job ab. Aber ich musste zugeben, dass ich den Menschen gerne half. Und natürlich freute ich mich, dass Walts Geschäft florierte, denn er arbeitete hart und hatte einen tollen Laden. Ich hatte vor etwa einem Jahr mit den DIY-Videos angefangen und sie kamen sehr gut an. Sogar Menschen aus anderen Ländern entdeckten die Videos und fanden sie hilfreich. Ich hatte schon Anfragen erhalten, die Maßeinheiten in Meter umzurechnen oder Alternativen für Produkte anzugeben, die im Ausland nicht erhältlich waren.

Für jemanden, der noch nicht mal den Bundesstaat Wyoming verlassen hatte, war es ein erfreulicher Blick über den Tellerrand dieses Städtchens namens Wheatland. Mich in das Thema Videobearbeitung und -aufnahme einzuarbeiten hatte mir mehr Spaß gemacht als erwartet, auch wenn meine Schwester Delia sich über diese Einstellung lustig machte.

„Du hast dich schon immer dafür interessiert, wie die Dinge funktionieren“, hatte sie mal beim Abendessen mit meiner Familie gesagt. „Technische Ausrüstung ist da nicht viel anders als Elektrowerkzeuge.“

Mein Vater und meine Brüder lachten darüber, aber sie hatte recht. Es machte Spaß herauszufinden, wie man ein Projekt mit den verfügbaren Werkzeugen optimieren konnte. Natürlich wollte man dann immer bessere Werkzeuge, aber das war schließlich überall so. Mein Vater schwärmte seit Jahren von einem brandneuen, automatischen Mähdrescher für die Farm, obwohl er sich diesen mit seinem Einkommen nicht leisten konnte.

Ich half Beverly, alles zu finden und belud ihr Miniauto. Danach verabschiedete ich mich von Walt und pfiff Nacho zu mir. Walt wusste, dass jeden Donnerstagabend Familienessen auf der Winsted-Farm auf dem Programm stand und meine Eltern kaum eine Ausrede gelten ließen, nicht zu erscheinen.

Während ich mit Nacho in den Truck stieg, prüfte ich die Nachrichten auf meinem Telefon, um nachzusehen, ob ich etwas für Mom einkaufen sollte. Ich war überrascht, als einer der verpassten Anrufe von einer unbekannten Nummer war. Von der Mailbox erfuhr ich, dass es sich um einen Mann namens Clay von Stallion Tools handelte.

Ich sah rüber zu den Logos auf dem Schaufenster von Walts Baumarkt. Das Logo von Stallion Tools mit der orangen Schrift und der skizzierten Silhouette eines Pferdes war das größte. Mein allererstes Elektrowerkzeug war ein kleiner batteriebetriebener Schraubenzieher von Stallion gewesen. Ich hatte ihn mir als Siebenjähriger vom Weihnachtsmann gewünscht und auch bekommen.

Woher hatte Stallion meine private Nummer und weshalb riefen sie nicht Walts Laden an? Ich tippte auf das Display, um die Mailbox abzuhören.

Ich grunzte leise. Manager. Haha. Meine DIY- und Naturvideos hatten wohl kaum das Zeug, mich zum Internet-Star zu machen. Zugegeben, ich hatte irre viele Abonnenten gewonnen. Doch ich versuchte, nicht daran zu denken – sonst würde ich bei jedem neuen Video vor Nervosität keinen Ton rausbringen.

Im Moment konzentrierte ich mich daher auf authentische Interaktionen mit den neugierigen Zusehern, die spannende Fragen stellten und gute Anregungen und Wünsche für künftige Inhalte hatten. Meine YouTube-Videos gaben mir einen Grund, mich um etwas anderes als um meine Arbeit und meine Familie zu kümmern, und das war einfach unbezahlbar.

Ich wollte gar nicht erst daran denken, dieses fantastische Angebot ablehnen zu müssen, nur weil ich solche Panik davor hatte, mit neuen Leuten zu reden. Die Vorstellung, mit der Marketingabteilung eines großen Unternehmens zusammenzuarbeiten, weckte in mir den Wunsch, mich hinter der riesigen Lieferung Hühnerfutter zu verstecken, die wir heute bekommen hatten. Das war einer der Gründe, warum ich, anders als die meisten meiner Geschwister, nie aufs College gegangen war. Ich konnte nie wirklich gut mit Menschen umgehen und hatte auch keine großen Ansprüche an mein Leben.

Ich wollte lediglich einen Job, bei dem ich genug verdiente, um mir meine eigene Bleibe leisten zu können und mir ab und zu neue Kameraausrüstung und Werkzeuge zu kaufen. Ich arbeitete in Walts Baumarkt, seit ich sechzehn war. Heute, acht Jahren später, nannte ich eine beachtliche Sammlung an gebrauchten Werkzeugen und DIY-Materialien mein Eigen, die ich für meine Videos verwendete. Mein nächstes Ziel war ein eigenes Haus in den Wäldern. Am besten etwas kleines, renovierungsbedürftiges, etwas mit jeder Menge Herausforderungen und Projekten, mit viel Platz für Nacho und weit genug weg von allen anderen Menschen, damit ich meine ersehnte Ruhe hatte.

Bevor ich wusste, was ich tat, war ich bereits auf dem Weg in Richtung Nordwesten, wo der Sybille Creek vom Laramie River abzweigte. Mein Lieblingsplatz war nicht allzu weit weg von der Farm meiner Familie, deshalb hatte ich ihn vor vielen Jahren entdeckt. Das alte Grundstück war mittlerweile in das Eigentum des Staates übergegangen, nachdem der alte Mann, dem es bis zu seinem Tod gehört hatte, keine Angehörigen hatte.

Und tatsächlich stand da endlich ein „Zu Verkaufen"-Schild.

Mein Herz raste und meine Hände zitterten, als ich die Immobilien-App öffnete. Fünfzigtausend Dollar für 120.000 Quadratmeter prachtvolles, fruchtbares Land mit Blick auf den Fluss und jede Menge Laubbäume und Wildblumen, die den ganzen Sommer über blühten. Es klang nicht teuer, doch ich hatte bisher nur zehntausend Dollar gespart. Das reichte für die Anzahlung, doch es würde eine Weile dauern, bis ich mir leisten konnte, ein Haus zu bauen.

Ich schloss die Augen und atmete durch. Dann wendete ich den Wagen und machte mich auf den Weg zum Familienessen. Als ich schließlich in die Einfahrt meiner Eltern einbog, hatte ich eingesehen, dass ich über meinen Schatten springen und den Typen von Stallion zurückrufen musste, um die Sache hinter mich zu bringen und aus dem Kopf zu kriegen.

Leider war er um diese Uhrzeit noch im Büro.

„Nine! Schön, dass du anrufst", er klang wie ein wichtiger Geschäftsmann. „Wir haben vor kurzem deinen YouTube-Kanal entdeckt und waren sehr beeindruckt von deinen DIY-Anleitungen. Verständlich, dass diese knackigen Videos viral geworden sind, und uns ist aufgefallen, dass du eine beeindruckende Anzahl an Abonnenten gesammelt hast."

Mein Herz hatte bereits vor der Erwähnung meiner Abonnenten gerast. Jetzt wollte es aus meiner Brust springen.

„Vielen Dank, Sir", sagte ich und war dankbar, dass meine Stimme selbstsicherer klang als ich mich fühlte.

Es war kurz still. „Du lebst oben in Wyoming, nicht wahr?"

„Korrekt, Sir. Nördlich von Cheyenne."

„Du kennst vermutlich nicht viele andere YouTuber, die etwas ähnliches machen wie du?"

Eine Bewegung am Rand der Windschutzscheibe erweckte meine Aufmerksamkeit. Meine herrische Schwester Dee sah zu mir rüber und tippte auf ihre imaginäre Uhr. „Nein, Sir. Nicht wirklich. Meistens drehe ich einfach die Videos und lade sie hoch. Ich… beteilige mich für gewöhnlich nicht sonderlich an der Community."

Mir war bewusst, dass diese Aussage ihn vermutlich abschrecken würde, mich für eine Kooperation in Betracht zu ziehen. Gewöhnlich arbeiten Firmen gerne mit Social Media Stars, die ständig damit beschäftigt sind, ihre Fanzahlen in die Höhe zu treiben und auf Instagram, Facebook, Snapchat und was es noch für Zeugs gab vertreten waren.

Ich nutzte nichts von all dem.

„Gut… dann möchte ich dich etwas fragen." Er klang plötzlich zögerlich und irgendwie verändert.

„Ja?"

„Wie stehst du zur Gleichberechtigung für Homosexuelle und all dem?"

Was?

„Es tut mir leid. Ich… ich verstehe nicht ganz, was Sie —"

„Unser neuer Fokus für Kooperationen liegt darauf, die LGBTQ-Community zu erreichen. Einer der Profisportler, den wir sponsern, hat uns auf die Idee gebracht, mit einer neuen Kampagne mit dem Stereotyp des typischen Stallion-Werkzeugnutzers aufzuräumen."

Ich musste an die vielen *Frauen* denken, die ebenfalls Werkzeug kauften, aber es stand mir nicht zu, ihn zu korrigieren. Wenn er eine

Kampagne entwickelte, die einer Minderheit besseren Zugang zu Elektrowerkzeug und DIY verschaffte, war das eine gute Sache.

„Das klingt gut", sagte ich, ohne nachzudenken. Damit meinte ich nicht, dass es gut klang und ich dabei war. Ich wollte einfach nur sagen, dass ich die LGBTQ-Sache für eine gute Idee hielt. Ich hatte kein Problem mit Homosexuellen. Obwohl ich in einer ziemlich konservativen Stadt und einer ebenso konservativen Familie aufgewachsen war, verbrachte ich ziemlich viel Zeit im Internet und vor dem Fernseher. Ich war kein völliger Hinterwäldler, auch wenn viele das dachten.

„Ich nehme mal nicht an, dass du… oder nein, das kann ich dich nicht fragen. Aber ich habe mich gefragt, ob du jemanden aus der LGBT-Community kennst, der etwas ähnliches macht wie du. Wir würden gerne Inhalte sponsern, die so sind wie deine, allerdings von jemandem, der LGBT ist. Falls du oder jemand, den du kennst, Interesse an so etwas hat… zum Beispiel ein Renovierungsprojekt mit Werkzeug von Stallion umzusetzen und das Ganze zu filmen… melde dich bitte bei uns, okay?"

Ich antwortete nicht. Meine Gedanken rasten und ich fragte mich, was genau er mir eigentlich sagen wollte. So hatte ich mir diese Unterhaltung definitiv nicht vorgestellt.

Er ergriff erneut das Wort. „Ich mach dir einen Vorschlag, Nine. Denk einfach darüber nach, sprich mit deinen Kontakten aus der Branche und ruf mich zurück. Einverstanden?"

Mittlerweile rastete meine Schwester auf der Veranda fast aus, weil sie wollte, dass ich endlich ins Haus kam."

„Ähm, einverstanden. Das klingt gut."

Ich musste zugeben, dass ich nach dem Telefonat etwas enttäuscht war, die Kriterien für eine Zusammenarbeit nicht zu erfüllen. Ich hatte die verrückte Idee gehabt, genug Geld zu verdienen, um eine Anzahlung für das Grundstück zu leisten, hatte davon geträumt, mir die neueste technische Spielerei von einem der besten Elektrowerkzeughersteller zu kaufen. Genügend Geld für eine neue Drohne, um Luftaufnahmen zu machen. Oh Mann, das wäre echt ein Traum gewesen. Aber trotz allem… ich konnte mich nicht wirklich damit anfreunden, im Auftrag anderer zu filmen, und mit Sicherheit gäbe es Regeln, was ich posten durfte und was nicht. Allein beim Gedanken daran fühlte ich mich unwohl und nervös, auch wenn ich gar nicht für die Kooperation in Frage kam.

Ich stieg aus dem Truck und betrat das ebenerdige, weitläufige Haus meiner Familie. Meine Mutter brauchte noch meine Hilfe in der Küche, aber kurz darauf hatte jeder von uns seinen Platz am riesigen Esstisch eingenommen und die Teller wurden herumgereicht. Sie hatte mehrere Auflaufformen Lasagne gekocht, und eine meiner Schwestern hatte passend dazu ihr berühmtes Knoblauchbrot gemacht. Ich stieß einen zufriedenen Seufzer aus und griff nach dem Brotkorb. Es war eines meiner Lieblingsgerichte und wenn ich dafür meine chaotische Familie in Kauf nehmen musste, würde ich es gerne tun.

Nachdem einige Minuten lang das Klimpern des Geschirrs und gemurmeltes Bitte und Danke ertönt war und wir alle etwas auf dem Teller hatten, stimmte meine Mutter das Dankgebet an. Ich senkte den Kopf und tat dasselbe wie immer: Ich atmete langsam tief ein und fokussierte mich. Ich glaubte zwar nicht mehr wirklich an Jesus, aber ich liebte es, einen Augenblick lang in mich zu gehen, wenn alle um mich herum ihre Gebete sprachen oder wenn ich dazu genötigt wurde, Mom und Dad in die Kirche zu begleiten. Für mich war es wie die allabendliche Dusche bevor ich ins Bett ging – eine Gelegenheit, den Schmutz des Tages loszuwerden und erfrischt zu starten.

Dann war es Zeit zu essen, oder besser gesagt, Zeit für die Raubtier-fütterung. Gott weiß, wie meine Mom es all die Jahre geschafft hatte, uns satt zu kriegen. Ich war immer wieder aufs Neue erstaunt, wie viel wir Zwölf essen konnten. Allerdings saßen heute dank Ehepart-nern und Kindern doppelt so viele Leute bei Tisch. Die meisten meiner Nichten und Neffen saßen am großen Tisch in der Küche, aber einige waren mittlerweile alt genug, um bei uns am Erwachsenentisch zu sitzen. Manchmal konnte ich nicht glauben, dass einige meiner Nichten und Neffen beinahe alt genug waren, um ihren Highschool-Abschluss zu machen, während ich mich selbst noch immer wie ein frischer Highschool-Absolvent fühlte.

„Hast du inzwischen noch einmal über das College nachgedacht, Nolan?" Wie immer hellte Moms Gesicht sich auf, wenn sie ihre Aufmerksamkeit auf ihren Lieblingsenkel richtete. „Wenn du hierbleibst und an die UW gehst, wären dein Opa und ich bereit, die Hälfte der Studiengebühren zu übernehmen."

Sie versuchte verzweifelt, ihn in ihrer Nähe zu halten, und ich konnte sie verstehen. Wirklich. Es war nur so, dass sie nie auf die Idee gekommen war, mir – ihrem eigenen Sohn – ein derartiges Angebot zu machen. Nicht, dass ich aufs College wollte oder sowas. So gut wie alle, die mich kannten, waren sich einig, dass ich nicht unbedingt fürs College geeignet war. Stattdessen hatten sie und mein Dad uns deutlich zu verstehen gegeben, dass sie es sich lediglich leisten konnten, zwei Kinder, nämlich meine beiden ältesten Brüder, bei den Studiengebühren zu unterstützen. Einer sollte Landwirtschaft studieren und danach zuhause auf der Farm helfen, und der andere sollte Arzt werden, weil meine Mutter einen an der Waffel hat. Colt hatte nie im Leben das Zeug gehabt, Arzt zu werden. Ehrlich gesagt waren wir alle froh, dass er zumindest das Zeug zum Automechaniker hatte. Meine Schwester Beth hingegen hatte definitiv das Potenzial, Ärztin zu werden. Doch weil meine Mutter nichts von „weiblichen Ärzten" hielt, hatte sich Beth damit zufrieden gegeben, Krankenschwester zu werden. Vermutlich war es besser so, denn sie liebte ihre Arbeit und ihre Patienten vergötterten sie.

Während alle um mich herum plauderten, dachte ich an das Gespräch mit dem Marketingtypen zurück. Er hatte mich gefragt, ob ich einen Videoblogger wie mich empfehlen konnte, der LGBT war. Uff. Ich kannte nur einen einzigen Schwulen persönlich, und ehrlich gesagt verstanden wir uns nicht sonderlich gut. Doch mir fiel wieder ein, dass er momentan im Bereich Social Media tätig war, also konnte er vielleicht einen Kontakt herstellen.

„Hey, Eli“, sagte ich und beugte mich vor.

„Mmpff?“, antwortete mein Bruder mit vollem Mund.

„Was treibt Cooper eigentlich so?“

Er schluckte hinunter und runzelte die Stirn. „Das Übliche. Warum fragst du?“

Der beste College-Freund meines Bruders war nach dem Abschluss nach Los Angeles gezogen, um Schauspieler zu werden. Ohne Erfolg, was mich nicht wirklich überraschte. Der Typ war ein unfassbarer Klugscheißer und drückte jedem ungefragt seine Meinung auf. Deshalb versuchte er jetzt, eine Instagram-Berühmtheit oder etwas in der Art zu werden. Das wusste ich von meiner Nichte, nicht etwa, weil ich ihm nachspionierte oder so.

„Lebt er noch in Kalifornien?“

Eli schüttelte den Kopf. „Nein, er musste zurück nach Colorado. Ist wahrscheinlich das Beste, sein Bruder macht gerade ziemlich was durch. Gesundheitliche Probleme. Sie finden aber den Grund nicht.“

Ich fühlte einen Stich. Obwohl ich den Typen nicht ausstehen konnte, hasste ich es, wenn jemand gesundheitliche Schwierigkeiten hatte. Mir fiel ein, dass er von seinem Bruder erzählt hatte. Oft genug, um zu wissen, dass sie einander nahe standen. Die College-Ferien hatte Cooper einige Male bei uns verbracht, weil er kein Auto hatte, um nach Hause zu fahren. Ich weiß noch, dass mich sein ständiges Geplapper und seine nie enden wollende gute Laune genervt hatten.

Nach einem seiner Besuche hatte ich Eli gefragt, wie zum Teufel es überhaupt gekommen war, dass er sich mit einem Schauspiel-Studenten angefreundet hatte. Eli hatte geantwortet, dass in Cooper mehr stecke als es auf den ersten Blick den Anschein machte. Ich hatte diese Aussage nie verstanden und ehrlich gesagt war es mir eine Nachfrage nicht wert. In meinen Augen hatte Cooper eine große Klappe und mehr nicht.

Und doch fragte ich mich jetzt, ob er dazu bereit wäre, mir einige Fragen zu Homosexualität und Social Media zu beantworten, damit ich den Leuten von Stallion weiterhelfen konnte. Auch wenn ich nicht ganz sicher war, was ich mir erhoffte. Womöglich kannte Cooper jemanden, der YouTube-Videos über Werkzeug machte und Interesse an einer Kooperation hatte. Wenn ich Stallion half, einen LGBT-Vlogger zu finden, würden sie bei einer anderen Kampagne vielleicht an mich denken.

Mein Bruder Tip grinste mich über den Tisch hinweg an. „Warum fragst du? Bist du in ihn verknallt oder so?" Tip machte immer eine große Sache daraus, dass Cooper schwul war, darum kam zwangs-läufig nur Mist raus, wenn man mit ihm darüber redete.

„Mann, natürlich nicht, *Francis*", sagte ich. Ich verwendete seinen richtigen Namen, weil ich wusste, dass er es hasste. „Es ist nur…", ich blinzelte irritiert, als ich merkte, dass alle am Tisch mich ansahen. „Es gibt da eine Kooperationsmöglichkeit mit Stallion Tools und —"

Mit einem Mal hatte ich die Aufmerksamkeit meines Dads, der vom Tischende hochsah. „Stallion? Wollen sie enger mit Walt zusammen-arbeiten?"

Ich schüttelte den Kopf. „Nein, es geht um meine YouTube-Sache, nicht um den Laden. Sie —"

Dad runzelte verwirrt die Stirn. „Warum sollte eine Werkzeugfirma Interesse an Heimwerker-Videos haben?"

Meine Schwester Dee verdrehte die Augen. „Sie interessieren sich dafür, weil das eine Form der Werbung ist, Dad. Heutzutage schalten viele Unternehmen Anzeigen auf YouTube. Vielleicht wollen sie jetzt mit Nine zusammenarbeiten."

Plötzlich war mein Vater ganz Ohr. Ich konnte praktisch die Dollar-zeichen in seinen Augen sehen. „Wollen die dir Geld geben, mein Junge?"

Ich rutschte auf meinem Stuhl herum. „Nein, nein. Das bezweifle ich zumindest. Heute hat mich so ein Mitarbeiter von denen angerufen, der —"

Schon wieder wurde ich unterbrochen, diesmal von Eli. „Was hat das mit Cooper zu tun?"

Meine Wangen glühten. Ich hasste es, so im Mittelpunkt zu stehen. „Ähm, sie planen eine große Kampagne oder sowas in der Art, um die LGBT-Community für ihr Werkzeug zu begeistern."

Mein Neffe kicherte, doch ich ignorierte ihn und sprach weiter. „Und ich dachte, wenn ich jemanden kenne, der —"

Wieder verdrehte Dee die Augen. Das war ihr liebster Gesichtsausdruck. „Oh Mann, ist Cooper Heath etwa der einzige Homosexuelle, den du kennst?"

Ich blickte in die Runde „Ähm, ja?"

Und von da an ging alles den Bach runter. „Mein Spanischlehrer aus der Highschool ist schwul. Señor Hopkins trägt knallpinke Laufschuhe. Ich habe ihn mal im Park joggen gesehen."

Mit einem Mal war nicht mehr ich das Ziel von Dees Ärger. „Pink heißt doch nicht gleich, dass der Mann schwul ist, Colby. Herrgott."

Mom schüttelte den Kopf. „Wortwahl."

„Tut mir leid", murmelte Dee. „Ihr kennt doch sicher alle Linda Wieler. Sie ist lesbisch."

Mom schnaubte. „Nur weil eine Frau Hühner züchtet, ist sie nicht lesbisch, Cassandra."

Schon wieder verdrehte sie die Augen. „Mom! Sie ist seit Jahren mit ihrer Partnerin zusammen."

Mein Vater zog die Brauen zusammen. „Linda von der Bank? Ich dachte Pam ist ihre Schwester."

Meine Nichte Twyla grinste mich mit einem breiten, neongrünen Zahnspangenlächeln an. „Du solltest es machen, Onkel Nine. Es klingt cool.“

Ich? Hatte sie den Teil mit der Homosexualität überhört? „Nein, ich —“

Elis Augen leuchteten „Du solltest es auf jeden Fall machen! Um welche Summe geht es?“

„Ich bin nicht *schwul*, habe also keine Ahnung.“ Ich schob meinen Teller beiseite und knüllte die Serviette zusammen.

Meine Eltern sahen mich einen Augenblick lang prüfend an, bis mein Vater es schließlich aussprach. „Du könntest aber so tun.“

Waren alle verrückt geworden? „Nein. Auf keinen Fall. Das ist Betrug.“

„Pff.“ Eli sah mich mit einem verschlagenen Lächeln an. „Das ist wohl kaum Betrug. In Schwulenpornos ist es ganz normal, dass gegen Bezahlung auch Heteros mitspielen. Noch nie gehört?“

„Eli!“ Meine Mutter schnappte nach Luft, als wäre all das die reinste Blasphemie.

Meine Schwester Beth tätschelte meine Hand. „Bist du sicher, dass du nicht schwul bist? Oder zumindest bi?“

„Emily!“ Moms Gesicht spielte heute alle Farben.

Beth wandte sich mit der für sie typischen Gelassenheit meiner Mutter zu. „Es ist nicht das Ende der Welt, wenn Nine schwul oder bisexuell ist, Mama. Ich frag ja nur, weil er nie wirklich mit Frauen ausgeht. Vielleicht —“

Meine Mom beugte sich mit einem triumphierenden Gesichtsausdruck vor. „Und was ist mit Lauren? Und Cherry Kelly? Er war in der Highschool mit beiden zusammen.“

Ich presste die Lippen aufeinander. Über dieses Thema wollte ich nicht sprechen. Schon jetzt war mir vor Nervosität ganz flau im Magen. Ich hasste es, wenn alle mich ansahen.

„Ja, stimmt", lachte Colt. „Und ich weiß, dass sie Sex hatten. Nachdem sie zusammen auf dem Abschlussball waren, hat die arme Cherry einen Schwangerschaftstest im Minimarkt gekauft. Erinnerst du dich? Da hast du noch einmal die Kurve gekriegt, Brüderchen."

Jetzt war mir nicht nur bloß übel, ich wollte auch im Boden versinken.

„Isaac Denton Winshed, ist das wahr?" Der Tonfall meiner Mutter brachte alle anderen Stimmen im Haus zum Verstummen. Man konnte eine Stecknadel fallen hören.

Ich senkte den Kopf und wünschte mir, mich in Luft aufzulösen. Ich wollte nicht zum Gerede über Cherry Kelly beitragen, aber ich konnte meine Mutter wohl kaum anlügen, wenn sie so direkt fragte. Zum Glück schaltete sich mein Vater ein, bevor ich antworten musste.

„Das ist doch kein Thema für ein Familienessen."

Als alle wieder ihre Gespräche aufgenommen hatten, lehnte Beth sich zu mir rüber und flüsterte: „Stimmt das? Hattest du in der Highschool Sex mit Cherry?"

Ich schluckte und nickte, aber ich erzählte ihr nicht, dass ich darauf bestanden hatte, nicht nur eins, sondern gleich zwei Kondome zu benutzen, weil ich solche Angst davor hatte, sie könne schwanger werden. Als ich von ihrem Schwangerschaftstest erfuhr, wusste ich bereits, dass sie vermutlich auch mit Bobby Hidden geschlafen hatte, obwohl es laut ihr schon lange aus war. Ich hatte kein Problem damit. Der Sex war seltsam und schrecklich gewesen und hatte mich sehr lange davon abgehalten, es ein zweites Mal zu probieren.

„Oh. Dann habe ich mich geirrt, tut mir leid. Nicht, dass irgendwas schlimm daran wäre, schwul zu sein." Sie rutschte in ihrem Stuhl ein Stück nach unten, um mir in die Augen sehen zu können, obwohl ich entschlossen versuchte, wegzusehen. „Das weißt du doch, nicht?

Keine Form der Sexualität ist falsch, solange alles legal und im Einverständnis der Beteiligten geschieht. Und egal was kommt, wir werden dich immer lieben —"

Das war zu viel für mich."

„Ich muss los", stieß ich hervor und sprang von meinem Stuhl. „Tut mir leid, ich habe vergessen, dass ich… ähm, jemandem etwas vorbeibringen soll und… äh, ja. Ich muss gehen."

Als ich zur Tür eilte, wurde meine Mutter erneut ganz blass. „Was ist mit dem tropfenden Wasserhahn?"

Noch bevor ich es zum Truck schaffte, hielt Eli mich auf. „Hey, warte! Gib mir dein Telefon."

Entgeistert sah ich ihn an. „Warum?"

Er hielt mir seine Hand entgegen und sah mich mit diesem Blick an, den alle großen Brüder draufhaben. Dieser Blick, der sagte, *Tu was ich dir sage oder es gibt eine aufs Maul.*

„Na schön, hier", sagte ich und drückte es ihm die Hand. Er tippte kurz darauf herum und gab es mir dann zurück.

„Ich habe Coopers Nummer für dich eingespeichert. Ruf ihn an. Er ist momentan verzweifelt auf der Suche nach einem Nebenjob und könnte das Geld gut gebrauchen."

Ich würde Cooper Heath für diese Kooperation nicht vorschlagen. Dass er mit Werkzeug von Stallion umgehen konnte war etwa so wahrscheinlich wie die Möglichkeit, dass er eine Ballenpresse reparieren konnte. Allein die Vorstellung war lächerlich. Das letzte, was ich von ihm gehört hatte, war, dass er Werbung für die Zahnaufheller von Crest Whitening Strips machte.

Elis Blick war eindringlich. „Das ist mein Ernst, Nine. Seinem Bruder geht's wirklich schlecht. Er könnte sterben, wenn sie nicht genug Geld für eine Knochenmarktransplantation zusammenkratzen können."

„Was erwartest du von mir, Eli? Soll ich lügen und Stallion erzählen, dass der Typ ein DIY-YouTuber ist, obwohl es nicht stimmt?“

Eli sah mich einen Moment lang prüfend an. „Nein, aber… wenn ich eine Möglichkeit finde, ihm zu helfen, dann bist du dabei, okay?“

Ich seufzte und sah hinauf in den dunklen Himmel. Mein Bruder wusste die Antwort auf seine Frage bereits.

Nine wird Ihnen helfen.

Dafür war ich bekannt. Auf der Autobahn liegengeblieben, weil ein Reifen geplatzt ist? *Rufen Sie Nine an.* Vor der Party muss noch ein Sack Eis besorgt werden? *Nine übernimmt das.* Einer der Heiligen Drei Könige beim Krippenspiel ist krank? *Mit Sicherheit passt Nine Winshed in das Kostüm und wir alle wissen, dass dieser Mann niemandem eine Bitte abschlägt.*

„Natürlich bin ich dabei“, murmelte ich. Dann pfiff ich Nacho zu mir und verfrachtete ihn in den Wagen. Obwohl ich kein Fan von Cooper Heath war – ich konnte einfach niemandem meine Hilfe verwehren. Sein Bruder hatte es verdient, gesund zu werden. Sofern es in meiner Macht lag, das zu ermöglichen, würde ich mein Bestes geben.

Wie immer.

KAPITEL 2
COOPER

Ob es wohl in der Hölle einen speziellen Kessel für Krankenschwestern gab, die „nur ein kleiner Pikser" sagen, bevor sie einem die Nadel ins Fleisch rammen?

Allein beim Anblick wurde mir ganz flau, also setzte ich mich in den erstbesten Stuhl im Warteraum in der Nähe des Fensters.

Mein Bruder zuckte kaum merklich zusammen, denn er legte großen Wert darauf, so zu tun, als wäre all das ein Sonntagsspaziergang. War es nicht. Wir hatten einen schrecklichen, bereits zwei Jahre andauernden Marsch über einen mehr als steinigen Weg hinter uns, bis die Ärzte endlich herausfanden, was es mit der chronischen Müdigkeit und dem Fieber auf sich hatte. Jetzt wussten wir es.

Aplastische Anämie, vermutlich ausgelöst durch das Zytomegalievirus. Die Ärzte hatten es bereits mit Transfusionen und Immunsuppressiva versucht, doch das reichte nicht. Sie empfahlen eine Knochenmarktransplantation. Das Gute war, dass ich als sein eineiiger Zwilling auf jeden Fall ein passender Spender war. Weniger gut war, dass das Ganze uns mindestens zehntausend Dollar kosten würde.

Wir hatten keine zehntausend Dollar.

Wenn meine Mutter nervös war, klickte sie mit dem Kugelschreiber. Pau–sen–los. Für mich hieß das, dass ich sie irgendwann umbringen musste.

„Alles okay mit dir, Puuh-Bär?", fragte sie Jackson. Seit seiner Diagnose behandelte sie uns beide wieder wie Fünfjährige.

„Mom", seufzte Jackson. „Alles gut."

Klick, klick, klick.

Jackson warf mir einen Blick zu. *Mach, dass sie aufhört.*

„Was hältst du davon, wenn wir etwas zu essen holen, Mom? Jackson will heute Mittag unbedingt Sushi."

Abrupt drehte sie sich zu mir um. „Kein roher Fisch für ihn. Stell dir vor, er bekommt eine Lebensmittelvergiftung…"

Ich berührte ihren Arm. „Ich weiß. Deshalb bekommt er gekochte Speisen und vegetarisches Sushi. Der Laden ist nicht weit von hier."

Mom warf noch einen letzten Blick auf ihr armes, bedauernswertes Baby in seinem Krankenhausbett. Ich konnte es ihr nicht verdenken. Ihn so zu sehen war wirklich nicht schön. Er hatte viel Gewicht verloren und wirkte blass und geschwächt. Ein schmerzlich deutlicher Kontrast zu dem braungebrannten, muskulösen Kerl, der er noch vor zwei Jahren gewesen war.

„In Ordnung", seufzte meine Mutter. „Ich nehme an, ich könnte mir California Rolls bestellen."

Das waren die einzigen Maki, die sie kannte. Sie nannte sie beim Namen, um cool zu wirken und sich wie ein trendiger, junger Hipster zu fühlen, der wie alle anderen Menschen Sushi aß.

Es klappte nicht. Sie aß eine California Roll und sechs Stück Ebi – gekochte Garnelen, die genauso gut ein Show-Koch extra für sie am Grill zubereitet haben könnte. Wenn wir ehrlich sind, wäre ihr das lieber gewesen.

Auf dem Weg zum Ausgang kramte sie in ihrer Handtasche nach ihrem Kugelschreiber, damit sie beim Gehen darauf herumklicken konnte. „Zehntausend Dollar", murmelte sie. „Sie hätten genauso gut hunderttausend sagen können."

„Das stimmt nicht. Zu dritt können wir das zusammenkratzen."

„Ich könnte euren Vater umbringen."

„Ich auch." Nicht, dass ich diese Unterhaltung noch einmal führen wollte. Was geschehen war, war geschehen. Dieser Kerl hatte uns wieder und wieder in die Scheiße geritten, sogar noch nachdem er uns vor vielen, vielen Jahren verlassen hatte. Wie wir damals noch nicht wussten, hatte er Kopien unserer Geburtsurkunden und Sozial-versicherungsnummern gemacht, um jede Menge Kreditschulden anzuhäufen. Dadurch waren wir drei nicht nur völlig pleite, sondern hatten auch keinerlei Kreditwürdigkeit. Mit anderen Worten, wir konnten kein Darlehen für die Behandlungskosten aufnehmen und besaßen nicht mal Kreditkarten.

Ich hielt meiner Mutter die Tür auf und folgte ihr zum Wagen auf dem Parkplatz.

Sie klickte noch immer „Sie meinten, sie könnten ihm noch einige Bluttransfusionen geben, um uns mehr Zeit zu verschaffen. Vielleicht sechs Monate."

„Ja." Ich öffnete ihr die Tür und schloss sie, als sie im Wagen saß. Ich wollte nicht, dass sie unabsichtlich ihren Rock in der Tür einklemmte und mit dem Zipfel die ganze E. Colfax Avenue auffegte. „Ich habe einige Gespräche mit potenziellen Kunden, aber falls nichts dabei rauskommt…"

Ich wollte es nicht laut aussprechen, doch es war Zeit, den Tatsachen ins Auge zu sehen.

„Was ich dir noch erzählen wollte: Ich arbeite wieder bei Bolt's."

„Ach, Liebling. Ich hasse es, dass du diese Instagram-Sache aufgeben musst und stattdessen wieder als Kellner arbeitest", sagte sie. „Aber

vielleicht lässt Bolt mich ein paar Schichten übernehmen, als Neben
—“

„Nein.“ Nicht einfach nur nein, sondern auf gar keinen verdammten
Fall. Unsere Mutter rackerte sich schon jetzt in einem medizinischen
Kosmetikzentrum ab, wo sie Laser-Haarentfernungen durchführte. In
einem winzigen Städtchen wie Caswell, Colorado, galt das als gut
bezahlter Job. War es auch. Aber da sie dank dieses nichtsnutzigen
Arschlochs von Ex-Mann Haus und Auto verloren hatte, konnte sie
sich mit ihrem Gehalt trotzdem nicht mehr so viel leisten wie früher.
Sie musste die Rate für ihren Prius, natürlich ein älteres Modell,
zahlen und außerdem die Rate für ihr eigenes verdammtes Haus, das
mittlerweile im Besitz eines Immobilieninvestors war.

Ich entschied mich, nicht darauf einzugehen, dass sie mein Social
Media Business eine „Instagram-Sache“ nannte, denn ich wusste, dass
sie weder Social Media noch das Konzept hinter einem Influencer
verstand. Jackson war da anders. Für die Website des Cafés mit
Bäckerei, das er mit seinem besten Freund Marchie betrieb, hatte ich
schon viel Content erstellt. Nach der Eröffnung des neuen Diners
nebenan war ihr Umsatz eingebrochen und um zu helfen, hatte ich sie
überredet, mir eine Zeit lang die Verantwortung ihrer Social-Media-
Kanäle zu übertragen. Es hatte tatsächlich funktioniert, sogar so gut,
dass sie mich nach dem Ende dieser Flaute bezahlten, um weiter für
sie zu arbeiten. Es war gar nicht so leicht, nicht mehr Zeit in ihre
Accounts zu investieren als in meine eigenen. Immerhin war die
Arbeit für sie bezahlt und verschaffte mir ein regelmäßiges Einkommen, wohingegen meine eigenen Social-Media-Kanäle bisher noch
wenig erfolgversprechend waren.

Ich hatte sogar überlegt, eine Agentur für Markenbekanntheit und
Content-Erstellung zu gründen, statt mich selbst als Influencer zu
positionieren, aber das würde bedeuten, mich endgültig von meinem
Schauspiel-Traum zu verabschieden. Und dazu war ich mit neunund-
zwanzig noch nicht bereit. Klar, ich wusste, dass meine Chance auf
den Durchbruch mit der Zeit immer kleiner wurde, aber ich liebte die
Schauspielerei mit jeder Faser meines Körpers. Es war mein sehn-

lichster Wunsch. Man könnte sagen, dass ich schon im Bauch meiner Mutter vom Showbusiness geträumt hatte.

„Alles in Ordnung mit dir, Liebling?" Jetzt, wo Jackson nicht hier war, übertrug meine Mutter ihre Besorgnis auf mich. „Ich weiß, es ist nicht leicht für dich, deinen Bruder so zu sehen."

„Er wird wieder fit. Nach der letzten Transfusion war er so gut wie neu." Dass es nicht von Dauer gewesen war, erwähnte ich nicht. Doch es war ihm zumindest möglich gewesen, wieder zu arbeiten, und er hatte nicht mehr wie ein Skelett, sondern mehr wie sein altes Ich ausgesehen.

„Stimmt", sie atmete geräuschvoll aus und zwang sich zu einem Lächeln. „Du hast recht. Er ist stark und wir haben Zeit. Wir müssen lediglich unsere Ausgaben einschränken und kreativ werden. Das Gute ist, in der Arbeit ist jetzt mehr los, weil wir bald Badesaison haben. Du kannst dir nicht vorstellen, wie voll unser Terminkalender ist." Während sie mir weiter von der Arbeit erzählte, hielt ich die Tür des Restaurants für sie auf und dann reihten wir uns in die Schlange ein. Da klingelte mein Telefon.

Mit einem Blick nach unten stellte ich fest, dass es mein bester Freund Eli war. Er wollte für mich recherchieren, welche Reifen ich für den Wagen meines Bruders besorgen sollte, denn während ich keine Ahnung von Autos hatte, war einer von Elis Brüdern Mechaniker. Obwohl es eine verdammt lange Fahrt zu ihm war, hoffte ich, dass er einen guten Preis für mich aushandelt.

Ich bat meine Mutter, für mich zu bestellen und gab ihr meine Geldtasche, dann ging ich nach draußen und ans Telefon.

„Hey, Kumpel", sagte ich. „Wie geht's Crystal? Ist sie schon schwanger?" Er liebte sein Lieblingspferd sogar mehr als seine Freundin.

Am anderen Ende erklang sein warmes Lachen. „Nein. Halt bloß die Klappe. Der verdammte Hengst, den ich für sie ausgesucht habe, schießt offenbar mit Platzpatronen. Jetzt muss ich mir etwas anderes überlegen."

„Zu schade, dass du nicht selbst Samenspender sein kannst. Das wäre perfekt." Ich stellte mir sein breites Lächeln und die warmen braunen Augen in seinem wettergegerbten Gesicht vor und grinste. Er hatte das gleiche Gesicht wie die anderen, allesamt gutaussehenden Männer in seiner Familie. Das schloss auch jenen Mann ein, dessen Gesicht mir beinahe jede verdammte Nacht im Kopf herumspukte, ob ich es wollte oder nicht. *Ich werde nicht an Nine denken. Ich werde nicht an Nine denken.*

„Ja, ja. Du bist nicht der erste, der diesen Witz macht. Aber hör mal, ich rufe wegen etwas anderem an." Er atmete tief durch „Ich weiß, das klingt vermutlich verrückt, aber mein Bruder Nine wurde von einer, ähm, Werkzeugfirma kontaktiert, die wegen seines YouTube-Krams mit ihm zusammenarbeiten wollen."

Oh, kacke.

„Okaaay…?"

„Tja, also offenbar sucht diese Firma einige, äh, Homosexuelle." Ich konnte ihn schlucken hören. Obwohl er neben meiner Familie mein bester Freund war, hatte Eli sich nie besonders wohl mit meiner sexuellen Orientierung gefühlt. „Die wollen für ihre Kampagne ausschließlich jemandem aus der LBG…L…Q… Community, oder so."

„Wieso überrascht es mich nicht, dass du die Lesben doppelt erwähnst, aber die armen Trans-Menschen komplett auslässt?", stichelte ich.

„Was? Oh. Naja, du weißt ja, dass ich mich mit all dem nicht wirklich auskenne."

Mittlerweile hatte mein Gehirn seine Worte registriert. „Moment. Soll das heißen, Nine ist LGBTQ?"

„Was? Nein! Nein. Das wollte ich damit nicht sagen. Himmel!"

Ich verdrehte die Augen und hätte ihn am liebsten auf seine homophobe Reaktion angesprochen, doch ich verkniff es mir. „Dann komm zum Punkt. Ich will mit meiner Mutter zu Mittag essen."

„Ich dachte, vielleicht kannst du ihm helfen, so zu tun als ob."

Das Hupen eines Autos, das an der roten Ampel auf der Hauptstraße hielt, hatte mich kurz abgelenkt. „So zu tun als was?"

„Als wäre er schwul. Für Geld."

„Stopp, stopp. Du willst, dass ich deinem schrägen, bescheuerten Bruder – der mich übrigens hasst – dabei helfe, auf schwul zu machen, damit er eine Firma reinlegen und Geld für YouTube-Werbung kassieren kann?"

Es war kurz still. „Wie das bei dir klingt. Du müsstest ihm lediglich dabei helfen, eine kleine Hütte im Wald zu renovieren und alles für seinen Video-Blog zu filmen."

Das Ganze kam mir seltsam vor. „Ihm beim Renovieren helfen? Das ist alles? Was ist der Haken? Und wieso ist Nine deshalb LGBTQ?"

„Naja, ich meine… Ich habe denen quasi erzählt, dass ihr ein Paar seid, also müsstet ihr so tun —"

Ich unterbrach ihn. „Nein. *Nein!* Warte mal… *du* hast ihnen das erzählt?"

Eli schwieg einen Augenblick. „Ich… habe mir die Nummer dieses Typen besorgt und so getan, als wäre ich Nines Manager. Aber es ist alles cool. Der Kerl hat sich echt gefreut und sobald ich —"

„Er hat sich darüber gefreut, dass dein Bruder, ein heterosexuelles Landei und ein unverkennbar nicht-heterosexueller Schauspieler aus Los Angeles auf Liebespaar machen und beide noch dazu äußerst geschickt im Umgang mit Elektrowerkzeug sind? Habe ich das richtig verstanden?"

„Ähm, ja?"

„Alter, sogar wenn ich mitmachen würde… dein Bruder wäre niemals einverstanden. Nie!" Ich dachte an diese schokoladenbraunen Augen, die mich an die Kälbchen auf der Farm seiner Familie erinnerten.

Plötzlich fiel mir die eine Sache ein, derer man sich bei Isaac Winshed sicher sein konnte.

Er sagte nie *Nein*, wenn jemand Hilfe brauchte.

Eli tat meinen Einwand mit einem Schnauben ab. „Machst du Witze? Er hat schon zugestimmt. Dieser Junge hat mal seinen brandneuen Schlafsack – denselben Schlafsack, den er extra zum Geburtstag bekommen hatte, um mit den Pfadfindern campen fahren zu können – unserem Pastor gespendet, nachdem er im Evangelium nach Matthäus über Gastfreundschaft gelesen hatte. Er hat Vater Bryant damals gebeten, ihn einem Bedürftigen zu geben."

Das klang wie der Mann, den ich kannte. Um ehrlich zu sein, war die ganze Familie generell ziemlich großzügig, doch der jüngste Bruder war ganz besonders selbstlos. „Ich kann mir nicht vorstellen, dass es in Wheatland, Wyoming, Obdachlose gibt", sagte ich.

Eli kicherte. „Deshalb ist der Schlafsack am darauffolgenden Tag auf unserer Veranda wieder aufgetaucht. Im beigefügten Brief von Vater Bryant stand, es wäre hilfreicher, einige Samstage lang das Unkraut in den Blumenbeeten vor dem Seniorenheim zu jäten. Besagter Matthäus hatte in seinem Evangelium auch über Blumen in einem Feld oder einen ähnlichen Mist geschrieben. Nine war Feuer und Flamme. Herrgott, vermutlich macht er es sich noch immer zur Aufgabe, diese Beete frei von Unkraut zu halten."

Zeit mit einem attraktiven *heterosexuellen* Weltverbesserer zu verbringen klang etwa so verlockend wie ein Kopfschuss.

Ich seufzte. „Die Antwort ist nein. Auf gar keinen Fall. Und warum überhaupt ich?" In derselben Sekunde, in der ich die Frage ausgesprochen hatte, wusste ich die Antwort. Ich war der einzige, von dem sie sicher wussten, dass er schwul war. „Vergiss es. Die Antwort ist trotzdem nein. Nie und nimmer."

Gerade als ich die Restauranttüre schwungvoll aufgemacht und auflegen wollte, erklang seine Stimme wieder.

„Auch wenn sie für einen Sommer Arbeit zwanzigtausend Dollar bezahlen?“

Ich erstarrte mitten in der Bewegung. Meine Turnschuhe machten ein quietschendes Geräusch auf dem Fliesenboden, woraufhin meine Mutter sich zu mir umdrehte. Sie sah erschöpft und beunruhigt aus, so wie bereits seit Monaten. Sie arbeitete sich den Rücken krumm, damit mein Bruder eine Chance auf ein möglichst gesundes und langes Leben hatte.

Zwanzigtausend Dollar. *Zwanzigtausend Dollar.* Ich könnte Jacksons Operation bezahlen und hätte noch immer genug übrig, um mich komplett auf mein Business zu fokussieren. Ich könnte neues Kamera-Equipment kaufen und Outfits für meine Parodien und Sketches besorgen.

In meinem Kopf ratterte es. Ich würde bestimmt nicht auf meinem hohen Ross sitzenblieben, während mein Bruder in einem Krankenhausbett lag. Erst jetzt merkte ich, dass Eli noch immer sprach.

„Ich warte noch auf einen weiteren Kostenvoranschlag und dann habe ich alle Infos zu den Reifen für dich.“

Ich nickte. „Ach ja, die Reifen.“

„Versprich mir, über die Sache mit Nine nachzudenken.“

Isaac. Er hieß Isaac.

„Klar. Ich denke darüber nach.“

Doch natürlich gab es da nichts nachzudenken. Wenn ich so das Geld für Jacksons Operation verdienen konnte, war ich voll und ganz dabei. Mir blieb gar nichts anderes übrig.

Auch wenn das bedeutete, dass ich Zeit mit diesem verfluchten Isaac Winshed verbringen musste.

KAPITEL 3

NINE

Meine Hände zitterten und mein Shirt klebte an meinem Rücken, obwohl die Klimaanlage meines Trucks in den letzten fünf Stunden auf Hochtouren gelaufen war. Der arme Nacho auf der Rückbank war trotz dichtem Fell und der Tatsache, dass wir Juni hatten, vermutlich schon ein Eiszapfen. Er würde froh sein, endlich aus dem Wagen hüpfen und rund um die Hütte laufen zu können.

Das Stallion-Team war in Hinblick auf das Objekt etwas vage gewesen. Sie hatten lediglich verraten, dass es sich um eine renovierungsbedürftige Berghütte mit einem rund 400.000 Quadratmeter großem Grund in der Nähe des White River Nationalparks handelte. Der Plan war, dass Cooper und ich den Sommer dort verbringen, die alte Jagdhütte in ein luxuriöses Ferienhäuschen verwandeln und als schwules Paar in unserem Video-Blog darüber berichten sollten. Besser gesagt: als *vorgeblich* schwules Paar.

Genau das war der Grund, weshalb ich seit zwei Wochen nichts essen konnte. Allein beim Gedanken, mich als schwul auszugeben, fühlte ich mich unbehaglich. Und dann auch noch vor Cooper? Wie zum Henker sollte das funktionieren, wenn ich den Mann kaum kannte?

Ein weiterer Grund für mein Unwohlsein war die Tatsache, dass ich nachgedacht hatte. Intensiv. Seit meine Familie mich auf meine

geringe Erfahrung mit Frauen hingewiesen hatte, hatte ich die
vergangenen zehn Jahre Revue passieren lassen und Zweifel bekommen. Ich hatte mich daran erinnert, dass ich mit vierzehn zum Rodeo
gegangen war und beim Anblick der Cowboys in ihren Leder-Chaps
einen Ständer bekommen hatte. Ich hatte allerdings auch einmal
einen Ständer in der Sonntagsmesse bekommen, gerade als der Chor
anstimmte. Das bewies also noch gar nichts. Dann war da noch diese
eine Erinnerung an die Highschool: Ich hatte mich dabei ertappt, wie
ich den Männern vom Baseballteam in ihren Uniformen nachgaffte,
als sie auf dem Weg zum Spielfeld am Parkplatz an mir vorbeigingen.
Ich weiß noch, dass ich ihre Körper bewunderte, aber damals hielt ich
es für anerkennende oder neidische Blicke, nicht für lüsterne.

Ich musste allerdings zugeben, dass Mädchen mich noch nie so wirklich interessiert hatten. Zumindest nicht so sehr, wie es bei meinen
Brüdern der Fall war. Bei denen drehte sich alles um „Möpse" hier,
„Titten" da. So ein Gerede war mir unangenehm gewesen. War es
immer noch. Ich hatte im Lauf der Zeit einige nette weibliche
Freunde gehabt, aber keine, mit denen ich ernsthaft etwas anfangen
wollte. Ich war mittlerweile zum Schluss gekommen, dass ich einfach
nicht so ein großes Interesse an Sex hatte wie andere Männer. Vielleicht fehlte mir etwas, das andere hatten, oder ich war ein soge-
nannter „Spätzünder", wie meine Oma es nannte. Solange ich noch in
meinen Zwanzigern war, machte ich mir nicht zu viele Sorgen
darüber. Ich war mir ohnehin nicht sicher, ob irgendjemand in
Wheatland einen Baumarktmitarbeiter als Ehemann wollte. Also
wozu darüber nachdenken?

Wenn ich aber an Cooper dachte... löste das irgendwas in mir aus.
Vor allem Ärger, aber aus irgendeinem Grund äußerte sich dieser
Ärger in etwas, das ich „Wutständer" nannte. Ja, beim Gedanken, mit
Cooper zu streiten, bekam ich einen Ständer. Nachdem ich den
gesamten Sommer mit diesem Mann verbringen würde, wir nebeneinander schlafen, miteinander streiten, uns vorgeblich küssen und
umarmen würden, würde das ein Problem werden.

„Reiß dich zusammen", grummelte ich in mich hinein. Nacho stellte im Rückspiegel die Ohren auf. „Och, nicht du, Kleiner. Alles gut. Schlaf weiter. Papa hat nur eine sexuelle Krise, halb so wild."

Ich dachte an das eine Mal, als Cooper die Frühjahrsferien bei uns verbracht hatte. Ich war spät heimgekommen, nachdem ich einem Nachbarn geholfen hatte, seinen Traktorschuppen zu reparieren. Cooper stand in der dunklen Küche und holte sich ein Glas Eiswasser. Er trug lediglich blau-weiß-gestreifte Boxershorts und ich starrte ihn an, als wäre er ein Außerirdischer.

„Nine", hatte er zögerlich gesagt. „Ich wusste nicht, dass du um diese Uhrzeit noch unterwegs bist."

Ich ließ meinen Blick über seinen gesamten Körper schweifen, hauptsächlich aus Neugierde. Abgesehen von Familienmitgliedern hatte ich noch keinen Mann ohne Kleidung gesehen. Da ich nach der Schule meinem Dad auf der Farm half und bei Walt jobbte, war ich nie in einer Sportmannschaft gewesen und hatte mir, im Gegensatz zu den meisten anderen, auch nie mit anderen Jungs die Umkleidekabine geteilt.

Ich weiß noch, dass die Stimmung immer angespannter und die Beule in seiner Hose immer deutlicher wurde, je länger wir so dastanden. Konnte es sein, dass er meinetwegen eine Erektion hatte? Ich wusste damals, dass er schwul war, aber das machte mich sprachlos.

„Mhm", hatte ich gebrummt. „Ich habe den Nachbarn auf der Farm geholfen, sorry." Ich flitzte an ihm vorbei in mein Zimmer und hätte mich dafür ohrfeigen können, dass ich mich dafür entschuldigt hatte, in meiner eigenen verdammten Küche zu stehen. Von diesem Zeitpunkt an konnte ich nicht anders, als bei jeder unserer Begegnungen einen Blick auf Coopers Schritt zu werfen, um zu sehen, ob er noch einmal meinetwegen eine Latte bekam. Meine absurde Besessenheit ärgerte mich dermaßen, dass es zwischen uns seltsam wurde. Lag es an meinem Ego? War es mir wirklich wichtig, ob irgendein schwuler Kerl mich attraktiv fand?

So standen die Dinge also. Ich war schweißgebadet und würde vermutlich in der Sekunde, in der ich ihn in der Hütte sah, zeitgleich kotzen und in Ohnmacht fallen. Fantastisch.

Nachdem ich endlich von der autoleeren Bergroute in jene Straße eingebogen war, die zu unserer Hütte führte, bremste ich abrupt ab und erbrach mich ins Gestrüpp am Waldrand. Womit könnte man eine neue Gegend besser einweihen als mit ein bisschen Kotze?

Nacho winselte und wimmerte hinter dem halboffenen Fenster, also gab ich ihm winkend ein Lebenszeichen. Ich wischte mir mit ein paar Servietten aus dem Seitenfach den Mund ab und spülte ihn mit etwas Wasser aus meiner Wasserflasche aus. Dann steckte ich mir einen Pfefferminzkaugummi aus der Mittelkonsole in den Mund und zwang mich, durchzuatmen. Zumindest würde ich mich beim Anblick von Cooper nicht mehr übergeben.

Er war einer der wenigen, der wusste, dass ich den Bundesstaat Wyoming nie verlassen hatte und ich wollte dem Mann nicht noch einen weiteren Grund geben, mich für seltsam zu halten.

Nachdem ich noch einige Kilometer weiter gefahren war, kam ich zu der Abzweigung, die lediglich mit einem winzigen schwarzen Schild und einer handgeschriebenen 6793 markiert war. Der Truck rumpelte über die überwucherte Einfahrt und bog dann hinter einer Gruppe großer, ausladender Kiefern um die Ecke. Ich schnaubte, als der Truck die Bäume passiert hatte.

Das hier war keine Jagdhütte. Es war eine baufällige Bruchbude, die aus halbvergammeltem alten Holz und Hoffnung bestand. Auf gar keinen Fall konnte ich die wieder aufbauen, wenn meine einzige Unterstützung von einem eitlen Schauspieler kam, der beim Wort *Ständerwerk* vermutlich an ein Stativ für das perfekte Selfie dachte und nicht an eine Holzbauweise.

Wir steckten mächtig in der Scheiße.

Kaum hatte ich die Bäume hinter mir gelassen, sah ich das neue, glänzende, braun-beige Wohnmobil, das am Waldrand parkte. Aus dem regen E-Mail-Verkehr wusste ich, dass Cooper das Wohnmobil von Stallion abgeholt hatte, damit wir während der Arbeit an der Hütte darin wohnen konnten. In meiner Naivität hatte ich es für eine Art Sahnehäubchen auf unserer Kooperation gehalten, eine Geste, um uns den Aufenthalt hier zu versüßen. Mittlerweile fragte ich mich, ob es nicht einfach praktische Gründe hatte, denn die Hütte war nicht bewohnbar.

Ich parkte und ließ Nacho aus dem Truck. Er flitzte wie ein geölter Blitz davon, rannte von Baum zu Baum und schnupperte an allem, was ihm unter die Nase kam. Da öffnete sich die Tür des Wohnmobils und hinaus trat der Mann, den ich seit mindestens zwei Jahren nicht gesehen hatte.

Er sah größer aus als ich ihn in Erinnerung hatte, aber vielleicht war es nur die kleine Tür des Wohnmobils, die ihn riesig wirken ließ. Bei seinem letzten Besuch bei Eli hatte Cooper mir genau bis zur Nase gereicht. Ich war ein großer Kerl, also war er vermutlich etwas über 1,80 Meter groß. Er stand direkt in der Sonne, sodass seine gebräunte Haut schimmerte und die kupferfarbenen Strähnen in seinem braunen Haar aufleuchteten. Seine alten Jeans saßen so eng, als wären sie nach jahrelangem Tragen zu einer zweiten Haut geworden. Durch die ausgefransten Löcher im Stoff blitzte hier und da nackte Haut auf und ich ließ meinen Blick darüberschweifen, als müsste ich mir ihre Position aus irgendeinem Grund ganz genau einprägen.

Ich blinzelte und schüttelte den Kopf, bevor ich mich abwandte, um etwas, irgendetwas, aus dem Truck zu holen und mich zu beschäftigen, bis ich wieder klar denken konnte.

„Ah, ja, Hallo auch an dich.“

Wie üblich klang er gut gelaunt. Aus irgendeinem Grund dachte ich beim Klang seiner Stimme an das eine Mal, als er uns davon erzählte, wie er in der Garderobe eines kleinen Theaters einen Karton voller Katzenbabys gefunden hatte. Jedes der Kätzchen habe, so sagte er, eine andere Farbe gehabt und das habe ihm wieder vor Augen geführt, was für eine Null er in Naturwissenschaften war. Denn er hatte nicht die leiseste Ahnung, wie aus zwei Katzen vier verschiedenfarbige Babys hervorgehen konnten. Meine gesamte Familie hatte Tränen gelacht, wie immer, wenn Cooper uns besuchte. Er war die Sorte Mensch, die immer im Mittelpunkt stand. Kaum war er da, wich der Sauerstoff aus dem Raum und der Rest von uns konnte kaum atmen.

„Hmpf", antwortete ich. Ich schnappte mir den Seesack mit meiner Kleidung und ging zur Wohnmobiltür. „Werden wir hier drinnen schlafen?"

Was? Natürlich schlafen wir hier drinnen. Wo sollten wir sonst schlafen? *Idiot.*

Seine Mundwinkel wanderten nach oben, was meine Aufmerksamkeit auf seine Lippen zog. Sie waren voll und von dunklen, kurzen Bartstoppeln umgeben. Es stand ihm gut, aber schließlich hatte Cooper immer gewusst, dass er ein attraktiver Mann war. Ich war ehrlich überrascht, dass Hollywood nicht Feuer und Flamme für ihn war. Ich hätte erwartet, dass er zumindest von einer Modelagentur entdeckt wird.

„Ja, *Nine*. Wir übernachten hier drinnen. Außer du willst lieber bei den Termiten und Opossums schlafen. Vermutlich lieben es Männer wie du, in der Natur zu schlafen. Würde zumindest gut zu deinem neuen Rübezahl-Look passen."

Ich spürte, wie meine Nasenflügel bebten. Es konnte nicht jeder so gut aussehen wie dieser Trottel vor mit. Einige von uns mussten ihre hässliche Visage hinter dicken Bärten und Zottelhaar verstecken. Nur weil ich kein Filmstar war wie seine übrigen Bekannten, hieß das noch lange nicht —

„Steh hier nicht so rum und komm rein. Du musst ein Glas für mich öffnen. Wenn ich es selbst mache, breche ich mir den Fingernagel ab."

Ich sah überrascht zu ihm hoch. „Oh, du glaubst wirklich, dass deine Maniküre dieses Desaster überleben wird? Wie putzig."

Er funkelte mich an, aber ich konnte den Anflug eines Grinsens erkennen. Seine Bäckchen röteten sich vor Ärger. „Glaub mir, es macht mir keinen Spaß, dich darum zu bitten. Aber wenn ich keine eingelegte Gurke zu meinem Sandwich kriege, ist mein ganzer Tag gelaufen. Das spüre ich einfach."

Er wich zurück, damit ich eintreten konnte. Das Erste, was mir ins Auge stach, war, wie teuer alles hier drinnen aussah. Das Wohnmobil war ganz offensichtlich funkelnagelneu. Die Sitze waren aus weichem Leder, der Boden war aus Laminat in Holzoptik. Die Küchengeräte glänzten und der gesamte Innenraum duftete nach Neuwagen. Ich fragte mich, wie lange es so bleiben würde, wenn zwei verschwitzte Männer und ein Hund hier leben.

Nachdem ich den Seesack auf den nächstbesten Stuhl geworfen hatte, drehte ich mich zu ihm um und rieb mir die Hände. „Meine Muskeln sind bereit für den Einsatz."

Sobald ich die Worte ausgesprochen hatte, schoss mir das Blut in die Wangen. Cooper zog die Augenbrauen hoch und öffnete den Mund – zweifellos für eine sarkastische Antwort –, aber ich knurrte bedrohlich, bevor er etwas sagen konnte.

Er lachte und drehte sich zu der kleinen Küchenzeile um, wo er offensichtlich bereits mit dem Einräumen der Lebensmittel begonnen hatte. Ich entdeckte das Gurkenglas neben einem halbfertigen Sandwich und öffnete es problemlos beim ersten Versuch.

Cooper starrte mich an „Das wars? Einfach so?"

Ich zuckte mit den Schultern „Einfach so." Ich ging an ihm vorbei, um mich weiter im Wohnmobil umzusehen. Als ich mich an ihm vorbeischob, nahm ich einen medizinischen Geruch wahr. Plötzlich fielen mir meine Manieren wieder ein. „Oh Mist, wie geht's deinem Bruder? Tut mir leid, dass ich nicht eher gefragt habe."

Überrascht wandte Cooper sich um. „Äh… es geht ihm gut. Er hat eine Bluttransfusion bekommen, damit er wieder eine Zeit lang arbeiten gehen kann. Danke der Nachfrage. Ich wäre schon früher hier gewesen, aber ich wollte ihn heute Morgen noch vom Krankenhaus nach Hause bringen."

Ich nickte und warf einen Blick ins Schlafzimmer. Es gab ein riesiges Kingsize-Bett, auf dem Cooper bereits sein ganzes Zeug ausgebreitet hatte. Dann würde ich wohl auf dem Sofa schlafen. „Eli hat erzählt, dass er schon länger krank ist. Bist du deshalb wieder von Kalifornien zurückgekommen?", fragte ich mit einem Blick Richtung Küche.

Bei meiner Frage schien sein Körper sich anzuspannen und mir wurde bewusst, dass mich das nichts anging. „Tut mir leid, ich wollte mich nur unterhalten", murmelte ich, als er nicht sofort antwortete.

„Schon okay. Ja, meine Mom ist ganz alleine, also…"

Ich öffnete die Küchenschränke, um zu sehen, ob wir alles unterbringen konnten. Auch ich hatte noch einige Tüten mit Lebensmittel in meinem Truck. „Hast du vor, nach der Sache hier zurückzugehen?"

Es war so eng hier drinnen, dass ich spürte, wie die Luft sich bewegte, sobald er beim Sandwich-Machen sein Gewicht von einem Fuß auf den anderen verlagerte. Unter dem Geruch, den ich mittlerweile für Handseife aus dem Krankenhaus hielt und der mich an den Tag erinnerte, an dem meine Schwester letztes Jahr meinen Neffen zur Welt brachte, nahm ich noch etwas Unerwartetes wahr. Gardenien. Ich hatte den Sommer meines ersten Highschool-Jahres damit verbracht, rund um unser gesamtes Haus Gardenien zu pflanzen, weil meine Mutter den Duft so liebte. Sie hatte im Einkaufszentrum eine Parfumprobe bekommen und beschlossen, dass unser Garten den ganzen Sommer über so duften sollte. Warum in aller Welt roch dieser Mann nach Gardenien?

Wie auch immer. Was kümmerte es mich, wie er roch? Was für ein absurder Gedanke.

„Keine Ahnung. Hoffentlich wird sich aus all dem hier etwas Großartiges ergeben und danach werde ich entscheiden, wohin ich ziehe. Aber ich muss zumindest dann in Colorado sein, wenn Jackson seine Operation hat. Immerhin bin ich der Spender."

Ich hätte ihm nicht so eine persönliche Frage stellen sollen. Es ging mich wirklich nichts an und ich beschloss, dass es vermutlich das

Beste wäre, ihn nicht zu mögen. Wenn ich zu viel über ihn erfuhr und herausfand, wie nett er war, würde das meine Wutständer-Probleme sicherlich nicht lösen.

Als ich zur Tür ging, um mir die Hütte anzusehen und ihn in Ruhe essen zu lassen, überraschte er mich.

„Hier." Er hielt mir eines der Sandwiches mit einer Serviette hin. Es bestand aus dicken Weizenbrotscheiben mit jeder Menge Schinken- und Käseschichten. Es sah köstlich aus.

Ich konnte nicht glauben, dass er mir die Hälfte seines Mittagessens anbot. „Für mich?"

Coopers Lächeln war wie ein heller Lichtstrahl, der eine dunkle Wolkendecke durchbrach. „Ja, für dich. Für Nacho ist es mit Sicherheit nicht. Als ich ihm das letzte Mal ein Sandwich gegeben habe – und zwar nicht freiwillig, wohlgemerkt – hat er mich mit seinen Fürzen fast erstickt. Das riskiere ich in derart engen Räumen sicher nicht noch einmal."

Ich konnte mir ein Lachen nicht verkneifen, nahm das Sandwich und brummte ein Danke.

„Meine Damen und Herren: Er weiß, wie man lacht!", murmelte Cooper grinsend. „Wer hätte das gedacht."

KAPITEL 4
COOPER

Ich steckte sowas von in der Scheiße. Isaac „Nine" Winshed war der attraktivste Mann, den ich je gesehen hatte. In der Sekunde, als er aus dem Truck gestiegen war – mit diesem dunklen, dichten Bart und dem zotteligen Haar, das ihm bis über die Ohren fiel –, wollte mein Schwanz ihn willkommen heißen. Über seinem weißen Unterhemd trug er ein offenes, kuschelig wirkendes Flanellhemd. Die Ärmel hatte er hochgekrempelt, sodass man seine muskulösen Unterarme sehen konnte, die schon jetzt gebräunt waren, obwohl er einen ganzen Winter lang nur Regale in Walts Baumarkt eingeräumt hatte.

Nur zu gerne würde ich mit seinen Jeans tauschen, die sich an seine kräftigen Oberschenkel schmiegten. Wie Hand eines Liebhabers umschlossen sie die Beule in seinem Schritt und liebkosten von dort den gesamten verdammten Meter seiner Beine, bis zum ausgefransten Saum über den ausgelatschten Arbeitsschuhen.

Das war nicht der unbeholfen, schlaksig wirkende Teenager von unserer ersten Begegnung, damals als ich die Winterpause meines ersten Colleges-Jahres bei den Winsheds verbracht hatte. Jener Junge war merkwürdig und beinahe stumm gewesen. Er hatte mehr Zeit in der Scheune als im Haus verbracht und war sogar den Blicken seiner Familie ausgewichen, ganz zu schweigen von meinen. Mit jedem meiner Besuche im Lauf der vier College-Jahre wurde er mir gegenüber distanzierter und sein Ton seltsam flapsig. Statt wie ehemals ruhig und sanftmütig war er plötzlich trotzig. Wenn er überhaupt mit mir sprach, machte er passiv-aggressive Kommentare, etwa über den Nutzen eines Schauspiel-Abschlusses oder darüber, wie hilfreich es für die Moral war, dass ich bei den Reparaturarbeiten am Zaun zusah. Als ich mein fehlendes Wissen in Bezug auf Zäune ins Rennen brachte, lächelte er aufgesetzt und murmelte, ich könne ja meine Schauspielausbildung nutzen und zumindest so *tun*, als sei ich hilfreich.

Bei unserer letzten Begegnung war er kaum alt genug gewesen, mich und seine Brüder auf ein paar Bier in die Raststätte zu begleiten. Jetzt stand er hier, ganz erwachsen, und entfachte Holzfäller-Fantasien in mir, von denen ich nicht mal wusste, dass ich sie hatte.

War es okay, dass ich ihn schlagen *und* ficken wollte? Das wollte ich nämlich. *Hart.*

Nachdem er hinausgegangen war, um die Gegend zu erkunden, nahm ich einen Bissen von meinem Sandwich. Ich konnte ihn durch das Fenster über der Spüle sehen. Nacho tänzelte um ihn herum, in der Hoffnung, ihm ein Stück des Sandwiches abzuluchsen. Die frühe Nachmittagssonne schimmerte durch die Bäume und warf einen lichtgesprenkelten Weg für ihn auf den Boden, direkt bis zu dem Drecksloch, das wir renovieren sollten.

Das Haus war die reinste Katastrophe. Irgendwer bei Stallion hatte uns ziemlich reingelegt. Sie hatten uns erzählt, es handle sich um eine ehemalige Jagdhütte. Doch so wie es hier aussah, hatten die letzten Bewohner noch mit Pfeil und Bogen in der Prärie Büffel gejagt. Nach einem flüchtigen Blick ins Innere hatte ich mich sofort wieder zurück in die Welt der Lebenden begeben. Ich hatte so eine Ahnung, dass ich sehr viel Zeit damit verbringen würde, mich an den modernen Innenräumen des Wohnmobils zu erfreuen und Stallion dafür zu loben, es uns so großzügig zur Verfügung gestellt zu haben.

Ein lauter Pfiff ertönte und mein Blick schoss zu Nines Gesicht. Er hatte Daumen und Zeigefinger im Mund und ich erkannte die berühmte Pfeiftechnik der Winsheds. Es nervte mich gewaltig, wenn Eli so pfiff und ich würde es auf keinen verdammten Fall dulden, dass Nine mich so zu sich rief. Ich war kein Hund.

Ich aß weiter mein Sandwich.

Wieder durchbrach ein Pfiff die Stille. Vor Schreck ließ ich das mit Mayonnaise bedeckte Messer klirrend auf den makellosen Boden fallen.

„Lass den Scheiß!", rief ich, während ich das Messer aufhob. „Ich bin nicht dein Dienstbote!"

Ich warf das Messer in die Spüle und wischte den Mayo-Klecks am Boden mit einem Stück Küchenkrepp weg. Dann widmete ich mich mit zitternden Händen und bis zu den Ohren hochgezogenen Schultern wieder meinem Sandwich.

Und tatsächlich drehte der Arsch sich zu mir um, starrte mich durch das Fenster an und pfiff ein weiteres Mal. Ich war kurz davor, die Beherrschung zu verlieren, denn jede Faser meines Körpers wollte ihm gehorchen und zu ihm gehen. Ich entschied mich dagegen. Wenn ich jetzt nachgab, würde das immer so laufen und ich wäre im Arsch.

„Es reicht!", rief ich. Beim Klang meiner Stimme spitzte Nacho die Ohren. Mit einem breiten Lächeln und seitlich heraushängender Zunge galoppierte er aufs Wohnmobil zu. Er würde es lieben, den ganzen Sommer hier draußen in den Wäldern zu verbringen. Mit Sicherheit wird er jede Menge Unsinn anstellen.

„Hey, Süßer", gurrte ich, während ich mich zu ihm beugte und ihn hinter den Ohren kraulte. „Hast du mich vermisst? Hast du mich vermisst, mein süßes Baby? Ja, das hast du."

Als Nine endlich sein Alphamännchengehabe aufgegeben hatte und wieder hereingekommen war, lag ich schon im vollen Hundekuschelmodus auf dem Boden.

„Hast du keine Selbstachtung?", murmelte Nine. „Du weißt ja nicht mal, wo er seine Zunge zuletzt hingesteckt hat."

Bevor ich Gelegenheit hatte, meine Liebe zu diesem Hund zu verteidigen, sah Nine mich mit einem Grinsen an und vollendete seinen Satz. „Nacho."

„Verehrtes Publikum, dieser Mann ist ein Komiker", sagte ich und verdrehte die Augen. „Ich darf dich hiermit informieren, dass ich diese Zunge schon sehr, sehr lange nirgends hingesteckt habe."

Unsere Blicke trafen sich und die Zeit stand einen Augenblick lang still. Was hatte ich da gesagt? Das ging ihn überhaupt nichts an. Jetzt klang ich wie ein Versager.

„An Gelegenheiten ist es nicht gescheitert", fügte ich unsinnigerweise hinzu.

Klappe.

„Gut zu wissen. Ich habe mich schon die ganze Zeit gefragt, was deine Zunge so treibt." Er sah mich mit zusammengekniffenen Augen an. „Hättest du wohl gerne. Die Details aus deinem Sexleben kannst du gerne für dich behalten."

Ich spürte einen Stich in der Magengrube. Er hatte sich in meinem Beisein nie offen schwulenfeindlich verhalten, aber ich durfte nicht vergessen, dass er aus einer Kleinstadt in Wyoming kam. Nine and Eli kamen aus einer traditionellen, respektablen, christlich-konservativen Familie. Samstags gingen sie auf die Jagd und sonntags beteten sie zu Jesus. Obwohl Eli mir gegenüber nie homophob gewesen war, war nicht von der Hand zu weisen, dass er dank seiner Erziehung nicht die leiseste Ahnung von irgendetwas hatte, was mit LGBT auch nur entfernt zu tun hatte. Diese Tatsache könnte uns in unserer aktuellen Situation zum Verhängnis werden.

Ich erwiderte seinen Blick. „Genau genommen bist *du* momentan mein Sexleben, also werde ich es wohl nicht für mich behalten."

Sein überraschter Gesichtsausdruck war zum Schießen. Als hätte er gerade erst zwei und zwei zusammengezählt und bemerkt, dass das Ergebnis Sex ist. „Wir sind ein Paar, schon vergessen? Du bist mein Freund und wir sind verliebt. Wir sind zwei kleine Turteltäubchen, die eine Hütte in den Bergen renovieren und daraus ein luxuriöses Liebesnest machen." Ich trat näher an ihn heran, bis meine Brust fast die seine berührte. Als ich mich vorbeugte und meine Fingerspitze seine Brust hinuntergleiten ließ, sog Nine hörbar die Luft ein. „Nicht wahr, Liebling?"

Aus seiner Kehle ertönte ein Krächzen und ich hätte am liebsten losgelacht. Doch ich verbiss es mir und wandte mich ab, um mich zu sammeln. Ich hatte nicht erwartet, durch sein baumwollenes Unterhemd die Wärme seines Körpers zu spüren, auch nicht dieses leise Knistern, das vom dichten, herrlichen Brusthaar unter dem Stoff stammen musste.

Ich kniff meine Augen fest zusammen und rief mir ins Bewusstsein, dass homosexuelle Männer es nicht wirklich mochten, wenn Schwule mit ihnen flirten, nicht mal, wenn es nur scherzhaft gemeint war. Obwohl Nine ein muskelbepackter Riese war, kannte ich ihn gut genug, um zu wissen, dass er mir nie wehtun würde. Ganz Wheatland und alle in der Winshed-Familie kannten ihn als sanften Riesen. Wenn sie ihm nicht den Spitznamen „Nine" gegeben hätten, hätten sie ihn vermutlich Schneewittchen genannt. Er war einfach hinreißend liebevoll zu allen Tieren und liebte es, bei ihnen in der Natur zu sein.

Doch jeder hatte seine Grenzen. Ich wusste aus Erfahrung, dass es schwer war, jemanden hundertprozentig richtig einzuschätzen, und um ehrlich zu sein, war es auch nicht so, dass ich Nine besonders *gut* kannte. Selbst wenn er gut drauf war, sprach er nicht viel, und sogar Eli hatte mir erzählt, dass sein Bruder seine Zeit lieber alleine verbrachte. Für mich wäre das nichts. Ich war das Gegenteil. Daher war es eine furchtbar grässliche Vorstellung, einen ganzen Sommer lang mitten an diesem gottverdammten Ort zu verbringen, wenn ein verklemmter Holzfäller meine einzige Gesellschaft war.

Immer das Ziel im Auge behalten.

Ich brauchte das Geld, den dieser Job mir einbringen würde. Stallion hatte uns ein sehr lukratives Angebot gemacht, dazu kamen variable Prämien und Bonuszahlungen auf Basis der gewonnenen Videoblog-

Abonnenten. Hoffentlich war Nine ebenso scharf auf das Geld wie ich, denn ich würde mich mächtig ins Zeug legen. Mein Ziel war es, so viel Kohle wie möglich herauszuholen. Ich wollte, dass mein Bruder versorgt war. Ich wollte das Haus meiner Mutter zurück. Und ich wollte eine Chance, ein neues Kapitel aufzuschlagen. Dieser Vlog war meine Gelegenheit, jene Aufmerksamkeit und Freiheit zu bekommen, die ich in Los Angeles nicht gefunden hatte.

Ich atme tief ein und zog mein Telefon aus der Tasche. „Apropos Beziehungen. Ich finde, es wird Zeit für unseren ersten Beitrag. Lassen wir den Spaß beginnen."

Ich schob ihn aus dem Wohnmobil ins Freie und brachte ihn zwischen dem Wagen und dem Trümmerhaufen von Hütte in Position. „Okay, bleib so."

Dann drehte ich mich um und ging zurück, bis mein Rücken seine Brust berührte. Sein gesamter Körper verkrampfte sich. Ich lehnte meinen Hinterkopf an seine Schulter und griff nach seiner Hand, um sie in einer Umarmung um meine Hüfte zu legen. Es war, als versuchte man, einen starren Eisklotz zu verbiegen. „Entspann dich", murmelte ich. „Ich werde nicht gleich über dich herfallen."

„Hmpf."

Sein Schnauben brachte mich zum Lachen, also nutze ich die Gelegenheit, um den Moment zu filmen. Ich tippte auf das Telefon und achtete darauf, dass auch der Trümmerhaufen im Bild war. Sogar auf dem kleinen Bildschirm konnte man sehen, wie unwohl Nine sich fühlte.

„Tu so, als würdest du dich nicht vor mir ekeln, du Idiot." Langsam wurde ich wütend. „Das hier wird nie funktionieren, wenn du wirkst, als wäre dir eine Kieferoperation lieber als meine Berührung."

Ich spürte seinen warmen Atem an meinem Nacken und Sekunden später berührte auch sein Bart dieselbe Stelle. Als er Bart und Lippen an meinen Hals schmiegte, ging ich vor Überraschung und Erregung beinahe in die Knie. Ich betete zu Gott, dass das leise Wimmern nur in meinem Kopf gewesen war.

„Du riechst nach Gurken“, murmelte er an meinem Hals. „Ich mag Gurken.“

Mein Atem wurde schneller und flacher, als sein Arm meine Taille fester umschlang und der gewölbte Schritt seiner Jeans meinen Hintern berührte.

Du meine Güte.

„Tu ich auch“, seufzte ich.

„Was tust du auch?“, fragte er.

„Ich mag Gurken auch. Sehr.“ Ich schloss die Augen und betete um Standhaftigkeit. „Sehr, sehr, so…. Sehr.“

Was redete ich da überhaupt?

Das tiefe Rollen seines Lachens vibrierte kurz an meinem Rücken, bevor er sich abwendete und auf die Bruchbude zuging.“ Ich glaube, du hast jetzt genug Aufnahmen. Lass uns mal sehen, womit wir es zu tun haben.“

Ich sah ihm nach und beobachtete die runden Bäckchen seines Hinterns, der von seinen Jeans fürsorglich umspannt wurde. Er zog das Hemd aus und stand lediglich im engen weißen Unterhemd da. Es betonte seine enorm breiten Schultern und jede Wölbung seiner Rückenmuskeln, seine schmale Taille und seinen Hammerarsch darunter. Dieser Mann war der Inbegriff männlicher Perfektion.

Na schön, zumindest für *mich* war er das. Ich konnte nicht wegsehen. Mein Schwanz war so hart wie die massiven Kiefern am Waldrand.

Seine barsche Stimme riss mich aus meinen Holzfällerfantasien. „Hör auf, meinen Arsch anzustarren und komm mit der Kamera her.“

„Ich habe nur auf deinen Arsch geguckt, weil du dich in etwas Braunes gesetzt hast“, sagte ich. „Sieht aus, als hättest du dich ange-schissen. Total eklig.“

Er warf einen Blick über seine Schulter, um zu sehen, ob ich Witze machte. Und dann passierte es.

Nines Blick wanderte über meinen Körper wie die Hände eines aufmerksamen Liebhabers und blieb dann an meinem Schritt hängen, wo er lange verweilte. Als er wieder hoch und mir in die Augen sah, lag darin unübersehbares Begehren. Ich konnte nicht atmen. Meine Kehle war wie ausgetrocknet und mein Herz hatte vergessen zu schlagen. Was zum Teufel war hier los?

„Deinen Jeans nach zu urteilen", konstatierte er, „bezweifle ich, dass du mich eklig findest. Jetzt beweg deinen Arsch her und fang an, Fotos zu machen. *Liebling*."

KAPITEL 5
NINE

Der Zustand der Hütte war besser als es der erste Eindruck vermuten ließ. Das Fundament war stabil und mir wurde bewusst, dass ich mir meine erste Meinung nur aufgrund einiger vergammelter Bretter am Vordach über der Eingangstür und den sich auflösenden Fensterläden gebildet hatte. Die Fenster waren natürlich kaputt, was mich daran erinnerte, dass ich zuallererst eine Materialliste erstellen musste. Die Lieferung der neuen Fenster würde dauern.

Ich verbrachte einige Stunden damit, mit Stift und Notizbuch die Runde zu machen, während Cooper damit begann, unsere Social-Media-Accounts aufzusetzen. Wir hatten vor unserer Ankunft einige E-Mails ausgetauscht, um die wichtigsten Grundlagen zu besprechen. Ich wollte mich natürlich auf YouTube beschränken, doch Cooper bestand darauf, auch einen Instagram-Account zu erstellen. Da er auch für seine eigene Karriere auf dieser Plattform eine große Community aufbauen wollte, konnte ich ihm diese Gelegenheit nicht nehmen. Außerdem, so dachte ich, könnte ich so die Führung beim Vloggen übernehmen, während er sich um die Fotos und Instagram kümmert.

Da ich mich nicht sonderlich für Details wie unsere Marke, Positionierung und dergleichen interessierte, blieb ich im Freien und kümmerte mich um das Wesentliche, während er den Internet-Hotspot zum Glühen brachte. Ich konnte es noch immer nicht fassen, wie viel Geld Stallion in dieses Projekt investierte. Sie hatten uns das Wohnmobil besorgt, das ein Solarmodul und einen Generator hatte, mehrere Wifi-Hotspots, unbegrenzten Kredit beim nächstgelegenen Baumarkt, der etwa vierzig Minuten in jene Richtung lag, aus der ich gekommen war; außerdem einen ganzen Haufen an neuem Foto- und Video-Equipment, das sich derzeit noch in einem Safe im Kofferraum meines Trucks befand. Das Zeug war so hochwertig, dass ich beinahe Angst hatte, es zu benutzen.

Stattdessen nahm ich die Maße der Hütte und verschaffte mir einen Eindruck, womit wir es zu tun hatten. Irgendwann gesellte sich Cooper zu mir.

„Ich dachte, du hast vielleicht Durst. Ich habe uns Limonade gemacht.“

Ich betrachtete ihn durch das gedämpfte, schattige Licht, das durch eines der kaputten Fenster der Hütte hereinströmte. „Äh, danke. Ja. Nett von dir.“

Er machte einen Schritt auf mich zu und hielt mir eine Thermosflasche hin. „Mit Eis. Für den Fall, dass du länger brauchst.“

Er wirkte unsicher, ganz anders als der großspurige Cooper Heath, den ich kannte. Ich nahm die Flasche, schraubte sie auf und machte einen großen Schluck. Es schmeckte fantastisch. „Wow, echt lecker. Danke.“

„Ist nur ein Pulvermix, nichts Besonderes. Ich bin kein Fan von purem Wasser, darum habe ich eine Reihe unterschiedlicher, zuckerfreier Instant-Pulver dabei.“

War er etwa nervös?

Er drehte sich einmal herum, als könne er sich nicht entscheiden, ob er gehen oder bleiben sollte. „Wie auch immer, das war’s eigentlich. Ich wollte nur —“

„Warte." Mit einem Mal wollte ich nicht, dass er ging. „Es gibt eine Eismaschine in diesem Ding?"

„Häh? Oh, ja. Ziemlich cool. Ich glaube, sie ist mit der Trinkwasserleitung verbunden. Ich kenne mich mit Wohnmobilen nicht aus, aber der Typ bei der Abholung hat mir eine kleine Einführung gegeben. Es gibt auch eine dicke, fette Bedienungsanleitung, falls wir sie mal brauchen."

Ich nahm noch einen Schluck. „Mich interessiert nur, wie die Dusche funktioniert und wie man das Sofa zu einem Bett umbaut und schon bin ich zufrieden."

Cooper runzelte die Stirn. „Welches Sofa?"

„Na, du weißt schon, Wohnmobile haben immer ein Sofa, das man zu einem zusätzlichen Bett umbauen kann. Oder nicht?"

„Hm, kann sein. Aber dieses hier nicht. Es gibt Relaxsessel."

Ich erinnerte mich an die großen Ledersessel vor dem Flachbildfernseher. „Mist. Wo soll ich dann schlafen?"

Er zuckte mit den Schultern. „Nun ja, die kleine Bank lässt sich in ein Bett für Kleinkinder umbauen. Vielleicht probierst du es mal damit."

„Ich bin eins fünfundneunzig. Hast du nicht daran gedacht, sie um ein zweites Bett zu bitten?"

Cooper stemmte eine Hand in die Hüfte. „Ja klar. Damit mein *Freund* und ich in der Nacht einen Sicherheitsabstand einhalten können. Nein, Nine. Ich habe ihnen nicht gesagt, dass wir getrennte Betten brauchen. Ich nehme an, den Stallion-Leuten fällt es schwer genug zu glauben, dass ihr geliebter Vorzeigeholzfäller wirklich queer ist. Also ist alles, was daran Zweifel aufkommen lässt, vermutlich keine gute Idee."

Oh-oh. Jetzt war er sauer.

„Na fein. Dann schlaf ich draußen."

Ihm fiel die Kinnlade hinunter. „Ich habe nicht die Beulenpest, du Arschloch. Es ist ein riesiges Kingsize-Bett. Aber wenn du lieber draußen bei den Wölfen und Bären schläfst – tu dir keinen Zwang an."

Bevor ich antworten konnte, stürmte er davon.

Verdammt. Ich hatte doch nur gemeint… ich wollte mich nicht aufdrängen und voraussetzen, dass wir…

Ich seufzte. In Wahrheit konnte ich mir einfach nicht vorstellen, mir ein Bett mit Cooper zu teilen. Ich schlief nicht mal mit einem meiner Brüder im selben Bett. Wie zum Teufel sollte ich mit einer Morgenlatte neben einem Typen aufwachen, der… der… Und was, wenn er auch eine Morgenlatte hatte? Was, wenn unsere Morgenlatten… sich berührten?

Ich spürte, dass mein Schwanz dieses Szenario nachspielen wollte. Nicht hilfreich.

„Isaac!" Coopers markerschütternder Schrei gellte durch die Hütte. Ich rannte hinaus in das verblassende Sonnenlicht. Cooper stand mitten auf der Lichtung und starrte zur offenen Tür des Wohnmobils. Er stützte sich auf die Oberschenkel und war kurz vorm Hyperventilieren.

„Was? Was ist los?" Ich stellte mich vor ihn und folgte seinem Blick, in Erwartung, dass ein Bär, ein Berglöwe oder irgendetwas ähnlich Gefährliches im Inneren herumgeisterte. Ich hatte mein Gewehr dabei, aber es war in einem verschlossenen Eurobehälter in meinem Truck und die Schlüssel lagen im Wohnmobil auf der Küchenzeile.

„Da drinnen ist eine Fledermaus". Seine Stimme zitterte. „Fuck! Da drinnen ist eine gigantische Fledermaus." Er schüttelte sich. „Sie ist direkt auf mich zugeflogen, so als wollte sie mich fressen. Sie hat mich berührt, verdammt noch mal, und jetzt muss ich meine Kleider und meine Haut verbrennen. Fledermäuse haben Tollwut, richtig? Kriege ich jetzt eine Spritze in den Bauch? Mist. Wenn ich eine Spritze brauche, nur weil so ein verfickter Flugdrache sich auf mein Gesicht gestürzt hat, werde ich —"

Ich steckte meinen Kopf in das Wohnmobil. Einen Augenblick war alles still, doch dann sah ich eine Bewegung vorne an der Windschutzscheibe.

Es war ein winziger brauner Spatz, der zweifellos panisch war und versuchte, durch die großen durchsichtigen Fenster zu entkommen.

„Na komm, mein Kleiner“, murmelte ich und versuchte, nahe genug heranzukommen, um ihn mit den Händen zu fangen. Doch er flatterte zu wild. Ich entdeckte eine Papiertüte und drückte sie flach. Nachdem ich die Schlafzimmer- und Badezimmertür geschlossen hatte, ging ich zurück und versuchte, den Vogel mithilfe der Papiertüte aus der Tür des Wohnmobils zu bugsieren. Es dauerte ein Weilchen, aber schließlich klappte es.

Kaum flatterte der kleine Spatz aus der Tür, kreischte Cooper erneut vor Angst auf. Ich stand in der Tür und lachte.

„Alter, das war ein winziger Singvogel, nicht der Sensenmann. Wenn du Tollwut hast, dann nicht von Tweety dort drüben, das kannst du mir glauben. Das arme Kerlchen hatte riesige Angst.“

Cooper riss die Hände in die Höhe. „Danke, Steve Irwin. Neue Regeln: Die Wohnmobiltür wird immer geschlossen. Wenn ich aufwache und es überall rund um mich kreucht und fleucht, kriegen wir ein Problem.“

Genau so kannte ich Cooper. Kleinlich und zickig. Obwohl er kein Stadtkind war, benahm er sich wie eines. Der Mann hat während seines Aufenthalts bei uns nicht mal unsere Pferde besucht, weil sie ihn angeblich „böse ansehen“.

Ich kicherte. „Ich habe so eine Ahnung, dass das ein langer Sommer für dich wird, Prinzessin.“

Er warf mir einen Blick zu. „Es kann nicht jedes Kind Küken als Haustiere haben.“

Er ließ keine Gelegenheit aus, diese Geschichte anzusprechen. „Nimm das zurück. Sir Pick-A-Lot war ein treuer Gefährte. Ich habe sie geliebt.“

Coopers Grübchen tauchten auf. Ich hasste es, das zuzugeben, aber ich wollte mehr davon sehen. „Sie war ein Huhn. Das in deinem Kleiderschrank gelebt hat. Als du vierzehn warst.“

„Mein Dad wollte sie essen. Was hätte ich sonst tun sollen? Du weißt nicht, wie das ist, wenn man Gefühle für ein Tier entwickelt, das nur existiert, um deine ganze verdammte Großfamilie zu ernähren.“

„Und wie war das, als er Pick-A-Lot nicht finden konnte? Ist das Familienessen ausgefallen?“

Ich grinste ihn an. Er kannte die Antwort bereits, denn er war dabei gewesen. „Er hat Krümel umgebracht. Aber das war voll okay für mich, dieses Huhn war ein Quälgeist.“

Er warf den Kopf zurück und lachte. Mir wurde kurz schwummrig. Vielleicht freute ich mich lediglich, dass ich ihn von den Sorgen um seinen Bruder ablenken konnte oder vielleicht freute ich mich einfach darüber, wenn ich jemanden, egal wen, zum Lachen brachte. Aber es war wie eine Droge. Eine Sucht. Ich wollte mehr.

„Funktioniert das Internet?“, fragte ich. „Ich muss eine Bestellung aufgeben, jetzt, wo ich weiß, was wir brauchen.“

Soviel dazu, ihn zum Lachen zu bringen. Ich war kein witziger Mensch. Ich war stinklangweilig.

Sein Lächeln wurde kleiner, doch seine Augen funkelten noch immer. „Äh, ja. Der Empfang ist gut. Besser als man es so weit draußen erwarten würde.“

Ich nickte und ging in Richtung Wohnmobil „Na dann zurück an die Arbeit.“

„Ja, Meister“, murmelte er hinter mir. „Was immer Ihr wünscht, Meister. Wen interessiert's, dass ich eben knapp dem Tod entronnen bin.

Eigentlich solltest du mich ins Bett stecken, zudecken und mir das Katzentanzlied vorsingen. Aber neeein, der Herr muss eine überaus dringende Bestellung machen. Früher —"

Den Rest hörte ich nicht mehr, denn ich bevor er nachkommen konnte, knallte ich ihm die Wohnmobiltür vor der Nase zu.

„Was zum Geier?", hörte ich ihn draußen schreien.

„Du hast gesagt, die Wohnmobiltür soll immer geschlossen werden", antwortete ich. „Ich habe die Regel nicht gemacht."

* * *

Nachdem wir an diesem Abend einige Brathähnchen verputzt hatten, die ich am Weg zur Hütte besorgt hatte, und Cooper jede Menge Sir Pick-A-Lot-Witze gemacht hatte, saßen wir uns an dem kleinen Esstisch gegenüber, jeder mit dem Laptop vor sich. Ich war zwar schon fertig mit der Bestellung, musste die Artikel aber noch in eine Liste eintragen, um die Kosten im Blick zu behalten. Cooper arbeitete an einem Logo für unsere neue Marke und sprach mit gedämpfter Stimme mit sich selbst.

Es war irgendwie süß.

„Nicht lila. Niemand mag lila", sagte er.

„Ich mag lila."

Ich war ihm nicht mal einen Blick wert. „Du zählst nicht."

„Hmpf." Ich wendete mich wieder meiner Liste zu. Einige Minuten später war ich fertig und begann eine neue Liste für Projekte und Aufgaben, die noch vor der eigentlichen Arbeit an der Hütte anstanden. Ohne Plan würde ich an mehreren Baustellen gleichzeitig arbeiten, ohne mich auf eine zu konzentrieren.

„Ich werde auf der Lichtung ein paar Kameras aufstellen", sagte ich.

Endlich sah Cooper hoch. „Wozu?"

Machte er Witze? „Für die Videoaufnahmen."

„Wovon?"

Ich rieb mein Gesicht an meinen Handflächen, strich mit den Fingern durch meinen Bart und verkniff mir die erste Antwort, die mir in den Sinn kam.

„Von den Arbeiten an der Hütte. Von unserem Leben hier. Von uns." Er wirkte noch immer verwirrt. „Das *v* in Vlogging steht für —"

Cooper warf mir einen Blick zu. „Schon klar. Aber ich dachte, wir filmen einfach mit, wenn wir arbeiten."

Ich schüttelte den Kopf. „Nein. Wir brauchen ein Zeitraffer-Video des gesamten Projekts aus unterschiedlichen Perspektiven. Dieses Video wird uns die meisten Abonnenten bringen. Noch nie von Shawn James gehört?"

„Von wem?"

„My Self Reliance? Dieser Kanadier, der für sein Selbstversorger-Experiment ganz allein in Handarbeit eine Blockhütte gebaut und das Ganze mit Videos begleitet hat?"

„Ich seh mir auf YouTube meistens... sagen wir mal... witzigere Videos an."

Ich schnaubte. „Tja, schau's dir an. Es ist eine geniale Videoserie und die Kameraarbeit ist hervorragend. Ich habe ein bisschen recherchiert, wie andere Leute ihre Kameras für derartige Projekte einrichten und einen Plan für uns erstellt. Willst du mal sehen?"

„Klar. Ich nehme an, das wäre schlau. Ich will mich ja nicht zum Pinkeln hinter einen Baum verziehen, ohne zu wissen, dass ich für die Nachwelt festgehalten werde."

Ich blätterte in meinem Spiralnotizbuch zurück, bis ich die richtige Stelle gefunden hatte, dann schob ich es ihm rüber und zeigte auf das große Rechteck auf der Lichtung. „Hier ist das Wohnmobil. Du hast es sogar so geparkt, dass es in den Aufnahmen wenig auffällt, das ist schon mal gut. Ich denke, wenn wir die drei Stative hier, hier und hier aufstellen, haben wir die meisten Perspektiven abgedeckt. Ich habe natürlich auch eine Drohne, die wir für Luftaufnahmen verwenden können, aber das meiste nehmen wir mit einer hammermäßigen Sony-Kamera und einem Zeiss-Objektiv auf."

Cooper legte den Kopf schief und lächelte. „Sieh mal einer an, du Plappermaul. Hast du unabsichtlich eine Nase Koks geschnupft, oder wie?"

Ich fühlte, wie mir das Blut in die Wangen schoss. „Nein, es ist nur… ich steh einfach auf dieses Zeug. Es hat etwas mit Mechanik zu tun, verstehst du? So wie Werkzeuge. Es ist, wie etwas zu reparieren. Sobald du die Funktionsweise kennst, ist es gar nicht mehr unheimlich. Als ich klein war, habe ich mir mal die Schlagschnur meines Vaters aus seiner Werkzeugkiste genommen. So etwas Seltsames hatte ich noch nie gesehen. Wozu sollte eine Schnur voller Kreide nützlich sein? Dann habe ich gesehen, wie er damit ein Holzplatte markiert und mit einem Mal habe ich es kapiert. Mit dieser Videosache ist es genauso."

Wieso hielt ich nicht die Klappe? Und wieso kam mir das Wohnmobil plötzlich so eng vor? Ich spürte die Wärme von Coopers Bein, das mich unter dem Tisch berührte. Cooper streichelte gedankenverloren über Nachos Fell, der sich auf der Bank neben ihm ausstreckte und seinen goldbraunen Körper an Coopers Hüfte presste. Seine Beine hatte er in alle Richtungen von sich gestreckt, doch sein Kopf ruhte auf Coopers Schenkel. Er war ganz offensichtlich im siebten Himmel.

Ich presste die Lippen aufeinander und konzentrierte mich wieder auf meine Skizze. „Ähm, das war's auch eigentlich schon. Ich dachte, wenn wir schönes Licht vom Sonnenuntergang haben, könnte ich die Drohne über das Gelände schicken und ein paar 360-Grad-Aufnahmen machen. Sowas scheint den Leuten zu gefallen."

Ich spürte Coopers Blick auf mir. „Woher willst du das wissen?"

Ich funkelte zurück. Wut kochte in mir hoch und ich hatte das Bedürfnis, mich zu verteidigen. Ich war nicht dumm. Viele Leute dachten das, weil ich nicht viel redete. Aber ich war klug.“

„Weil ich einen der beliebtesten DIY-Kanäle auf YouTube betreibe“, sagte ich wütend. „Du Arsch.“

Seltsamerweise lächelte er triumphierend. Worauf wollte er hinaus, verdammt?

KAPITEL 6
COOPER

Ich war mir nicht sicher, ob ich weglaufen oder loslachen soll, als dieser große Kerl mich derart wütend ansah. Er war so leicht zu provozieren.

„Ganz ruhig, Rübezahl. Ich dachte du machst dir nichts aus Ranglisten und Abonnentenzahlen."

Sein Kiefer spannte sich an. „Tu ich nicht."

„Woher weißt du dann, was deinen Abonnenten gefällt? Woher weißt du, dass deine Videos beliebt sind?"

„Ich bin eben kein Idiot. Auch wenn *manche* Leute das glauben."

Ich lehnte mich zurück und streckte meine Arme über meinem Kopf. „Ich glaube nicht, dass du ein Idiot bist. Aber ich finde, dass du mehr tun könntest, um mehr Abonnenten zu gewinnen und in die nächste Liga aufzusteigen."

„Leck mich."

„Wie nett. So erwachsen. Lass dir bloß von niemandem einreden, dass du ungebildet bist, Isaac Winshed."

Seine Augen schossen Blitze. „Das hier klappt nicht. Ich habe keine Ahnung, was ich vor langer Zeit getan habe, um dich zu verärgern, aber ich habe es nicht verdient, wie ein Idiot behandelt zu werden." Er stand auf und ging in Richtung Schlafzimmer, bis ihm einfiel, dass ich dort übernachten würde. Als er auf dem Weg zur Tür des Wohnmobils an mir vorbeiging, hielt ich ihn am Handgelenk fest.

„Warte."

Er biss die Zähne zusammen und starrte weiter geradeaus.

„Isaac. Es tut mir leid, ich halte dich nicht für einen Idioten. Das ist irgendwie falsch rübergekommen. Setzt du dich bitte wieder hin?"

Er sah mich skeptisch an, ließ sich aber wieder in den Sitz gegenüber fallen.

„Danke. Also, ich wollte eigentlich darauf hinaus, dass du einen unfassbar beliebten YouTube-Kanal hast, ohne dich überhaupt um deine Fanzahlen zu kümmern. Du konzentrierst dich auf deine Videos, deine Ausrüstung und die Einstellungen, deine Tipps und darauf, den Leuten zu helfen. Aber du scheinst nicht viel Zeit in das Wachstum deines Unternehmens zu investieren."

„Ich sehe es nicht wirklich als ein Unternehmen. Ich mag es einfach, diese Videos zu machen und den Leuten zu helfen."

Ich nickte. „Ja, das verstehe ich vollkommen. Bis jetzt hast du es nur zum Spaß gemacht. Aber damit das hier funktioniert, müssen wir unternehmerisch denken. Deshalb schlage ich vor, dass wir die Arbeit aufteilen. Du konzentrierst dich auf das, was du vorhin erwähnt hast: Geniale Videos – genau das ist deine Stärke – und ich arbeite an unserer Community. Was sagst du?"

Er zögerte und nickte schließlich. Doch er war sichtlich skeptisch. „Aber bei den Renovierungsarbeiten brauche ich ebenfalls deine Hilfe."

„Tja, dann habe ich schlechte Nachrichten für dich. Ich weiß noch nicht mal, wie man mit einem Hammer umgeht. Nicht, dass ich nicht lernwillig wäre."

Er seufzte tief. „Verdammt."

„Jup", sagte ich fröhlich. „Wir Glücklichen. Die gute Nachricht ist: Ich glaube, wir können das zu unserem Vorteil nutzen."

Er zog eine Augenbraune hoch. „Was meinst du?"

„Naja, stell dir mal vor, wie süß es wäre, wenn mein Freund eine Engelsgeduld an den Tag legen muss, um mir die einfachsten Dinge beizubringen. Die Leute würden es lieben, besonders wenn das so läuft: ‚Nicht so, Liebling. Du musst den Hammer so halten. Ja, so ist es gut. Ich wusste doch, dass du gut mit deinem Hammer umgehen kannst.' Zwinker, zwinker." Nine riss die Augen auf. „Ich?", quiekte er „Soll sowas sagen? Zu dir?" Die mit einem Mal hohe Stimme dieses gestandenen Mannes brachte mich zum Lachen.

„Außer du bist ein Angsthase. Aber wenn du ein Problem damit hast, meinen Freund zu spielen, solltest du es besser gleich sagen." Ich tat so, als meinte ich es im Scherz. Doch die Wahrheit war, dass ich es ihm keinesfalls erlauben würde, jetzt aufzugeben. Ich brauchte das Geld von diesem Projekt und würde nicht zulassen, dass er mich im Stich lässt.

Sein Kiefer spannte sich erneut an. „Ich habe kein Problem damit und ich bin kein Angsthase."

Dann sagte ich etwas völlig Albernes: „Dann beweise, dass du kein homophober Neandertaler bist und schlaf in einem Bett mit mir, verdammt noch mal."

Sobald ich es ausgesprochen hatte, hätte ich es am liebsten zurückgenommen. Was zum Teufel dachte ich mir dabei? Was, wenn ich mich im Schlaf an ihn schmiege und nicht mehr aufhören kann, ihn zu kuscheln. Oder noch schlimmer… was, wenn ich mich an ihm reibe?

Mein Herz wummerte. Was, wenn ich mich an ihm reibe und *komme*? Oh Gott. Das war ein Fehler. Ein gewaltiger Fehler.

„Ähm", setzte ich an und suchte panisch nach einem Ausweg aus der Situation, in die mich meine große Klappe gebracht hatte.

„Nein, du hast recht. Es ist okay. Die Vorstellung, von Mücken zerstochen zu werden, ist ohnehin nicht besonders reizvoll. Es ist besser, wenn ich drinnen schlafe. Und außerdem: Ich bin nicht homophob, und wenn du mir das noch einmal unterstellst, werde ich... es beweisen.“

Bei diesem absurden Höhepunkt seines Geplappers zuckte er selbst ein wenig zusammen. Ich konnte nicht umhin, mir vorzustellen, wie er beweisen wollte, dass er nicht homophob war. Indem er mich küsste? Indem er mir erlaubte, ihm einen zu blasen? Indem er mir einen blies?

Fuck.

„Ähm, ja... ein Beweis ist nicht notwendig. Lass uns einfach... ähm...“ Ich schluckte. „Lass uns einfach die Profile ansehen, die ich heute aufgesetzt habe und die Logovorschläge durchgehen.“

Er atmete aus. Seine Ohren waren dunkelrot. Nervös war er sogar noch süßer. „Okay. Klingt gut.“

Ich drehte meinen Laptop so, dass wir beide etwas sehen konnten.

„Cooped Up With Nine?“, fragte er überrascht. „So willst es nennen?“

„Süß, nicht? Ich dachte, es wäre witzig, mit unseren Namen zu spielen. ‚Cooped up‘ wie in ‚eingepfercht‘, also ‚Eingepfercht mit Nine‘. Immerhin wird sich ein Teil unserer Videos darum drehen, auf engstem Raum miteinander zu leben.“

Er seufzte. „Na schön. Was noch?“

Ich wechselte zu einem anderen Browser-Fenster, in dem einige Logos zu sehen waren, die ich entworfen hatte. „Spricht dich irgendeines davon an? Ich meine, es sind nur Entwürfe, also... wenn ich etwas ändern oder eine Richtung probieren soll...“

Seine Mundwinkel wanderten nach oben und seine ganze Körperhaltung wurde entspannter. „Ja, das hier.“ Er zeigte auf eine Skizze, die ich auf dem iPad gemacht hatte: Eine putzige Holzhütte, neben der wir und Nacho als Comic-Versionen standen. Nine hatte seinen Arm um mich gelegt und gab mir einen Kuss auf die Wange. Über dem Kuss war ein winziges Cartoon-Herz. Das war auch mein Favorit, aber ich war überrascht, dass er so positiv auf eine Darstellung reagierte, in der er mich küsste.

„Oh. Okay. Gut. Das hätten wir also. Und jetzt…" Ich überlegte, was ich ihn noch fragen wollte, doch bevor ich weiter nachdenken konnte, ergriff er meine Hand.

„Coop. Das war fantastische Arbeit. Wirklich." Sein Blick wanderte vom Logo zu meinen Augen. „Denkst du, wir können jemanden finden, der es animiert, damit wir es an den Anfang jedes Videos stellen können?"

Bei seinem Enthusiasmus machte mein Herz einen Sprung. „Klar. Ähm, ich habe einen Kumpel in Los Angeles, der das vermutlich kann. Er arbeitet dort für ein Trickfilm-Studio."

„Das wäre der Hammer. Es würde richtig professionell aussehen, meinst du nicht?" Sein Grinsen war ansteckend. Manchmal wirkte er wie ein freudiges Hündchen. Der Mann war unfassbar wankelmütig, aber irgendwie mochte ich diese Unberechenbarkeit.

Ich nickte. „Okay, was jetzt?"

Wir gingen noch einige Stunden lang unsere Pläne durch, bis es fast Mitternacht war. Vermutlich vermieden wir beide es unterbewusst, ins Bett zu gehen, doch es lag ein langer Tag hinter uns und wenn ich mich jetzt nicht hinlegte, würde ich am Küchentisch einschlafen.

„Ich gehe Zähneputzen und hau mich dann aufs Ohr", sagte ich und schubste Nacho von der Bank, damit ich aufstehen konnte. „Soll ich den Kleinen noch für eine letzte Runde rauslassen?"

Nine streckte sich und stand ebenfalls auf. „Nein, ich geh mit ihm raus während ich warte, bis du im Bad fertig bist."

Ich atmete tief durch, sobald die beiden draußen waren. Wie zum Teufel sollte ich damit umgehen? Bei unserem ersten Treffen war Nine ein schlaksiger Teenager gewesen, doch nach der Highschool wurde er plötzlich muskulös und sogar noch größer als er ohnehin schon war. Das war der Zeitpunkt, als ich ihn etwas anders wahrnahm. Da er trotz allem Elis kleiner Bruder war, ging ich ihm aus dem Weg. Aber jetzt? Mit diesen verdammten Haaren, diesem Bart und den beeindruckenden Muskeln? Wie sollte ich mich beherrschen, ihn nicht zu vernaschen wie ein Sahneschnittchen? Er war ein richtiger Bär und er roch sogar nach Honig. Wenn er ohne Shirt neben mir schläft und ich seine Brusthaar sehe, würde ich darüber streichen, ob ich wollte oder nicht.

Und ich wollte es.

Nachdem ich meine Zähne geputzt und mein Gesicht gewaschen hatte, zog ich einen Flanell-Pyjama und ein altes, ausgetragenes T-Shirt an. Alles verdecken und unattraktiv wirken. Als ob das für Nine eine Rolle spielen würde. Wie auch immer. Wenn ich mich nicht sexy fühle, bin ich vielleicht weniger anfällig dafür, ständig an Sex mit ihm zu denken.

Schon am Nachmittag hatte ich das Bett mit den frischen Laken überzogen, die meine Mutter mir mitgegeben hatte. Als ich unter die Decke schlüpfte, roch ich den vertrauten Waschmittelduft. Nach meiner Ankunft hatte ich meiner Mom und Jacks eine Nachricht geschrieben, allerdings nicht angerufen. Hoffentlich war bei ihnen alles in Ordnung. Da wir Stallions Okay hatten, das Internet rund um die Uhr zu nutzen, verließ ich mich darauf, dass sie mich im Notfall erreichen konnten.

Als Nine wieder ins Wohnmobil kam, hörte ich, wie er Nacho etwas zumurmelte und schon flitzte der Hund ins Schlafzimmer und hüpfte zu mir ins Bett.

„Hey, Kumpel." Ich lachte und beugte mich hinunter, um ihn zu streicheln. „Bist du heute Nacht unser Aufpasser, hm?"

Nine steckte seinen Kopf in den kleinen Raum. „Tut mir leid, aber er ist es gewohnt, bei mir zu schlafen. Er schläft am Fußende und sollte dich nicht stören. Aber ich kann ihn rausschmeißen, wenn dir das lieber ist."

„Nein, ist okay. Ich mag das.“

Er schenkte mir ein süßes, kleines Lächeln und quetschte sich ins Badezimmer. Ich hörte, wie die Dusche anging und versuchte, nicht an seinen großen nackten Hintern in der winzigen Kabine zu denken. Diese Dusche war zu beneiden.

Natürlich wurde mein Schwanz hart. Ich fragte mich, ob ich mir irgendwie schnell einen runterholen sollte, doch noch bevor ich es durchdenken konnte, ging die Dusche aus. Dämliches Wassersparsystem. Wie es aussah, würden wir den ganzen Sommer lang auf ausgiebige Duschen verzichten müssen. Verdammt.

Wir werden auch den ganzen Sommer lang auf Sex verzichten müssen.

Wow. Das war ein Tritt in die Weichteile. Vielleicht würden wir mal an einem Wochenende Zeit haben, um in die Stadt zu gehen und uns etwas abzulenken. Ich fragte mich, ob er daheim in Wyoming eine Freundin hatte. Eli hatte gelacht, als ich ihn danach fragte, aber es war möglich, dass Nine seinem Bruder nicht alles erzählte.

Aber wenn es so war, hätte sie ihm doch bestimmt verboten, in der Öffentlichkeit mit einem anderen Kerl auf schwul zu machen, oder? Was würden ihre Freundinnen denken?

Die Tür ging auf und eine Dampfwolke quoll heraus. Ich hatte bereits die meisten Lichter abgedreht, also stand er fast völlig im Schatten da. Er hatte sich ein dickes Handtuch um die Hüfte geschlungen und trat ans Waschbecken, um seine Zähne zu putzen.

Ich sah die Wölbung seines Hinterns. Entweder wollte Gott mich verspotten oder auf die Probe stellen. Egal was, es war sehr fies.

Er verlagerte das Gewicht auf den anderen Fuß und das Handtuch spannte sich über seinem Po. Ich wimmerte leise.

„Hmm?“, machte er und drehte sich zu mir um, die schäumende Zahnbürste noch immer in seinem Mund.

Ich räusperte mich. „Nichts.“ Es klang heiser, so als würde ein Dreizehnjähriger zum ersten Mal „Titten“ sagen.

Er runzelte die Stirn, wandte sich aber wieder dem Waschbecken zu. Oh mein Gott. Was für ein Mann. Sein Körper war unverschämt muskulös, aber ich wusste, dass er vermutlich noch nie im Leben ein Fitnessstudio von innen gesehen hatte. Seine Bräune verriet viel über seinen Lebensstil. Rumpf und Schultern waren blass, während Arme und Hals dunkelbraun waren. Und natürlich war seine Brust der flauschige Himmel auf Erden, wie für mich geschaffen.

Ich schloss die Augen und drehte mich zur Wand, wobei ich gerade so weit an den Bettrand rückte, um nicht hinunterzufallen. Er kam näher und ich hörte ihn murmeln: „Heterosexualität ist nicht ansteckend, weißt du.“

Hatte er …? Hatte dieser Mann gerade einen Witz gemacht?

Ich warf einen Blick über meine Schulter und der Bastard zwinkerte mir zu.

Oh Gott.

Ich war dabei, mich in den heterosexuellen Bruder meines besten Freundes zu verlieben.

KAPITEL 7
NINE

In einem Augenblick bezeichnete ich mich selbst als hetero und im nächsten hinterfragte ich alles, was ich jemals über mich zu wissen glaubte.

Ich lag starr wie ein Brett auf dem Rücken und versuchte krampfhaft, ihn nicht zu wecken. Aber jede noch so winzige Bewegung, die er machte, brachte meinen Körper zum Kribbeln. Ich war mir seiner Nähe deutlich bewusst, aber es war nicht so, als würde ich mir das Bett mit einem meiner Brüder teilen. Es war anders.

Völlig anders.

Ich fragte mich, was er unter der Decke anhatte. Ich fragte mich, wie lange es dauern würde, bevor die Laken seinen dezenten Gardenienduft annehmen würden. Vor allem aber fragte ich mich, wie es sich anfühlen würde, zum ersten Mal jemanden von hinten zu umarmen. Ja, ich hatte schon Sex gehabt und nicht nur dieses eine Mal mit Cherry. Vor zwei Jahren hatte mich eine meiner Schwestern auf ein Blind Date geschickt und ich hatte mich insgesamt ein Monat lang mit Lauren Orville getroffen, bis sie zu dem Schluss kam, dass ich der langweiligste Mensch auf der ganzen Welt war und mich für Eric Pender, den Tierarzt unseres Städtchens sitzen ließ. Ich nahm es ihr nicht übel. Eric sah gut aus und war erfolgreich. Bei ihm stimmte das

Gesamtpaket, während ich bloß ein Typ war, der im Baumarkt arbeitete und Gespräche über Make-up und Strähnchen einschläfernd fand.

Der Sex war auch nicht das Wahre, aber zumindest hatte ich in den Jahren, die seit der Sache mit Cherry vergangen waren, einige Pornos angesehen und war diesmal etwas selbstbewusster.

Aber jetzt… jetzt konnte ich keinen einzigen klaren Gedanken fassen. Vor dem Sex mit Lauren hatte ich nicht dagelegen und mich gefragt, wie sie untenrum aussah. Ich hatte mir nicht vorgestellt, wie ihr nackter Hintern aussah. Hätte man mich gefragt, dann hätte ich vermutlich geantwortet, dass alle Hintern gleich aussehen. Aber aus irgendeinem Grund dachte ich, dass Coopers Hintern vermutlich nicht genauso aussah wie meiner. Vermutlich sah er besser aus. Und sofern ich das vom Anblick seiner Jeans beurteilen konnte, sah er vermutlich besser aus als Cherrys und Laurens Hintern zusammen.

Und ich fragte mich, wie sein Schwanz wohl aussah. Wie meiner? Dick und rötlich? Oder doch heller, blasser? War er beschnitten? Ob er sich… da unten rasierte? Machten Schwule das? Intimrasur nannte man das, glaube ich. War er intimrasiert? Sollte ich mich intimrasieren?

„Wenn du nicht mit dem Nachdenken aufhörst, wird keiner von uns beiden jemals ein Auge zumachen."

Ich drehte mich zu ihm um. „Rasieren sich Kerle da unten?"

Das Weiß seiner Augen leuchtete im Dunkeln. „Häh? Was?"

„Ach nichts, vergiss es. Das war blöd." Ich drehte mich auf meine Seite und wandte ihm den Rücken zu. „Gute Nacht."

Die Stille war nicht so unangenehm wie erwartet. Nach einiger Zeit spürte ich Coopers warme Hand auf meiner Schulter. Ich zuckte zusammen. „Hey, dreh dich um. Frag mich, was du fragen wolltest."

Ich holte Luft und drehte mich um. „Es ist nur… ich meine, meine Brüder reden über so einen Scheiß nicht und ich habe keine männlichen Freunde. Auf meinem YouTube-Kanal sehe ich immer wieder diese Werbeanzeigen für ein Teil, das sich Rasenmäher 2.0 nennt. Zuerst dachte ich, es geht wirklich um einen Rasenmäher, aber falsch gedacht. Es ist ein Trimmer für, naja, den Schwanz. Und ich frage mich, ob das etwas ist, was alle Kerle machen und was ich auch machen sollte."

Ich war dankbar für die Dunkelheit, denn mein Gesicht war knallrot.

Cooper nahm meine Frage ernst. „Das ist, als würdest du fragen, welche Kleidung du anziehen sollst. Es ist definitiv eine Frage des persönlichen Geschmacks, aber ich würde sagen, dass Heteros nicht so viel Wert darauflegen wie Schwule. Schwule nutzen die ganze Bandbreite. Einige sind gewachst, andere rasiert und einige sind ganz kurz getrimmt."

Ich wollte ihn fragen, wie er es handhabe, aber meine Kehle war zu trocken, um etwas zu sagen. Ich wollte auch nicht darüber nachdenken, woher er wusste, was so viele andere Männer machten. War er mit vielen zusammen gewesen? Hatte er viele Schwänze gesehen?

Cooper rückte näher „Haben die Frauen, mit denen du Sex hattest, das Thema angesprochen, Nine? Fragst du deshalb?"

Ha! Als gäbe es so viele Frauen in meiner Vergangenheit, dass man eine Umfrage starten könnte. „Nein. Ich bin einfach davon ausgegangen, dass jemand, der mich attraktiv findet, weiß, dass ich… ich meine… es ist kein Geheimnis, dass ich dichtes Haar habe."

„Willst du wissen, was ich denke?"

Ich schluckte. Was, wenn er mich abstoßend fand? „Ich glaube schon."

Er beugte sich vor, strich mit den Fingerspitzen durch meinen Bart und zupfte leicht daran, um seine Aussage zu unterstreichen. „Ich finde deine Haare extrem heiß. Wer sich von Haaren abschrecken lässt, ist ein Idiot, besonders wenn es wundervolle, dichte, glänzend braune Haare sind. Wenn du jemals jemanden triffst, dem du nicht so gefällst, wie du bist, dann lass ihn auf der Stelle stehen und such dir jemand anderen."

Er ließ los und lehnte sich wieder zurück. Ich spürte seine Hand noch immer auf meinem Bart und seine Worte drangen in mich ein. Ich entspannte mich und begann wegzudösen. Coopers Worte rissen mich aus dem Halbschlaf.

„Scheiße. Weißt du, was wir vergessen haben? Den Tagesrückblick. Ein kleines Video, in dem wir erzählen, was wir heute gemacht haben und wie es uns damit geht."

„Mm."

Ich spürte, dass er sich bewegte. „Nein, wirklich. Wach auf. Wir müssen das nachholen. Den ersten Tag erlebt man kein zweites Mal."

„Häh?"

Ich schnaufte und kniff die Augen zusammen, als er den Lichtschalter umlegte. „Ich nehme mein Handy und wir machen das ganz schnell. So. Komm her."

Ich rückte in die Mitte des Bettes, sodass unsere Köpfe auf demselben Kissen lagen. Ich konnte den Duft der Zahnpasta in seinem Atem riechen. Millimeter für Millimeter schaffte ich es, meine Augen zu öffnen. „Was sollen wir sagen?"

„Überlass das mir." Er kam näher, bis sein Kopf auf meiner Schulter lag, doch dann seufzte er und setzte sich auf. Er breitete meinen Arm unter sich aus und sank dann zurück aufs Bett, den Kopf erneut an meiner Schulter. Ganz automatisch legte ich meine Hand auf seine Schulter. Es fühlte sich seltsam an, ungewohnt, aber nicht schlecht. Eher fremd.

Er stellte die Kamera so ein, dass wir uns selbst sehen konnten. Wir sahen wie ein echtes Paar aus. Sein welliges Haar auf dem Kissen sah schon jetzt zerzaust aus und meine Augen wirkten müde. Ich fragte mich, was meine Familie sagen würde, wenn sie uns beide so sahen.

Cooper tippte auf Aufnahme. „Hallo Leute, hier sind Cooper und Nine. Wir wollten nur Gute Nacht sagen. Heute haben wir den ganzen Abend damit verbracht, Pläne für die Hütte zu entwerfen und

Nine hat jede Menge Material bestellt. Die Entwürfe sehen fantastisch aus." Er sah zu mir hoch und mir wurde klar, was für ein guter Schauspieler er war. Der Mann sah mich an, als wäre ich der wichtigste Mensch in seinem Leben.

Mir stockte der Atem.

Er sah entspannt und glücklich aus. „Du hast echt Talent, Baby."

Durch das Zusammenspiel aus Angst, Nervosität und Schock war ich wie erstarrt. Bestimmt sah ich aus, als hätte ich einen Geist gesehen. Cooper lachte, während er sich wieder der Kamera zuwandte. „Er ist schüchtern, aber das wisst ihr ja schon. Er ist auch verdammt bescheiden. Mein Liebster kann mit Lob nicht so gut umgehen. Daran werden wir arbeiten müssen."

Er machte das verdammt gut und wirkte dabei so natürlich. Er ließ uns wirklich aussehen wie ein echtes Paar. Was konnte ich beitragen? Ich wusste nichts anderes mit mir anzufangen als dazuliegen und ihn anzuglotzen.

Als er wieder zu mir sah und mich anlächelte, drückte ich ihm einen Kuss auf die Stirn und murmelte ein *Danke*.

Jetzt war Cooper derjenige, der einen Geist gesehen hatte. Es dauerte einen kurzen Moment, bis er sich wieder fing und in die Kamera sah. „Also, ja. Bleibt dran, um mehr zu erfahren. Durch die Anreise war es heute ein langer, anstrengender Tag. Ich will mich bloß noch an diesen Kerl hier kuscheln und endlich schlafen. Wie ihr seht, pennt Nacho schon." Er drehte das Handy, um Nacho ins Bild zu kriegen, der sich zu meinen Füßen eingerollt hatte. Sicherlich würde sein Schnarchen im Video zu hören sein. Als er die Kamera wieder zu uns drehte, merkte ich, dass ich grinste.

„Nacht, Leute. Sag gute Nacht, Nine."

Ich konnte nicht widerstehen. „Gute Nacht, Nine", sagte ich.

Er drückte auf den Knopf, um die Aufnahme zu beenden, während er vor Lachen grunzte.

Cooper sah mich mit strahlenden Augen an, die Mundwinkel noch immer hochgezogen. „Das war perfekt. Wir werden das rocken." Sein Lächeln verschwand. „Hör mal… tut mir leid wegen vorhin. Dass ich dir vorgeworfen habe, du hättest was gegen Schwule. Du hast gerade eine tolle Show abgeliefert und… und dieser Kuss war… er war gut. Die Leute werden es lieben." Er holte Luft. „Gut gemacht, Nine."

Ich presste meine Lippen zusammen und nickte zum Dank. Die Leute würden es lieben, hatte er gesagt, aber was war mit ihm? Hatte es ihm gefallen? Und weshalb war mir das wichtig? Es war ein verdammtes Küsschen auf die Stirn. Nicht gerade Sex oder so.

Er legte sein Telefon zur Seite und machte das Licht wieder aus. Nach einer Weile merkte ich, dass sein Atem regelmäßiger wurde. Ich drehte mich um betrachtete seine dunkle Silhouette auf den helleren Laken. Meine Lippen konnten noch die warme, glatte Haut von Coopers Stirn spüren. Der Gardenienduft kam von seinen Haaren und ich fragte mich, ob es ein Styling-Produkt war. Er hatte das Haar eines Hollywood-Stars. Vermutlich hatte er mehr für den Haarschnitt bezahlt als die zehn Mäuse, die ich bei Big Mike im Shave Shack bezahlte. Bei jedem seiner Besuche bei uns zuhause war mir aufgefallen, wie gepflegt er aussah. Ich hatte es immer als eine typische Schwulensache abgetan, aber das war dämlich gewesen.

Dann dachte ich, dass es vielleicht ein Hollywood-Ding war, aber vermutlich war das ebenso dämlich. Schubladendenken war nicht fair. Aber egal, was der Grund war, es gefiel mir. Ich mochte es, dass er immer eine coole Frisur hatte und mit seinen stylischen Klamotten immer schick aussah. Er hob sich von den anderen Männern in Wheatland ab. Eine erfrischende Abwechslung.

Ich dachte an ihn, als ich einschlief und träumte davon, dass Cooper Tausenden Männern die Haare schnitt. Nur, dass sie auch eine Intimfrisur von ihm wollten. Also schnitt er ihre Haare und bat sie dann, sich auszuziehen. Dann nahm er eine Miniversion eines echten Rasenmähers und rasierte Muster in das Haar rund um ihre Penisse. Und jeder Penis sah anders aus. Hell, dunkel, groß, klein. Hart, weich. Ein Typ hatte extrem dichtes Haar und Cooper trimmte es so, dass es aussah wie eine Fledermausfamilie, die zum Sturzflug auf seinen Schwanz ansetzt.

Als ich am Morgen aufwachte – mein Schwanz stand wie eine Eins –, schämte ich mich gewaltig für den Mist, den mein Hirn verzapft hatte. Das einzig Gute war, dass das Bett neben mir leer war. Gott sei Dank gab es keinen Zeugen für meine Monsterlatte.

Ich atmete mehrmals tief durch, um meinen Schwanz zu beruhigen und stolperte dann ins Bad. Als ich angezogen war, hörte ich, wie sich die Tür des Wohnmobils öffnete und Nacho kam angerannt. Ich hatte nicht mal bemerkt, dass er weg war.

„Der Kaffee ist fertig", rief Cooper aus der Küche.

Geduckt ging ich durch den kleinen Flur, der uns trennte und war überrascht, dass Cooper mir eine Tasse Kaffee reichte, und zwar genau so zubereitet, wie ich ihn mochte. Ich murmelte ein Danke, konnte ihm nach meinem Traum aber nicht in die Augen sehen.

„Tut mir leid, dass du dich hier ducken musst. Das nervt bestimmt. Ich habe ihnen gesagt, dass wir etwas mit einer hohen Decke brauchen, aber etwas Besseres hatten sie nicht."

Ich sah ihn an. „Das hast du echt?"

Er nickte und nahm einen Schluck aus seiner eigenen Tasse. „Klar. Ich habe mich an das eine Mal erinnert, als du mit Elis altem Camero unterwegs warst. Du bist so gekrümmt darin gesessen, als wärst du eine alte Omi."

Vorsichtig richtete ich mich völlig auf, um ihm zu zeigen, dass die Decke in den meisten Bereichen des Wohnmobils eigentlich hoch genug war. „Es ist nur im Flur und im Bad zu niedrig, wegen der Belüftung. Also, ja, danke. Das war echt nett von dir."

Er lächelte. „Okay, gut. Das ist gut. Wir wollen ja nicht, dass du den ganzen Sommer verspannt und schlecht gelaunt bist." Er wandte sich wieder den Lebensmitteln zu, die er auf der Küchentheke vorbereitet hatte. „Ich mache Eier mit Toast. Wie isst du deine am liebsten?"

Das zwar schon das zweite Mal, dass er mir etwas zu Essen machte. Es gefiel mir. Ich hatte mir irgendwie erwartet, dass jeder sein eigenes Ding machen würde, aber zusammenzuarbeiten machte wohl Sinn. So war es effizienter.

„Ganz egal, ich bin nicht heikel." Als ich einen Schluck vom Kaffee machte, konnte ich ein Stöhnen nicht verkneifen. „Oh Mann, was hast du da reingetan? Der schmeckt phänomenal."

Er grinste. „Es ist einfach nur guter Kaffee. Ein Freund hat mich auf den Geschmack gebracht und als er hörte, dass ich den ganzen Sommer in der Wildnis verbringe, hat er mir einen Vorrat geschickt. Oh, und außerdem habe ich aromatisierte Kaffeesahne verwendet."

Ich genoss das heiße Getränk und wachte langsam auf, während er weitermachte. Aus der Schüssel am Boden schloss ich, dass er Nacho bereits gefüttert hatte. Ich bedankte mich, doch als wieder Stille einkehrte, fühlte ich mich irgendwie unwohl.

„Also, nach dem Frühstück werde ich diese Kameras aufstellen und dann —"

Ich hörte das Klicken einer Kamera und sah hoch. Cooper tippte am Display herum und steckte das Telefon wieder weg. „Sorry, ich hör dir zu." Er wandte seine Aufmerksamkeit wieder den Eiern zu und drückte dann die Brotscheiben im Toaster nach unten.

„Wozu war das gut?"

„Du siehst einfach nur süß aus, dass ich ein Foto posten wollte."

Verwirrt starrte ich seinen Hinterkopf an. „Oh! Ähm, okay. Äh…"

Er warf mir über die Schulter einen Blick zu. „Du hast wirklich keine Ahnung, weshalb du so viele Abonnenten hast, nicht wahr?"

„Die Leute mögen es, etwas Neues zu lernen."

Er lachte so laut, dass ich dachte, er würde gar nicht mehr aufhören. Dann sagte er nichts mehr, bis das Rührei und der Toast auf unseren

Tellern angerichtet waren. Kaum saßen wir am Küchentisch, griff er nach meinem Arm und drückte ihn.

„Du bist unfassbar heiß, mein Großer. Ich wette, wenn wir uns deine Abonnenten genauer ansehen, finden wir heraus, dass nur sehr wenige davon überhaupt Werkzeug besitzen. Vermutlich sind es vor allem sabbernde Frauen und wichsende Schwule."

Ich verschluckte mich beinahe an den Eiern. „Nein. Du hast eine seltsame Vorstellung von der Welt, du warst zu lange in Kalifornien."

Er schüttelte den Kopf und machte sich über sein Frühstück her. „Es ist entzückend, wie naiv du bist. Ich wette Tausend Dollar – die ich ganz offensichtlich nicht besitze, also ist das nur symbolisch gedacht, klar? –, dass das Bild vom verschlafenen Muskelpaket mehr Likes bekommt als der Beitrag mit deinem praktischen Trick zur Umrechnung von Fuß in Meter."

„Pfff."

Er zuckte mit den Schultern und nippte an seinem Kaffee. „Wirst schon sehen. Und die Kommentare werden schamlos sein, das kann ich dir schon jetzt sagen."

Ich schnaubte. „Ich lese die Kommentare nicht." Sein Lachen und dazu Kaffee – ich hätte nichts dagegen, wenn jeder Tag so starten würde.

„War ja klar." Er aß noch einige Bissen und fragte dann: „Hast du gut geschlafen?"

Meine Ohren wurden heiß, aber ich hielt meinen Blick auf den Toast gerichtet. „Mm-hm. Und du? Du, ähm… du… ich meine, es ist nichts passiert, oder… ich habe nichts gemacht, oder?" Ich realisierte, wie seltsam das klang, also versuchte ich, schnell noch die Kurve zu kriegen. „Ich meine, ich hoffe, ich habe dich nicht aus dem Bett gedrängt oder getreten?"

Als Cooper nicht sofort antwortete, riskierte ich aus den Augenwinkeln einen Blick. Seine Nasenlöcher waren geweitet und seine Augen funkelten, ganz so als versuchte er, ein Lachen zu unterdrücken. „Nine, Liebling. *Baby*. Was ist letzte Nacht passiert, hmmm?"

„Was? Nichts."

„Wieso hast du dir dann gerade eine Gabel voll Luft in den Mund gesteckt?"

Ich sah hinunter auf meinen Teller und fragte mich, seit wann er leer war. „Ich habe so getan, als hättest du genug Eier gekocht", grummelte ich.

Wieder lachte er. Ich konnte mich nicht satthören, ganz egal, wie peinlich mir das Ganze war. Wieso hatte er eine Wirkung auf mich wie noch kein anderer Mann zuvor? Wie noch kein anderer *Mensch* zuvor?

Cooper stand auf und kam mit zwei Bananen und einem Käse-Stick zurück. „Hier. Ich habe ganz vergessen, dass du noch im Wachsen bist."

Ich riss eine der Bananen auf und steckte sie mir in den Mund – und dummerweise sah ich genau in diesem Moment zu ihm hinüber.

Er starrte mich mit offenem Mund an. Für den Bruchteil einer Sekunde breitete sich eine seltsame Stimmung aus. Ich hatte mir eine riesige Banane bis zur Hälfte in den Rachen gerammt und Cooper sah mich an, als würde er gleich über mich herfallen.

KAPITEL 8

COOPER

Hastig stand ich auf und gab Nacho den Rest meines Frühstücks. „Heute haben wir viel vor, mein Freund", sagte ich schnell. „Morgenstund hat Gold im Mund."

Was zum Henker? Diesen Ausdruck hatte ich noch nie in meinem Leben verwendet.

Ich war mir sicher, dass Nine hinter meinem Rücken grinste, weil ich wie ein Clown klang. Egal. Ich schnappte mir mein Notebook und flüchtete aus dem Wohnmobil, um mir den großen Baumstamm am Rand der Lichtung näher anzusehen. Offenbar war momentan alles in meinem Leben phallisch. Egal. Ich wollte den umgestürzten Stamm jedenfalls als Bank nutzen, damit ich nicht den ganzen Tag drinnen festsaß.

Ich setzte mich und fing an zu arbeiten. Dabei versuchte ich verzweifelt, Nine zu ignorieren, der auf die Lichtung gekommen war, um die Kameras aufzustellen. Und ich starrte ganz bestimmt nicht seinen Knackarsch an, als er oben auf der Leiter stand.

Als alles dort war, wo er es haben wollte, holte er sein Notebook und setzte sich neben mich auf den Baumstamm. Ich warf einen Blick auf seinen Bildschirm und stellte fest, dass er die Bildausschnitte der Kameras prüfte. Er musste die Positionen der Kameras etwas korrigieren, doch dann war alles perfekt. Er setzte sich wieder auf den Baumstamm und tippte weiter. Es sah irgendwie niedlich aus, wie sich seine riesige Gestalt über den winzigen Computer beugte. Seine Finger wirkten auf der zierlichen Tastatur wie Würstchen.

„Wir sollten ein Video machen", sagte ich nach einem Räuspern. „Sowas wie… eine Vorstellungsrunde für unsere Fans. Meine Fans kennen dich nicht und deine Fans kennen mich nicht."

Er antwortete nicht und sah nicht mal hoch. Mit gerunzelter Stirn starrte er seinen Bildschirm an. Ich sah, wie sein gesamter Körper sich verkrampfte.

„Hörst du mir überhaupt zu?"

Er sah zu mir hoch und ich bemerkte, dass sich Sorge in seinen grimmigen Blick gemischt hatte. „Tut mir leid."

„Was ist los?" Ich rückte näher, um einen besseren Blick auf den Bildschirm zu haben. Seine E-Mails waren geöffnet und da waren jede Menge boshafte, schwulenfeindliche Beschimpfungen von schockierten und verärgerten Nine-Fans. „Ach du scheiße."

„Schon okay." Er markierte die gesamte Spalte und drückte auf *Löschen*. „Und tschüss."

Ich griff nach seinen Arm „Isaac…"

Er schüttelte den Kopf. „Nein, wirklich. Ich habe sowas erwartet. Normalerweise lese ich die E-Mails meiner Fans nicht mal. Normalerweise landen alle Fan-E-Mails automatisch im Papierkorb, aber… ich habe dieses Tutorial gemacht, wie man Fenster in Nicht-Standardformaten abdichtet und das war ziemlich kompliziert. Also habe ich den Leuten gesagt, sie können mir eine E-Mail schreiben, wenn sie Schwierigkeiten damit haben."

Er wirkte völlig niedergeschlagen. Ich lehnte meinen Kopf an seine breite Schulter und drückte seinen Arm noch fester. „Du bist ein guter Kerl. Es tut mir leid, dass du jetzt grundlos diesen ganzen Schwulenhass abkriegst."

Er knallte sein Notebook etwas zu heftig zu. „Nein, verdammt. Das ist nicht fair. Es ist nicht fair, dass einfach irgendwer… mit Beschimpfungen um sich schmeißt, nur weil man ist, wie man ist, egal ob groß oder klein, Spanier oder Inder, oder… oder…"

„Homo oder Hetero?" Ich lächelte ihn an, in der Hoffnung, ihn so besänftigen zu können.

Nine hob die Hand und strich mir mit der Fingerspitze einige Haare aus dem Gesicht. „Das hast du nicht verdient."

Ich sah ihn überrascht an. „Diese Mails waren nicht für mich."

„Richtig. Aber ich müsste nur antworten, dass alles bloß vorgetäuscht ist. Aber du… für dich gibt es keinen Ausweg. Das meine ich mit unfair. Es ist nun mal, wie es ist. Und was geht das überhaupt irgendwen an, verdammt? Ich meine… wieso interessieren sie sich überhaupt dafür, mit wem ich ins Bett gehe?"

Ich schnaubte lachend. „Es interessiert sie, weil sie gerne mit mir tauschen würden."

Jetzt war er derjenige, der überrascht wirkte. „Ich bin nur irgendein Kerl vom Land."

„Nicht wirklich. Du bist ein verdammtes Schnittchen. Das Thema hatten wir doch schon. Du bist wie ein feuchter Traum auf zwei Beinen – im Holzfällerhemd."

Für den Bruchteil einer Sekunde bereute ich, etwas gesagt zu haben, das unsere Schlafsituation noch seltsamer machen würde. Doch als ich sah, wie ihm das Blut in die Wangen schoss, kam ich zum Schluss, dass dieses Erröten es wert gewesen war.

„Wie dem auch sei", seufzte ich. „Es tut mir leid, dass du die hässliche Seite der Menschen sehen musstest. Schwulenhass ist echt das Letzte."

Ich setzte mich aufrecht hin und drückte die Schultern nach hinten. „Und jetzt komm. Lass uns diese Videos aufnehmen, von denen ich gesprochen habe. Dann überlegen wir, was wir zu Mittag essen und danach lass ich mich von dir gerne zu etwas körperlicher Arbeit überreden." Ich stand auf, nahm seine Hand und versuchte, ihn hochzuziehen, was völlig absurd war, da er so viel größer war als ich. Er grinste über meine Bemühungen. „Wo ist diese tolle Kamera, von der du erzählt hast? Zeit zu beweisen, was in ihr steckt."

Sobald ich seine neue Kamera erwähnte, war er wie verwandelt. Genau das hatte ich gehofft. Sein Körper entspannte sich und sein Lächeln kehrte zurück. „Gute Idee, ich hole sie. Ich habe auch ein Stativ dafür. Vielleicht können wir hier auf dem Baumstamm sitzen – das gibt einen schönen Hintergrund mit den Bäumen und den Sonnenstrahlen, die durch die Bäume fallen."

Ein paar Minuten später hatte er alles eingerichtet, doch ich merkte, dass seine Nervosität zurückkehrte. Ich überlegte, was ich tun oder sagen könnte, um ihm zu helfen.

Ich schnippte mit den Fingern. „Hast du schon mal von Method Acting gehört?"

Er runzelte die Stirn. „Hm, kann sein? Aber ich weiß nicht genau, was es ist."

„Ein Typ namens Stanislawski hat Anfang des zwanzigsten Jahrhunderts eine Schauspielmethode entwickelt, bei der man sich in verschiedene Rollen hineinversetzt, indem man die Identität des Charakters übernimmt und sich mit ihm ganz und gar identifiziert, sodass das Schauspiel natürlicher wirkt. Anders gesagt: Wenn du einen russischen Spion spielen willst, dann versuch dir vorstellen, dass du ein russischer Spion *bist*. Überleg genau, wie seine Persönlichkeit und alles drumherum sein würde. So ist das Schauspiel weniger Schauspiel, sondern einfach nur... sein."

Seine Lippen verzogen sich zu einem süßen Grinsen. „Du meinst... anstatt nur so zu tun, bin ich *wirklich* schwul und in einen großspurigen Klugscheißer verknallt?"

Mein dämliches Herz begann schneller zu schlagen. Offenbar war es erpicht darauf, sich in diese Rolle einzufühlen, aber in meinem Kopf schrillten die Alarmglocken. Er war Elis kleiner Bruder. Sein heterosexueller kleiner Bruder. Eine naive Kleinstadtseele aus Wheatland, Wyoming. Ich schüttelte den Kopf, um mich von jener Denkweise zu befreien, für die ich später die Bezeichnung Bart-Modus fand. Ich fand seinen dunklen Bart so absurd attraktiv, dass sich mein Hirn ausschaltete.

Schauspielerei. Mehr nicht.

Wir sagten zunächst in die Kamera, was wir zuvor ausgemacht hatten, doch dann beschloss ich, ein wenig zu improvisieren.

„Jetzt wisst ihr quasi alles über mich. Vor einigen Monaten bin ich von Los Angeles zurück nach Colorado gezogen, um näher bei ihm zu sein." Ich lehnte mich an seinen starken, kräftigen Körper. „Ich bin auf dasselbe College wie sein großer Bruder gegangen und eine Zeit lang waren wir..." – ich warf ihm einen koketten Blick zu – „ziemlich heftig am Flirten. Das war natürlich erst, als er schon über achtzehn war, aber —" Ich hielt inne, als ich sah, wie Nine sein Gesicht in seinen Händen vergrub.

„Oh Gott", stöhnte er.

Ich gab ihm einen Kuss auf die Wange. „Er ist schüchtern. Das ist ehrlich gesagt eines der Dinge, die ich an ihm mag. Ich rede gern."

„Und ob", sagte Nine und schnaubte leise auf. Er ließ die Hände sinken und sah in die Kamera. „Er schafft es sogar, einen Stein in ein Gespräch zu verwickeln. Ich glaube, genau das hat er gestern gemacht."

Ich zuckte mit den Schultern. „Also... passen wir zusammen. Er ist ruhig, ich bin es nicht. Ein Traumpaar."

Nine grinste mich an „Das ist noch nicht alles. Du liebst es, andere herumzukommandieren. Als du mir vorgeschlagen hast, mit dir auszugehen, hatte ich also gar keine Wahl." Er sah wieder in die Kamera. „Ich weiß noch immer nicht genau, wie das überhaupt passiert ist. An einem Tag war mein Leben noch stinknormal und am nächsten Tag war ich mit diesem Kerl hier zusammen. Es war gelinde gesagt... das reinste Abenteuer."

Ich machte den Mund auf, um wieder das Wort zu ergreifen, doch er kam mir zuvor.

„Ich würde aber nichts ändern wollen. Es ist schön, in seiner Nähe zu sein. Er bringt mich zum Lachen und so. Außerdem..." Er sah hinunter auf den Boden, wo er mit der Spitze seiner Schuhe Linien in die Erde gekratzt hatte. „Außerdem weiß man, dass man einen guten Kerl erwischt hat, wenn er liebevoll mit dem Hund umgeht, oder?"

Ich musste gleich mehrere Frösche verschluckt haben, denn meine Kehle fühlte sich eng und trocken an. Nine sah von der Kamera zu mir und kicherte. „Merkt euch diesen historischen Moment, meine Damen und Herren. Cooper fehlen die Worte. Das wird nie wieder vorkommen."

Würde ich zu tun wagen, was mein Hirn mir gerade zurief?

Als er mir zuzwinkerte, gab es keinen Zweifel mehr, dass die Antwort darauf ja war.

Also beugte ich mich zu ihm und küsste ihn mitten auf den Mund.

KAPITEL 9

Es war exakt sechs Stunden, achtzehn Minuten und dreiundzwanzig Sekunden her, dass Cooper Heath mich auf den Mund geküsst hatte.

Ich konnte mich noch immer an seinen Erdbeergeschmack erinnern... an seine Bartstoppeln... konnte die fließende Wärme seines entspannten Körpers an meinem spüren.

Mein Hirn hörte nicht auf, die Szene wieder und wieder durchzuspielen.

Ich hatte einen Kerl geküsst. Das wäre keine große Sache, wäre es nicht Cooper Heath gewesen. Ich hatte *Cooper* geküsst. Naja, eigentlich hatte er mich geküsst. Ja, es war vor der Kamera gewesen, aber dennoch. Es war wirklich passiert. Es war ein echter Kuss, auch wenn es ihm nichts bedeutet hatte. Ich hatte bisher noch nicht viele Küsse bekommen, also würde ich ihn so schnell nicht vergessen, ob ich wollte oder nicht.

Denn diesen Kuss hatte ich sogar in meinem Bauch gespürt. Und anderswo.

Dass mich ein Mann körperlich erregte, überraschte mich weniger als die Tatsache, dass mich überhaupt jemand körperlich erregte. Ich hatte mich nie als besonders sexuellen Mensch gesehen. Ich hatte sogar Phrasen wie „Kein Interesse an Sex" und „Wenn deine Freunde sich mehr für Sex interessieren als du" gegoogelt. Ich war auf Bezeichnungen wie grau-sexuell, asexuell und demisexuell gestoßen, auch wenn ich nie wirklich Interesse an einer „Diagnose" gehabt hatte, welcher Begriff davon auf mich zutraf. Ich mochte die Vorstellung nicht, dass einer davon auf mich zutraf, denn das würde heißen, dass irgendetwas mit mir nicht stimmt. Auch wenn mir mein Verstand sagte, dass es das nicht hieß – die Gesellschaft dachte so, besonders dort, wo ich lebte. Wenn ich mich in Wheatland, Wyoming als „grau" bezeichne, würden die Leute mir raten, in die Sonne zu gehen oder Vitamin D zu nehmen. Oder einfach „mal zu lächeln".

Diese Gefühle für Cooper verwirrten mich umso mehr, weil ich niemals erwartet hätte, dass ausgerechnet ein Mann diesen Schalter bei mir umlegen könnte. Was bedeutete das überhaupt? War ich *doch* eine sexuelle Person, nur eben schwul? Und weil Homosexualität in meiner Heimatstadt nicht so bekannt war, hatte ich einfach... diese Möglichkeit bisher nie gehabt?

Ich erinnerte mich an das eine Mal, als mein Dad ein Zicklein nach Hause mitbrachte. Wir waren alle ganz aus dem Häuschen, weil es so süß war. Das flauschige Kerlchen hopste unbekümmert durch die Gegend und dieser Anblick machte mich einfach glücklich. Ich hatte davor noch nie ein Zicklein gesehen, hatte also nicht gewusst, was ich verpasst hatte. Aber danach... sobald ich wusste, dass es Ziegenbabys gab... bettelte ich meinen Vater an, uns noch welche zu bringen. Ich konnte an nichts anderes denken. Sie waren so süß und es machte so viel Spaß, ihnen zuzusehen. Wie konnte ich all diese Jahre gelebt haben, ohne zu wissen, wie viel Freude ein kleines, hopsendes Zicklein auf einen Bauernhof verbreitete? Hätte ich das geahnt, dann hätte ich meinen Vater viel früher gebeten, eines mitzubringen.

Etwa so fühlte ich mich nach dem Kuss mit Cooper. War ich schwul? Und da ich jetzt in einer Situation war, in der es irgendwie „erlaubt" war, schwul zu sein... war ich bereit, es herauszufinden? Aber was... wenn es mir gefiel? Was, wenn ich herausfand, dass ich wirklich schwul war und dann zurück nach Wheatland und zu meiner Familie musste? Was würde das für mein Leben bedeuten? Was würde meine Familie denken?

„Da sind ganz sicher keine Klumpen mehr drin, mein Großer."

Ich sah Cooper entgeistert an. Er schnippelte auf der Küchentheke Gemüse für das Abendessen, während ich auf seine Bitte hin eine Schüssel mit einer Brownie-Mischung umrührte. Gott weiß, wie lange schon. Ich sah hinunter auf den glänzenden braunen Teig. „Okay."

Ich stand auf, um den Teig in die Form zu gießen, die Cooper bereitgestellt hatte. Nachdem ich sie in den kleinen Gasbackofen geschoben hatte, setzte ich mich wieder und griff nach meinem Notebook, um mich mit etwas Videobearbeitung abzulenken.

„Hey!" Cooper ging neben mir in die Hocke und sah mich besorgt an. „Du wirkst schon den ganzen Nachmittag so niedergeschlagen. Liegt es an mir?"

Ich schüttelte den Kopf und arbeitete weiter.

„War es der Kuss? Bist du deshalb sauer?"

Das war es definitiv nicht. Der Kuss hatte mir gefallen. Aber das würde ich ihm ganz sicher nicht sagen. Er würde mich damit aufziehen. Also schüttelte ich wieder den Kopf, ohne ihn anzusehen.

„Redest du bitte mit mir?" Er klang nicht wütend, eher gekränkt.

Ich sah ihn aus dem Augenwinkel an. „Alles okay."

Er stöhnte, stand auf und hob dramatisch die Hände. „Okay. Es ist alles okay. Er ist kein Mann der vielen Worte. Okay. Du bist okay. Wir alle sind okay. Herrgott nochmal.

Er machte sich wieder ans Kochen.

„Du kochst gerne", sagte ich bemüht. „Eli kocht auch. Das überrascht mich irgendwie. Er wirkt nicht wie jemand, der gern kocht."

„Stimmt. Erinnerst du dich noch, als wir im dritten College-Jahr in diese WG gezogen sind und die anderen beiden Typen einfach abgesprungen sind?“

„Ich glaube schon. Sie hätten sich an der Miete beteiligen sollen, oder?“

Er nickte. „Wir waren danach so knapp bei Kasse, dass Eli und ich nur zuhause essen konnten. Wir hatten schnell genug von Instant-Nudeln und dem ganzen anderen Zeug, also mussten wir kreativ werden. Deine Mom hat uns ein paar gebrauchte Kochbücher gekauft, um uns zu helfen. Daraus hat sich eine Art Wettstreit entwickelt, wer besser kochen kann.“

Ich kicherte. „Bei euch ist alles ein Wettstreit.“

„Stimmt. Aber ich muss sagen… dieser Mann macht eine verdammt gute Rinderbrust. Und irgendwann musst du ihn überreden, dass er dir Süßkartoffelfritten macht. Er verwendet ein spezielles Gewürz, das er niemandem verrät. Aber es ist der Hammer.“

Mein Blick folgte ihm, während er sich durch den engen Raum bewegte. „Diese Rinderbrust hat er für Jessicas Abschlussparty gemacht. Alle waren begeistert. Was ist deine Spezialität, oder besser gesagt, was kochst du gerne?“ Ich gab mein bestes, kein grunzender Neandertaler zu sein.

Cooper grinste. „Hähnchen mit Reis kann ich ziemlich gut, das habe ich im Lauf der Jahre perfektioniert. Das werde ich über den Sommer bestimmt öfter machen. Ach, und mein Bananenbrot ist ein Gedicht.“

„Ich liebe Bananenbrot.“ Aus irgendeinem Grund wurden meine Ohren wieder heiß. Wieso sprachen wir schon wieder über Bananen?

Die Abendluft kam in einer lauen Brise durch die vergitterten Fenster. Es kühlte rasch ab, was gut war, denn der Herd und der Ofen heizten das Wohnmobil auf.

Den Nachmittag verbrachten wir damit, Schutt aus der Hütte zu entfernen, um dann zuallererst den Unterboden zu reparieren.

Danach würde ich am Rahmenwerk und den Außenwänden und schließlich am Dach arbeiten. Hoffentlich waren die Fenster bis dahin hier.

Wir hatten jede Menge Schutt in den großen Container geschafft, den man am Ende der Einfahrt so für uns aufgestellt hatte, dass er auf den Kameras nicht sichtbar war. Bestimmt hatte Cooper vom vielen Bücken und Heben einen Muskelkater, doch er hatte sich nicht beschwert.

Wir hatten beide eine kurze Dusche genommen und jetzt, wo wir schon im Pyjama waren, freuten wir uns auf das große Abendessen. Seltsamerweise fühlte ich mich ein bisschen wie auf einer Pyjamaparty. Cooper hatte sogar vorgeschlagen, auf dem großen Fernseher im Schlafzimmer einen Film anzusehen. Seine Mutter hatte ihm einen alten DVD-Player und ein paar Filme mitgegeben.

„Ich habe nachgedacht", begann Cooper. Er hatte mir noch immer den Rücken zugekehrt und bereitete einen Salat als Beilage zu den überbackenen Hackfleisch-Kartoffeln zu, die er gemacht hatte. Im Wohnmobil duftete es himmlisch und Nacho zu seinen Füßen sabberte wie ein Wasserfall.

„Ja?"

„Ich weiß, du wolltest eigentlich morgen mit dem Boden beginnen."

„Unterboden", korrigierte ich ihn.

„Wie auch immer. Aber ich dachte, wir könnten die Drohne ausprobieren und ein paar schöne Luftaufnahmen machen. Damit könnte ich unser Projekt vorstellen. Heute habe ich mir einige YouTube-Videos angesehen und die hatten am Anfang alle so eine tolle Einleitung. Ich habe allerdings keine Ahnung, wie man so etwas macht. Ich kenne mich weder mit Drohnen noch mit Videobearbeitung aus. Also dachte ich, du könntest mir beides zeigen: Wie man mit der Drohne umgeht und auch Grundlagen der Videobearbeitung. So könnte ich dir etwas Arbeit abnehmen."

Cooper wirkte verlegen, also wollte ich ihn schnell beruhigen: „Ich mache das aber gerne."

„Ja, ich weiß. Ich will dir auch nichts wegnehmen. So habe ich es nicht gemeint. Ich habe nur das Gefühl..." Er seufzte und schwieg. Ich wollte ihm etwas Zeit geben, die richtigen Worte zu finden und fragte deshalb nicht nach. Als wir unsere Teller zum Tisch gebracht und Platz genommen hatten, sprach er weiter. „Ich habe das Gefühl, dass ich nicht wirklich etwas zum Projekt beitrage, außer dass ich schwul bin."

„Du hast die Kartoffeln zum Tisch getragen. Das ist doch gut." Mein Versuch, witzig zu sein, schien nicht aufzugehen.

„Nine..."

„Du trägst jede Menge bei." Na schön, vielleicht musste ich etwas nachdenken, bevor mir ein Beispiel einfiel. „Du bist die Art Mensch, die andere zum Lachen bringt. Ich bin nicht so. Die Leute sehen mir zu, damit sie eine Fertigkeit lernen, oder vielleicht sehen sie mir auch zu, weil ich ihnen optisch gefalle. Aber dir sehen sie zu, weil du witzig bist und interessante Dinge erzählst."

Er sah mich mit zusammengekniffenen Augen an. „Nicht wirklich."

„Doch, ich meine es ernst. Zum Beispiel... dieser Videobeitrag, den du heute gemacht hast: Ich konnte nicht aufhören zu lachen, als du von diesem Junggesellinnenabschied erzählt hast, bei dem die Luftballonmöpse in der Kirchturmspitze hängen geblieben sind. Die Geschichte war witzig, aber dass du vor lauter Lachen immer wieder eine Erzählpause einlegen musstest, war noch viel besser. So bist du eben. Du bist unterhaltsam."

Cooper schien sich etwas zu entspannen. Er nahm einen Schluck aus seiner Wasserflasche. „Danke. Aber ich denke, es wäre trotzdem sinnvoll, wenn ich mich ein wenig mit Videobearbeitung auskenne. Und wenn du mir zeigst, wie die Drohne funktioniert, könnte ich dich bei der Arbeit filmen. Das wird den Leuten gefallen."

Ich nickte. Er hatte recht, es wäre wirklich hilfreich, wenn er diese Dinge konnte. Außerdem wollte ich ganz sicher nicht, dass er sich nutzlos fühlte. „Okay, dann machen wir das morgen." Ich probierte das Fleisch und ächzte. „So lecker. Was hast du reingetan?"

Er lachte. „Das ist einfach nur Chili con Carne aus der Dose mit Worcestershire Sauce. Ein Heath-Familienrezept. Verrate es niemandem."

„Ich mache mir auch manchmal überbackene Kartoffeln, aber ich bin noch nie auf die Idee gekommen, Dosenchili zu verwenden. So simpel. Das wäre auch etwas für den Winter. Ich weiß nie, was ich kochen soll, also lade ich mich ständig bei meinen Eltern zum Abendessen ein."

„Du wohnst nicht auf der Farm? Aus irgendeinem Grund habe ich das angenommen."

„Nein, ich habe mir in der Nähe von Walt's eine kleine Garagenwohnung gemietet. Von dort kann ich zu Fuß in die Arbeit gehen und spare Sprit."

Wir aßen weiter und das angenehme Schweigen wurde nur ab und zu von Nachos verzweifeltem Wimmern unterbrochen.

„Ich dachte, du hast ihn gefüttert", sagte Cooper irgendwann lachend.

„Habe ich auch. Aber Chili schmeckt viel besser als Hundefutter. Er ist nicht dumm."

Nachdem Cooper seine Kartoffel gegessen hatte, lehnte er sich zurück und nahm noch einen Schluck Wasser. Als er die Flasche wieder abgestellt hatte, verschränkte er die Arme vor der Brust. „Wir haben den ganzen Tag nicht gestritten."

Ich sah zu ihm hoch. „Ist das schlecht?"

„Nein. Es ist nur… das war nicht immer so. Ich habe irgendwie erwartet, dass wir uns an die Gurgel gehen, wenn man uns zusammen in ein Wohnmobil steckt."

„Es ist erst der zweite Tage", erinnerte ich ihn grinsend.

„Jetzt mal im Ernst. Was hat sich verändert?"

Ich stürzte mich wieder auf mein Essen, damit er mein rotes Gesicht nicht sehen konnte. „Nun ja, wir haben uns geküsst."

Als er nicht antwortete, riskierte ich es, den Blick zu heben. Cooper hatte den Zeigefinger ans Kinn gelegt und sah nach oben, als suchte er die Antwort an der Decke. „Hmm… willst du damit etwa sagen, damit wir weiterhin nicht streiten… sollten wir uns öfter küssen?"

Ich verschluckte mich an meinem Essen und griff nach meinem Wasser, während er lachte.

„Entspann dich, Mister Hetero. Ich wollte dich nur aufziehen."

Ich fühlte mich unwohl damit, dass er mir ein Label verpasste, besonders nachdem ich so viel über all das nachgedacht hatte. Es ging niemanden etwas an, ob ich hetero war oder nicht. „Wer sagt, dass ich hetero bin? Wer sagt, dass ich überhaupt irgendwas bin? Wieso ziehen die Leute immer irgendwelche Schlüsse über andere?"

Bevor er antworten konnte, erhob ich mich hastig, ließ den leeren Teller und die Gabel klappernd in die Spüle gleiten und huschte aus dem Wohnmobil.

Offenbar waren nicht nur Herd und Backofen schuld daran, dass es dort drinnen heiß wurde.

KAPITEL 10
COOPER

Ich starrte Nines Rücken und Arsch hinterher, während er die schmale Treppe des Wohnmobils hinunterstolperte und in der Nacht verschwand. Nacho hievte sich hoch und flitze ihm in der Erwartung eines Abenteuers nach.

Was zum Henker?

Hatte er wirklich angedeutet, dass er nicht hetero war? Oder... Moment mal. Ich erinnerte mich an unser Gespräch über Stanislawski und Method Acting. Könnte es sein, dass er so etwas in der Art probierte, damit ihm dieses Projekt einfacher fiel? Musste er sich komplett verstellen, um sich damit wohl zu fühlen, auf schwul zu machen?

Oder stellte er tatsächlich seine sexuelle Orientierung in Frage? Wenn es so war, wollte ich etwas damit zu tun haben? Nein. Einen verwirrten Typen, der neugierig auf seine erste Bi-Erfahrung war, brauchte ich in etwa so sehr wie ein Surfbrett in den Bergen. In Los Angeles hatte sich einer meiner Nachbarn in einen Typen verknallt, der in der Selbstfindungsphase war. Kurz bevor ich wegzog, hat der Kerl ihm das Herz herausgerissen und in kleine Stückchen gebrochen. Ich habe das Geschrei und Geheule durch die Wände gehört. Auf diese Achterbahnfahrt kann ich verzichten.

Ich würde mich auf den Job konzentrieren. Auf den Aufbau der Community und darauf, unseren Sponsor zu beeindrucken. Da Nine dasselbe wollte, ging ich davon aus, dass wir ohne Probleme auf unser gemeinsames Ziel hinarbeiten könnten.

Vorausgesetzt, besagter Mann kriegt sich wieder in den Griff.

Wenn er aus all dem eine große Sache machte, würde das nie etwas werden. Ich folgte ihm nach draußen, wo der Mond die Lichtung gerade ausreichend beleuchtete, dass man etwas erkennen konnte. Nine saß zusammengesackt auf dem umgefallenen Baumstamm, einen Arm um Nacho gelegt.

„Hey", sagte ich, während ich mich langsam näherte und mich schließlich neben ihn setzte. „Willst du darüber reden?"

„Nein."

Ich nickte und beugte mich vor, die Ellbogen auf die Knie gestützt und die Finger verschränkt. Nach einigen Minuten atmete ich laut aus. „Hör mal, es tut mir leid, dass ich dich damit aufgezogen habe, und es tut mir noch mehr leid, irgendwelche Schlüsse gezogen zu haben. Du hattest recht, das hätte ich nicht tun sollen. Das war dir gegenüber nicht fair. Es ist nur… ich hatte immer das Gefühl, dass du dich mir gegenüber deshalb so genervt verhältst, weil ich schwul bin und du dich deshalb unwohl fühlst."

Nine sah mich entrüstet an. „Machst du Witze? Ich war deshalb genervt, weil du eine entsetzliche Nervensäge bist. Du hast mich ständig aufgezogen und deshalb haben mich Eli und meine Brüder noch mehr aufgezogen. Du hast dich über meine Schüchternheit lustig gemacht. Einmal, als du an Elis Geburtstag bei uns warst, hast du meine Autoschlüssel versteckt und ich bin zu spät in die Arbeit gekommen. Walt hat mich vier Stunden ohne Bezahlung das Lager aufräumen lassen, weshalb ich am Abend das Geburtstagsessen meines Bruders verpasst habe."

Ich spürte einen Stich. „Dein Ernst? Das wusste ich nicht. Deine Mom hat gesagt, dass du vermutlich bei deiner Freundin bist. Damals warst du mit Lauren zusammen. Oh Mann, Nine. Es tut mir leid.“ Dass er damals mit Lauren zusammen war, wusste ich deshalb noch, weil ich genau aus diesem Grund die Schlüssel versteckt hatte. Ich wollte nicht, dass er zu einer Frau fährt, die so offenkundig der Meinung war, Nine wäre nicht gut genug für sie. Auch wenn ich damals dachte, ihn nicht besonders zu mögen, so gehörte er doch irgendwie zur Familie.

Nine zuckte mit den Schultern. „Du solltest einfach nicht *annehmen*, dass ich dich nicht mag, weil du schwul bist. Es ist mir scheißegal, dass du schwul bist. Es geht mich ohnehin nichts an.“

„Naja… irgendwie schon, immerhin bist du mein Freund und so.“ Ich lächelte ihn an und hoffte inständig, er würde zulassen, dass das Gespräch etwas lockerer wurde.

Seine Mundwinkel wanderten hoch. Sein Bart war so sexy und seine Lippen so herrlich voll, so konnte mir selbst dieses winzige Lächeln nicht entgehen.

„Weshalb hast du damals meine Schlüssel versteckt?“ Er drehte sich zu mir um und wartete auf meine Reaktion. Unter seinem prüfenden Blick fühlte ich mich unwohl. Die Wahrheit war mir peinlich und ich wollte nicht, dass er es merkte.

„Weil ich ein Arsch bin?“

„Hmpf. Nächster Versuch.“

Ich sah hinunter auf meine Hände. „Du… du bist eine harte Nuss. Alle in deiner Familie sind so lebhaft, so laut und präsent. Aber du… du bist so still und ruhig. Ich kann dich gar nicht deuten, weil du so wenig redest.“

Nine machte große Augen. „Ich habe das Gefühl, in einer Tour zu reden, seit ich hier bin.“

Ich lachte. „Stimmt. Keine Ahnung wieso, aber ich finde es klasse. Vielleicht hast du jetzt, wo alle anderen nicht hier sind, mehr Raum, um zu sprechen.“

„Das war aber keine Antwort auf meine Frage."

Ich atmete geräuschvoll aus und erweckte damit Nachos Aufmerksamkeit. Er kam zu mir, legte sein Kinn auf mein Knie und ich kraulte seinen Kopf.

„Ich wollte dich aus der Reserve locken, damit ich dich besser einordnen kann. Ich wollte, dass du etwas sagst. Irgendwas. Du warst so verdammt stoisch. Bist du noch immer. Und ich hasse es, nicht zu wissen, was du denkst."

Er sah mich an, also wendete ich den Blick ab und betrachtete Nacho, als hätte das Universum die Antworten auf alle Fragen in sein Fell rasiert.

„Ich denke, dass es mir gefallen hat, dich zu küssen."

Seine leise ausgesprochenen Worte strömten durch die Abendluft und hüllten mich ein. Mit einem Mal fühlte mein Mund sich trocken an und mein Schwanz war plötzlich überaus aufmerksam.

„Wirklich?", fragte ich und wollte damit vor allem Zeit schinden.

Er nickte. „Irgendwie würde ich es gerne wiederholen, um herauszufinden... ob das nur..."

Ich stürzte mich auf ihn und umfasste sein Gesicht, bevor er es sich anders überlegen konnte. Ich wollte seine Lippen auf meinen spüren. Ich wollte den dichten Bart zwischen meinen Fingern spüren und herausfinden, wie seine Zunge sich an meiner anfühlte.

Nine ächzte, als ich auf ihm landete, schloss mich dann aber fest in die Arme. Bevor ich realisierte, was hier geschah, saß ich auf seinen kräftigen Schenkeln und knutschte ihn ab.

Und es war der Wahnsinn. Der Kuss mit Isaac Winshed weckte in mir das Bedürfnis, meinem alten Nachbarn eine schriftliche Entschuldigung zu schreiben, weil ich endlich verstand, weshalb er diese Tortur mitgemacht hatte. Einen heterosexuellen Kerl zu küssen, war wie... ein warmer Schokoladenkuchen mit flüssigem Kern nach einem

Monat gesunder Ernährung. Ein himmlischer Genuss – auch wenn sich dabei das schlechte Gewissen meldete.

Eine von Nines großen Händen war in meinem Haar, die andere hatte er auf meinen unteren Rücken gelegt und er drückte mich gerade fest genug an sich, dass ich seinen steifen Schwanz unter seiner Pyjamahose spüren konnte. Ich stöhnte in seinen Mund und schob meine Hüfte vor, um meinen eigenen, völlig außer Kontrolle geratenen Ständer, an ihm zu reiben.

„Warte", sagte er, die Lippen noch an meinen. „Coop, warte mal."

Ich wich zurück und sah in benommen an. Meine Lippen prickelten und in Gedanken spürte ich noch immer seinen Bart an meiner Wange. „Hm?"

Er grinste, dann beugte er sich vor und gab mir ein Küsschen auf die Wange. „Du bist irgendwie süß, wenn du gerade geküsst wurdest."

„Häh?"

„Ich will einfach… ich will einfach nicht zu weit gehen, okay? Ich habe das Gefühl, das könnte alles zwischen uns vermasseln und…"

Dank der frischen Luft gelangte genug Sauerstoff in mein Gehirn, um mich aus meinem lüsternen Trancezustand zu reißen. Er hatte recht. Ich konnte nicht zulassen, dass wir das Projekt in den Sand setzen. Meine Familie zählte auf uns. Wenn wir uns näherkamen und das ganze furchtbar schief ging, wäre es schwierig, die Spannungen vor der Kamera zu verbergen. Außerdem saßen wir noch monatelang gemeinsam hier fest. Und hatte ich nicht geschworen, mich von einem Mann fernzuhalten, der in der Selbstfindungsphase war? Oh Mann.

„Klar." Ich ging von ihm runter und wackelte mit den Hüften, um meinen Ständer loszuwerden. „Natürlich. Du hast recht. Sehr schlau."

Er schnaubte. „Ja, ja."

Ich warf ihm einen Blick zu. „Nein, ich meine es ernst."

„Okay, okay. Hey, willst du zuerst ins Bad? Dann gehe ich eine Runde mit Nacho.

Ich nickte und ging zurück zum Wohnmobil. Meine Gedanken überschlugen sich. Ich hatte eben Isaac Winshed geküsst. Und Isaac Winshed hatte wegen mir einen Ständer bekommen.

Ich hielt meine Finger an meine Lippen, als ich die Treppe zum Wohnmobil hochstieg. Was würde Eli denken? Würde es ihn mehr aufregen, dass Nine einen Mann geküsst hatte oder dass Nine *mich* geküsst hatte?

Zum Glück hatte ich einen Moment lang genug Privatsphäre, um etwas gegen den Druck in meinen Eiern zu unternehmen. Kaum hatte ich mich in dem winzigen Badezimmer eingeschlossen, spuckte ich in meine Hand und legte los. Ich dachte daran, wie sich seine breiten, starken Schultern unter meinen Händen angefühlt hatten, an seine runden Brustmuskeln... ich fragte mich, wie sein Penis aussah und wie er reagiert hätte, wen ich ihn gleich dort auf der Lichtung aus seiner Pyjamahose befreit hätte.

„*Scheiße.*" Ein harter, schneller Orgasmus durchzuckte mich. Ich konnte kaum atmen und warf den Kopf zurück gegen die Wand. „Scheiße, scheiße."

Nach diesem Spannungsabbau würde ich mich im Bett mit ihm zwar besser kontrollieren können, doch wenn ich daran dachte, mitten in der Nacht neben ihm aufzuwachen, im Bewusstsein, dass er meinen Annäherungsversuchen nicht so abgeneigt wäre... ich konnte für nichts garantieren.

Immer langsam. Er hat darum gebeten, die Dinge langsam anzugehen.

Ich machte mich schnell frisch und putzte mir die Zähne. Nur weil ich das mit den Annäherungsversuchen heute lassen würde, hieß das nicht, dass ich komplett darauf verzichten musste. Wir mussten schlicht und ergreifend zuerst die Arbeit hinter uns bringen.

Nachdem ich den winzigen Raum aufgeräumt hatte, ging ich ins Schlafzimmer und griff nach meinem Telefon, um wieder einen

Tagesrückblick als Instagram-Story zu posten. Auf dem Bildschirm sah ich eine Nachricht meines Bruders.

Jacks: *Hab einen halben Tag in der Bäckerei gearbeitet und lebe noch.*

Am Satzende stand ein zwinkerndes Emoji. Ich antwortete ihm.

Cooper: *Beweise?*

Einige Minuten später kam ein Foto von Jacks im Bett. Seine Katze Saffy lag zusammengerollt neben seinem Kopf. Jacks sah echt gut aus. Er hatte wieder Farbe bekommen und seine Augen waren nicht mehr ganz so eingesunken.

Cooper: *Du siehst endlich wieder aus wie dein heißer Bruder.*

Jacks: *Apropos heiße Brüder: Nine Winshed sieht mittlerweile ja verdaaammt gut aus.*

Diesmal stand ein schockiertes Emoji am Satzende.

Cooper: *Kann sein. Wenn man auf durchgeknallte Holzfäller steht.*

Jacks: *Das tu ich.*

Ich lachte.

Cooper: *Tja, such weiter. Der gehört mir.*

Jacks: *Hättest du gerne. Wär es nicht super, wenn… man jemanden einfach so umdrehen könnte?*

Ich spürte, wie ich rot wurde. Er schickte eine weitere Nachricht.

Jacks: *Ich meine, diese Lippen… uff. Ich hätte kein Problem, wenn er mich mit diesem Bart kratzt, ganz egal wo.*

Ich biss die Zähne so fest zusammen, dass es schmerzte. Wenn Nine seinen Bart an irgendjemandem rieb, dann wohl an mir. Das erforderte drastische Maßnahmen, Bruder hin oder her.

Cooper: *Ich war zuerst da.*

Jacks: *Verdammt, das ist nicht fair.*

Cooper: *Wohl.*

Jacks: *Nein.*

Plötzlich kam der Auslöser unseres Schlagabtauschs herein und zog die Decke auf seiner Bettseite zurück. Ich schaltete mein Telefon auf lautlos, machte heimlich ein Foto von ihm, als er ins Bett kam, und schicke es meinem Bruder.

Cooper: *Sorry, ich muss los. Schlafenszeit.*

Jacks: *OMG! Meeehr.*

Es folgte ein Emoji mit gefalteten Händen.

Ich lachte, schloss die Nachrichten und öffnete Instagram. „Bereit für ein Video aus dem Bett?"

Nine sah von seinem Telefon hoch und schenkte mir ein Grinsen, das meinen Schwanz beinahe erneut aufweckte. „Allzeit bereit."

Wenn es nur so wäre.

Wir kuschelten uns aneinander und starteten die Aufnahme. Zunächst sagte ich einige Worte darüber, was wir heute alles erledigt hatten, doch als ich danach von unseren Plänen für den morgigen Tag erzählen wollte, unterbrach mich Nine.

„Du bist hier ja ganz rot von meinem Bart." Er legte einen Finger neben meinen Mund und grinste mich so verführerisch und voller Zuneigung an, dass ich das Gefühl bekam, ich hätte einen Schmetterling verschluckt.

Als ich staunend den Mund öffnete, nahm er denselben Finger und schob mein Kinn nach oben.

„Das ist irgendwie heiß", sagte er neckisch. Sah er nicht, dass die Kamera lief?

„Zu schade, dass das nicht dein Bart war", schoss ich automatisch zurück. Dann zwinkerte ich in die Kamera. Nine packte mich und küsste mich. Ich jaulte auf und ließ das Telefon fallen. Als ich es endlich wieder in die Finger bekam und das Video stoppte, lagen wir bereits lachend und knutschend ineinander verschlungen auf einem Haufen und Nacho flehte uns winselnd an, mit den Albernheiten aufzuhören.

Irgendwann schafften wir es, lange genug mit dem Rummachen aufzuhören, um einzuschlafen, aber es fiel uns nicht leicht. Das Video wurde über Nacht viral. Als ich am nächsten Morgen vom Duft von frisch aufgebrühtem Kaffee geweckt wurde, warf ich einen Blick auf mein Telefon und sah eine Sintflut von Benachrichtigungen.

„Ähm, Nine?", rief ich ihm zu, während er in der Küche die Sahne in zwei Tassen füllte.

„Ja?"

„Wir haben die Fünfundzwanzigtausend-Marke auf Instagram geknackt."

Er kam mit den Tassen herein, reichte mir eine und setzte sich dann auf seine Bettseite, den Kopf gegen das Betthaupt gelehnt. „Zweitausendfünfhundert Abonnenten meinst du wohl?

„Nein, gestern hatten wir elftausend, nachdem Stallion unseren Intro-Beitrag geteilt hat. Aber nach dem Video von gestern Nacht…"

„Wow, was?" Er lehnte sich über meine Schulter, um auf mein Display sehen zu können. „Nur weil wir herumgeblödelt haben?"

Ich drehte mich zu ihm um. „Das Küssen. Weil wir uns geküsst und rumgemacht haben. Sieh nur. All die Kommentare, wie heiß wir zusammen sind und so."

Er streckte die Hand aus und scrollte mit einem Finger nach unten. Ich nutzte die Gelegenheit, um meinen Rücken an seine Brust zu lehnen, während ich am Kaffee nippte, den er mir gebracht hatte.

„Es gibt auch fiese Kommentare", murmelte er. „Solche Scheißkerle."

Ich zuckte mit den Schultern. „So ist das immer bei LGBT-Content. Ignorier sie einfach."

Nine sah mich an. „Das ist nicht okay. Es ist unfair.“

Ich lachte über seine Empörung. „Ja. Aber der Trick ist, nicht noch mehr Zeit und Energie an diese Idioten zu verschwenden, indem man sich darüber ärgert.“

Er lehnte sich wieder zurück und umarmte mich mit seiner freien Hand, so als wäre es keine große Sache. Als würde er jeden Tag einen anderen Mann an seine nackte Brust drücken.

„Es ist gut, dass wir das machen“, sagte er nach einem Moment.

„Was meinst du?“

„Wir zeigen, dass Kerle auf Werkzeug stehen und gleichzeitig andere Typen küssen können. Ich meine, ganz offensichtlich können sie das, aber es ist gut für sie, wenn sie auch Beispiele in der Öffentlichkeit sehen, oder? Keine Ahnung, vielleicht auch nicht.“

Es war nicht das erste Mal, dass er sich selbst widersprach. Es war beinahe so, als würde er auf etwas Wichtiges hinweisen und dann plötzlich denken, dass seine Meinung womöglich dumm war.

„Du hast recht. Es ist etwas Gutes. Besonders für Jungs, die so aufgewachsen sind wie du, die nur sehen, dass Jungs „Jungssachen“ machen und Mädchen „Mädchensachen“. Ich hoffe so sehr, dass Stallion auch die lesbische Community sichtbarer machen will.“

„Ja, wollen sie. Ich habe sie am Telefon mal danach gefragt.“

Ich setzte mich auf und drehte mich abrupt zu ihm um. „Das hast du?“

Nine wurde rot. „Ja, ich meine, ich habe ihnen gesagt, dass es scheint, als würden sie bei ihrem Marketing Frauen und Mädchen übersehen. Und falls sie guten LGBT-Content bringen wollen, habe ich ihnen ein richtig cooles lesbisches Paar aus Maine empfohlen, das ich bei meiner Recherche entdeckt habe. Die beiden bauen Segelboote in Handarbeit und ihr Videoblog wäre toll für eine Kooperation. Ich habe ihnen den Link geschickt, aber ich weiß nicht, ob sie das weiterverfolgt haben.“

Ich streckte die Hand aus und legte sie an seine bärtige Wange. „Du steckst voller Überraschungen, Isaac Winshed. Ich weiß nie, was du als Nächstes aus deinem Hut zauberst."

Ein Grinsen erhellte sein Gesicht und der Schmetterling in meinem Bauch flatterte noch stärker mit den Flügeln.

„Gut. Es gefällt mir, dich zu überraschen."

Ich streckte mich nach oben und küsste ihn, Kaffeeatem hin oder her.

KAPITEL 11

NINE

Die folgende Woche verging wie im Flug. Im Großen und Ganzen lief alles gut. Wir hatten langsam den Dreh raus, welche Instagram-Videos am besten ankamen und wie man sie für YouTube verwenden konnte. Aber es war nicht alles so einfach.

Zum einen, weil wir uns richtig abrackerten… okay, ich rackerte mich ab… außerdem fingen die Leute von Stallion an, uns „konstruktives Feedback" zu geben. Sie wollten mit uns über Produktplatzierungen in den Videos und Fotos sprechen oder wie wir die Funktionen und Vorteile bestimmter Werkzeuge erwähnen könnten. Zudem wollten sie sichergehen, dass wir als Markenbotschafter die Sicherheitsvorgaben befolgten.

Um ehrlich zu sein, begann ich dadurch, jede meiner Handlungen zu hinterfragen. Ich war so angespannt, dass ich Cooper mehrmals grundlos anmotzte. Mit dem Ergebnis, dass ich mich deshalb wie ein noch größerer Arsch fühlte und immer stiller wurde. Ich hielt es für das Beste, einfach nichts mehr zu sagen und so das Risiko zu minimieren, ihn noch mehr anzumotzen.

Die Stimmung zwischen uns war merkwürdig und angespannt, also genau das Gegenteil von dem, was ich wollte und auch das Gegenteil dessen, was auf Social Media gut ankam. Sogar mir war klar, dass wir mehr Abonnenten gewinnen konnten, wenn wir fröhlich wirken – nicht gereizt und sonderbar vor lauter Sorge, bei der Verwendung bestimmter Werkzeuge die Schutzbrille zu vergessen.

Sogar unter idealen Umständen fiel es mir schwer, vor vielen Leuten zu sprechen, doch bei meinen eigenen Videos und meinem eigenen Kanal konnte ich wenigstens so tun, als wäre ich alleine. Ich konnte so tun, als drehte ich das Video für Mrs. Anson, die ein simples Vogelhaus bauen möchte, oder für Mr. Ridley, der nicht wusste, wie man die schrägen Beine eines Sägebocks anbringt. Aber allein der Gedanke daran, dass andere Leute unsere Videos ansehen, dass irgendwelche Stallion-Manager uns beurteilen... ließ mich völlig erstarren, sobald ich vor der Kamera stand.

Als ich endlich unser erstes längeres Video schneiden wollte, hatte ich daher natürlich nicht genug Material.

„Hey, Coop?", ich lehnte mich aus der Sitznische in der Küche und warf einen Blick in Richtung Badezimmer. Wir hatten vor einigen Stunden zu Abend gegessen und danach hatte Cooper sich in den Wald verzogen, um Yoga zu machen. Nach seiner Rückkehr war er direkt unter die Dusche gegangen, doch als er am Weg dorthin an mir vorbeiging, hatte ich flüchtig seinen Schweißduft wahrgenommen. Vermutlich zog er sich gerade den Pyjama an. Ich versuchte, nicht daran zu denken.

„Ja?"

Während er zurück in den Wohnbereich kam, zog er ein frisches T-Shirt über. Ich erhaschte einen Blick auf seine Brust und seine Bauchmuskeln, die leicht gebräunt waren, seit er nachmittags mit nacktem Oberkörper im Freien arbeitete.

Ich schluckte. „Ähm, du wolltest wissen, wie ich die Musik für die Videos mache. Ich wollte gerade damit anfangen."

„Cool. Ich hole mir nur schnell ein Glas Wein. Willst du auch etwas?"

Ich drehte mich um und beobachtete, wie er sich bückte und im kleinen Kühlschrank herumkramte. Er hatte einen wirklich schönen

Hintern. „Ja, äh... hast du noch was von diesem Erdbeer-Kiwi-Wasser?“

Er zog seinen Kopf aus dem Kühlschrank und grinste. „Hat es dir geschmeckt?“

Ich zuckte mit den Schultern. „Besser als das mit Blaubeeren. Das schmeckt so, wie druckimprägniertes Holz riecht.“

Wie immer brachte er mich mit seinem Lachen zum Lächeln. „Du bist schräg.“

Statt meine Wasserflasche zu verwenden, die auf der Theke stand, holte er ein großes Glas aus dem Küchenschrank, füllte es mit Eis und goss dann aus einem Krug das aromatisierte Wasser ein. Als er es neben mich auf den Tisch stellte, legte er sogar ein Stück Küchenkrepp unter, damit die eisigen Tröpfchen, die am Glas hinunterliefen, aufgesaugt wurden.

„Oooh, wie nobel.“

„Warte, das war noch gar nichts.“ Er öffnete einen anderen Küchenschrank, nahm eine Packung Oreo-Kekse heraus und legte einige davon auf einen Teller. „Voilà. Soviel zum Thema nobel.“

Ich nahm einen Keks vom Teller. „Mmm, das sind die Besten. Hätte ich gewusst, dass wir die haben, hätte ich sie schon die ganze Woche lang gegessen.“

Cooper nahm nicht gegenüber, sondern neben mir auf der Bank Platz. Wir saßen immer öfter so, weil er mir dann besser bei der Videobearbeitung zusehen konnte. Seine Haare waren noch immer feucht von der Dusche und ich konnte den dezenten Duft des Shampoos wahrnehmen, das wir beide benutzten.

„Ich weiß, dass du die am liebsten magst, deshalb habe ich sie gekauft. Und deshalb habe ich sie auch in meinem Koffer versteckt, für einen besonderen Anlass.“

Ich schnappte mir noch einen Keks und unsere Schultern berührten sich. Obwohl ich mich mittlerweile wohler mit alltäglichen Berührungen fühlte, war es bisher bei unserer heftigen, allabendlichen Knutscherei vor dem Einschlafen geblieben. Ich nahm an, Cooper war zu dem Schluss gekommen, dass ich nicht gut im Bett wäre, also musste ich das wohl respektieren. Es stimmte, dass ich nicht besonders viel Erfahrung in Sachen Sex hatte, geschweige denn von schwulem Sex. „Was ist der besondere Anlass?", fragte ich, während ich versuchte, mich wieder auf die Arbeit zu konzentrieren und nicht meinen düsteren Gedanken über Cooper nachzugehen.

„Wir müssen reden."

Oh Mann.

„Oh."

Cooper seufzte und während er sich mir zuwandte, griff er nach meinem Unterarm, so wie er es manchmal tat, wenn wir miteinander sprachen. Ich mochte das Gefühl. Mein Körper schien sich danach zu sehnen.

„Irgendwas ist los. Du verhältst dich seltsam."

Ich rutschte nervös auf meinem Sitz umher und räusperte mich. Der zweite Oreo-Keks schmeckte nicht so gut wie der erste. „Ich bin seltsam."

„Nein, bist du nicht. Du bist einzigartig. Das ist ein Unterschied. Irgendetwas beschäftigt dich und es ist, als würde… Nine verschwinden, sobald die Kamera läuft."

Ich verdrehte die Augen. „Ich verschwinde nicht. Ich bin bei jedem deiner Videos hier. Wir ziehen das miteinander durch. Ich drücke mich nicht vor meiner Verantwortung."

„Hey, beruhige dich wieder. So habe ich es nicht gemeint. Natürlich bist du körperlich anwesend. Ich spreche von deiner Persönlichkeit, von jenem Isaac Winshed, den ich kenne — von Nine mit dem beliebten YouTube-DIY-Kanal — ist gerade nichts zu sehen. Was ist los? Hast du Angst?"

„Was? Nein!"

Cooper atmete seufzend aus. „Ganz ruhig, du harter Kerl. Das war kein Angriff auf dein Badboy-Image. So habe ich es nicht gemeint. Bist du nervös? Oder…"

„Ja, nein, ich weiß nicht. Es ist nur… man muss so vieles bedenken." Ich schloss das Notebook, schob es von mir und zog dann das Küchenkrepp samt Glas etwas näher heran. „Ich habe das Gefühl, von allen beobachtet zu werden. Dass ich etwas Falsches sagen werde oder die Gefühle von irgendjemandem verletze."

Cooper ließ meinen Arm los, lehnte sich zurück und sah mich einen Augenblick nachdenklich an. „Fühlst du dich immer so, wenn du Videos machst? Ich muss sagen, dass das in deinen alten Videos nie so rüberkam."

Ich wandte mich ihm zu und lehnte mich an die Wand. „Nein, aber das ist anders. Da habe ich nie so viel geredet. Und ich kann sie bearbeiten, also…"

In seinem Gesicht zeichnete sich eine Erkenntnis ab: „Oh, Mann. Es liegt also am Instagram-Zeugs. An den Videos, die wir unbearbeitet veröffentlichen."

Daran hatte ich noch gar nicht gedacht. „Ja, schon möglich."

Er dachte kurz nach. „Okay, wie wäre es damit: Du redest nur dann, wenn wir unsere längeren Wochenvideos aufnehmen. Die schneidest du selbst oder, falls ich sie schneide, kannst du mitbestimmen. Also kannst du da ungezwungen sprechen. Und bei den Insta-Videos überlässt du das Reden mir, okay? Oder wir halten einige davon ganz kurz und sprechen vorher ab, was wir sagen. Würde das helfen?"

Ich starrte ihn an, vollkommen verblüfft, wie rücksichtsvoll er war. Er hatte sich dem Problem gestellt und versucht, eine Lösung zu finden. Tat er es, weil er wollte, dass ich vor der Kamera besser werde und wir dadurch mehr Views bekommen? Oder wollte er einfach, dass ich mich wohler fühlte? Machte das überhaupt einen Unterschied?

Ich rutschte auf der Bank herum und ließ mich dann mit meinem Mund auf sein Gesicht fallen, wobei meine Lippen unabsichtlich sein

Auge und die Nase küssten, bevor sie endlich seinen Mund fanden. Er lachte, die Lippen auf meinen, doch da er beide Hände an meinen Hinterkopf legte und festhielt, machte ich weiter. Oh Gott, ich wollte ihn so sehr. Seit unserem ersten Kuss wollte ich ihn fast jede Minute, jede Stunde des Tages. Ich dachte beim Einschlafen daran und wachte mit einem pochenden Schwanz neben seinem verschlafenen, sexy Gesicht auf.

„Gott, du bist so verdammt sexy", murmelte er an meinem Gesicht. Cooper vergrub die Finger in meinem Bart und zupfte etwas daran, während er mich weiter küsste. Seine Zunge erkundete meinen Mund ich saugte daran, wie an einem Lutscher. Er fiel beinahe von der Sitzbank, seit ich mich so wild auf ihn gestürzt hatte, aber es schien ihn nicht zu stören.

„Bitte", sagte ich und küsste ihn am Kiefer entlang, über den Hals bis zu seinem Ohr. Ich war nicht ganz sicher, worum ich bat, doch vor allem wollte ich mehr. Mehr von ihm, mehr von diesem Gefühl, mehr von unseren Körpern, so nah wie möglich beinander.

Coopers Stimme klang unglaublich sexy. „Ich will unbedingt deinen Schwanz schmecken."

Es dauerte ein wenig, bis mein Gehirn verstand, was er da sagte, doch dann schaltete es alle Systeme in den Notfallmodus. „Oh Gott. Wirklich?"

Uff, war das dämlich. Ich klang wie ein Vollidiot.

Cooper wich zurück und sah mir tief in die Augen. „Wirklich. Ich will wirklich unbedingt deinen Schwanz lutschen. Davon träume ich schon die ganze Woche."

Ich hatte ihn wohl etwas zu lange angestarrt, denn er lachte und beugte sich wieder zu mir. „Schon gut. Zu viel, zu schnell. Ich verstehe schon", murmelte er.

„Nein!", brummte ich und schob ihn von der Bank. „Nicht zu viel. Nicht zu schnell. Bett. Jetzt."

Ich hatte seit Jahren keinen Blowjob mehr bekommen und damals war es auch bloß eine verstohlene, peinliche Geschichte in meinem Truck gewesen. Eine Kellnerin hatte sich an mich rangeschmissen, als ich gerade mit meinen Brüdern die Raststätte verlassen wollte. Ich wollte es so sehr. Die Vorstellung von Coopers vollen Lippen an meinen Schwanz... wow. Mehr... brauchte es fast nicht, um mich in eine peinliche Situation zu bringen.

Ich schubste ihn zum Bett und lobte zwischendurch murmelnd seine Effizienz und seine Geschwindigkeit. Ich riss sein Shirt hoch, was ihn aus irgendeinem Grund zum Lachen brachte, doch es war mir egal. Zu diesem Zeitpunkt war mein Gehirn bereits so gut wie komplett abgeschaltet und ich wollte seine Lippen auf meinen spüren.

Als wir uns dem Bett näherten, hüpfte Nacho hoch und drehte sich im Kreis, wie er es zur Schlafenszeit immer tat.

„Raus", knurrte ich und zeigte in die Richtung, aus der wir gekommen waren. „Auf deinen Platz. Na los."

Er kroch aus dem Bett und sah so erbärmlich aus, dass ich beinahe ein schlechtes Gewissen bekam. Doch kaum fiel mein Blick auf die harten Nippel auf Coopers gebräunter Brust, war der Hund vergessen.

„So ein armes Kerlchen", scherzte Cooper.

„Hmpf."

Plötzlich war ich verunsichert. Wie funktionierte das? Musste ich mich auf die Bettkante setzen? Die Hose ein Stück runterziehen oder mich komplett ausziehen?

Ich drehte mich hin und her und versuchte herauszufinden, ob irgendwo an der Wand eine Anleitung hing.

„Du bist genau wie Nacho", sagte Cooper lachend. „Zieh dich aus und leg dich hin. Wie ich sehe, braucht der harte Kerl zur Abwechslung mal Anweisungen."

Bevor er zu Ende gesprochen hatte, lag ich nackt im Bett. Wieder erklang sein wunderbares Lachen.

„Warum lachst du?", grummelte ich und begann, meinen Schwanz zu streicheln.

„Du bist einfach hinreißend. Ich bin glücklich. Ich mag dich. Ich mag deinen Körper. Ich mag Sex. Ich *liebe* es, zu blasen."

Mein Herzschlag beschleunigte sich. „Echt?"

Er biss auf seine Unterlippe und nickte langsam, quälte mich bewusst, indem er einen kleinen Strip hinlegte.

Ich schnaubte erneut. „Du machst das absichtlich so langsam."

Als er komplett nackt war, starrte ich ihn an. Ich verschlang ihn mit meinen Augen, als wäre er ein Zitroneneis an einem heißen Sommertag. Er war atemberaubend, glatt wie Marmor und perfekt proportioniert. „Du siehst aus wie eine dieser Statuen in den italienischen Museen", sagte ich einfältig.

Sein freches Grinsen verschwand. „Wirklich?"

Ich nickte und streckte beide Hände aus, denn ich wollte unbedingt, dass er näher kam und ich mir die kleinen Stern-Tattoos auf seiner Hüfte näher ansehen konnte.

Er kniete sich ans Bettende und sah mir noch immer in die Augen. „So etwas hat vorher noch niemand zu mir gesagt."

„Hätten sie aber sollen. Her mit dir."

Mein Schwarz war so hart, dass er bei jeder Bewegung, die Cooper auf mich zu machte, zuckte. Das wiederum zog Coopers Aufmerksamkeit auf meinen Ständer und mit einem Mal war sein überhebliches Grinsen zurück. „Komm zu Papa, mein Großer."

Frustriert warf ich den Kopf zurück „Aaaaah, du machst mich wahnsinnig."

Plötzlich leckte seine heiße, nasse Zunge über meinen Schaft. „Oh. Ohhh. Oh Gott", stieß ich halb schreiend, halb keuchend hervor und legte ganz automatisch meine Hände an seinen Kopf.

Ich konnte nicht glauben, was wir gerade taten. Ich konnte nicht glauben, dass ich einen Blowjob von einem anderen Mann bekam, und noch weniger konnte ich mein Glück fassen, dass ein derart schöner, liebevoller Mensch mir seine ungeteilte Aufmerksamkeit schenkte. Auch wenn wir uns stritten und uns irgendwie gewaltig auf die Nerven gingen... wenn wir auf diese Weise miteinander verbunden waren, war das... etwas völlig anderes.

Es war wie ein Flächenbrand in einem trockenen Wald. Es war, als würde ich Nacho beobachten, wie er beim Laufen jene Geschwindigkeit erreicht, bei der sein ganzer Körper eher Wellen in einem Ozean gleicht als einem laufenden Hund. Mit Cooper auf diese Art zusammen zu sein war wie... eines dieser Zeitraffervideos, in dem auf einer riesigen Wiese plötzlich Hunderte Wildblumen aufblühen.

Mir wurde schwindelig, denn ich hatte nicht die leiseste Ahnung, wie ich mit diesen intensiven Gefühlen umgehen sollte. Besonders da ich wusste, dass ich der einzige von uns beiden war, der nichts von lockeren Geschichten hielt. Ich war der einzige, der Gefühle ins Spiel brachte. Cooper war nicht diese Sorte Mann, und daran würde mit Sicherheit auch ein eigentlich heterosexueller Blödmann, der kaum jemals aus seiner Heimatstadt herausgekommen war, nichts ändern.

„Bleib bei mir, Liebling." Ich hörte das Verlangen in Coopers rauer Stimme und meine Kehle schnürte sich zusammen.

Ich dachte, ich hätte mir seine Worte eingebildet, doch es war genug, um mich wieder ins Hier und Jetzt zurückzuholen – ein Hier und Jetzt, in dem ein attraktiver Mann an mir saugte und lutschte und mich streichelte, bis es sich anfühlte, als würden meine Eier gleich explodieren. Wie konnte das real sein? Es war zu gut, um wahr zu sein.

„Coop." Es klang wie ein verzweifelter Schrei. Sein Blick traf meinen und ich verlor die Kontrolle, bäumte mich auf und schob mich noch weiter in seinen Mund, während mein Orgasmus durch meinen gesamten Körper jagte.

KAPITEL 12
COOPER

Es brauchte nur eine einzige Handbewegung und schon spritzte ich fluchend das Laken unter mir voll. Isaac war so heiß, so unfassbar offen und hingebungsvoll. Er hatte mich so in Fahrt gebracht, dass mein Unterleib – und der kräftige Holzfälleroberschenkel, an dem ich mich gerieben hatte – ganz klebrig von meinen Lusttropfen waren.

„Soll ich blasen?", stieß Isaac keuchend hervor.

Ich schnaubte. „Nein, Süßer. Ich bin schon gekommen. Beinahe wäre alles auf deinem Bein gelandet, aber ich habe mich noch rechtzeitig zur Seite gedreht."

Er hob den Kopf und ließ einen verblüfften Blick über unsere Körper gleiten. „Oh fuck, ist das heiß." Er griff nach unten und berührte meinen Saft, der in den dunklen Haaren auf seinem kräftigen Schenkel hing. „Das ist von dir?"

Ich nickte, kroch zu ihm hoch und legte meinen Kopf an seine Schulter. Ob es ihm gefiel oder nicht – ich war ein Kuschelbär. Es war Folter gewesen, jede Nacht neben seinem großen, wunderbaren Körper zu liegen, ohne mich an ihn zu schmiegen, wie eine Katze an einen Heizkörper.

Er legte seine Arme um mich und drückte mich an sich. Sehr gut. Ich hätte ziemlich sicher gemeckert, wenn er meine postkoitalen Kuschelversuche abgelehnt hätte. Und vermutlich war es noch zu früh für ihn, mich in vollem Zickenmodus zu erleben.

„Warte mal“, sagte ich. „Du hättest mir einen geblasen?“ Ich hob den Kopf, um seine Reaktion zu sehen.

„Äh, ja. Ich meine… Ich hätte es bestimmt falsch gemacht, aber es wäre einfach nicht fair… dich so hängen zu lassen.“

Ich lehnte mich wieder zurück. „Da kann man nichts falsch machen. Nicht wirklich.“

„Mhm.“ Isaacs Hand glitt langsam über meinen Rücken und meinen Arm. Ich war nicht mal sicher, dass er es bewusst machte, aber es fühlte sich wirklich gut an. Entspannend. Fürsorglich. „Alles okay?“

Erneut hob ich den Kopf. „Bei mir?“ Meine Stimme überschlug sich ein wenig. „Natürlich. Mir geht es großartig.“

Er runzelte die Stirn. „Oh, okay. Gut.“ Er schluckte. „Es ist nur… Ich bin wieder über dich hergefallen —“

Ich machte einen Satz nach vorne und brachte ihn mit einem Kuss zum Schweigen. Dann nahm ich sein Gesicht in meine Hände und sah ihm in die Augen. „Isaac Denton Winshed.“

Als er seinen ganzen Namen hörte, wurden seine Augen groß.

„Ich finde dich wahnsinnig sexy und würde am liebsten jeden Tag rund um die Uhr deinen Schwanz lutschen. Genauer gesagt würde ich gerne, wann immer ich Lust habe, deinen Schwanz in meinem Arsch, deine Zunge in meinem Mund und deine Hände überall auf meinem gottverdammten Körper spüren. In mir ist nicht das winzigste Fünkchen des Bedauerns darüber, was wir eben getan haben. Verstanden?“

Er wurde rot und nickte. Ich atmete laut aus, setzte mich auf und schob ein Bein über ihn, bis ich schließlich über ihm war. Sein warmer Schwanz drückte gegen meinen, obwohl beide derzeit außer Betrieb waren. Ich sank hinunter auf seine Brust und küsste sein Kinn und seine Wangen, bevor ich die wirklich wichtige Frage stellte. „Ist bei *dir* alles okay?"

Wieder machte er große Augen. „Ich habe eben einen Blowjob bekommen."

„Ich will keine falschen Schlüsse ziehen, aber ich nehme an, das war dein erstes Mal mit einem Mann. Ich will nur sicher gehen, dass du keine..."

Er grinste und sah dabei so verdammt sexy aus, dass mein Herz geradezu gegen meinen Brustkorb donnerte. „Panik kriegst? Nein. Überhaupt nicht. Ich bin irgendwie..."

Er wendete den Blick ab. Seine Augen wanderten vom Fenster zur Lampe, dann hinauf zur Decke – überall hin, nur nicht zu mir.

„Ich bin irgendwie neugierig darauf, es bei dir zu versuchen."

Und mit einem Mal war mein Schwanz nicht mehr außer Betrieb. Er fand dieses Gespräch sehr, sehr, sehr interessant. Ich erinnerte mich allerdings auch daran, dass dieser Abend mit einem Gespräch über Erwartungen und Nines Nervosität begonnen hatte. Es gab keinen Grund, die Dinge zu überstürzen.

„Hmmm, ich finde das sollten wir sehr bald einplanen", sagte ich, einen Finger an mein Kinn gelegt. „Vorher sollten wir allerdings noch unser allabendliches Video aufnehmen."

Ihm fielen beinahe die Augen aus dem Kopf. „Jetzt?"

„Ähm. Gehen wir nicht schlafen?" Ich drehte mich um und rief Nacho, der im anderen Zimmer leise gewinselt hatte. Er flitzte zu uns und sprang mit einem Satz auf das Bett. Ich kauerte mich über Nine zusammen, damit er uns nicht mit seinen Krallen erwischte.

„Wir hatten gerade Sex", sagte er. „Was, wenn sie das merken?"

„Dann werden sie denken, dass wir zusammen sind. So wie in einer... du weißt schon... Beziehung." Ich sah ihn mich hochgezogener Augenbraue an.

Er seufzte. „Na schön, aber du übernimmst das Reden. Wenn ich es mache, rutscht mir bestimmt irgendwas Blödes raus, zum Beispiel *Blowjob*.“

Ich stieg von ihm runter, holte ein Handtuch, um uns etwas zu säubern und wollte dann unter die Decke schlüpfen. Nine starrte mich an. „Willst du… werden wir, ähm, nackt schlafen?“

Für einen derart großen, schroffen Kerl war er in vielerlei Hinsicht außerordentlich niedlich. Diese Seite von ihm weckte mein Bedürfnis, mich um ihn zu kümmern und ihn in meine Tasche zu stecken, damit er in Sicherheit ist.

Ich hielt mit einem Knie auf dem Bett inne. „Nun ja, wir müssen nicht. Ich kann wieder meinen —“

„Nein! Nein, es ist gut. Ich meine… wenn… du es gut findest.“

Ich wartete einen Augenblick, um sicherzugehen, dass es wirklich in Ordnung für ihn war. Als er lächelte, bauschte sich sein Bart ein wenig auf und ich hätte mich am liebsten darin vergraben. „Es gefällt mir irgendwie, dich nackt zu sehen. Kann sein, dass ich später einen Blick unter deine Decke werfe.“

Mein Lachen erfüllte noch den Raum, als ich die Videoaufnahme startete.

* * *

Eine weitere Woche verging und langsam sahen wir in einigen Bereichen Fortschritte. Nine war stolz auf den schlichten Dielenboden, den wir in der Hütte verlegt hatten. Ich hingegen fand es etwas übertrieben, sich damit zu brüsten, dass wir keinen modrigen, löchrigen Boden mehr unter uns hatten.“

Unsere Abonnentenzahl war ebenfalls ganz plötzlich durch die Decke gegangen. Das Video, das wir am Abend unseres ersten Blowjobs aufgenommen hatten – natürlich hatte es seither noch weitere gegeben – war viral gegangen, was für mich auch eine Woche später noch keinen Sinn ergab. Das Video war nichts Besonderes gewesen.

Wir hatten nur herumgeblödelt. Ich hatte erwähnt, dass ich Getränke-
pulver mit unterschiedlichen Geschmacksrichtungen mitgebracht
hatte und Nine der Verkoster war. Nine war mir ins Wort gefallen,
um mich damit aufzuziehen. Dann erzählte er unseren Zusehern, was
ich bisher für ihn gekocht hatte und schwärmte ihnen zu meiner
Überraschung von jedem einzelnen Gericht vor.

Die Kommentare waren allesamt schnulzig. Wie süß wir doch miteinander aussahen und wie Nine mich mit einem „Dackelblick" ansah,
während er über meine Kochkünste sprach. Die Zahl der weiblichen
Abonnenten war in die Höhe geschossen, was den Leuten von Stallion
sehr gefiel, schließlich wurden viele Kaufentscheidungen im Haushalt
von Frauen getroffen.

Von da an klappte es mit dem Flirten wie von selbst und unsere spon-
tanen Videos schienen Nine bei weitem nicht mehr so nervös zu
machen wie zuvor. Er hielt sich mit dem Reden noch immer zurück,
bis ich irgendein Thema aufbrachte, wo er sich ohne Scheu ins
Gespräch einklinken konnte. Daher versuchte ich, über Unverfängli-
ches zu sprechen, Themen, von denen ich annahm, er würde sich
damit wohl vor der Kamera fühlen. In einem der Videos erzählte ich
die Geschichte von dem Huhn, das er als Haustier gehalten hatte, und
wir beide lachten so sehr, dass es zwei weitere Videos brauchte, um
zwischen unseren Tränen die ganze Geschichte zu erzählen.

Vom Besuch eines Holzlieferanten abgesehen hatten wir seit mehr als
zwei Wochen keinen Menschen gesehen. Die Lebensmittel wurden
knapp, daher mussten wir in die Stadt fahren, um die wichtigsten
Dinge zu besorgen. Ich hoffte, der Ausflug würde uns auch Gelegenheit zu einem Restaurantbesuch geben, denn ich brauchte eine Pause
vom Kochen. Zugegeben, Nine hatte sich beteiligt und auch einige
Mahlzeiten zubereitet, aber es war offensichtlich, dass Kochen nicht
seine Stärke war.

„Hey", rief ich, als ich zurück zur Hütte ging, nachdem ich einige
Holzreste in den Container geworfen hatte. „Ich habe mir gedacht,
wir könnten früher aufhören und in die Stadt fahren, um Essen zu
besorgen."

Nine kam um die Ecke der Hütte gebogen, um zu antworten und mir fiel fast die Kinnlade herunter. Er hatte lediglich enge Boxershorts und seine Arbeitsschuhe an. Seine gebräunte Haut schimmerte feucht vom Schweiß und seine Muskeln traten hervor, als wäre er direkt einer meiner Fantasien entsprungen.

„Ach du heiliger…", sagte ich zu mir selbst. „Und dafür werde ich auch noch bezahlt."

„Was hast du gesagt", fragte er, während er seinen Hammer in die Werkzeugkiste warf.

„Abendessen, Lebensmittel, Stadt", wiederholte ich, während ich zu ihm ging. „Du und ich. Und eine Hose."

Sein Grinsen entblößte seine weißen Zähne. „Ziemlich heiß."

„Das ist wohl die Untertreibung des Jahrhunderts."

„Außer uns ist niemand hier, also dachte ich, ich könnte —"

Ich ließ ihn nicht ausreden. Ich machte einen Schritt auf ihn zu, drängte mich an ihn und legte die Arme um seinen breiten Rücken, während ich seine salzigen Lippen kostete. Bisher hatten wir es geschafft, uns tagsüber auf die Arbeit zu konzentrieren und unsere private Entdeckungsreise für den Abend aufzuheben. Aber diese Gelegenheit würde ich mir auf keinen Fall entgehen lassen.

Wir küssten uns immer heftiger, bis er schließlich meinen Arsch packte und meine Hüfte gegen seine drückte. Plötzlich fielen mir die Kameras ein. Ich löste meine Lippen von seinen. „Rein. Dusche. Date. Los!"

Nine erstarrte und riss die Augen auf. „Date?"

Er wirkte wie ein verschrecktes Reh, das bei einem *Ja* die Flucht ergreifen würde und gleichzeitig wie ein übereifriges Kind, das man nicht mit einem *Nein* enttäuschen wollte.

„Ich… äh… Willst du, dass es ein Date ist?"

Er sah hinunter auf mein Kinn und schien kurz darüber nachzudenken. „Irgendwie schon. Ich meine, ja. Will ich." Er sah mir wieder in die Augen. „Wenn du es willst. Wenn nicht, dann —"

„Ich will auch."

Sein Gesicht entspannte sich. „Okay, gut. Ich meine… wir können das Ganze auch aufnehmen und so. Immerhin bist du mein Freund."

Obwohl ich wusste, dass er *Fake*-Freund für dieses Projekt meinte, machte mein Herz einen Sprung, was in letzter Zeit in seiner Gegenwart immer häufiger vorkam.

Ich beugte mich vor und küsste ihn, bevor ich ihn von mir stieß und ihm einen Klaps auf den Hintern gab. „Geh duschen, damit wir aufbrechen können. Den Gastank habe ich schon in den Kofferraum geladen und herausgefunden, wo wir ihn auffüllen lassen können."

Er hielt einen Daumen hoch und gerade als er über die Lichtung zum Wohnmobil joggte, vibrierte das Telefon in meiner Tasche. Es war Jacks.

„Hey, wie geht es dir?"

„Grrr, frag mich das nicht andauernd. Was anderes scheint die Leute gar nicht mehr zu interessieren." Er klang gesund, was gut war.

„Okay, tut mir leid. Wie läuft es in der Arbeit? Wie geht es Mom?"

„Alles in Ordnung. Die Leute aus ihrer Arbeit haben ihr einen Gutschein für eine Massage geschenkt, das war echt süß. Sie geht am Samstag. Ich werde ihr einen Gutschein für das Nagelstudio nebenan besorgen, dann kann sie einen kleinen Wellness-Tag einlegen."

„Klasse Idee. Ich kann dir etwas Geld schicken und mich beteiligen."

„Schon okay. Ich habe in der Bäckerei ziemlich viel Trinkgeld bekommen. Du wirst lachen. Marchie hat neulich Blaubeer-Sirup über sein Arbeits-Shirt geschüttet und musste sich eines von meinen ausleihen – zwei Größen kleiner. An diesem Tag war das Trinkgeld der Hammer. Also wollte ich, dass er es noch einmal anzieht, um meine

Shirt-Theorie auf die Probe zu stellen. Und natürlich hatte ich recht." Jacks Lachen war ansteckend. „Der Mann hat eine hammermäßig definierte Brust und das Shirt hat jeden einzelnen Muskel seines Körpers zur Geltung gebracht. Du hättest sehen sollen, wie die Leute gesabbert haben."

Jacksons bester Freund war ein wenig wie Nine. Er sah wie ein großer, harter Kerl aus, aber sobald man ihn kannte, wusste man, dass er ein Teddybär war. „Ziemlich witzig."

„Ach jaaa… wenn wir schon von Bauchmuskeln sprechen… zwischen dir und deinem Holzfäller scheint es gut zu laufen."

„Mm-hm."

„Lass hören."

Ich warf einen Blick in Richtung Wohnmobil. Die Tür war noch immer geschlossen, also konnte er uns nicht hören. „Wir hatten Sex."

Sein Kreischen ließ beinahe mein Trommelfell platzen. „Ach du scheiße!"

„Psssst. Himmel! Erzähl es keinem, okay?"

„Nicht okay. Ihr seid ganz offiziell ein Paar. Natürlich kann ich es den Leuten erzählen. Sei nicht albern."

Niemand war so unverblümt wie ein Bruder. „Na schön, aber du weißt, was ich meine."

Es klang als würde Jacks etwas trinken, bevor er weitersprach. „Tu ich. Also ist das nur ein Experiment oder so?"

Ich strich mir mit den Fingern durchs Haar und kratzte mich im Nacken. „Ich glaube nicht."

„Magst du ihn oder ist es nur etwas Lockeres?"

Ich ließ die Tür des Wohnmobils nicht aus den Augen. „Äh…. ersteres?"

Er war kurz still. „Verdammt, Brüderchen. Das letzte Mal, als ich dich so unsicher erlebt habe, war, als du überlegt hast, ob du nach Los Angeles ziehen sollst oder nicht."

„Naja, ich kann mir irgendwie nicht vorstellen, wie das funktionieren soll. Verstehst du, was ich meine?"

Ich hörte Marchies Stimme im Hintergrund und Jacks gedämpfte Antwort auf was auch immer seine Frage gewesen war. „Warum nicht?"

„Wenn du weiterarbeiten musst, können wir ein anderes Mal reden."

„Sei nicht albern. Ich habe dich angerufen. March hat sich nur nach einem Catering-Auftrag erkundigt. Alles gut."

Ich ging in Gedanken die Gründe durch, weshalb ich mir keine ernste Beziehung mit Nine vorstellen konnte. „Naja, da wäre die Tatsache, dass er so häuslich ist."

„Sagt der Kerl, der es hasst, seine Wohnung zu verlassen."

„Ich meinte damit, dass er eine Kleinstadt-Seele ist. Ich glaube nicht, dass er Wheatland, Wyoming jemals verlassen wird. Und ich werde ganz sicher nicht wo leben, wo sich ein Haufen altmodischer, schwulenfeindlicher Menschen in unser Privatleben einmischt."

„Hast du ihn gefragt, ob es wirklich so ist?"

Ich stieß ein nervöses Lachen aus. „Natürlich nicht. Außerdem geht er mir gewaltig auf die Nerven. Manchmal spricht er so gut wie gar nicht. Sogar wenn ich ihm eine direkte Frage stelle, antwortet er mit einem Grunzen, wie ein Neandertaler."

„Hmm. Klingt heiß."

Ich lachte. „Halt die Klappe."

„Sieht er mehr in dir als eine Bettgeschichte?"

„Vermutlich nicht. Ich treibe ihn sogar noch mehr in den Wahnsinn als umgekehrt. Ich rede zu viel. Ich bin kleinlich und habe Angst vor

Insekten. Ich kenne nicht mal den Unterschied zwischen einem Schlitz- und einem Kreuzschlitzschraubenzieher."

„Unsinn."

Ich trat mit meinem Turnschuh nach einem Klumpen getrockneter Kiefernnadeln. „Gut, *jetzt* kenne ich ihn. Ich will Schauspieler werden. Das ist nicht die Art von Leben, in dem sich jemand wie Nine wohl fühlen würde und ich mag ihn zu sehr, um ihn unglücklich zu sehen. Ich will ihn nicht in diese Lage bringen."

„Aber du magst ihn. Gäbe es eine Lösung, würdest du es probieren wollen."

Mein verfluchter Bruder ließ nicht locker. „Ja, okay? Ich mag ihn. Ich mag ihn sehr… Und wenn dieser ganze… Scheiß… uns nicht im Weg stehen würde, würde ich eine richtige Beziehung mit ihm probieren. Okay? Bist du jetzt zufrieden? Ich mag Isaac Winshed. Bittesehr, da hast du es. Er ist sexy und süß und schlau. Du würdest ihn wirklich mögen, Jacks. Er ist…".

Nacho tauchte in meinem Blickfeld auf und schnüffelte an dem Kiefernnadelklumpen, den ich herumgekickt hatte. Wenn der Hund nicht im Wohnmobil war, hieß das, dass jemand die Tür geöffnet und ihn rausgelassen haben musste. Ich hob den Blick und sah Nine in der offenen Tür stehen und mich mit zusammengekniffenen Lippen direkt ansehen.

Oh, Mist.

KAPITEL 13

NINE

Ich hatte Cooper durch das offene Fenster reden gehört. Doch erst nach dem Rausgehen hatte ich kapiert, dass es ein privates Gespräch war und er jemandem erzählte, dass er mich mochte. Der Ernst in seiner Stimme war nicht zu überhören, aber seine Worte konnten unmöglich wahr sein.

Ich hatte beinahe Angst, zu fragen, doch ich musste es wissen. „Stimmt das?"

Das Weiße in Coopers Augen wurde größer. „Verdammt. Sorry, Jacks. Ich muss los. Ja, du auch."

Er machte zögernd einen Schritt auf mich zu. „Hör mal, Nine, ich —"

Ich schüttelte den Kopf. „Ja oder Nein. Sprich nicht in Rätseln, Coop. Ich bin nicht gut darin, sowas zu entziffern und das weißt du genau."

„Ja, es stimmt. Ich mag dich."

Als ich klein war, hatte ich mal mit einem Stock in einem Bach herumgestochert und in der Nähe des Ufers unter einem kleinen Vorsprung einen Schwarm Kaulquappen entdeckt. Es waren unzählige und sie tummelten sich überall, sodass ich gar nicht wusste, wohin ich zuerst sehen sollte. Genau so ein Kaulquappenschwarm schien sich gerade in meinem Bauch zu tummeln, aber ich zwang mich, weiterzusprechen.

„Ich mag dich auch."

Coopers Grinsen erhellte den gesamten White River Nationalpark. „Gut." Er kam näher. „Ich nehme an, jetzt haben wir die Antwort auf diese Frage mit dem ‚Date', nicht wahr?"

Ich lachte und schüttelte den Kopf. So unbeschwert hatte ich mich schon lange nicht mehr gefühlt. „Scheint so. Aber ich lade dich ein. Und wir essen Steak."

Cooper griff sich an die Brust. „Wow, da habe ich mir aber einen großzügigen Kerl geangelt."

Ich schloss die Lücke zwischen uns und zog ihn an mich, um ihn zu küssen. Ich konnte einfach nicht die Hände von ihm lassen. „Aber zuerst musst du ein anderes Shirt anziehen. Auf diesem ist noch der Nine-förmige Schweißfleck von vorhin."

Cooper küsste mich noch etwas länger und huschte dann davon, um sich umzuziehen und mich danach beim Truck zu treffen. Da die Hin- und Rückfahrt jeweils fünfundvierzig Minuten dauerte, beschlossen wir Nacho mitzunehmen. Mir war nicht wohl dabei, ihn so lange alleine zu lassen, wenn er wir so weit weg waren.

Der Fahrt war herrlich. Die Bäume zeigten ein sattes Grün und obwohl es bereits Nachmittag war, war der Himmel immer noch strahlend blau. Cooper hatte sein Telefon mit den Lautsprechern verbunden und spielte einen ziemlich schrägen Musik-Mix, in den er extra für mich auch einige Country-Songs eingebaut hatte. Wir fuhren durch das schwindende Sonnenlicht, sangen zur Musik und ließen uns durch die offenen Fenster die kühle Bergluft ins Gesicht blasen. Diesen Moment wollte ich niemals in meinem Leben vergessen.

Als wir das winzige Städtchen Shale Falls erreichten, lotste Cooper mich zuerst zum Baumarkt, damit wir den Gastank auffüllen und etwas Kleinkram besorgen konnten. Wir stellten den Wagen ab und wollten eben Nacho bei halbgeöffneten Fenstern zurücklassen, als ein alter Mann mit einem Ballen Kiefernnadeln aus dem Laden kam und uns mit einer Kopfbewegung ein Zeichen gab.

„Tim hat kein Problem mit Hunden. Geht nur rein."

Cooper zwinkerte mir zu und griff nach Nachos Leine, woraufhin das große, goldblonde Fellmonster aufgeregt mit dem Schwanz wedelte und mit einem gewaltigen Satz aus dem Auto sprang.

Wir gingen in den Laden und sahen uns um. Obwohl ich verdammt genau wusste, wie ein Kleinstadtbaumarkt aussah, war doch jeder anders. Aufgrund der Nähe zum Nationalpark gab es in diesem eine beachtliche Camping-Abteilung und außerdem stach mir die breite Auswahl an Arbeitskleidung und Schuhen ins Auge. Ich würde Cooper ein Paar Arbeitsschuhe mit Schutzkappe kaufen, auch wenn ich sie hinter seinem Rücken in den Truck schmuggeln musste.

„Wage nicht mal, es anzusprechen", sagte Coop, ohne mich anzusehen.

„Du weißt, dass es sein muss." Ich griff nach einer Rolle Garn und warf sie in den Korb, den ich mir geschnappt hatte. „Welche Schuhgröße hast du?"

Cooper blieb stehen, um die Beschreibung einer speziellen Sorte Klebebandes zu studieren. „Die sind potthässlich."

Ich verstand ihn mit Absicht falsch. „Deshalb bleibe ich bei gewöhnlichem, grauen Klebeband. Aber davon haben wir noch reichlich."

„Nein, ich spreche von den Schuhen. Das Klebeband ist klasse. Ich nehme das hier mit den Kätzchen."

Ich verdrehte die Augen. „Rosa Katzenklebeband ist okay, aber robuste Arbeitsschuhe, um deine Zehen zu schützen, findest du übertrieben?"

Er warf das Klebeband in meinen Korb. „Na schön. Aber ich werde mir im Internet witzige Socken bestellen, um sie etwas aufzupeppen."

„Tob dich aus“, murmelte ich und zerrte ihn zum Schuhregal. Mir war klar, dass ich das Eisen schmieden musste, solange es heiß war – also bevor er seine Meinung änderte. „Welche Größte hattest du noch gleich?“

Als wir endlich die passenden Schuhe gefunden, unseren Korb mit Kleinkram gefüllt und bezahlt hatten, war ich bereits am Verhungern. Wir fragten den Mann an der Kasse, ob es in Shale Falls ein Steak-Lokal gab.

Der Mann strich sich über sein stoppeliges Kinn und nickte. „Da ist das Tin Cup gerade richtig für euch. Nach dem Ladenausgang rechts und dann findet ihr es gleich links hinter dem grünen Backsteingebäude. Sonntags gibt es dort Brunch. Die Sauce Hollandaise ist zum Niederknien. Das müsst ihr unbedingt probieren, wenn ihr mal wieder in der Gegend sein.“

Cooper riss ein Stück des Kassenbons ab, schnappte sich einen Stift von der Theke und kritzelte etwas auf das Papier, als könnten wir eine derart simple Wegbeschreibung vergessen.

Dann überreichte er dem Mann die Notiz. „Wir sind den ganzen Sommer lang in der Gegend. Wir renovieren eine Hütte und filmen sie für eine YouTube-Serie. Das Ganze wird von Stallion gesponsert. Schauen Sie mal rein.“

Der Mann zog die Augenbraue hoch. „Kein Scheiß?“

Coopers charakteristisches Grinsen wurde breiter. „Kein Scheiß. Dieser Mann hier hat außerdem einen tollen DIY-Videoblog. Vielleicht ist das was für Ihre Kunden. Wenn sie darauf anspringen, könnte es ihnen vielleicht zusätzlichen Umsatz bringen. Nine arbeitet in Wyoming in einem Laden wie Ihrem und hat für die Kunden dort mit den Videos begonnen. Sie lieben es. Ich habe beide Links notiert, sie können also mal einen Blick darauf werfen.“

Dieser Mann war der geborene Verkäufer.

„Das werde ich ganz bestimmt. Ich bin Tim Lemire. Ihr Jungs lasst mich wissen, wenn ihr irgendetwas braucht, solange ihr in der Gegend seid, okay?"

Wir stellten uns alle vor und schüttelten uns die Hände. „Wird gemacht, Sir. Danke", sagte Cooper auf dem Weg zur Tür. Als wir alles in den Truck geladen hatten, wandte ich mich Coop zu.

„War das notwendig? Jetzt werde ich jedes Mal verlegen sein, wenn ich hier bin."

Cooper knuffte mich in den Arm. „Nein, das wirst du nicht. Du wirst in den Laden stolzieren wie ein Stallion-Promi – der du ja auch bist – und er wird sich vor Eurer Hoheit verbeugen."

„Ich meine es ernst. Er wird daran denken, dass ich dir meinen Penis reinstecke."

Die Worte waren mir einfach so herausgerutscht.

Die Stimmung im Truck rasselte in den Keller. „Tut mir leid", platzte ich heraus. „Das war unangebracht."

„Ich weise dich hiermit darauf hin, dass du mir, genau genommen, noch nie deinen Penis reingesteckt hast." Seine arrogant hochgezogene Braue konnte die Kränkung in seinen Augen nicht verstecken.

„Aber es liegt nicht daran, dass ich es nie versucht hätte", murmelte ich.

Cooper drehte sich um, sodass er mit dem Rücken zur Tür stand und sah mich direkt an. „Warte, was? Du willst Analsex mit mir haben? Seit wann? Und was meinst du damit, dass du es versucht hast." Beim Wort „versucht" malte er mit den Fingern Gänsefüßchen in die Luft.

Ich zuckte mit den Schultern und machte mich daran, das Armaturenbrett mit meinem Bandana von Staub zu befreien. Die Ritzen und Ecken waren widerlich. „Ich meine, ich reibe mich im Bett andauernd an deinem Hintern. Und... neulich Nacht habe ich diese Sache mit den Fingern und dem Gleitmittel gemacht..."

Wenn ich über solche Dinge sprach, wurden meine Wangen so heiß, dass ich Angst hatte, Brandblasen zu schlagen.

„Mo-ment." Cooper hielt einen Finger hoch. „Merke dir, was du sagen wolltest. Unbedingt. Aber reden wir zuerst über Tim. Du hast Angst, dass er herausfindet, dass du mit einem Mann zusammen bist und deshalb…. was tut? Dich nicht mehr ernst nimmt?"

Er verwirrte mich. „So habe ich es nicht gemeint."

„Na schön. Wie hast du es dann gemeint?" Er verschränkte die Arme vor der Brust, was kein gutes Zeichen war.

„Es tut mir leid", sagte ich erneut. „Ich wollte deine Gefühle nicht verletzen."

Seine Züge entspannten sich etwas. „Ich weiß, dass du das nicht wolltest, Liebling."

Bei seinen zärtlichen Worten fühlten meine Augen sich ganz seltsam an. Ich schluckte und versuchte es noch einmal. „Es ist bloß… seltsam, immerhin war das die erste Begegnung mit jemandem, bei der ich darüber nachgedacht habe, dass er diese Seite von mir kennt. Also das mit der Beziehung, mit Küssen und all dem. Der Werkzeug- und Baumarktkram ist nichts Neues für mich. Daran bin ich gewöhnt. Aber diese…Herzensangelegenheiten… über sowas rede ich gewöhnlich mit niemandem. Nicht mal mit meiner Familie."

Der Staub in meinem Truck war überall. Ich rubbelte über die schmalen Zierleisten am Radio und den Schaltknüppel. Schließlich griff Cooper nach meiner Hand, um mich zu stoppen.

„Sieh mich an."

Ich sah zu ihm hoch. Er sah so gut aus, sogar wenn er diese kleinen Sorgenfalten zwischen den Augenbrauen hatte.

„Isaac, willst du unsere Beziehung geheim halten? Ich meine… ganz offensichtlich gibt es da die Fake-Beziehung für die Videos. Die können wir nicht geheim halten, dafür ist es schon zu spät. Aber ich meine uns. Was immer das zwischen uns ist. Soll das ein Geheimnis bleiben?“

Ich wusste, es wäre ein Fehler, sofort zu antworten. Ich hielt kurz inne, um mir darüber klar zu werden, wie ich dazu stand. Dann öffnete ich die Tür des Trucks und stieg aus.

KAPITEL 14

COOPER

Tja, damit hatte ich meine Antwort. Wenn er so genervt war, dass er aus dem verdammten Truck aussteigen musste, konnte das nichts Gutes heißen. Diesmal hatte ich Nine zu sehr bedrängt.

Doch dann ging er vorne am Truck vorbei zu meiner Tür, öffnete sie und zog mich heraus, sodass wir uns vor Tims Laden auf dem Bürgersteig gegenüberstanden.

„Nicht geheim." Mehr sagte er nicht. Dann zog er mich am Hinterkopf zu sich und gab mir direkt auf der Hauptstraße von Shale Falls einen hollywoodreifen Kuss.

Es war keine stark belebte Stadt, doch es waren einige Leute auf der Straße, darunter auch die Kundschaft, die im Laden direkt vor uns ein und aus ging. Als Nine mich endlich Luft holen ließ, fragte ich mich, ob irgendein Polizist in der Nähe war, der meinem Penis einen Strafzettel für die Erregung öffentlichen Ärgernisses verpassen würde.

„Verstanden?", grummelte Isaac.

„Mm-hm", sagte ich mit einem stupiden Kopfnicken.

„Gut. Dann ab in den Truck. Ich habe Hunger."

„Mm-hm", sagte ich wieder. Auch ich hatte verdammt großen Appetit, aber nicht auf Steak.

Das Tin Cup erwies sich als altes, mit Schindeln bedecktes Haus am Ufer des Flusses, der durch die Stadt verlief. Von der Seite kommend konnte ich die Terrasse sehen, die ein Stück weit den Fluss überragte. Auf den Landhausdielen standen hölzerne Picknicktische mit weißen Papiertischtüchern und großen Glasgläser mit weißen Votivkerzen. Lichterketten erhellten das Holzdach über der alten Veranda und verliehen ihr diese typische Shabby-Chic-Optik. Ich war sofort hin und weg.

„Ist der Truck mit dem Golden Retriever eurer?", fragte die Kellnerin.

„Ja, Ma'am", sagte Nine. „Das ist Nacho. Aber er wird niemanden stören und wir haben die Fenster offen gelassen."

Die junge Frau lächelte ihn an, sodass sich ihre Grübchen zeigten. „Ich wollte eigentlich sagen, dass ihr ihn reinholen könnt, sofern ihr kein Problem damit habt, draußen auf der Veranda zu sitzen."

Nine strahlte mich an. „Ist das okay für dich?"

Ich verdrehte die Augen. „Unglaublich, dass du mich das überhaupt fragen musst."

Er rannte zurück, um den Hund zu holen, während die Kellnerin mich draußen zu einem Tisch in der Ecke führte. Es war ein wunderschöner Abend und da wir Frühsommer hatten, floss das Wasser noch ziemlich schnell. Es klatschte schäumend gegen die riesigen Felsbrocken und kühlte die Luft um uns. Ich war froh, dass ich einen langarmigen Pullover dabei hatte.

Da kam Nine mit Nacho zum Tisch und beide machten es sich bequem. Nine setzte sich neben mich und Nacho ließ sich mit einem lauten, zufriedenen Seufzer auf den Boden, direkt auf meine Segelschuhe plumpsen.

Ich kam mir vor wie im Paradies. Abende wie dieser waren eines jener Dinge, die ich am Leben in den Rocky Mountains am meisten schätzte. Mit einem geliebten Menschen draußen im Freien zu sitzen, während die Sonne hinter dem Grün auf der anderen Seite des Flusses unterging, war wie eine Szene aus einem Schnulzfilm. Leuten wie mir passierte so etwas nicht.

Ein Kerl aus der Kategorie Naturbursche nahm unsere Bestellung auf und musterte Nine von oben bis unten auf eine Art und Weise, die man nicht missverstehen konnte. Seine Haare waren in einem lässigen Knoten zurückgebunden und an seinen gebräunten Schläfen sah ich weiße Streifen von einer Sonnenbrille. Seine Kleidung schien die Kellneruniform des Restaurants zu sein, blaue Jeans und ein gold-weiß-kariertes Hemd mit einer Art lederner Schürze um die Hüfte. Er sah verdammt heiß aus und mit einem Mal spürte ich Revierverhalten in mir aufflackern. Ich beherrschte mich und beobachtete Nine aus dem Augenwinkel.

Er wurde rot. Verdammt.

„Willkommen im Tin Cup. Ich bin Todd, euer Kellner. Darf ich euch von unseren Tagesempfehlungen erzählen?"

Nine fixierte seine Speisekarte, ohne zu antworten.

„Klar", sagte ich.

Er plapperte etwas von einer Bachforelle mit Salatgarnitur, doch ich hörte nicht genau hin. Ich beobachtete, wie mein *Freund* angesichts des heißen Kellners immer nervöser und seltsamer wurde.

Als der Kerl fertig war, gab ich Nine unter dem Tisch einen Tritt.

„Autsch!", er warf mir einen wütenden Blick zu.

Ich sah Todd unschuldig an. „Ich nehme ein Glas Pinot Grigio. *Liebling*", ich wandte mich Nine zu, „was nimmst du? Bier?"

„Nur eine Cola bitte und Wasser mit Eis. Danke."

Todd klopfte auf den Tisch. „Alles klar, Jungs. Kommt gleich."

Nine funkelte mich noch immer wütend an. „Was sollte das?"

„Du kannst doch nicht mit anderen Männern flirten, wenn wir gemeinsam unterwegs sind.“

Er hielt den Kopf schief, etwa so wie Nacho, wenn er bestimmte Geräusche hörte. „Flirten? Ich? Ich wüsste nicht mal, wie man flirtet, wenn ich ein Jahr lang Flirt-Nachhilfe nehmen würde.“

„Pff. Zuhause flirtest du ständig.“

Okay, das war schräg. Es war das erste Mal, dass einer von uns beiden das Wohnmobil als unser Zuhause bezeichnete.

Er lächelte mich an. Dieser hinreißende Bastard. „Das ist was anderes, da geht es um dich.“

„Was ist der Unterschied?“ Ich hätte mich für kindisches Verhalten am liebsten geohrfeigt. Warum zum Teufel wollte ich einen Anspruch auf ihn geltend machen, wenn wir noch nicht mal richtig zusammen waren? „Tut mir leid, vergiss es.“

„Nein, warte.“ Er griff unter dem Tisch nach meiner Hand, schob unsere Finger ineinander und legte sie auf seinen warmen Schenkel. „Der Unterschied ist, dass ich dich mag. Mit dir zu flirten ist natürlich, weil ich auf dich stehe.“

Himmel. Süßholz raspeln konnte er. Ich fühlte mich etwas atemlos, doch ich blieb standhaft. „So wie du auf den Kellner stehst.“ Na schön. Ich war ein kleiner Junge.

Mein sonst so leiser Nine brach in schallendes Gelächter aus. „Nein, kein bisschen.“

Natürlich kam genau jetzt der trottelige Todd mit unseren Getränken zurück. „Hier, bitte. Wisst ihr schon, was ihr essen möchtet?“

Nine lächelte mir vielsagend zu. „Nach dir, mein Hübscher.“

Alles klar. Das war… neu. „Ähm, äh. Ich habe noch nicht nachgesehen —“ Ich blätterte hektisch in der Speisekarte und hätte sie beinahe fallen gelassen.

Nine kam mir weltmännisch zur Hilfe. „Falls du keine Lust auf Steak hast, Liebling, haben sie auch vegetarisches Couscous, das dir bestimmt schmeckt. Hier." Er zeigte auf die Speisekarte. Er hatte recht. Es waren alle Gemüsesorte dabei, die ich mochte, sogar Zucchini, die ich liebte.

„Okay, das nehm ich. Danke."

„Und für Sie, Sir?" Er zwinkerte Nine zu.

„Ich nehme das Filetsteak, medium rare, mit einer Ofenkartoffel und Salat. Vielen Dank."

Nachdem er uns noch einige Details zu unserer Bestellung gefragt hatte und gegangen war, drückte Nine meine Hand. „Ich bin gerade ziemlich glücklich. Irgendwie gefällt mir dieser giftige Blick, dem du ihm zugeworfen hast. So hat sich noch nie jemand wegen mir verhalten."

„Das war albern. Ich weiß nicht, wieso ich es gemacht habe. Es ist mir völlig gleichgültig."

Seine Miene verdunkelte sich und er ließ meine Hand los. Plötzlich realisierte ich entsetzt, was ich eben gesagt hatte. Ich wollte seine Hand schnell festhalten, doch er hatte beide Hände zu Fäusten geballt auf den Tisch gelegt. „So habe ich das nicht gemeint, Isaac... Es tut mir leid. So habe ich es überhaupt nicht gemeint."

„Schon okay. Wirklich."

Ich pulte die Finger seiner Faust auseinander und zwang ihn, meine Hand zu halten. Dann drückte ich zu, damit er mich ansah. „Du bist mir wichtig. Es ist mir wichtig, dass du dich mit uns wohl fühlst. Gleichgültig ist mir bloß, was ein Fremder denkt. *Das* ist mir völlig egal. *Darum* habe ich mich so dämlich verhalten. Nicht unseretwegen."

Nine sah mich nur aus dem Augenwinkel an und wirkte nicht überzeugt. Mein Herz raste, als hätte ich Angst, er könnte gehen. Ich hasste dieses Gefühl. Ich hasste es, von jemandem abhängig zu sein, egal, ob es um etwas Banales wie eine Mitfahrgelegenheit ging oder um etwas Wichtigeres, etwa meine gute Laune oder, noch schlimmer, meinen Selbstwert.

Ich biss die Zähne zusammen und zog meine Hand weg. „Vergiss es."

Der dämliche Kellner wählte genau diesen Augenblick, um mit seinem ach so fröhlichen Gesicht und den neckischen Blicken unsere Salate vorbeizubringen. Ich starrte meine Gabel an, um mich nicht noch mehr in die Sache hineinzusteigern.

Nine murmelte ein Dankeschön und wir stürzten und beide auf das Essen. Ich war nicht mehr hungrig, aß aber trotzdem. Das Schweigen war unerträglich. Als ich keinen Bissen mehr hinunterbrachte, schob ich meinen Teller von mir und nahm einen großen Schluck Wein.

„Du bist mir auch wichtig."

Seine Worte waren leise und ich hätte sie inmitten der Gespräche um uns beinahe nicht gehört. Ich sah zu ihm hoch. Der arme Kerl sah erbärmlich aus. So sollte niemand aussehen, der gerade mit jemandem anderen „Du bist mir wichtig"-Bekundungen ausgetauscht hatte. Ohne nachzudenken schob ich den Stuhl zurück, warf ihn dabei beinahe um und erschreckte den armen Nacho. Ich ging um den Tisch und beugte mich hinunter, um meine Arme um seinen Hals zu legen.

Nine schob seinen Stuhl ebenfalls zurück und erwiderte meine Umarmung mit seinen starken Armen. Sein Bart strich über meinen Hals und sein vertrauter Duft nach Honig besänftigte mein rasendes Herz. „Tut mir leid", seufzte ich in sein Ohr. „Ich will deine Gefühle nicht verletzen, *nie wieder*."

„Ich war auch ein Idiot", murmelte er zurück. „Nichts Neues."

Ich lehnte mich zurück, umfasste sein Gesicht und küsste ihn auf den Mund. Ich wäre gerne noch länger so verharrt, aber wir waren in der Öffentlichkeit und schon jetzt starrten die Leute uns an. Ich bildete mir sogar ein, dass jemand mit dem Handy ein Foto gemacht hatte.

Ich setzte mich wieder und ganz automatisch griffen wir beide nach der Hand des anderen. Offenbar war das Thema für Nine nicht erledigt.

„Ähm… ich war noch nie sehr gut bei all dem", setzte er an. „Ich kann mir nicht mal vorstellen, weshalb jemand…", er sah sich um, als wäre er besorgt, dass uns jemand zuhört, „so mit mir zusammen sein will. Darum habe ich so komisch auf deine Worte reagiert." Er schluckte und biss die Zähne zusammen. „Ein Teil von mir wartet darauf, dass du mir sagst, all das sei nicht echt und nur ein Scherz gewesen."

„Kein Scherz. Es ist echt", sagte ich mit solcher Inbrunst, dass es beinahe wie ein Zischen klang. „Aber dir muss klar sein, dass ich ähnliche Ängste habe."

Er wirkte überrascht. „Warum solltest du? Hältst du mich wirklich für einen derart guten Schauspieler?"

„Das ist es nicht. Ich mache mir Sorgen, dass all das nur ein Experiment ist, so als würdest du deine große Zehe ins kalte Wasser tauchen, um zu sehen, ob es warm genug zum Schwimmen ist. Und sehr wahrscheinlich kommst du zu dem Schluss, dass die Antwort Nein lautet."

Schon wieder spannte sich sein Kiefer an. Sein dichter Bart bewegte sich dabei auf eine Weise, die meinen Schwanz aufweckte, obwohl es ein ernstes Gespräch war. „Cooper, ich schwimme schon mein ganzes Leben lang in kalten Gewässern. Ich bin hart im Nehmen und ich will verdammt sein, wenn ich mich von ein bisschen kaltem Wasser von etwas so Schönem abhalten lasse." Er sah zu mir hoch und lächelte sanft. „Ich könnte jetzt einen Witz über kaltes Wasser und heiße Typen machen, aber so schlau bin ich nicht."

Ich zog unsere verschränkten Hände an meine Lippen und küsste seine Knöchel. „Das war mehr als gut genug für mich, Shakespeare."

Das vertraute Rollen seines Lachens brachte mich wieder auf Kurs. Es war, als wäre die Welt ein klein wenig aus den Fugen geraten, aber dieser Klang brachte mit einem Mal alles wieder ins Lot. Den Rest des

Abends herrschte dieselbe angenehme, freundschaftliche Stimmung, die wir aus unserer gemeinsamen Zeit im Wohnmobil kannten. Wir sprachen über das Projekt, machten Witze über einige Videoclips, die wir diese Woche aufgenommen hatten und erstellten eine Einkaufsliste mit Lebensmitteln, die wir nach dem Essen kaufen wollten. Je mehr wir sprachen, desto entspannter und gesprächiger wurde Nine.

„Du und deine Zucchini", sagte er lachend.

Ich hatte eben den letzten Punkt auf die Einkaufsliste in meinem Telefon getippt. „Was ist damit? Das schmeckt mir eben. Außerdem wollen wir Wok kochen. Wok ohne Zucchini oder Zwiebel funktioniert einfach nicht."

„Du solltest mal meine Zucchini kosten."

Ich sah schockiert zu ihm hoch. Hatte Nine Winshed gerade in aller Öffentlichkeit einen Peniswitz gemacht? Sein Gesicht ließ jedoch keinerlei Anzeichen erkennen, dass er einen Scherz gemacht hatte. „Du machst Gerichte mit Zucchini?", fragte ich.

„Ja, aber ich habe die Zucchini gemeint, die ich anbaue. Im Garten."

Ich legte mein Telefon auf den Tisch. „Ich dachte, deine Familie baut Weizen an."

„Stimmt. Aber ich rede von meinem Garten. Als ich ein Pfadfinder war, hat mein Vater mir erlaubt, hinter dem alten Traktorschuppen einen kleinen Gemüsegarten anzulegen. Ich habe gemerkt, dass mir das Spaß macht, also habe ich seither jeden Sommer etwas angepflanzt."

Ich stellte mir Nine als Teenager vor, wie er nur mit Jeans und Arbeitsschuhen bekleidet im Gemüsegarten arbeitete. Ich stützte die Ellenbogen auf den Tisch und legte mein Kinn in meine Hand. „Erzähl mir mehr."

Er lächelte und seine Ohren wurden rosarot. „Ich werde das diesen Sommer vermissen, das ist alles."

Ich wich etwas zurück, als unsere Teller abserviert wurden. „Du könntest einen bei der Hütte anlegen."

Nine lehnte sich zurück und streckte sich. Ich liebte es, wenn er das zuhause tat, denn ich hatte dabei einen guten Blick auf seine breiten Schultern und die kräftigen, muskulösen Arme. An diesem Abend sah ich zum ersten Mal, wie er sich in der Öffentlichkeit streckte und bemerkte mindestens sechs oder sieben Leute, die diesen Anblick genauso zu schätzen wussten wie ich. Er war ein ziemlich großer Kerl, also konnte man ihn kaum übersehen. Außerdem war er umwerfend und sein Körper war der Wahnsinn.

Statt eifersüchtig fühlte ich mich plötzlich stolz und privilegiert. Er gehörte mir. Zumindest für den Moment war ich derjenige, mit dem er heimgehen und das Bett teilen würde. Ich war der Glückliche, der sich jede Nacht an seinen warmen, behaarten, sexy Körper schmiegen und sicher und geborgen in seinen Armen einschlafen durfte.

Nine kniff die Augen zusammen. „Warum lächelst du mich so an? Du erinnerst mich irgendwie an einen Serienmörder."

„Du bist ein verdammtes Schnittchen."

„Du willst meine Leiche dann aufessen?" Nine zwinkerte mir zu, bevor er nach der Rechnung winkte. Es war eine kleine Erinnerung daran, dass er nicht unbedingt schüchtern, sondern eher zurückhaltend war. Und er war alles andere als passiv.

Ich liebte es, mit ihm zu flirten, besonders jetzt, wo ich wusste, dass ich der einzige war, mit dem er flirtete. „Ich wollte sagen... wie soll ich auf so etwas antworten..."

In dem Augenblick, in dem Todd mit der Rechnung kam, strichen Nines Lippen und Bart gerade über meinen Hals.

„Oh, tut mir leid", sagte Nine, sichtlich verlegen, dass man ihn beim öffentlichen Austausch von Zärtlichkeiten erwischt hatte. Er warf einen kurzen Blick auf die Rechnung und sah dem Mann kaum in die Augen, als er ihm seine Kreditkarte gab. Hätte er mir nicht eben so offen seine Zuneigung gezeigt, hätte ich vermutet, dass er sich dafür schämte, mit mir gesehen zu werden. Doch so war es nicht. Er war gerne diskret. Außerdem wurde mir langsam klar, dass er daran gewöhnt war, nicht beachtet zu werden. In seiner Welt war er nur eine Nummer, jemand den man beiseitegeschoben und vergessen hatte.

Isaac Winshed stand nicht gerne im Mittelpunkt, das war alles. Es hatte nichts damit zu tun, als schwul wahrgenommen zu werden. Allerdings... wenn er öffentliche Zuneigungsbekundungen nicht mochte – weshalb machte er dann bei diesem Projekt mit?

Als er wieder zu mir rübersah, fragte ich ihn genau das: „Weshalb hast du dieser Sache zugestimmt?"

Er wirkte verwirrt „Du meinst, Essen zu gehen?"

„Nein, ich meine *Cooped Up With Nine*. Das Projekt."

Einen Augenblick lang schwieg er, dann wendete er den Blick ab. Er fummelte am Wasserglas vor ihm herum und wischte mit der Längsseite seines Zeigefingers das Kondenswasser weg, als wäre er ein Tankstellenmitarbeiter, der eine Windschutzscheibe wäscht.

„Ach, äh... wegen des Geldes."

Weshalb klang das so seltsam, als wäre es nicht die ganze Geschichte?

„Was willst du mit dem Geld machen?", fragte ich, ehrlich neugierig. Ich war sogar richtig überrascht, dass wir in all der Zeit, die wir miteinander verbracht hatten, noch nie darüber gesprochen hatten.

Er sah mir noch immer nicht in die Augen, da das Wasserglas nach seiner ganzen Aufmerksamkeit verlangte. „Ich will mir ein Grundstück kaufen. Ein Haus bauen. Und neue Videoausstattung und so Zeug."

Nine sah einen winzigen Augenblick zu mir hoch, bevor er wieder sein Wasserglas anstarrte.

Was für ein miserabler Lügner er doch war.

KAPITEL 15
NINE

Es kam gar nicht in Frage, Cooper die Wahrheit zu sagen. Wenn er erfuhr, weshalb ich dieser ganzen Sache wirklich zugestimmt hatte, würde er sich schuldig fühlen. Was ich nicht wollte. Mir gefiel, was wir hier taten – sofern ich nicht zu viele Gedanken an die Menschen verschwendete, die unsere Videos ansahen. Verdammt, ich liebte die Renovierungsarbeiten an der Hütte und ich liebte es sogar, die Videos aufzunehmen und zu bearbeiten. Seit Cooper und ich die Videobearbeitung im Team erledigten, machte es sogar noch mehr Spaß.

Ich bereute nichts.

Zu Beginn hatte ich mir geschworen, dass ich mich als niemand ausgeben würde, der ich nicht war. Ich wollte Stallion nicht anlügen und damit ihre Großzügigkeit und ihre Bemühungen um die LGBT-Community ausnutzen. Doch dann hatte mir Eli von Coopers Bruder Jackson erzählt, der Geld für seine Operation brauchte. Ich hatte keine Ahnung, wie es war, einen Zwilling zu haben, aber ich wusste definitiv, was es hieß, Brüder und Schwestern zu haben. Und wenn irgendeiner von ihnen eine lebensrettende Behandlung brauchte, würde ich alles geben, um ihnen diese zu ermöglichen.

Ich wusste, dass es meinem Bruder Eli genauso ging, allerdings hatte er sogar noch weniger Ersparnisse als ich. Ich hatte lediglich das Geld, das ich für den Kauf eines Grundstücks gespart hatte. Doch es war nicht viel. Bei diesem Tempo würde ich nie genug ansparen können, um tatsächlich ein passables Grundstück mit einem fertigen Haus darauf zu kaufen.

So war ich also in diese Stallion-Sache geraten. Ich täuschte vor, schwul zu sein. Ausgerechnet gemeinsam mit Cooper Heath täuschte ich vor, schwul zu sein.

Und siehe da. Das mit dem Vortäuschen hatte sich erledigt.

Ich schnaubte.

Cooper warf mir einen Blick zu, als wir das Restaurant verlassen hatten. Ich hatte mich nicht getraut, ihm von der Telefonnummer zu erzählen, die Todd auf die Rückseite der Rechnung gekritzelt hatte, doch so sauer, wie er aussah, hatte er es vermutlich selbst bemerkt.

„Darüber sprechen wir noch“, sagte er.

„Ich dachte, darüber hätten wir schon gesprochen?“ Ich schickte Nacho auf einen kleinen Grünstreifen, damit er sein Geschäft verrichten konnte, bevor wir wieder in den Truck stiegen.

„Du verheimlichst etwas und ich will wissen, was es ist.“

„Na schön. Hier.“ Ich zog die Rechnung aus der Tasche und hielt sie ihm hin.“

Cooper wirkte mehr als verwirrt. „Was zum Teufel ist das?“

„Seine Nummer.“

„Wessen Nummer? Von dem Stallion-Typen?“

„Todd arbeitet bei Stallion?“ Ich dachte kurz darüber nach. Was für ein seltsamer Zufall. „Wie klein die Welt ist!“

Cooper berührte seine Lippen. „Todd arbeitet bei Stallion?“

„Das hast du eben gesagt.“

Er gestikulierte wild mit den Händen und das dünne Papier raschelte durch die Luft. „Nein, habe ich nicht. Du hast das gesagt. Worüber reden wir hier eigentlich?"

„Über deine Eifersucht. Die ist irgendwie süß."

„Ich bin nicht eifersüchtig", schrie er.

Nacho und ich starrten ihn beide an, bis er schließlich ächzte und die Handflächen über sein Gesicht rieb. „Wir sprechen von unterschiedlichen Dingen, aber ich kann es nicht fassen, dass dieses Arschloch dir seine Nummer gegeben hat."

Ich zeigte auf das Papier. „Naja, falls du dich besser fühlst... er hat gesagt, du könntest zusehen."

Ihm fiel die Kinnlade herunter und endlich las er die gekritzelte Nachricht auf der Rechnung.

Falls dein Hund mal Nachwuchs kriegt, hätte ich gern einen Welpen.

„Oh", sagte Cooper.

Beim Versuch, ein Lachen zu unterdrücken, stieß ich ein gedämpftes Schnauben aus.

„Ohh", wiederholte er. Er sah runter zu Nacho. „Also hat er mit dir geflirtet, nicht mit deinem Daddy. Hm!"

Ich nahm ihm die Rechnung weg, zerknüllte sie und warf sie in den nächstgelegenen Mülleimer. „So wie du das sagst, klingt es irgendwie eigenartig."

„Hey, das brauchen wir für unsere Spesenabrechnung."

„Nein, tun wir nicht. Das waren keine Spesen. Das war ein Date. Ich lasse Stallion nicht bezahlen, wenn ich meinen Freund zum Abendessen ausführe."

Cooper sah mich an, als glaubte er, ich hätte es nur im Scherz gesagt. Ich setzte eine ernste Miene auf, damit er begriff, dass ich es wirklich so gemeint hatte. Er zögerte kurz, dann nahm er meine Hand. „Freund also, hm?"

Ich zuckte mit den Schultern. „So steht es zumindest auf der Website, also muss es stimmen. Du weißt ja, was man über Dinge sagt, die man im Internet liest."

Cooper lachte und meine Welt war wieder in Ordnung.

* * *

Obwohl die Sommertage lang waren, war es bereits völlig dunkel, als wir mit unserem Lebensmitteleinkauf fertig waren und uns auf die Heimfahrt machten. Das Rumpeln des Trucks in Kombination mit dem guten Essen und dem Glas Wein musste eine Wirkung auf Cooper gehabt haben. Kaum hatten wir Shale Falls verlassen, schlief er ein und den Rest der Fahrt lag er quer über der Mittelkonsole, mit dem Kopf an meiner Schulter. Ich musste in den Serpentinen besonders langsam fahren, damit er nicht in die andere Richtung fiel und mit dem Kopf gegen das Seitenfenster knallte.

Als wir auf die Lichtung einbogen, hatte ich das merkwürdige Gefühl, nachhause zu kommen. Es war wie unser kleines Refugium, ein Ort nur für Cooper und mich. Ich ließ Nacho vom Rücksitz hinausspringen und ging dann zur Beifahrerseite und öffnete die Tür. Cooper blinzelte zu mir hoch und sah sich um, um sich zu orientieren.

„Zuhause", murmelte ich und griff nach unten, um seinen Sicherheitsgurt zu öffnen. „Ab ins Bett mit dir."

Er ließ sich von mir aus dem Truck und ins Wohnmobil helfen, das die Nachtluft ausgekühlt hatte, da wir die Fenster offen gelassen hatten. Cooper zitterte, also umfasste ich seine Schultern noch fester und drückte ihm einen Kuss auf die Stirn. „Gib mir eine Minute, um mich um Nacho zu kümmern, dann wärme ich dich unter der Bettdecke."

Nachdem wir beide im Bad fertig waren und ich die Tür sowie alle Fenster des Wohnmobils geschlossen hatte, zog ich mich aus und schlüpfte unter die Bettdecke. Tastend fand ich Cooper und zog ihn nahe an mich.

„Der Abend war echt schön", murmelte er schläfrig.

„Finde ich auch. Ich sollte die Heizung aufdrehen, damit uns das Gas öfter ausgeht. Dann habe ich eine Ausrede, um dich in die Stadt zu entführen."

Er kicherte. Ich spürte seinen warmen Atem an meiner Brust. „Du brauchst keine Ausrede. Das nächste Mal bin aber ich dran."

Ich dachte kurz darüber nach. „Bei zwei Männern ist das anders, hm?"

Wieder lachte er. „Schon möglich."

„Ich wollte sagen, es ist nicht so, dass meistens nur einer der beiden die Einladung und die Rechnung übernimmt. Die Mädchen zuhause erwarten immer, dass der Kerl das macht. Weißt du, was ich meine?"

Cooper kuschelte sich näher an mich und steckte die Nase in meine Achsel. Das war mir schon öfter aufgefallen. Zuerst kam es mir seltsam vor, aber jetzt fand ich es irgendwie süß. Umso besser, wenn er sich nicht an meinem Schweiß störte.

„Auch wenn du in einer Kleinstadt lebst... das ist wirklich altmodisch."

Ich küsste ihn noch einmal auf die Stirn. Obwohl er geduscht hatte, roch sein Haar noch immer leicht rauchig von unserem Lagerfeuer am Vorabend. „Kann sein. Aber die Frauen, mit denen ich ausgegangen bin, erwarten das wirklich von einem Mann."

Cooper hob den Kopf und sah mich an. „Wie war das, als du mit Frauen zusammen warst? Ich meine, wieso hat es mit keiner davon geklappt?"

Ich war mir nicht sicher, ob ich darüber sprechen wollte. Doch aus irgendeinem Grund wusste ich, dass Cooper sich, im Gegensatz zu meinen Brüdern, nicht über mich lustig machen würde.

„Nun ja, es ist nicht so, dass es besonders viele waren. Eigentlich nur Lauren, vor einigen Jahren. Ich glaube, sie ist die einzige, die du kennst. Davor… das erste Mal Sex hatte ich mit meinem Date vom Abschlussball, weil das eben jeder so macht. Sie war noch immer in ihren Exfreund verliebt, also ist nicht mehr daraus geworden. Danach habe ich mich mit dieser anderen Frau getroffen, Yaz, aber das hat meine Familie vermasselt.“

„Warum?“

„Sie ist dunkelhäutig und meine Familie ist nicht damit klar gekommen. Es gab nie etwas Explizites. Meine Eltern haben mir nicht verboten, mit einer dunkelhäutigen Frau auszugehen, oder so. Aber es waren viele Kleinigkeiten. Zum Beispiel hat meine Mutter sie gefragt, ob man vor der Geburt bereits wissen kann, ob ein gemischtes Baby mehr schwarz oder mehr weiß wird, und mein Bruder Aaron hat ihr von seinem schwarzen Arbeitskollegen erzählt und gefragt, ob sie miteinander verwandt sind.“

Cooper seufzte. „Tja, um ehrlich zu sein ist die Frage in Wheatland wahrscheinlich sogar berechtigt. Ich will mir gar nicht vorstellen, wie es wäre, als Schwarzer in einer Kleinstadt in Wyoming aufzuwachsen.“

Ich warf ihm einen Blick zu, war mir aber nicht sicher, ob er Witze machte. „Wie auch immer. Ich hatte sie meiner Familie nicht mal vorgestellt, ganz bewusst, aber sie haben es irgendwie mitbekommen und sind dann einfach überall aufgetaucht, wo wir unterwegs waren: im Park, im Dairy Queen, in der Bowlinghalle. Ich glaube wirklich, dass sie das abgeschreckt hat, es gab nicht einmal ein viertes Date.“

Ich bemerkte das schelmische Funkeln in Coopers Augen. „Was?“, fragte ich. „Na los, spuck's aus.“

„Vielleicht hat sie dich sitzen gelassen, weil du sie in einen Fast-Food-Laden, in den Park und in die Bowlinghalle ausgeführt hast…“

Ich starrte ihn einen Moment lang an und stürzte mich dann mit ausgestreckten Fingern auf seine Rippen. „Arschloch“.

Sein Gelächter hallte durch den kleinen Raum. „Was? Ist doch wahr. Sie hast du in einen Schnellimbiss eingeladen und mich in ein schickes Steaklokal? Wieso das?"

„Das habe ich dir doch schon gesagt. Ich *mag* dich."

Ich kitzelte ihn weiter, obwohl Nacho davon nervös wurde. Er tänzelte am Bettende auf und ab, bis Cooper schließlich *Waffenstillstand* rief und ich aufhörte.

Coopers Augen glänzten und sein Gesicht war gerötet. Ich wollte über ihn herfallen.

„Ich mag dich auch", sagte er leise. Er rollte sich auf mich, setzte sich rittlings auf mich und legte die Arme um meinen Hals. Dann lehnte er sich vor, bis unsere Nasen sich berührten. „Und ich bin noch wach genug, um dir zu zeigen, wie sehr."

Er küsste mich und mir kam der Gedanke, dass mein Leben vielleicht nie wieder so sein würde wie früher. Jetzt, wo ich Cooper Heath kannte, wie konnte ich mich da mit weniger zufrieden geben? In meinen Augen lag es weniger an der Tatsache, dass er ein Mann war, sondern eher daran, dass er so witzig und süß und fürsorglich war. Er war einfach… perfekt. Zumindest für mich. Ich wollte, dass es niemals endete.

Ich erkannte auch immer deutlicher, wie kreativ er war. Unsere Videos waren durch die Zusammenarbeit mit ihm viel besser als alles, was ich bisher alleine veröffentlicht hatte.

„Hey, hier bin ich", flüsterte er an meinen Lippen. „Du driftest hin und wieder ab."

„Nein", sagte ich und rollte mich mit ihm zur Seite, bis er unter mir auf der Matratze lag. „Ich habe über dich nachgedacht und darüber, wie perfekt du bist."

Er umklammerte mich mit Armen und Beine. Seine warme Haut an meiner zu spüren war einfach himmlisch. „Oh, na dann mach weiter."

Ich griff nach unten und ließ meine Fingerspitze seine Pofalte hinunter und wieder hinauf gleiten, bis er aufstöhnte. „Ich will dich", sagte er zwischen unseren Küssen.

Er sah mir tief in die Augen. „Willst du mich ficken?"

Der meiner Nervosität geschuldete Kloß in meinem Hals wurde noch größer. „Ähm, ja? Aber... willst du das? Oder..."

Coopers leises, entspanntes Lachen war Antwort genug. „Oh ja, und wie ich das will, verdammt noch mal. Ich wollte dich nur nicht drängen."

Ich beugte mich vor und saugte an seinem Hals, während ich darüber nachdachte – nur um sicherzugehen, dass ich mich nicht bedrängt fühlte. „Ich will es. Ich will dich. Sooo sehr. Aber... ich habe nichts dabei."

Er schob mich zur Seite, um aufstehen zu können. „Aber ich. In den Einkaufstüten, die wir noch nicht ausgepackt haben." Er sprang vom Bett und huschte aus dem Zimmer. Sein runder, weißer Hintern leuchtete im Dunkeln wie ein Doppelmond. Ich konnte meinen Blick nicht losreißen, zumindest nicht, bis er zurückkam und ich stattdessen seinen halbsteifen, wippenden Penis beobachten durfte.

Er sprang zurück ins Bett und zeigte mir eine große goldene Packung Kondome und zwei unterschiedliche Gleitmittel. „Ta-da!"

„Wann hast das in unseren Einkaufskorb geschummelt und wieso habe ich es nicht mitbekommen?"

„Oh, jetzt verstehe ich endlich, warum du gefragt hast, weshalb wir Kaffeekapseln kaufen, die nicht in unsere Kaffeemaschine passen."

Als ich die Hand ausstreckte, um ihm die Packung abzunehmen, wurde ich mir bewusst, dass ich zitterte. Auch Cooper bemerkte es.

„Wir müssen das nicht tun, mein Süßer. Ich bin auch sehr, sehr glücklich, wenn wir nur —"

„Nein! *Nein.* Ich will Sex mit dir. Ich will diese Art von Sex mit dir und zwar so, so sehr. Ich habe nur Angst, dass ich es vermassle."

Cooper legte eine Hand auf mein Knie. „Du kannst es nicht wirklich vermasseln."

„Erinnerst du dich noch an das erste Mal, als mein Dad dir gezeigt hat, wie man ein Kälbchen mit der Flasche füttert?"

Er runzelte verwirrt die Stirn. „Äh, ja? Aber können wir vielleicht nicht gerade jetzt von deinem Vater reden?"

„Pssst. Du warst nervös, weil du es vorher noch nie gemacht hast. Aber du wolltest es probieren, richtig?

In Coopers Gesicht zeichnete sich Verständnis ab und plötzlich versuchte er, ein Grinsen zu verbergen. „Du willst also sagen: Warte, bis er von selbst den Mund öffnet und dann ramm ihm das Ding einfach in die Kehle?"

Ich stürzte mich knurrend auf ihn. Er kreischte auf und begann zu lachen, doch in der Sekunde, in der ich mich an ihm zu reiben begann und ihn leidenschaftlich küsste, wurde sein Lachen zu einem Wimmern.

„Bitte", flehte er zwischen unseren Küssen. „Bitte steck mir deinen wunderbaren Schwanz rein."

KAPITEL 16
COOPER

Isaacs großen, starken Körper auf mir zu haben fühlte sich sogar noch heißer an, als seinen harten Schwanz an meinem Bauch zu spüren. Sein Bart kratzte über meine Wangen und meine Brust, als er meinen Körper mit der Zunge erkundete, und er knurrte leise, als er meine Brustwarzen erreichte.

Ich presste mich an ihn und bettelte nicht nur mit Worten, sondern mit meinem ganzen Körper um mehr. Er war nicht der einzige, der vor Nervosität und Vorfreude zitterte. Seit zwei Wochen stellte ich mir vor, von Nine genommen zu werden. Es hatte als lüsterner Tagtraum begonnen, ausgelöst durch generelle Geilheit und die Gegenwart eines heißen Kerls. Doch mit der Zeit hatte sich daraus ein größeres Verlangen entwickelt, ein aus tiefster Seele kommendes Bedürfnis, ihm möglichst nahe zu sein und ihn zumindest kurze Zeit lang ganz für mich allein zu haben.

Solche Gefühlte hatte ich bisher nur für eine Person gehabt, doch sie waren unerwidert geblieben. Mit Isaac war es anders. In jeder seiner zärtlichen Berührungen spürte ich, wie wichtig ich ihm war. Sogar, als er mit seiner riesigen Hand meine Kehle umfasste und mich fest-hielt, während sein Mund küssend zu meinem Bauch hinunter wanderte, spürte ich eine Sanftheit in seiner Berührung, das zarte Streicheln seines Daumens auf der Haut hinter meinem Ohr, als wollte er eine winzige, zärtliche Berührung erhaschen, während er mich ins Bett drückte.

Das angestaute Begehren und das verzweifelte Verlangen, ihn in mir zu spüren, raubten mir den Atem. Noch bevor wir in Richtung Stadt losgefahren waren, hatte ich den Vorsatz gefasst, Kondome und Gleitmittel zu besorgen und nach unserer Rückkehr hatte ich mich im Badezimmer sofort etwas vorbereitet.

Jetzt waren wir hier. Isaac streckte seine freie Hand aus und ich drückte hektisch etwas Gleitmittel auf seine Finger. Doch seine Lippen wichen nicht von dem Haarstreifen unter meinem Bauch. Als sie meinen Schwanz erreichten, leckte er der Länge nach über meinen Schaft, während seine Hand zwischen meine Arschbacken wanderte, um das Gleitmittel zu verteilen.

„Mm-hm." Ich biss mir auf die Unterlippen und schloss die Augen. „Mehr."

„Langsam", grummelte er.

„Nicht langsam."

Sein Mund ließ von meinem Schwanz ab und er warf mir einen strengen Blick zu. „Langsam."

Oh. Ohh. An diesen Befehlston könnte ich mich gewöhnen. Ja, Sir, vielen Dank.

Ich sah ihn überrascht an und nickte, woraufhin er dieses Grinsen aufsetzte, bei dem sich sein Bart etwas aufbauschte – und beinahe hätte ich ihm auf der Stelle ins Gesicht gespritzt.

„Fuck", sagte ich und griff nach unten, um meinen Schwanz an der Wurzel zusammenzudrücken. „Grins mich nicht so an, verdammt."

Sein tiefes, rollendes Lachen an meinem Bein war sogar noch heißer. Was zum Teufel war los mit mir? Hatte sich so viel Druck aufgestaut, dass mein Rohr da unten allein durch die unmittelbare Nähe eines Mannes wild drauflos ballern wollte? Uff, nein. Nein. Was sollte der Gedanke überhaupt? Meine Geilheit machte mich ganz dumm.

„Warum schüttelst du den Kopf? Soll ich aufhören?" Er hörte auf, seinen Finger in mir zu bewegen und begann, sich zurückzuziehen.

„Nein! Gott, nein! Alles... alles okay. Es ist nur... hör auf zu reden. Ich... ich brauch das. Deinen Finger. Ja. Genau so. Pssst."

„Du bist seltsam", murmelte er und machte sich wieder an die Arbeit. Er hatte so recht, aber es spielte in dem Moment keine Rolle.

Irgendwann konnte ich dieses vorsichtige Herantasten nicht mehr ertragen, ich hatte mich auch schon alleine etwas vorbereitet. Vermutlich hatte er sich in einem *Schwul für Dummies*-Blog über Analsex informiert und dachte, wir müssten das den ganzen Tag tun. Mussten wir nicht.

„Steck ihn rein", sagte ich so romantisch wie möglich.

„Ich muss —"

Ich packte seine Haare und zog ihn hoch, bis ich ihm in die Augen sehen konnte. „Steck. Ihn. Rein."

Isaacs Augen wurden groß. Seine Pupillen waren riesig und sein Gesicht war vom Blasen feucht und gerötet. In seinem Bart war etwas Speichel und eine Sekunde lang war ich hin und her gerissen, ob ich ihm lieber auf den Bart spritzen oder von ihm gefickt werden wollte.

Die Sekunde war vorbei. „Fick mich, bevor ich dir ins Gesicht spritze."

Ich bereute meine direkten Worte und machte mir Sorgen, dass er gekränkt war. Doch dann hörte ich ein „Scheiße, ist das heiß", bevor er nach unten griff, um seinen Schwanz anzusetzen. Ich zog meine Beine nach hinten und konnte genau den Moment erkennen, als ihn plötzlich die Realität einholte. Er hielt kurz inne und starrte auf meinen exponierten Arsch. Die geröteten Stellen auf seinem Hals und seiner Brust traten noch deutlicher hervor und sein Blick wanderte unsicher zu meinen Augen. Ich kannte ihn gut genug, um zu wissen, dass er sicher sein wollte, ob ich wirklich, wirklich bereit dafür war.

Isaac Winshed würde sich eher vor einen Zug werfen als zuzulassen, dass irgendjemand in seiner Gegenwart verletzt wurde.

„Ich will dich", sagte ich leise. „Versprochen."

Als er endlich in mich eindrang, erschauerte sein ganzer Körper und er stieß ein tiefes Stöhnen aus. Er lehnte sich vor und stützte sich mit den Händen links und rechts von mir ab, während mein angehobener Arsch leicht an seine Oberschenkel lehnte. Er beugte sich noch weiter zu mir, sodass er auf die Ellenbogen gestützt war, während er meinen Kopf in die Hände nahm.

„Du fühlst dich wahnsinnig gut an. Ich habe noch nie so etwas Gutes gefühlt." Seine Stimme war leise und rau, als hielte er sich zurück.

Ich wippte mit den Hüften vor und zurück, um ihn dazu zu ermutigen, sich in mir zu bewegen, woraufhin er ächzend die Augen schloss. „Coop. Fuck."

Dann hob ich meine Arme und berühre seine Schulterblätter. Sein Körper war riesig und warm. Sein Schwanz füllte mich genau so aus, wie ich es mir vorgestellt hatte und als er endlich meinen Wink verstand und sich in mir bewegte, fühlte es sich sogar noch besser an als erwartet. Unsere Blicke trafen sich, sodass wir bei jeder Bewegung unserer Körper einander in die Augen sahen. Es war furchteinflößend und berauschend zugleich.

Keiner von uns hielt sich zurück oder blieb stumm. Es brachte eine unerwartete Freiheit mit sich, irgendwo im Nirgendwo zu leben, wo es kilometerweit keine Menschenseele gab. Ich schrie bei jedem Stoß Isaacs auf und er ächzte jedes Mal, wenn er sich wieder weiter in mich schob. Als er sich irgendwann zu mir herunter beugte und mich küsste, spürte ich seine Finger in meinem Haar und seinen Bart an meiner Brust. Wir küssten uns leidenschaftlich, dann wanderten seine Lippen zu meiner Wange und dann zu meiner Schläfe.

„Ich will, dass du kommst", stöhnte er in mein Ohr. Er griff nach unten, um mir einen runterzuholen. Es dauerte nicht lange, bis ich seinen Namen schrie und meine Fingernägel in seine Haut grub, während der Höhepunkt meinen ganzer Körper durchzuckte.

„Oh Gott, oh Gott, oh Gott", wiederholte er schnell, dann zog seinen Penis aus mir, riss das Kondom runter und ergoss sich auf meinem Bauch.

Ich sah hinunter auf meinen Bauch, auf dem sich unser Sperma vermischt hatte.

„Tut mir leid", sagte er, immer noch außer Atem. „Ich… ich weiß nicht warum, ich…"

Ich lachte kurz auf. „Muss es nicht. Das war verdammt heiß."

Er sackte neben mir zusammen und atmete tief durch, bevor er mich mit einem breiten Grinsen und diesem albernen Dackelblick ansah, in dem Eifer und Freude lagen. „Können wir das später wiederholen?"

Diesmal war mein Lachen lauter und länger. „Verdammte scheiße, und wie wir das können. Ich bin fünf Jahre älter als du, kann also sein, dass ich etwas länger brauche, um mich wieder zu erholen."

Isaac beugte sich zu mir und küsste mich auf die Unterseite meines Kinns. „Du bist so sexy, Cooper. Das war der Wahnsinn. Danke für… einfach danke."

Er war so verdammt aufrichtig. Das liebte ich an ihm. Falschheit oder Täuschung waren Isaac Winshed fremd. Das war erfrischend.

Mein ganzer Körper fühlte sich wohlig ausgelaugt an. Ich lag einfach da und genoss den Moment und bemerkte erst, dass Isaac meine Hand gehalten halte, als er sie wegzog.

Er stand auf, ging ich das winzige Bad und kam mit einem warmen, feuchten Waschlappen zurück. „Kann ich… dich saubermachen?", fragte er zögernd.

Ich wollte mir den Waschlappen schnappen und es selbst machen, doch es schien ihm ein Anliegen zu sein, sich um mich zu kümmern. Als würde er um Erlaubnis bitten, mir noch näher zu sein.

Ich nickte.

Langsam strich er mit dem warmen Stoff über meinen Bauch. „Vermutlich hätte ich dich sauber lecken sollen, oder so", murmelte er leise. „Ich glaube, ich bin noch nicht locker genug für diese fortgeschrittenen Dinge."

Anstatt zu lachen setzte ich mich auf, legte die Arme um seinen Hals und zog ihn so nah wie möglich zu mir.

„So locker wie du jetzt bist, ist perfekt", sagte ich unbeholfen. „Du bist genau richtig. Versuche nicht jemand zu sein, der du nicht bist, okay? Ich mag dich genau so, wie du bist."

Ich ließ ihn los und nahm ihm den Waschlappen ab, um mich zu säubern. Ich räusperte mich, als die etwas delikateren Stellen an der Reihe waren und brachte den Waschlappen schließlich ins Badezimmer. Als ich zurückkam, war ich bereits etwas sicherer auf den Beinen. Nine hatte sich bereits zugedeckt und Nacho lag zusammengerollt zu seinen Füßen. Ich schlüpfte auf meiner Bettseite unter die Decke und schaltete das verbleibende Licht aus.

Plötzlich fühlte sich alles merkwürdig an.

Ich lag auf meinem Rücken und starrte an die Zimmerdecke. Im gedämpften Schein des winzigen Nachtlichts, das vom Flur vor dem Badezimmer ins Schlafzimmer drang, konnte ich sie kaum sehen.

Nach einem Augenblick hakte Nine seinen kleinen Finger in meinen ein und drückte ihn sanft. „Alles gut zwischen uns?" Seine Stimme in der Dunkelheit klang sanft. „Cooper?"

Ich drehte mich zu ihm um, rutschte abrupt ein Stück nach vorne und kuschelte mich in der üblichen Position an ihn. „Ja. Klar."

Als ich meinen Kopf auf seine Brust schob und sein Arm sich um meine Schulter legte, atmete ich tief aus. „Tut mir leid, ich glaube..." Ich schluckte. Ein Teil von mir wollte ihm sagen, dass ich mich beim Sex noch nie jemandem so nahe gefühlt hatte, doch ich hatte Angst, mit diesem Geständnis dämlich oder bedürftig zu wirken. Ich wollte zwar nicht, dass Isaac Zweifel bekam, aber es lag auch nicht in meiner Natur, mit anderen über meine Gefühle zu sprechen. Und ich wollte keinesfalls, dass man mich jemals für bedürftig hielt. „Das war echt gut.“

Unspektakulär, aber es war die Wahrheit.

„Du *glaubst*, dass es echt gut war? Tja, ich *weiß*, dass es das war. Darüber braucht man nicht erst nachzudenken.“

Er klang glücklich und unbeschwert. Genau das hatte ich gewollt. Ich schmiegte mich enger an meinen Kuschelbären. „Pfff. Wortklauberei.“

Obwohl ich die gesamte Rückfahrt von der Stadt verschlafen hatte, schlief ich ein, während ich noch den beruhigenden Klang des fast lautlosen Lachens, das in seiner Brust erbebte, im Ohr hatte.

Als ich nach einer erholsamen, traumlosen Nacht aufwachte, konnte ich Isaac am Telefon mit jemandem streiten hören. Seiner gedämpften Stimme nach zu urteilen, versuchte er, mich nicht zu wecken, doch dank der engen Dimensionen unseres kleinen Zuhauses war das fast unmöglich.

„Das hier *ist* echt Mom“, zischte er. „Es ist nicht irgendein —“

Er hörte einen Augenblick lang zu, während er in der Küche ab und ab ging, eine Hand in seinem Haar und die andere am Telefon. Er trug lediglich enge Boxershorts, also war ich einen Moment lang von seinem Körper abgelenkt, bis ich das Folgende hörte.

„Was? Ich soll so tun, als würde ich ihn nicht so gern haben? Was soll das überhaupt heißen?“

Eine Sekunde lang dachte ich, er sprach davon, nur so zu tun, als würde er mich mögen und dass all das zwischen uns eine Lüge war. Doch dann kam ich wieder zur Vernunft und mir wurde klar, dass Isaac kein derart guter Schauspieler war. Wenn er mich ansah, waren da echte Gefühle in seinen Augen und ich wusste, dass meine Gefühle ihm zumindest wichtig genug waren, um mir nichts vorzutäuschen.

„Okay, vergiss es. Ich mag ihn und es gefällt mir, dass ich ihn mag. Und ich werde ihn noch sehr lange mögen, also gewöhnst du dich besser daran." Er nahm das Telefon von seinem Ohr und tippte darauf, vermutlich um den Anruf zu beenden.

Wow.

Ich war mir nicht sicher, ob Isaac Winshed bei einem Telefonat mit seiner Mutter jemals einfach aufgehängt hatte.

„Alles okay, Liebling?", rief ich und war plötzlich aus irgendeinem Grund nervös.

„Verdammt", murmelte er leise. „Ja. Sorry, ich wollte dich nicht wecken, aber es ist eiskalt draußen und ich habe nichts an."

Ich streckte die Hand aus. „Schon okay. Komm her. Komm wieder ins Bett."

Er kam zurück ins Bett und zog mich auf sich, als wäre ich eine Decke. Ich quietschte bei der Berührung seiner eiskalten Haut. „Oh, Gott! Du bist ein Eiszapfen."

„Mm, du bist warm."

Ich wartete einen Moment, bis er sich gewärmt hatte und fragte dann: „Was hat sie gesagt?"

Isaac seufzte. „Sie will von mir, dass es nicht mehr so echt wirkt. Sie dachte, sie würde kein Problem damit haben, zuzusehen, wie ich einen Schwulen spiele, aber in Wahrheit stört es sie gewaltig."

Ich spürte einen Stich in der Brust. Mrs. Winshed hatte mir nie das Gefühl gegeben, dass etwas an mir „falsch" war, nur weil ich schwul war, auch wenn es definitiv Augenblicke gegeben hatte, in denen ihre Ahnungslosigkeit diesbezüglich nicht zu übersehen war.

Ich sagte nichts und ließ ihn weitersprechen. Auf seiner haarigen Brust zu liegen, während seine großen Hände langsam meinen Rücken streichelten, war wohl kaum eine Strafe.

„Ich habe ihr gesagt, dass ich nicht nur so tue, und weißt du, was ihre Antwort war? ‚Natürlich tust du das, Nine, sei nicht so dumm.‘ Als würde ich meine eigenen Gefühle nicht kennen. Als wäre ich zwölf und nicht vierundzwanzig.“

„Tut mir leid.“

Er umarmte mich fester. „Es ist mir peinlich, das zuzugeben, aber dass sie mich für dumm hält, ärgert mich mehr als ihre Homophobie.“ Er atmete tief ein. „Diese Homophobie ist wie… eine Folge ihrer Erziehung und Kultur. Aber dass sie mich für zu dumm hält, um meine eigenen Gefühle zu kennen? Dass sie denkt, ich wäre so leicht beeinflussbar, dass ich gespielte Gefühle für die Kamera einfach irgendwie für echte Gefühle halten könnte?“

Ich küsste seine Brust und streckte mich dann etwas, um seine Wange zu küssen. Sie war noch immer etwas kalt, also küsste ich seine Wangen wieder und wieder, um sie zu wärmen. Dann richtete ich mich auf, bis ich rittlings auf ihm saß, die Hände auf seine Brust gestützt.“

„Du bist nicht dumm. Habe ich dir jemals davon erzählt, wie Eli ein Loch in die Wand unseres Apartments geschlagen hat? Das war im dritten College-Jahr, als wir noch in diesem abgefuckten, orangen Gebäude gelebt haben.“

Er schüttelte den Kopf.

„Dein Dad hatte angerufen und ihn gebeten, Graham bei seiner Bewerbung fürs College zu helfen.“

Isaac runzelte verwirrt die Stirn. „Graham? Meinem Bruder? Der hat doch quasi nicht mal die Highschool geschafft.“

Ich nickte. „Ganz genau das hat Eli auch gesagt. Also hat er deinen Dad gefragt, weshalb Graham ins College gehen sollte, worauf dein Dad ihm erklärt hat, dass Graham Potenzial hätte, aber ihm die Herausforderung fehle, um sich zu beweisen. Er dachte, das College würde ihm dabei helfen und er war bereit, dafür zu bezahlen.“

Isaacs ganzer Körper verkrampfte sich und das Glänzen in seinen Augen schien etwas zu erlöschen. „Oh. Wow."

Ich bereute es, mit dieser Geschichte angefangen zu haben. Warum zum Teufel hatte ich nicht zuerst nachgedacht, bevor ich meine große Klappe aufriss? Ganz offensichtlich hatten meine Worte ihn verletzt. Ich beeilte mich, zum guten Teil zu kommen. „Eli hat ihn angeschrien. Ich wüsste nicht, dass Eli jemals jemanden angeschrien hat, aber an diesem Tag hat er deinen Dad angeschrien. Er hat ihm gesagt, wenn irgendjemand von euch zehn neben Beth ins College gehen sollte, dann wohl du. Dann hat er deinem Dad jede einzelne Auszeichnung aufgezählt, die du in der Schule bekommen hast, jede gute Note, jedes Lob deiner Lehrer. Ich weiß nicht, woher er all das wusste, denn damals hat er schon seit einigen Jahren nicht mehr bei euch gewohnt. Und ich erinnere mich, dass er nach dem Ende des Telefonats etwas gesagt hat, was für mich nie Sinn ergeben hat."

Seine Hände strichen über meine Seiten. Es war, als könnten ihn nicht einmal schmerzhafte Erzählungen über seine Familie davon abhalten, meine Nähe zu suchen. Es gab mir das Gefühl, etwas Besonderes zu sein. Isaac sah besorgt zu mir hoch. „Was hat er gesagt?"

„Verdammte Glückszahlen." Und dann hat er mit der Faust in die Wand geschlagen."

KAPITEL 17
NINE

Es hätte mich nicht überraschen sollen, dass mein Dad Graham aufs College schicken wollte, doch das tat es. Vor allem, weil ich diese Geschichte noch nie gehört hatte, obwohl Eli mir sonst immer alles erzählte.

Cooper gab mir einen weiteren Kuss auf die Stirn und legte sich dann neben mich. Nachos sanftes Schnarchen ertönte von jener Bettseite, die Coop ihm überlassen hatte, um näher bei mir zu liegen.

„Erklär mir, wie er das gemeint hat."

Ich nahm seine Hand und spielte mit seinen Fingern, um ihn nicht ansehen zu müssen. Sein Gesicht lenkte mich zu sehr ab. „Weißt du denn nicht, weshalb ich Nine genannt werde?"

„Du bist das neunte von zehn Kindern."

„Ja, aber nicht nur deshalb. Die Spitznamen meiner Geschwister haben nichts mit der Reihenfolge ihrer Geburt zu tun."

Er hatte recht. „Es war mir auch immer ein Rätsel, warum Tip die Abkürzung für Francis ist."

„Das ist eine andere Geschichte, aber erinnere mich daran, die ist nämlich gut." Zumindest damit brachte ich ihn zum Lächeln. „Als wir

Kinder waren, war alles nummeriert, damit meine Mutter besser den Überblick bewahren konnte. Unsere Kleiderhaken, unsere Wasserflaschen, ja sogar in unsere Unterwäsche hat sie kleine Nummern in den Hosenbund eingenäht. Ich war natürlich Nummer Neun. Ich aß von Teller Nummer Neun. Ich durfte mich nach dem Essen als Neunter vom Keksteller bedienen. Ich durfte bei Brettspielen als Neunter meinen Spielstein wählen. Du verstehst das Prinzip, oder? Aber die Sache ist die: Jeder vor mir hat irgendetwas an sich, das ihn besonders macht, etwas Unvergessliches."

Ich vermied es, Cooper anzusehen, denn ich wollte auf keinen Fall Mitleid sehen. Doch ich erzählte trotzdem weiter. Vielleicht war ich masochistisch.

„Aaron ist der Älteste, der Thronfolger sozusagen. Er war Dads rechte Hand, das ist er immer noch. Er ist der Verlässlichste von allen. Danach kommt Beth, die alle lieben. Sie ist der freundlichste Mensch auf der ganzen Welt. Dann kommt Colt, der immer auf der Suche nach Ärger war. Er war und ist ein Wildfang. Dann kommt Delia, die Hübsche. Schönheitskönigin und Ballkönigin. Dann ist da noch Eli, der Goldjunge. Er kommt mit allen aus und ist ein rundum guter Kerl. Und natürlich gibt es da noch Tip, der Witzbold und Graham, das Glückskind. Und dann gibt es noch mich. Und natürlich Jessie, aber sie ist unser Baby."

Coopers Stimme klang anders als ich sie bisher kannte: „Aber du bist doch der Freundliche. Der Liebenswürdige. Du bist derjenige, der damals das Fuchsbaby gerettet hat, als es sich mit der Pfote im Zaun verfangen hat. Du bist derjenige, der fast seinen Job verloren hat, damit Dee nicht mitten in einem Regenschauer auf der Autobahn am Pannenstreifen festsitzen musste."

Er klang so aufgebracht, so bestürzt, dass sich etwas in mir zusammenkrampfte. Ich ließ seine Hand los und legte meine Hand an seine Wange, wo ich kurz verharrte und ihm danach mit den Fingern durchs Haar strich. „Beth ist die Liebenswürdige, schon vergessen? Ich bin einfach ich. Nichts Besonderes. Der Pfarrer hat mir schließlich den Namen Nine gegeben, schon ziemlich früh, bei der Taufe oder so.

Er sagte, Neun stehe für die Vollkommenheit des Heiligen Geistes oder etwas in der Art, und auch für Endgültigkeit." Ich lachte. „Beth hat mir einige Jahre später diese Geschichte erzählt und meinte, es war jedem in der Kirche klar, dass das Ganze ein Wink für Mom und Dad war, dass es jetzt genug Kinder waren. Aber dann kam Jessie, also haben sie ganz offensichtlich nicht auf ihn gehört."

„Stört er dich? Ich meine den Namen." Die Besorgnis in Coopers Augen war unverkennbar.

„Nein. Ich bin daran gewöhnt. Schon im Kindergarten haben die Lehrer mich Nine genannt. Ich weiß nicht, wann meine Mutter begonnen hat, mich so zu nennen, aber mein Dad sprang auf den Zug auf, als ihm die clevere Idee kam, mir fürs Tee-Ball-Spiel ein Trikot mit der Nummer Neun zu besorgen."

Cooper lachte nicht.

Ich beugte mich zu ihm hinüber und küsste sein stoppeliges Kinn. „Mir fällt auf, dass du mich in letzter Zeit immer öfter Isaac nennst. Ist das der Grund? Machst du dir Sorgen, dass es mich stört?"

Er zuckte mit den Schultern. „Ein bisschen vielleicht."

„Musst du nicht. Es stört mich nicht. Aber… es ist schön, dass du dir Gedanken machst. Es gefällt mir, wenn du mich Isaac nennst. Aber es gefällt mir auch, wenn du mich Nine nennst. Ich mag es einfach generell, wenn du meinen Namen sagst."

Cooper wurde angesichts dieser Aufmerksamkeit etwas unruhig und wendete den Blick ab. Mir fiel immer öfter auf, dass er hibbelig wurde, wenn das Gespräch sich um ihn und Gefühle drehte. Im Restaurant war es genauso gewesen. Bevor ich es ansprechen konnte, beugte er sich vor, gab mir einen Schmatz auf die Lippen und sprang dann aus dem Bett. „Zeit, den Tag zu beginnen, Winshed. Wir werden nicht jünger."

Ich streckte die Hand aus und kniff in seine blasse Pobacke, solange er noch in Reichweite war. Ich mochte es einfach, ihn aufkreischen zu hören.

„Du hast versprochen, mir heute mit den Sanitärarbeiten in der Küche zu helfen“, erinnerte ich ihn, als er im Badezimmer verschwand.

„Klar, klar. Setzt du schon mal Kaffee auf?“, hörte ich ihn durch die dünne Tür.

Wir begannen unsere allmorgendliche Routine und diesen unterbewussten Tanz, den wir in der winzigen Küche irgendwie perfektioniert hatten, um unser Frühstück zuzubereiten und uns gegenseitig Kaffee zu machen. Nach dem Essen räumten wir auf und nachdem Nacho ebenfalls gefrühstückt hatte, gingen wir drei hinaus an die frische Bergluft.

„Ich hätte nicht erwartet, dass es mir hier draußen so gut gefällt“, gab Cooper zu, während er die Arme über den Kopf strecke und sich im Kreis drehte. Seine neuen Arbeitsschuhe sahen auf dem erdigen, mit Kiefernnadeln bedeckten Boden der Lichtung etwas zu sauber und perfekt aus. Durch den täglichen Gebrauch würde sich das bald ändern.

„Es ist ein gewaltiger Unterschied zu Los Angeles.“ Ich ging zum Truck, um die Verbindungsstücke zu holen, die ich am Abend zuvor in der Stadt gekauft hatte. „Sicher, dass du die wilden Clubs und die schicken Klamotten nicht vermisst?“

Als ich mich zu ihm umdrehte, wäre mir fast die Einkaufstüte aus der Hand gefallen. Cooper hatte die Arme noch immer über den Kopf gehoben, nur kreiste er jetzt so lasziv mit den Hüften, dass ich sofort eine Erektion bekam. „Uff.“

Er hob den Kopf und warf mir einen vielsagenden Blick zu. „Willst du Tanzen?“

Als ich den Sägebock vor der Veranda erreicht hatte, den wir zu einem provisorischen Tisch umfunktioniert hatten, stellte ich hastig die Tüten ab und ging dann zurück zu ihm. Ich legte eine Hand an seine Taille und nahm mit der anderen seine Hand. „Ich kann nur diesen langweiligen Junge-Mädchen-Scheiß“, gab ich zu.

Wir tanzten einige Takte lang zu imaginärer Musik, doch dann deutete er mir, kurz zu warten, damit er sein Telefon rausholen und echte Musik aufdrehen konnte. „Stay With Me" von Sam Smith ertönte aus dem kleinen Lautsprecher, als er das Telefon wieder in seine Hosentasche steckte. Ich kannte das Lied nur, weil Cooper es diese Woche schon hundert Mal abgespielt und mir ein Ohr abgekaut hatte, weil der Sänger genderqueer und damit ein eindrucksvolles Beispiel dafür war, dass die Erkundung der eigenen sexuellen Orientierung einen transformativen Effekt haben konnte. Ich wusste nicht wirklich, was all das bedeutete, aber es war mir egal, solange ich mich mit Cooper im Rhythmus wiegen und seinen Körper unter meinen Händen spüren konnte.

Ich mochte das vertraute Gefühl seines Körpers an meinem. Und ich realisierte, dass ich mich langsam daran gewöhnte, mit seiner unbändigen Energie und guten Laune in den Tag zu starten. Er war mein persönlicher, gigantischer Sonnenschein und ich wollte mich auch noch lange nachdem wir hier fertig waren in seinem Licht wärmen.

Nach dem zweiten Lied wurde mir bewusst, dass er mich ausgetrickst hatte.

„Damit kannst du dich aber nicht davor drücken, mir mit der Küche zu helfen", sagte ich nahe an seinen Lippen, bevor ich ihn weiterküsste.

Cooper holte das Telefon aus der Tasche und öffnete die Kamera, ohne unseren Kuss zu unterbrechen. Ich hörte den vertrauten Ton des Aufnahme-Buttons und versuchte, nicht daran zu denken, dass meine Mutter das Video nach der Veröffentlichung ansehen würde.

„Ich liebe dich", murmelte ich an seiner Wange und senkte dann den Kopf, um mich in seinem Hals zu vergraben. Es dauerte einige kostbare Sekunden, bis mir bewusst wurde, was ich gesagt hatte.

In dem Moment, als ich erstarrte, hörte ich erneut ein Piepsen, das anzeigte, dass die Aufnahme beendet war. „Ich...", stammelte ich. „Ich war..."

Coopers Lächeln wirkte locker und selbstbewusst. „Schon okay. Du hast gewusst, dass ich filme, also hast du mitgespielt. Keine Panik, ich verstehe das.“

Ich atmete aus, doch ich fühlte mich noch immer seltsam benommen. Hatte er recht? Hatte ich für die Kamera übertrieben? Das klang nicht nach mir, aber andererseits war ich mir auch nicht sicher, dass ich ihn wirklich liebte. Es war zu früh, um an solche Gefühle zu denken, und selbst wenn es das nicht war, war Cooper nicht die Sorte Mann, die man liebte. Er war die Sorte Mann, dessen Gegenwart man genoss, solange es währte, bevor man ihn schließlich wieder in die Welt entließ. Er würde niemals lange genug stillhalten, um von einem Mann wie mir geliebt zu werden. Ein Mann, der sich in einer halbverfallenen Hütte auf einer von Bäumen umgebenen Lichtung mehr zuhause fühlte als irgendwo sonst auf der Welt.

„An die Arbeit“, sagte ich ruppig. „Das morgendliche Schnulzvideo haben wir erledigt. Jetzt heißt es Ärmel hochkrempeln.“

Den restlichen Vormittag sprach ich nicht viel und brummte höchstens einige Anweisungen, wie Cooper mir dabei helfen konnte, die neuen Rohre für den Kühlschrank und die Spüle zu verlegen. Nachdem wir damit fertig waren, ging es direkt mit den Rohren im Badezimmer weiter. Als wir endlich Mittagspause machten, hatten wir die Arbeit eines ganzen Tages erledigt, weil keiner von uns beiden wie sonst herumgeblödelt oder Witze gemacht hatte.

„Ich mache uns etwas zu essen“, sagte Cooper, als ich die übrig gebliebenen Teile aufsammelte, um sie in das Ersatzteillager zu bringen, das ich auf einer Seite der Lichtung eingerichtet hatte.

Ich winkte ihm zustimmend und verschwand dann zwischen den Bäumen, um zu pinkeln. Gerade als ich meine Hose wieder schloss, hörte ich Cooper meinen Namen rufen. Es klang anders als beim Vorfall mit dem Vogel, schmerzerfüllt. Ich rannte zurück zum Wohnmobil. Nachdem ich die Treppen hochgelaufen war, stand er vor mir, beide Hände in die Seite gepresst. Unter seiner Hand sah ich einen wachsenden Blutfleck, der sich scharf von seinem hellrosa Shirt abhob.

„Verdammt, was ist passiert?"

„Ich…" Sein Atem war kurz, als stünde er kurz vor einer Panikattacke.

„Pssst, langsam. Atme tief durch – ich wasche mir schnell die Hände." Nachdem ich mich gewaschen hatte, zog ich langsam seine Hände weg, um nachzusehen, was passiert war. An seiner Seite war ein etwa sieben Zentimeter langer Schnitt, der ziemlich tief aussah. Es war etwa in Höhe der Küchentheke, also sah ich mich nach dem scharfen Gegenstand um, der ihn verletzt hatte.

Da bemerkte ich das große, zusammenklappbare Stativ auf dem Boden, das ich eigentlich auf der Theke abgelegt hatte. „War es das Stativ?", ich sah ihn an. In seinen Augenwinkeln hingen am unteren Wimpernkranz dicke Tränen. „Baby, war es das Stativ? Es tut mir wahnsinnig leid."

Er nickte und die Tränen kullerten nach unten. „Ist nicht deine Schuld. Ich habe gedacht, dass hier wieder ein Vogel drinnen ist, also habe ich Panik bekommen und bin gestolpert. Ich habe das Stativ runtergeworfen und irgendwie hat es mich erwischt. Keine Ahnung, wie. Es tut verdammt weh."

Ich schnappte mir ein sauberes Küchentuch und presste es auf die Wunde. „Das muss genäht werden. Ich werde versuchen, ob ich es mit einem Pflaster kleben kann, aber ich bezweifle es."

Während ich den Kopf in den unteren Küchenschrank steckte und nach dem Erste-Hilfe-Koffer suchte, hörte ich ein Schniefen. Dann holte er zitternd Atem.

„Ich habe mich einfach erschreckt, weißt du?", sagte er zwischen zwei Atemzügen.

„Ja. Sowas kann schnell passieren". Ich kniete mich vor ihn und verwendete den Inhalt aus dem Koffer, um die Wunde zu reinigen und so gut wie möglich zu verbinden, bis er professionellere Hilfe bekam.

„Bist du sicher, dass es genäht werden muss? Können wir nicht einfach —"

„Ich bin sicher, glaub mir. Ich kenne solche Verletzungen von der Farm. Besser man lässt so etwas gleich nähen und bringst es hinter sich, statt zu hoffen, dass es von selbst verheilt." Nachdem ich die Stelle mit einer Extraschicht Mullbinden gepolstert hatte, zog ich seine Hose und Unterhose hinunter und öffnete seine Schnürsenkel.

Er starrte mich an. „Was machst —"

„Ich hole dir saubere Klamotten. Moment." Ich stand auf und ging in unser Zimmer, um ihm ein sauberes T-Shirt, lockere Trainingshosen und eine Unterhose zu holen, die nicht blutgetränkt waren. Außerdem schnappte ich mir Socken und seine Laufschuhe. Nachdem ich ihm beim Anziehen geholfen hatte, verfrachtete ich uns alle ins Auto.

Die ganze Fahrt nach Shale Falls über hielt ich seine Hand und sah im Minutentakt kurz zu ihm rüber, um sicherzugehen, dass er nicht zu blass wurde. Auch wenn mein Verstand mir sagte, dass er wegen der Wunde an der Seite nicht ausbluten würde, bestand irgendeine Stimme in meinem Kopf darauf, ihm so schnell wie möglich Hilfe zu beschaffen.

„Ich glaube, ich sterbe", sagte er schockiert, als wir den Berg zur Hälfte unten waren.

„Wirst du nicht. Versprochen." Seine Worte machten mich dennoch nervös.

„Ich meinte eigentlich, wenn bei dir statt Kenny Chesney mal Lady Gaga läuft, muss das heißen, dass ich an der Schwelle des Todes stehe."

Wie so oft dauerte es ein wenig, bis mir klar wurde, dass er Witze machte. „Deinen Sinn für Humor hast du nicht verloren, hm?"

Er warf mir ein schwaches Lächeln zu, auch wenn es ihm ganz offensichtlich nicht gut ging. „Scheint so."

„Was für ein Jammer", sagte ich und zwinkerte ihm zu. „Wir sind gleich da. Schließ die Augen und atme tief durch."

Nachdem einige Minuten lang nur Gagas Stimme im Truck zu hören gewesen war, sagte Cooper leise: „Du bist ein guter Kerl, Isaac Winshed."

Er hatte mir das schon öfter gesagt, aber es erfüllte mich noch immer jedes Mal mit Stolz. Dass dieser Mensch so über mich dachte, war alles, was ich brauchte, damit meine Welt in Ordnung war. Ich hatte mir immer gewünscht, gebraucht zu werden, aber als neuntes Kind – und jüngster Sohn – der Familie, hatte mich nie wirklich jemand gebraucht. Cooper helfen zu können war ein Geschenk. Außerdem wurde mir schlecht bei dem Gedanken, dass er jemals alleine sein und in Not sein könnte. Zum Glück war ich da gewesen, als er Hilfe brauchte.

„Wir sind fast da", versicherte ich ihm und drückte seine Hand.

„Ich will nicht genäht werden. Können wir nicht wieder heimfahren? Bitte?"

„Hmpf."

Als wir endlich die Unfallklinik erreichten, ließ ich ihn aussteigen und stellte den Truck dann im Schatten ab, wobei ich die Fenster für Nacho einen Spalt offen ließ. „Bleib hier, Kumpel. Ich bringe dir gleich etwas Wasser." Ich kraulte seinen Kopf und lief dann zum Eingang des einstöckigen Gebäudes.

Cooper stand auf der anderen Seite der Schiebetür und wartete auf mich. Ich legte meine Hand auf seinen unteren Rücken und führte ihn zum Empfang. Zum Glück war nicht viel los, so war die Anmeldung schnell erledigt und wir wurden nach hinten gebracht.

Ich half ihm auf den Untersuchungstisch und ging ihm zur Hand, um sein T-Shirt durch ein Krankenhaushemd zu ersetzen. Er zitterte und wirkte blass. „Alles okay bei dir?", fragte ich.

„Ich hasse Nadeln."

Ich beugte mich über ihn und strich ihm das Haar aus dem Gesicht. „Wie kann ich dich ablenken?"

Er verdrehte die Augen, aber die Anspannung in seinem Gesicht schien sich etwas zu lösen. Als ich mich hinunterbeugte, um ihn sanft auf die Lippen zu küssen, hörte ich, wie die Tür hinter mir geöffnet wurde.

„Hallo, ich bin Dr. Rappaport. Wer von Ihnen ist von einem Bären attackiert worden?"

Ich drehte mich um und sah mich einer großen, schlanken Frau mit dunkler Haut und einem strahlenden Lächeln gegenüber. Sie zwinkerte mir zu und sofort fühlte ich mich beruhigt.

Cooper schnaubte leise. „Ich lasse mich so oft wie möglich von diesem Bären hier attackieren."

Die Ärztin ging zum Waschbecken und wusch sich die Hände. „Das kann ich sehen", sagte sie lachend. „Ich hoffe, es wirkt nicht unprofessionell, aber ich liebe Ihren Video-Blog. Meine Frau ist Lehrerin, aber zuhause macht sie gerne auf Heimwerkerin. Dank Ihrer Tutorials haben wir uns jede Menge Ausgaben für Profis erspart."

Ich sah sie ungläubig an. Ich hatte abgesehen von meiner Familie und Walts Kunden noch nie jemanden im realen Leben getroffen, der meine Videos kannte.

Cooper lächelte mich schwach an. „Er ist es nicht gewöhnt, dass man sein Genie anerkennt. Deshalb guckt er so verschreckt."

Meine Wangen glühten. „Tut mir leid. Danke. Ich habe noch niemanden getroffen, der mein Zeug kennt. Zumindest außerhalb meiner Heimatstadt."

Sie setzte sich auf einen Laborstuhl, rollte zu Cooper und schob mich beiseite, um sich seine Verletzung anzusehen. „Machen Sie weiter so. Ich wusste gar nicht, dass die Hütte, die Sie renovieren, hier in der Nähe ist. Erzählen Sie mir mehr darüber. Was hat Ihnen bisher am besten gefallen?"

Während Cooper zögerlich begann, von unserem Projekt zu erzählen, löste die Ärztin den provisorischen Verband, den ich angelegt hatte und reinigte die Wunde. Mir war klar, dass sie ihn ablenken wollte, doch er war nicht so leicht zu beruhigen. Er zitterte am ganzen Körper und immer wieder sah er nervös zu mir. Ich wechselte an die andere Seite des Tisches, damit ich seine Hand halten konnte, ohne im Weg zu sein, und seine schweißnasse Hand packte meine und umklammerte sie.

Als sie zu nähen begann, fragte sie, welche Kameraausrüstung wir verwendeten, welche Sanitäranlagen wir im Bad geplant hatten und wie wir das Ganze nach der Fertigstellung einrichten würden.

„Einrichten?", fragte Cooper und sein Blick wanderte zu mir. „Oh, Mann."

„So weit sind wir offensichtlich noch nicht", lachte ich. „Aber Cooper wird sich bestimmt etwas Tolles einfallen lassen."

„Wieso ich?", fragte Cooper. Er gab sein Bestes, sich normal zu verhalten, doch auf seinem Gesicht stand ein dünner Schweißfilm und er vermied es ganz bewusst, auch nur in die Nähe der Nadel zu sehen.

„Du hast in Los Angeles gelebt. Du hast Geschmack." Es klang dämlich, als ich es laut aussprach.

Cooper runzelte die Stirn. „Du meinst, ich bin schwul, also muss ich mich auch mit Inneneinrichtung auskennen?"

Oh, Mist.

Ich sah zur Ärztin hinüber. „Ähm, wir sind beide schwul, also…"

Coopers Nasenflügel bebten. „Du weißt, was ich meine."

Als die Ärztin fertig war, setzte sie sich wieder gerade auf. „Sie sollten vor der Heimfahrt bei Nick's stehenbleiben und ein paar Zeitschriften mitnehmen. Als Inspiration."

„Gute Idee", sagte ich. „Wer ist Nick?"

„Eigentlich Nickeria. Ein Souvenirladen Ecke Corn Avenue und Main Street. Es ist ein kleines weißes Haus mit einer knallblauen Eingangstür. Sie können es nicht verfehlen."

Cooper sagte: „Dass man in dieser Stadt eine Straße nach Maiskolben benannt hat, macht mich aus irgendeinem Grund glücklich."

Dr. Rappaport grinste ihn an. „Geht mir auch so! Ich bin erst nach meiner Heirat nach Shale Falls gezogen. Wren ist hier aufgewachsen und hat mich gezwungen, mit ihr hierher zurückzukommen, als man mir diesen Job anbot. Ich bin aus Seattle. Aber jetzt würde ich es um nichts mehr in der Welt eintauschen. Eine Kleinstadt in den Bergen ist einfach irgendwie… besonders. Ich kann es nicht beschreiben. Aber nur damit Sie Bescheid wissen: Es gibt nicht nur die Corn Avenue, sondern auch Blueberry Court, Pothole Place, ein Viertel namens Falls Falls. Und wenn ihr über den Highway 53 zurückfahrt, solltet ihr wissen, dass die Shalies diese Route ‚Winding Road' nennen. Sie führt zur ‚Frying Pan Road', die entlang des ‚Frying Pan River' verläuft."

Cooper lachte. Alleine dafür hätte ich dieser Frau am liebsten ein Trinkgeld gegeben. Nachdem sie sich verabschiedet und uns gute Fahrt gewünscht hatte, half ich Cooper wieder in sein Shirt und in die Baumwolljacke mit dem Reißverschluss, mit der er sich im Truck zugedeckt hatte. „Was für ein Glück, dass wir über Stallion versichert sind", murmelte Cooper. „Sonst hätte ich mich wirklich gegen das Ganze hier gewehrt."

Ich half ihm vom Tisch und brachte ihn zum Truck. Nacho beschnüffelte ihn von oben bis unten, um sich zu versichern, dass er noch in einem Stück war. Als wir die Main Street entlangfuhren, zeigte Cooper auf das kleine weiße Haus mit der blauen Tür. „Lass uns hier anhalten."

„Ich will dich heimbringen.“

Cooper gestikulierte mit den Armen. „Es geht mir gut. Die Stelle, die genäht wurde, ist noch immer taub. Bitte?“

Ich parkte auf dem Schotterparkplatz hinter dem Gebäude und half ihm aus dem Truck. „Es ist nur ein Schnitt“, murmelt er, als ich darauf bestand, ihn mit meinem Arm an der Taille zu stützen. „Ist ja nicht so, als würde ich sterben.“

„Ja, aber es ist meine Schuld, dass du dich verletzt hast. Also werde ich mich um dich kümmern.“

Cooper blieb stehen und drehte sich zu mir um. „Das ist nicht dein Ernst, oder?“

„Doch, ich habe das verdammte Stativ dort hingelegt, anstatt es sicher zu verstauen.“

„Es war sicher verstaut, Isaac. Es lag auf der Küchentheke. Es hat nicht über die Kante geragt oder so. Ich habe im Augenwinkel eine Bewegung wahrgenommen und um mich geschlagen. Dabei habe ich es so verschoben, dass ich es mir in die Seite gerammt habe. Nichts an all dem war deine Schuld. Es war einfach ein Unfall. Es war auch nicht meine Schuld. Niemand hat Schuld, okay? Das war einfach... Pech. Ein dummer Zufall. Jetzt bin ich wieder zusammengeflickt und kurz davor, eine Art schwuler Inneneinrichtungs-Guru zu werden.“ Er sah mich mit zusammengekniffenen Augen an und machte einen langen, dramatischen Atemzug. „Sei auf der Hut, Isaac Winshed. Schon bald wird meine geballte Rüschenmagie entfesselt. Sobald ich... mir von jemand anderem einige Ideen geklaut habe.“

Händchenhaltend gingen wir zum Gebäude. „Der Schluss war ziemlich lahm“, stichelte ich.

„Ich habe wirklich keine Ahnung davon, Nine. Da stecken wir vermutlich in der Klemme.“

Tja, zumindest wussten wir, dass seine Einrichtungsideen besser sein würden als meine. „Du machst das schon. Ich habe Vertrauen in dich.“

Als wir den kleinen Laden betraten, klirrte das Glöckchen über der Tür und hinter dem Verkaufstresen tauchte der blonde Haarschopf eines Mannes auf. „Willkommen in der Nickeria. Mein Name ist Norman. Was kann ich für Sie tun? Suchen Sie etwas Bestimmtes?“

Cooper sah den Mann prüfend an. „Sie heißen nicht Nick?“

„Nein. Sie etwa?“

KAPITEL 18

COOPER

Nine und ich sahen den Typen einen Moment lang an, bis er in Gelächter ausbrach.

„Nicki ist meine Ehefrau. Aber im Ernst, meine Herren, was kann ich für Sie tun? Sie sind diese Videogrammer, oder? Wie nennt sich das noch einmal?"

Dass wir heute bereits zum zweiten Mal erkannt wurden, passte zu unseren jüngsten Abonnentenzahlen. Die Zahl unserer Fans war durch die Decke gegangen. Doch bevor man uns in dieser winzigen Stadt erkannt hatte, waren das nur abstrakte Zahlen gewesen. Es fühlte sich merkwürdig und aufregend zugleich an.

„Vlogger", korrigierte ich ihn. „Genau, das sind wir. Wir sind auf der Suche nach Zeitschriften oder Büchern über Inneneinrichtung, falls Sie so etwas haben."

Als ich mich umsah, stellte ich fest, dass alles sehr altmodisch und ländlich war. Der Laden war bis zur Decke vollgestopft mit Nippes, soll vollgestopft sogar, dass mich plötzlich ein Anflug von Klaustrophobie überkam, der mir einen Schauer über den Rücken jagte. Offensichtlich hatte ich doch einen gewissen Sinn für Ästhetik. Wer hätte das gedacht?

„Klar, hier lang. Nikki bewahrt alle Zeitschriften in einem Regal im Kerzenraum auf."

Natürlich tat sie das. Wo sonst?

Wir folgten ihm durch das beengte Haus zu einem kleinen Raum mit noch mehr Zeug – das meiste davon entflammbar.

„Danke", sagte Nine, um den Mann von seiner Pflicht zu entbinden und uns in dem engen Raum mehr Platz zu verschaffen.

Sobald er weg war, beugte Nine sich vor und flüsterte mir ins Ohr: „Norman und Nickis Nickeria? Echt jetzt?"

Ich lächelte und rückte ebenfalls etwas näher. Es gefiel mir zu wissen, dass er in meiner Nähe war, denn ich fühlte mich noch immer verletzter und verletzlicher als mir lieb war. Er strahlte Sicherheit aus, Wärme und Stärke und ich fühlte mich rundum geborgen, wenn er um mich war. Ich war versucht, mich daran zu gewöhnen, was keine gute Idee war. Doch es war eine angenehme Abwechslung, die Verantwortung einmal abgeben zu können. Wenn ich mit Isaac zusammen war, konnte ich mich fallen lassen.

„Hm", sagte Nine, genauso leise wie vorher. „*Einrichten für Sparfüchse.*"

Ich griff nach dem Magazin daneben. „*Flohmarktschnäppchen.*"

„*Landhaus-Stil: Ideen von Großmutters Dachboden...* das ist nicht, was wir gesucht haben, oder?"

Ich lachte und schüttelte den Kopf. „Ich glaube nicht. Mal sehen..." Ich griff nach einer moderner wirkenden Zeitschrift. „*Millennial-Minimalismus für jedes Budget.*"

„Lass uns einfach alle nehmen und weiterfahren. Vielleicht finden wir irgendetwas Brauchbares darin. Außerdem hast du dann zumindest etwas zu tun, wenn du flach liegst. Du kannst auch im Internet recherchieren. Delia nutzt diese Pinnwand-Seite. Wir könnten sie um Hilfe bitten."

Als ich einen Blick über meine Schulter warf, sah ich, dass in seinen hübschen Augen aufrichtige Sorge für mich lagen. „Es geht mir gut", sagte ich.

Nine sah mich prüfend an, offenbar um herauszufinden, wie stark meine Schmerzen waren. „Kann ich dich bitte nach Hause und ins Bett bringen? Ich bin erst wieder beruhigt, wenn du eine Zeit lang die Füße hochlegst."

Ich legte meine Arme um seinen Hals und küsste ihn sanft. „Okay. Du holst von jeder Zeitschrift eine und ich warte mit Nacho im Truck. Frag Nickis Norm, wo es in diesem verschlafenen Nest ein Takeaway-Restaurant gibt."

Als Nine endlich zurück beim Truck war, stieß er ein entnervtes Seufzen aus. „Scheinbar war es notwendig, dass er mir von jedem einzelnen Takeaway-Restaurant *und* den Besitzern *und* deren Lebensgeschichte *und* die Vorgeschichte der Restaurants erzählt."

„Wie lautet das Urteil?"

„Es klang, als gebe es in einer dieser beiden Straßen einen Laden mit gesundem Essen, der dir gefallen würde." Er parkte rückwärts aus und legte dann wieder den Vorwärtsgang ein.

„Scheiß drauf. Lass uns etwas Besseres holen. Frittiertes Hähnchen oder Pasta. Ich bin am Verhungern."

„Gleich hinter der Tankstelle soll es eine tolle Pizzeria geben."

„Perfekt." Ich tippte auf meinem Handy herum, um eine Bestellung aufzugeben, aber der Laden war so nahe, dass wir ankamen, bevor ich das Telefonat mit der Pizzeria beendet hatte. „Der Typ meinte, es dauert nicht lange. Weck mich auf, wenn das Essen fertig ist."

Das war mein letzter Gedanke, bevor ich eine kühle Brise auf dem Gesicht spürte, die durch die geöffnete Beifahrertür hereinströmte. Ich blinzelte schläfrig und erkannte dann die Lichtung und das Wohnmobil. „Wir sind zuhause?"

Nine half mir aus dem Truck und in den Wohnwagen. Das taube Gefühl war jedenfalls verschwunden und meine Seite schmerzte wie verrückt. Ich bereute, das Rezept für Schmerzmittel abgelehnt zu haben, dass die Ärztin mir geben wollte. „Autsch und Hunger", sagte ich. Ich versuchte, nicht allzu viel zu jammern, doch in diesem Moment bemitleidete ich mich selbst. Ich hatte wirklich große Schmerzen und so großen Hunger, dass ich sogar den Hund verdrückt hätte.

„Ich werde mich um beides kümmern. Geh pinkeln und dann ab ins Bett."

„Ich liebe es, wenn du mich aufs Klo schickst", murmelte ich leise.

Er ging wieder nach draußen, während ich mich im Schneckentempo vorwärts bewegte. Als ich mich endlich bis auf die Unterhose ausgezogen hatte, kroch ich ins Bett und setzte mich in der Hoffnung auf Nahrung auf. Und siehe da – schon brachte er mir die Pizza. „Sie ist noch warm, aber ich kann sie noch heißer machen, wenn du willst."

„Schon okay. Ich mag kalte Pizza. Aber wie kann die noch immer warm sein?"

Nine wendete den Blick ab. „Naja, ähm, ich bin ziemlich schnell gefahren."

Er war so verdammt süß. „Komm her und setz dich zu mir."

In seinem Bart machte sich ein Grinsen breit. „Ich hol uns nur schnell etwas zu trinken und ein paar Schmerzmittel für dich."

Nachdem er alles ins Bett gebracht hatte, was wir brauchten – unter anderem auch ein großes Handtuch, um das Leintuch zu schützen – konnte unser Pizza-Picknick im Bett losgehen. Die Pizza schmeckte fantastisch und wir waren uns einig, dass wir bei unserem nächsten Ausflug in die Stadt wieder dort bestellen würden.

Als ich fertig war, wischte ich meine Hände mit dem Küchenkrepp ab, das er mir gebracht hatte. Dann griff ich nach meinem Telefon, um nachzusehen, ob ich Nachrichten von meiner Familie verpasst hatte.

Es gab einige und außerdem unzählige Benachrichtigungen von unserem Instagram-Account. Ich klickte mich durch und sah ein Foto von uns beiden im Truck. Ich schlief an Nines Schulter gelehnt, während Nacho mein Ohr ableckte. Der Text lautete: „Mein armes Baby hatte einen Unfall und musste genäht werden. Aber keine Sorge, Nacho und ich kümmern uns gut um ihn. #Autsch #Doktorspiele #Zwangspause #CoopedUpWithNine #DogsOfInstagram #DIY.“ Es gab noch eine Menge anderer Hashtags – die meisten davon hatte er aus meinen älteren Beiträgen übernommen.

Die überwältigende Fürsorge und Unterstützung in den Kommentaren unter dem Beitrag warf mich fast um. Es gab Hunderte Kommentare. Ich sah Nine an. „Das hast du gemacht?“

Er warf einen Blick herüber, um zu sehen, was ich meinte und zuckte zusammen. „Oh. Ja. War das schlecht? Tut mir leid.“

„Nein, das war gut. Wirklich gut. Es ist wichtig, nicht nur die guten, sondern auch die schlechten Dinge zu zeigen. Und außerdem... war es wirklich total süß.“

Er zuckte mit den Schultern und widmete sich wieder seiner Pizza. „Ich habe mir Sorgen um dich gemacht und hatte irgendwie das Gefühl... ich wollte einfach, dass du beim Aufwachen ein paar nette Genesungswünsche lesen kannst.“

Ich las den Post noch einmal. „Du hast sogar Hashtags verwendet.“

Er lachte, warf sein Stück Küchenkrepp in die Pizzaschachtel und klappte sie zu. „Ja, du hast gesagt, dass sie hilfreich sind, um neue Follower zu gewinnen. Ich kenne mich noch immer nicht wirklich damit aus, aber ich habe es versucht.“

Ich beugte mich hinüber, küsste seine Schulter und lächelte ihn an. „Besonders gut gefällt mir der Hashtag Doktorspiele.“

Nine schnaubte und verdrehte die Augen. „Ich bin nicht so witzig wie du. Du kannst das besser.“

Nachdem ich alles beiseitegeschoben hatte, setzte ich mich rittlings auf ihn.

„Sei vorsichtig", mahnte er und umfasste meine Hüfte so behutsam wie möglich.

Ich legte meine Arme um seinen Hals und beugte mich vor, um ihn zu küssen. „Danke, dass du dich so gut um mich kümmerst, aber es geht mir gut."

„Ich kümmere mich gerne um dich." Er knabberte an meinem Schlüsselbein und machte sich dann über mein Ohrläppchen her."

Ich sog die Luft ein. „Ich mag es nicht, jemandem etwas schuldig zu sein."

Er grunzte. „Ach was."

Sein Mund lenkte mich ab und weckte Lust auf mehr. „Ich will mich auf deinen Schwanz setzen."

„Nein. Du musst dich hinlegen." Trotz dieser Worte ließ Isaac seine Küsse über meinen Hals hinauf und hinunter wandern. Mein Körper war ein einziges kribbelndes Netz aus Nerven, die bereit für den Einsatz waren. Die Schmerzmittel zeigten Wirkung, denn meine Seite schmerzte nicht mehr so stark.

„Es geht mir gut", versicherte ich ihm. Meine Finger strichen durch seinen Bart und zupften sanft daran, als er nicht antwortete. „Ich schwöre."

Isaac rollte uns sanft zur Seite, bis ich auf dem Rücken lag und er über mir. „Bleib so, ich räume auf." Er gab mir noch einen innigen Kuss und hüpfte dann aus dem Bett, um die Reste unseres Abendessens wegzuräumen. Während er weg war, nickte ich ein wenig ein, doch ich bemerkte seine Rückkehr, weil die Matratze sich bewegte."

„Setz dich auf mein Gesicht", raunte ich.

Sein tiefes, rollendes Lachen brachte mich zum Lächeln, obwohl meine Augen noch immer geschlossen waren."

„Wie wäre es stattdessen mit einer Fußmassage?"

Das klang zwar fantastisch, aber es reichte mir nicht. „Mein Plan beschert uns hundert Prozent mehr Orgasmen."

Er schloss mich in seine Arme, bis ich in meiner Lieblingsposition da lag, meinen Kopf an seine Brust gelegt. Ich atmete seinen honigsüßen Duft ein. „Hmm, mein Bär."

Nine hatte offenbar sein Telefon in die Hand genommen, denn ich konnte das dumpfe Klackern von Fingernägeln am Display hören. „Ich bin froh, dass die Schmerzmittel helfen", murmelte er.

„Was hast du mir gegeben? Das ist nichts Leichtes."

„Ich habe das Rezept der Ärztin eingelöst. Nachdem du abgelehnt hast, hat sie es mir hinter deinem Rücken zugesteckt, falls du deine Meinung änderst. Sie hat außerdem gesagt, dass du eine Weile lang einen gewaltigen blauen Fleck haben wirst, der vielleicht sogar stärkere Schmerzen verursacht als die eigentliche Wunde."

„Mein schlauer Nine."

Er lachte wieder. „Mein betrunkener Coop."

Mein Kopf konnte irgendwie keinen klaren Gedanken fassen, doch ich wusste, dass etwas fehlte, etwas, dass ich wirklich tun musste. „Video."

Ich spürte, wie er sich unter mir bewegte. „Was? Warum?"

„Mach…"

„Okay." Ich hörte den Aufnahme-Ton. „Was willst du den Leuten erzählen, Baby?"

„Ich liebe dich auch."

KAPITEL 19
NINE

Obwohl ich wusste, dass er unter dem Einfluss der Schmerzmittel stand und für die Kamera besonders dick auftrug, waren seine Worte dennoch wie ein Schlag in die Magengrube. Ich hatte das Video nicht online gestellt. Ich speicherte es stattdessen für mich ab, damit ich es wieder und wieder abspielen konnte, lange nachdem Cooper schon längst wieder aus meinem Leben verschwunden sein würde. Wenn er wieder in Los Angeles war, um seinen Traum zu verfolgen, eines Tages sein Gesicht auf einer der großen Billboards in Hollywood zu sehen.

Ich war im siebten Himmel, weil ich mich um Cooper kümmern durfte. Er war die Sorte Mensch, die niemals Hilfe von jemand anderem brauchte. Es hatte ein wenig gedauert, doch sobald ich das erkannte, fiel mir dieser Zug sehr oft an seinem Verhalten auf.

Da war das eine Mal, als ich ihm beibringen wollte, wie man die Bohrmaschine als Akkuschrauber verwendet. Er hörte nicht auf mich, was natürlich mit einer rund gedrehten Schraube endete, weil er zu schnell gearbeitet hatte. Als ich ihm zeigen wollte, wie man den Bohrer langsamer einstellt, hatte er die Hände in die Luft gerissen und war frustriert davongestürmt. Zuerst hatte ich angenommen, dass er einfach eine kurze Aufmerksamkeitsspanne oder eine niedrige

Frustrationsgrenze hat. Mit der Zeit wurde mir jedoch klar, dass er sich extrem unwohl fühlte, wenn jemand ihm half.

Nachdem er dank Schmerzmitteln die ganze Nacht wie ein Baby geschlafen hatte, fühlte er sich am Morgen schon viel besser. Ich bat ihn, es ruhig angehen zu lassen, war aber nicht überrascht, dass er nicht auf mich hörte. Als ich dabei war, in der Hütte Trockenbauwände aufzustellen, gesellte er sich zu mir.

„Brauchst du Hilfe?", fragte er. Normalerweise hätte ich bejaht, da es zu zweit einfacher war, doch ich wollte nicht, dass seine Naht aufplatzte.

„Nein, aber ich habe dir einen kleinen Hocker gebaut, damit du mir Gesellschaft leisten kannst." Ich zeigte über meine Schulter auf einen einfachen Schemel, den ich am Morgen gefertigt hatte.

Er starrte ihn an, als wäre er nicht von dieser Welt. „Das ist ein Tritthocker."

„Ja." Ich widmete mich wieder der Gipskartonwand und befestigte sie mit weiteren Schnellbauschrauben.

„Den hast du gebaut? Heute Morgen? Ganz allein?"

Ich drehte mich um und griff mir noch eine Handvoll Schrauben. „Klar, ist total einfach. Man muss nur Schlitze in die beiden Seitenteile schneiden, die Mittelstrebe montieren und dann die Bretter für die beiden Stufen hinzufügen. Ich habe ihn nicht abgeschliffen, also pass auf, dass du dir keinen Splitter einziehst. Aber eigentlich sollte nichts passieren, leg dir sicherheitshalber ein Handtuch unter."

Ich drehte noch einige Schrauben ein. Als ich einen Schritt zurück machte, um die nächste Gipskartonplatte zu holen, starrte Cooper den Hocker noch immer an, als könnte er jeden Moment beißen.

„Du musst dich nicht hinsetzen", sagte ich und schnappte mir die nächste Platte von dem Stapel, den ich auf der anderen Seite des Raumes bereitgelegt hatte.

„Nein, es ist nur… das ist der Hammer. Ich kann es nicht fassen, dass du den für mich gemacht hast.“

Ich zuckte mit den Schultern und machte mich wieder an die Arbeit. Einige Minuten später hörte ich, wie er ein Video über den kleinen Hocker machte und davon schwärmte, wie großartig er war. Ich drehte mich wieder zu ihm um. Nachdem er das Telefon eingesteckt hatte, sagte ich: „Ich habe bei der Konstruktion mitgefilmt, damit ich später ein kleines Tutorial daraus machen kann. Das Material ist noch in der Kamera. Ich habe ein größeres Stativ genommen und das andere weggeworfen.“

Auf seinem Gesicht machte sich ein fettes Grinsen breit. „Hat das Stativ dir irgendetwas getan?“

„Hey, wer meinen Freund verletzt, hat sein Recht zu leben verwirkt. Alle anderen Stative da draußen sollen das ruhig wissen. Ich beobachte sie.“

Begleitet vom Klang seines Lachens setzte ich meine Arbeit fort. Ich hörte, wie er im Hauptraum der Hütte ein und aus ging und schließlich drang das vertraute Klackern der Tastatur in mein Ohr. Als ich mich umdrehte, sah ich ihn am Notebook arbeiten, das er mit der Kamera verbunden hatte. Er hatte einen der quadratischen Klapptische von draußen hineingebracht, den er nun als improvisierten Schreibtisch nutzte. Er hatte unsere beiden Wasserflaschen auf den Tisch gestellt und sein Handy mit dem Bluetooth-Lautsprecher verbunden, damit er statt meiner Musik seine eigene abspielen konnte. Das tat er immer, wenn wir gemeinsam hier drinnen arbeiteten.

Wenn es ihn glücklich machte, hatte ich nichts dagegen, vor allem, weil er zu seinen Lieblingsliedern eine kleine Tanzeinlage zum Besten gab. Dieser Teil gefiel mir besonders gut.

Einige Zeit später schien er mit der Videobearbeitung fertig zu sein, denn er begann, albern zu werden.

„Du könntest dir diese Zeitschriften schnappen und nach Einrichtungsideen Ausschau halten", schlug ich vor. „Und falls es im Kühlschrank noch Limonade gibt..."

„Ooooch, hat mein armes Baby nach der vielen harten Arbeit Durst?" Er stand auf und kam auf mich zu.

„Ich bin ganz durchgeschwitzt. Bleib weg, wenn du nicht genauso miefen willst", warnte ich ihn.

Ich bemerkte das Verlangen in Coopers Augen. „Oh, der verschwitzte, muskulöse Bauarbeiter in meiner Nähe macht mich so scharf. Was soll ich bloß dagegen tun?" Er berührte mit dem Zeigefinger die Mitte seiner Unterlippe. Er sah dabei so sexy aus, dass ich den Boden nach einem freien Fleckchen absuchte, wo ich über ihn herfallen konnte.

Er kam näher. „Vielleicht sollte ich deinen armen, geschundenen Körper von diesen verschwitzten Jeans befreien?"

Ich wich einige Schritte zurück. „Du bist verletzt."

Er schüttelte den Kopf. „Es geht mir gut. Wir könnten Dr. Penis fragen, was er dazu sagt."

Ich machte eine Grimasse. „Uh, das war so richtig schlecht."

„Was soll ich sagen? Ich bin verzweifelt."

Cooper ließ sich vor mir auf die Knie fallen und meine Selbstlosigkeit reichte nicht aus, um mich zu wehren. Mein Schwanz in meiner Hose war hart wie ein Stahlrohr und der Anblick von Cooper Heath, der inmitten von Gipskartonstaub und Baumaterial vor mir kniete, war wie eine Szene aus einem eigens für mich gedrehten Porno. Außerdem gab es in der Hütte gerade keine Kameras, die uns filmten.

„Scheiße", keuchte ich, als seine geschickten Finger sich über meinen Reißverschluss hermachten. Kaum hatte er meinen Schwanz herausgeholt, leckte er darüber, als wäre er wirklich so verzweifelt, wie er behauptet hatte. Ich nahm sanft sein Kinn in die Hand und legte die andere auf seinen Kopf. „Oh, scheiße. Coop, verdammt. Ja, genau, genau so ist es gut."

Saugend, leckend und ächzend bearbeitete er meinen Schwanz, bis unser Stöhnen durch den großteils leeren Raum hallte. Mit einer Hand umfasste er meinen Schaft an der Wurzel und die andere machte sich an seiner eigenen Hose zu schaffen. Als ich sah, wie er seinen Schwanz rausholte und zu wichsen anfing, konnte ich mich kaum noch beherrschen.

„Coop", warnte ich ihn. „Coop, fuck." Er nahm mich sogar noch tief in sich auf, bis ich nur noch seine heiße, feuchte Kehle und seinen warmen Atem an meinen Eiern spüren konnte. Als ich tief in ihm kam, ließ ich seinen Kopf los und ballte die Hände zu Fäusten, um mich nicht noch tiefer in seinen Mund zu schieben. „*Nghhh!*"

Cooper ließ mit einer letzten, langen Saugbewegung von mir ab und warf dann mit einem Schrei den Kopf zurück. Sein Sperma spritzte zwischen meinen Arbeitsschuhen auf den Unterboden und ein primitiver Teil in mir freute sich zufrieden, dass wir unser Revier markiert hatten. Mag sein, dass es dämlich war, doch ich fühlte jetzt einen gewissen Besitzanspruch auf die Hütte und mir wurde klar, dass es schwer sein würde, sie nach all dem zurückzulassen.

Cooper lehnte seinen Kopf an meinen Oberschenkel und umschlag meine Wade mit einer Hand, während ich mit den Fingern durch seine Haare fuhr.

„Danke", sagte ich und bückte mich, um ihn sanft hochzuziehen. „Das hättest du nicht tun sollen, aber ich kann nicht sagen, dass ich es nicht genossen hätte. Trotzdem wird es jetzt Zeit für das Mittagessen und ein kleines Schläfchen."

Er drückte sich an mich und schlang seine Arme um mich. „Mm, nur wenn du auch kommst."

Ich küsste ihn einige Minuten lang zärtlich und genoss den salzigen Geschmack. „Ich lege mich kurz zu dir, aber dann will ich diese Wand fertigstellen. Ich will ein Zeitraffer-Video darüber machen."

Wir gingen zurück zum Wohnmobil und listeten auf, welche der Videoclips, die wir die letzten Tage aufgenommen hatten, wir als

Nächstes auf YouTube stellen könnten. Ich ließ Cooper am Tisch Platz nehmen und während ich die Zutaten für die Sandwiches zusammensuchte, läutete sein Telefon. Ich erwartete, dass er für mehr Privatsphäre nach draußen gehen würde, doch offenbar war er noch müder, als ich gedacht hatte, denn er blieb am Tisch sitzen.

„Hallo, Cooper hier. Oh, hallo." Er wirkte mit einem Mal sehr interessiert an der Person am anderen Ende der Leitung. Ich versuchte, nicht zu lauschen, doch da er direkt neben mir war, war das schlichtweg unmöglich. „Schön von dir zu hören… wow, das klingt aufregend… mm-hm… Soll es dafür ein Casting geben, oder…? Ja, klar… Okay… okay… Das klingt spitze. Schick mir alle Infos… Klar, absolut. Klingt gut."

Aus irgendeinem Grund hatte ich nach diesem Anruf eine schlechte Vorahnung. Keine schlechte Vorahnung in Bezug auf Cooper, sondern in Bezug auf mich. Selbstverständlich gönnte ich ihm jede Gelegenheit, seinem Traum zu folgen, aber wenn man ihm eine Rolle anbot, würde er vermutlich zurück nach Los Angeles gehen. Und ich würde ihn vermissen. Schrecklich viel.

„Wer war das?", fragte ich, während ich ihm noch immer den Rücken zukehrte und einige Äpfel in Spalten schnitt.

„Ach, du heilige… das war mein Manager. Er wurde von einem Casting Director kontaktiert, der für Sam Gwan arbeitet. Kennst du Hae Gwan, die Regisseurin von *Red Stone Alpha?*"

Natürlich kannte ich den Film. Es war einer jener Action Filme gewesen, an denen man letzten Sommer einfach nicht vorbeigekommen war. „Nun ja, ich kenne keine Regisseure namentlich, aber ja."

„Also, ihr Sohn Sam ist ebenfalls ein aufstrebender Regisseur, der schon einige Indie-Filme gedreht hat. Einer davon ist ein wirklich cooler Thriller mit einem Schwulen in der Hauptrolle. Im Film ist das keine große Sache, es ist einfach so, dass…. der Ermittler keine Ehefrau, sondern einen Ehemann hat."

„Das ist cool." Ich wusste nicht, was ich sonst sagen sollte. „Dieser Typ will dir also eine Rolle in einem Film anbieten?"

Als ich das Essen auf unseren Tellern angerichtet hatte, stellte ich sie auf den Tisch und setzte mich ihm gegenüber auf die Bank. Unsere Beine fanden sich unter dem Tisch und schoben sich ganz automatisch ineinander. Sobald er in greifbarer Nähe war, schien mein Körper eine physische Verbindung herstellen zu wollen, egal, ob bewusst oder unbewusst.

„Ich vermute es. Das klingt zu gut, um wahr zu sein. Allein für ihn vorsprechen zu dürfen wäre der Wahnsinn. Allein im selben Raum zu sein, verstehst du?"

Ich nickte und biss in mein Sandwich. Cooper verdiente meine Begeisterung und Unterstützung, obwohl ich mir egoistischerweise wünschte, dass das Telefon niemals geläutet hätte. „Erzähl mir alles", sagte ich zwischen zwei Bissen.

Er zuckte mit den Schultern und nahm einen Schluck Wasser. „Ich weiß nicht besonders viel. Es ist irgendein Ärztedrama und ich soll für die Rolle eines Krankenpflegers vorsprechen. Es ist eine Nebenrolle, aber mein Manager meinte, dass ich viel Text hätte."

„Wow, das ist großartig. Wie geht es jetzt weiter? Wollen die,... dass du nach Los Angeles fliegst, oder...?"

Er zuckte mit den Schultern. „Weiß ich noch nicht. Er wird mir eine E-Mail mit den Möglichkeiten schicken. Er meinte, dass sie wissen, woran ich gerade arbeite – denn so haben sie mich überhaupt erst gefunden."

Ich riss den Kopf hoch. „Wirklich? Das ist cool. Du meinst das hier? *Cooped Up With Nine?*"

Er grinste. „Ja. Extrem cool. Das war meine Hoffnung, als ich dem Projekt hier zugestimmt habe, aber ich dachte nie, dass es wirklich passiert, vor allem nicht so schnell. Offenbar ist Sam – der Regisseur – ein riesiger YouTube-Fan. Was irgendwie Sinn ergibt, weil er jung ist. Ich glaube er ist Mitte Zwanzig."

Ich machte mir eine gedankliche Notiz, diesen Kerl im Internet zu recherchieren und herauszufinden, ob er einen guten Ruf hatte. Cooper hatte zwar einige Jahre in Los Angeles gelebt, doch tief in ihm drinnen war er noch immer ein Junge aus einer Kleinstadt in Colorado. Ich wollte keinesfalls, dass er ausgenutzt wurde.

Was dämlich war. Immerhin kannte Cooper Heath das Business viel besser als ich und sorgte seit Jahren für sich selbst und seine Familie. Dennoch. Ich würde mir trotzdem Sorgen um ihn machen.

„Das ist fantastisch, Coop. Ich freue mich wirklich für dich." Ich stürzte mich wieder auf mein Mittagessen und zwang mich, jeden Bissen ausgiebig zu kauen, um nicht zu ersticken, weil ich eigentlich so schnell wie möglich aufessen und verschwinden wollte. Ich musste nachdenken. Ich musste meine Einstellung in den Griff bekommen, damit ich es auch wirklich so meinen konnte, wenn ich ihm sagte, dass ich mich für ihn freute. Das hatte er verdient. Er verdiente meine Unterstützung.

„Danke. Ich muss Jacks anrufen und ihm alles erzählen." Er griff wieder nach seinem Telefon. „Ist es okay, wenn ich ihn anrufe, obwohl wir noch essen?"

„Ja, klar. Ich esse noch fertig und mache mich dann wieder an die Arbeit. Aber du legst dich dann hin, verstanden?"

Er streckte die Hand aus und drückte meinen Unterarm. „Ja, Chef. Aber du hast versprochen, dass du dich mit mir hinlegst."

„Das werde ich, sobald ich noch ein paar Dinge in der Hütte weitergebracht habe."

Er lächelte mich mit strahlenden Augen an. „Okay, gut." Dann tippte er auf das Display, um seinen Bruder anzurufen.

Als er Jacks aufgeregt von dieser Gelegenheit erzählte, bestätigte sich meine Vermutung. Es war eine einmalige Chance für ihn, eine, die sich in all den Jahren, in denen er aktiv seine Schauspielkarriere in Los Angeles vorangetrieben hatte, nie ergeben hatte. Wenn ich ihm irgendwie dabei helfen konnte, diese Rolle zu bekommen, musste ich es tun. Auch wenn es bedeutete, ihn früher aus diesem Projekt gehen zu lassen.

Ich wollte, dass er glücklich war. Egal, ob das ein Leben mit oder ohne mir bedeutete.

Ich steckte mir die Kopfhörer in die Ohren und ging wieder an die Arbeit.

KAPITEL 20
COOPER

Für ein Nickerchen war ich viel zu aufgeregt, ich folgte aber dennoch Nines Vorschlag, ins Bett zu gehen. Anstatt zu schlafen, machte ich mit dem Schnitt des Tritthocker-Videos weiter, bis es bereit für den Upload war. Es lenkte mich davon ab, über den Anruf aus Hollywood nachzudenken.

Irgendwann hörte ich, wie die Wohnmobiltür geöffnet wurde. Dann folgte der Klang von Nines schweren Schritten, also rief ich: „Hey, ich bin mit der Bauanleitung für den Hocker fertig. Aber ich wollte mit dir besprechen, wie man am besten deine eigenen Fans und gleichzeitig unsere *Cooped*-Fans anspricht. Da es deinen alten Video-Tutorials ähnelt, dachte ich…“

Die Tür knallte zu und Nine war verschwunden. Ich starrte die geschlossene Tür an. Es war lediglich Nacho zu sehen, der aus seiner Wasserschüssel trank.

Das sah ihm nicht ähnlich. Entweder hatte er mich nicht gehört, was sein konnte, wenn er die Kopfhörer im Ohr hatte, oder er hatte mich gehört, aber ignoriert. Es musste die erste Option gewesen sein, beschloss ich, doch ich wurde trotzdem nervös.

Ich rief meinen Bruder an, obwohl ich eben erst mit ihm gesprochen hatte, als ich ihm vom Anruf meines Managers erzählt hatte.

„Hey, hast du mich vermisst?“, sagte Jacks lachend.

„Niemals.“ Ich atmete tief durch. „Ähm, ich muss —“

„Oh-oh!“

„Nein, alles gut. Es ist nur…“ Plötzlich, ganz ohne Vorwarnung, verschwamm mein Blick. Ich sah hinüber in den Wohnbereich, um mich zu vergewissern, dass ich wirklich alleine war. „Ich…“ Es fiel mir nicht leicht.

„Es geht um den Kerl.“ Seine Stimme klang verständnisvoll, was nicht half, mein Augenproblem zu lösen.

„Es geht um den Kerl“, antwortete ich kleinlaut.

„Will er nicht, dass du den Job bekommst? Das wäre ein echtes Problem, Coop.“

„Nein, das ist es nicht. Ich weiß es nicht mal. Aber es spielt ohnehin keine Rolle, weil er… ich meine, es ist nicht so… als gäbe es wirklich eine Zukunft für uns beide, zumindest kann ich mir nicht vorstellen, wie das funktionieren sollte…“

„Oh.“

„Ja.“ Nacho hüpfte aufs Bett und legte sich neben mich. Ich streckte eine Hand aus, um sein langes, goldenes Fell zu streicheln. Dann holte ich tief Luft und setzte ein Lächeln auf. „Also ist alles in Ordnung. Versteh mich nicht falsch, wir hatten eine schöne Zeit. Aber mit einem Cowboy im Schlepptau nach Los Angeles zurückzukehren ist nicht gerade —“

„Mach das nicht“, schnauzte Jacks mich an. „Du redest hier mit mir. Erzähl mir keinen Mist.“

Ich atmete aus und ließ mich zurück ins Bett fallen. „Ich hasse es, dass ich ihn will und ich hasse es noch viel mehr, dass ich ihn brauche.“

Jacksons vertrautes Lachen wirkte beruhigend, auch wenn er über mich lachte. „Du brauchst niemanden, nicht wahr? So war es immer und so wird es auch bleiben.“

„Verdammt richtig. Vor allem brauche ich keinen Mann, um glücklich zu sein. Ich habe genug von Moms Online-Persönlichkeitstests gemacht, um das zu wissen."

Wir lachten beide, als könnten wir damit meine Probleme in Luft auflösen.

Jacks wählte seine nächsten Worte mit Bedacht. „Du verdienst es, dass jemand sich um dich kümmert. Kann sein, dass du es nicht brauchst, aber du verdienst es."

„Pff." Ich wusste es besser, als mein Glück von jemand anderem abhängig zu machen. Ich hatte es vorhin zwar im Scherz gesagt, aber es war wirklich so: Ich brauchte niemand anderen für ein schönes Leben. Ich hatte am Beispiel meiner Mutter gesehen, dass Schmerz vorprogrammiert war, wenn man sich auf andere verließ.

„Es sind nicht alle Männer wie unser Dad."

Mein Bruder war ein verdammter Gedankenleser.

„Und woher willst ausgerechnet du das wissen?" Jacks hatte in Beziehungsdingen auch nicht mehr Glück gehabt als ich. Sobald seine gesundheitlichen Probleme angefangen hatten, hatte sein Freund sich aus dem Staub gemacht, weil er angeblich „zu jung und unabhängig für diesen Scheiß" war. Ein weiteres Beispiel dafür, dass man sich nicht auf andere verlassen durfte. Mein Bruder war am Boden zerstört gewesen.

Ich bedauerte meine Worte, nahm sie allerdings nicht zurück.

„Weil es zwanzig Jahren nicht einen einzigen Tag gegeben hat, an dem Marchie Kagen mir nicht zur Seite gestanden und mich auf jede erdenkbare Weise unterstützt hat."

Ich machte eine Handbewegung, als würde ich diesen Einwand wegwischen, obwohl er die Geste nicht sehen konnte. „Das zählt nicht. Marchie ist in dich verliebt. Das weiß jeder."

Am anderen Ende war es still. „Was?"

„Komm schon. Tu nicht so, dass wüsstest du nicht, dass der Mann am liebsten Babys mit dir machen würde. Aber zurück zu mir. Was soll ich machen?"

„Nicht zurück zu dir. Zurück zu mir. Du denkst, dass Marchie in mich verliebt ist? Aber das…" Er zögerte. „Das ergibt keinen Sinn."

Mein Bruder wollte es nicht sehen. „Schön. Dann ist er es nicht. Vermutlich war er auch nicht der erste, der mich angefleht hat, dir Knochenmark zu spenden. Als hätte ich das nicht ohnehin vorgehabt."

„Oh." Er klang erleichtert. „Ja, gut. Er hat sich Sorgen um mich gemacht. Und du hast recht. Er liebt mich. Platonisch. Und jetzt zurück zu Nine. Rede mit ihm. Frag ihn, wie er darüber denkt."

„Ich weiß genau, was er sagen wird. Er wird mich dazu ermutigen, meinem Traum zu folgen. Er wird mir sagen, dass er alles tun wird, um mir dabei zu helfen, meine Ziele zu verwirklichen. Und dann wird er sich nach Wyoming verkrümeln und sich dort zurückziehen, während ich ein großer Star in Los Angeles werde. So würde es zumindest laufen, wenn es nach ihm ginge."

„Er hat doch sicherlich größere Pläne für sein Leben, als bei Walt zu arbeiten? Warum sonst hat er dieses Angebot von Stallion angenommen?"

Deinetwegen, dachte ich. „Meinetwegen. Er wusste, dass ich das hier… als Sprungbrett nutzen will, um entdeckt zu werden." Das klang lahm, aber ich wollte Jacks nicht noch mehr aufbürden, indem ich ihm erzählte, dass Nine es seinetwegen getan hatte. Wegen der Krankenhauskosten. Und ich wusste auch, dass Nine nie zugeben würde, dass das der Grund war, auch wenn ich ziemlich schnell darauf gekommen war. Er war kein besonders guter Lügner.

„Hach, wie süß."

Ich kraulte Nachos seidiges Ohr und seufzte. „Ja, so ist er. Er ist der Süßeste."

„Dann rede mit ihm. Sag ihm, dass du ihn magst."

Nacho stellte die Ohren auf. „Das habe ich. Er weiß es."

Wieder hörte ich an seinem Tonfall, dass er lächelte. „Es freut mich, das zu hören, Brüderchen. Jeder ist besser als Lee Chambers."

Ich dachte an den Mann, den ich damals, als ich wieder nach Colorado gezogen war, ohne zu zögern in Los Angeles zurückgelassen hatte. „Lee und ich waren nie zusammen gewesen. Nicht wirklich."

„Aber nicht, weil du es nicht versucht hättet", sagte Jacks spöttisch.

„Hör mal, können wir bitte nicht über Lee sprechen?"

Die Tür des Wohnmobils öffnete sich und Nine stapfte herein.

Mein Bruder ignorierte mich. „Ich glaube, Lee ist einer der Gründe, weshalb du diesem Kerl keine richtige Chance gibst. Es ist relevant."

Ich ließ den großen Kerl nicht aus den Augen, als er am Eingang des Wohnmobils die Arbeitsschuhe abstreifte und seine Hände in der Spüle wusch. Aus irgendeinem Grund schlug mein Herz wie verrückt. War er wegen der Sache mit Los Angeles sauer auf mich?

Doch dann drehte er sich um, um nach mir zu sehen und ich bemerkte die Sorge in seinem Blick. Als er sah, dass ich wach war, hellte sich seine Miene auf und er setzte ein Grinsen auf, sodass sich seine weißen Zähne im braunen Bart zeigten. „Hey Baby, alles in Ordnung bei dir?"

Ich konnte nicht atmen. Ich konnte meinen Blick nicht von ihm abwenden. Mein ganzer Körper fühlte sich sonderbar leicht, als wäre eine Last von mir abgefallen. Er war nicht böse auf mich, Halleluja.

„Jacks, ich muss los." Seltsam, wie atemlos meine Stimme klang.

„Okay, aber denk darüber nach, was ich gesagt habe. Du verdienst alles, Coop. Es muss nicht entweder der Job oder der Kerl sein. Du kannst auch beides haben."

Ich beendete das Gespräch und legte das Telefon auf den winzigen Nachttisch, wobei ich Nine nicht aus den Augen ließ. Als er sich dem Schlafzimmer näherte, zog er den Kopf ein. „Ich hüpfe schnell unter die Dusche, um den Schweiß und den Gipsstaub abzuwaschen. Brauchst du etwas? Eiswasser? Schmerzmittel?"

Ich schüttelte den Kopf und streckte die Arme nach ihm aus. Er runzelte die Stirn, kam dann aber ins Zimmer. „Was ist?", fragte er. Er zog eine meiner Hände an seinen Mund und küsste sie, bevor er sich vorbeugte, um mir einen Kuss auf die Stirn zu geben.

„Nichts", sagte ich. „Ich wollte dich nur spüren. Ab in die Dusche."

Wieder runzelte er die Stirn, doch ich setzte ein Lächeln auf. „Bist du sicher?"

Ich nickte und biss die Zähne zusammen. „Klar."

Er sah mich skeptisch an, drehte sich dann aber um und zog das bisschen Kleidung aus, das er noch anhatte. Um diese Tageszeit trug er meistens nur noch Jeans und Schuhe, daher hatte ich, als er das Zimmer verließ, einen Hammerausblick auf seine verschwitzten Rückenmuskeln.

Sobald ich sicher sein könnte, dass er im winzigen Badezimmer war und das Wasser lief, schloss ich die Augen und redete mir selbst ins Gewissen.

Genau das. Genau das vermied ich wie die Pest. Mein Glück an eine andere Person zu binden ist ein verdammtes Desaster. Ich hatte jahrelang zugesehen, wie mein Bruder Marchies Gefühle nicht erwiderte und Marchie still litt. Dann hatte ich Lee getroffen und herausgefunden, wie es sich anfühlte, in Marchies Schuhen zu stecken. Gefühle für jemanden zu haben, mit dem man nicht zusammen sein konnte, war, als stünde man in der Schlange am Space Mountain in Disneyland und gerade, wenn man als Nächster dran war, hielten sie alles an, um eine VIP-Gruppe vorzulassen. Und kaum waren die VIPs eingestiegen, wurde die Attraktion komplett geschlossen.

Für immer.

Ich lachte in dem kleinen Schlafzimmer laut auf, sodass Nacho aus seinem tiefen Schlaf aufschreckte. Ich erkannte mich nicht wieder. Ich war niemand, der jemanden anschmachtete. Und ganz sicher schmachtete ich niemanden an, mit dem ich nicht wirklich zusammen war. Das hier war nur temporär. Nach *Cooped Up With Nine* würden wir wieder getrennte Wege gehen. Nine würde hoffentlich mit einem großartigen, neuen Stallion-Vertrag in der Tasche nach Hause zurückkehren, sodass er seinen Vlog finanzieren konnte, und ich würde Jacks helfen und danach zurück nach Los Angeles gehen, um meine Schauspielkarriere zu starten.

Alles lief gut. Besser gesagt: Es lief fantastisch. Und bis es so weit war, bekam ich heißen Sex mit einem noch heißeren Traummann von Holzfäller. Perfekt.

Die Badezimmertür ging auf und Nine, der lediglich ein winziges Handtuch um die Hüfte geschlungen hatte, trat heraus.

Wie ich schon sagte: Perfekt.

Schluss mit Nachgrübeln. Einfach nur Sex. Sobald ich wieder in Los Angeles war, würde ich jemanden suchen, der mir ähnlicher war. Jemand, der…

Ich schluckte. Jede Eigenschaft, die ich mir bei einem Partner wünschte, hatte ich direkt vor meiner Nase, und zwar in Gestalt dieses großen Kerls, der am Fußende des Bettes stand. Und wenn ich in Los Angeles jemanden finden würde, hieße das vermutlich, dass auch er jemanden in Wheatland finden würde. Bei diesem Gedanken hätte ich am liebsten eine Axt gegen einen Baum geworfen, so wie Isaac es mir mal an einem Nachmittag gezeigt hatte.

„Du starrst mich an", sagte er und zog eine Augenbraue hoch. „Was ist los? War das am Telefon wieder dein Bruder?"

Ich schlug die Decke zurück und schälte mich aus meiner Unterhose, wobei ich darauf achtete, den großen, sauberen Verband über meiner Naht nicht zu zerstören.

„Fick mich."

Nine riss gespielt übertrieben die Augen auf und fasste sich mit einem lauten Seufzen an die Brust. „Was? Kein Vorspiel? Keine Verführung?"

Als ich mich umdrehte und nach dem Gleitmittel auf seinem Nachttisch griff, spürte ich seine riesige, schwielige Hand, die meinen Arsch packte. Ehe ich mich wieder umdrehen konnte, wurden daraus zwei Hände und plötzlich kitzelte sein Bart die Ritze zwischen meinen Pobacken. „Verdammte Scheiße."

Isaac Winshed ging ordentlich zur Sache.

Seine heiße Zunge neckte mich sanft, während seine Hände fest zupackten. Ich hatte mir das wunderbar raue Gefühl seines Bartes dort schon oft ausgemalt, aber nicht in einer Million Jahren hätte ich gedacht, dass Isaac mir gerne den Arsch lecken würde.

„Scheiße", wiederholte ich und sog verzweifelt die Luft ein. „Nicht aufhören."

Ich griff nach hinten und fuhr mit meinen Fingern durch sein dichtes Haar. Kaum hatte seine geschickte Zunge die empfindliche Haut rund um mein Arschloch erreicht, stieß ich ein peinliches Wimmern aus. „Oh Gott, scheiße."

Ich spürte sein Lachen an meiner Haut. „Dein Lieblingswort."

„Hör auf zu reden", bettelte ich. „*Scheiße.*"

Mehr Gelächter. Er hatte kein einziges Mal gezögert, Sex mit einem Mann zu haben. Klar, manchmal war er unsicher gewesen, aber nichts von dem, was wir im Bett machten, hatte ihn jemals abgeschreckt. Aber hiermit schoss er den Vogel ab. Und natürlich war er ein Meister darin. Sein Bart war aber beinahe ein wenig wie Mogeln. Bonuspunkte und so.

„Mmpfhhhh." Ich biss in das Kissen, um den Hund nicht zu erschrecken.

Als er von mir abließ, streifte die kühle Luft über meine zarte Haut. „Auf die Knie, Baby. Ich will es schnell und hart."

Wer war dieser Kerl? Am Tag war er ruhig und fügsam, aber im Bett entdeckte er plötzlich ein neues Selbstbewusstsein und genoss es, die Zügel in die Hand zu nehmen.

Ich beeilte mich, ihm zu gehorchen und begab mich hastig auf alle viere, während er sich ein Kondom schnappte und den Verschluss des Gleitmittels aufklappte. Einen kurzen Moment später drang er in mich ein, die Hände an meine Hüften gelegt. Jetzt war er derjenige, der wieder und wieder dasselbe Wort ausstieß.

„Scheiße, ohhh scheiße, *scheiße*."

Ich wollte lachen, war aber zu beschäftigt damit, lautstark nach mehr zu betteln.

KAPITEL 21
NINE

Obwohl der Sex mit Cooper noch immer fantastisch war – der absolute Wahnsinn –, war irgendetwas anders. Ich konnte es nicht genau beschreiben, aber der Anruf seines Managers hatte die Dinge zwischen uns verändert. Es war, als wäre ein Teil von Cooper nicht länger hier bei mir. Was verständlich war, immerhin baumelte jetzt diese traumhafte Gelegenheit wie eine riesige Karotte vor seinen Augen.

All das rief mir deutlich in Erinnerung, dass das hier nicht real war. Er gehörte nicht mir und wir lebten nicht *meinen* Traum. Bisher hatte ich nie wirklich gewusst, wie ich mir mein Leben vorstellte, aber jetzt hatte ich eine Vorstellung davon: Genau so. Er, wir, das Renovierungsprojekt mit den DIY-Tutorials, die ich für andere machen darf. Nachmittagssonne, die durch die Bäume fällt, während ich mit meiner Drohne Landschaftsaufnahmen für die Videos mache. Nacho, der im Unterholz Tiere aufscheucht und dann freudig mit einem Stöckchen im Maul zurückkommt. Aufzublicken und Cooper zuzusehen, wie er lachend den Kopf in den Nacken wirft, weil er in einer der Zeitschriften aus der Nickeria einen weiteren Deko-Tipp für Hinterwäldler entdeckt hat.

Ich lebte meinen Traum, hier und jetzt, aber er würde nicht mehr lange andauern. Zwangsläufig veränderte das auch *mich*. Mir war gar nicht bewusst gewesen, dass ich mich zurückzog, bis Cooper mich darauf ansprach. Es hatte damit begonnen, dass ich tief in den Wald spaziert war, um Äste für eine Holzvertäfelung zu sammeln, die ich ausprobieren wollte. Genug Äste mit der nötigen Länge und Breite zu finden hatte länger gedauert als erwartet, doch gerade als ich fertig war, hörte ich hinter mir ein Knacken im Gehölz. Als ich mich umdrehte, sah ich Cooper, der fuchsteufelswild auf mich zustürmte.

„Ich habe mich nur einmal umgedreht und du warst verschwunden!"

Ich sah ihn entgeistert an. „Ich bin bloß in den Wald gegangen, um Äste zu sammeln."

Er sah sich wütend um. „Du warst zwei Stunden fort! Ich habe eine halbe Stunde gebraucht, um dich zu finden. Ich dachte du bist weg. Ich dachte, du bist gegangen und… dir ist irgendetwas passiert."

Dass ich meine Spaziergänge ankündigen musste, war neu für mich. Obwohl ich seine Aufregung überzogen fand, wollte ich ihn ein wenig beruhigen. „Es… tut mir leid?"

Er fuchtelte mit den Armen. „Man geht nicht einfach, ohne Bescheid zu sagen, verdammt. Es gibt hier Bären. Und Schlangen. Es gibt Schluchten und… Felsen. *Scheiße*, du hättest mir zumindest eine Nachricht schicken oder dein Telefon mitnehmen können."

Ich holte mein Telefon aus der Tasche und hielt es hoch. „Vielleicht gibt es hier keinen Empfang."

Er hatte die Hände an seinen Seiten zu Fäusten geballt und die Sehnen an seinem Hals traten hervor. Sein Haar stand ab, als wäre mit den Fingern durchgefahren. „Du bist so ein verdammter Mann!", schrie er, bevor er sich umdrehte und mich stehen ließ.

Ich fasste es nicht als Kompliment auf.

Abrupt drehte er sich wieder um. Offenbar war er noch nicht fertig.

„Und noch etwas. Vielleicht, nur vielleicht, könntest du einfach mit mir reden, wenn du sauer bist! Sei kein Arsch, der ohne einen Mucks zu sagen in den verdammten Wald abhaut, weil er eingeschnappt ist."

Ich sah ihn verwirrt an. Ich war wirklich nur in den Wald gegangen, um Äste für die Holzvertäfelung zu suchen.

Cooper warf die Hände in die Luft. „Willst du gar nichts dazu sagen?"

„Es… tut mir leid?"

Er marschierte zwischen zwei Setzlingen auf und ab. „Bei unserem ersten Zusammentreffen dachte ich, dass du schüchtern bist oder einfach kein großer Redner, aber dann sind wir hierhergekommen. In meiner Gegenwart bist du nicht schüchtern. Du sprichst mit mir. Du lässt mich an deinen Gedanken und Gefühlen teilhaben. Aber jetzt… seit dem Anruf meines Managers bist du wieder der Typ, der höchstens mit einem Grummeln kommuniziert."

Ich grummelte, um Einspruch zu erheben.

„Siehst du?" Er griff sich ins Haar. „Siehst du, was ich meine? Das. Es kommt nur ein Grummeln von dir, wenn du deine wahren Gefühle zurückhältst. Sag mir doch einfach, was du denkst, verflucht! Ich hasse das. Ich hasse es, nicht zu wissen, was du denkst."

Ich starrte ihn an und wusste nicht, welche Antwort er erwartete.

„*Scheiße*", schrie er. Dann drehte er sich um und stürmte davon.

Ich sah ihm nach und fragte mich, was gerade passiert war. Er schien übertrieben wütend zu sein, dass ich in den Wald gegangen war. Zugegeben, ich konnte seinen Standpunkt nachvollziehen. Ich hätte ihm sagen können, dass ich so lange weg sein werde. Andererseits hatte ich nicht gewusst, dass es so lange dauern würde, bis ich alles gefunden hatte. Außerdem war ich nicht weit fortgegangen. Vermutlich hätte ich ihn sogar gehört, wenn er einfach nach mir gerufen hätte.

Aber all dieses Gerede danach, darüber, dass ich kommunikativ wäre? Ich hatte noch nie viel geredet. Vor allem, weil ich das Gefühl hatte, dass die Leute nicht noch eine weitere Meinung zu irgendeinem Thema brauchen. In meiner Familie gab es so viele Plappermäuler, dass wir die ganze Weltbevölkerung bis ans Ende der Zeit unterhalten könnten. Warum sollte ich also reden, nur um des Redens willen?

Nacho war Cooper nachgelaufen, also trottete ich ihnen mit dem Stapel Ästen in den Armen nach, bis ich sie neben der Hütte abladen konnte. Als ich die Treppe zum Wohnmobil hochging, riss mich ein himmlischer Duft aus meinen Gedanken.

„Was kochst du? Es riecht fantastisch."

Cooper stand vor dem offenen Kühlschrank und wirkte, als würde er intensiv etwas darin suchen, obwohl der Kühlschrank so klein war, dass man sofort alles fand.

„Chicken Tikka Masala", murmelte er.

„Was ist das? Noch nie gehört."

Er sah mich noch immer nicht an. „Ich weiß, deshalb habe ich es gekocht. Das ist ein indisches Gericht."

Obwohl ich mit einer Zurückweisung rechnete, ging ich zu ihm. Ich schloss die Kühlschranktür, drehte ihn um, bis er mich ansah, und umarmte ihn. „Es tut mir leid. Ich wusste nicht, dass ich so lange weg sein würde und ganz sicher wollte ich nicht, dass du dir Sorgen machst."

„Ich habe mir keine Sorgen gemacht", sagte Cooper spöttisch.

Ich unterdrückte ein Lächeln. „Okay. Ich hatte nicht vermutetet, dass du sauer sein könntest." Ich küsste ihn auf den Scheitel und freute mich insgeheim darüber, dass er sich an meinem Hals vergrub, wie er es offenbar gerne tat. „Und es tut mir leid, wenn ich zu viel grummle. Ich bin es nicht gewohnt, dass es für die Leute einen Unterschied macht, ob ich viel rede oder nicht. Ich werde versuchen, mich zu bessern."

„Hmpf. Du riechst nach Erde." Seine Stimme wurde von meiner Haut gedämpft. Ganz offensichtlich störte es ihn nicht.

„Soll ich duschen gehen?"

Er antwortete nicht sofort und plötzlich merkte ich, dass er leicht zitterte. Hatte ihn mein Verschwinden wirklich so aufgewühlt? Der Truck stand noch immer draußen, also musste er gewusst haben, wo ich hingegangen war.

„Die wollen, dass ich nach Los Angeles komme", platzte es aus ihm heraus. Er umarmte mich fester, sodass ich mich nicht zurücklehnen konnte, um ihm in die Augen zu sehen.

„Das ist großartig!" War es wirklich. Auch wenn es das Ende meiner kleinen Traumwelt bedeutete, freute ich mich riesig für ihn.

„Nur für das Casting. Ich habe ihnen gesagt, dass ich frühestens Ende Juli hier weg kann."

Ich umfasste seine Oberarme und drückte ihn weg, damit ich ihm in die Augen sehen konnte. „Du kannst wirklich gehen. Du bist mir nichts schuldig."

Sein Blick schweifte umher, wich meinem jedoch aus. „Schon möglich, aber ich habe einen Vertrag mit Stallion unterschrieben."

Oh. Er blieb nicht aus Loyalität zu mir hier. Er blieb, weil er vertraglich dazu verpflichtet war. Okay.

Ich biss die Zähne zusammen und versuchte krampfhaft, mir seine Erklärung zu Method Acting ins Gedächtnis zu rufen. Ich würde mich mit aller Kraft in die Rolle des unterstützenden Freundes einfühlen.

„Wir könnten den Vertrag gemeinsam durchgehen und nachsehen, ob wir ein Schlupfloch finden", schlug ich vor.

Er sah mich noch immer nicht an. Vielleicht waren der Boden oder seine nackten Füße interessanter. „Nein, schon gut. Wahrscheinlich bekomme ich die Rolle ohnehin nicht. Aber sie wollen, dass ich so bald wie möglich zum Casting komme. Ich habe ihnen gesagt, dass ich mit dir den besten Zeitpunkt besprechen werde, wann ich ein paar Tage abwesend sein kann."

„Du wirst die Rolle bekommen", sagte ich und setzte mein breitestes Lächeln auf. Ich wollte die Aussage mit einem Kuss untermauern, war mir aber nicht sicher, ob das noch immer angebracht war. Ich war nie besonders gut darin gewesen, die Dynamiken einer Beziehung zu verstehen, doch mit Cooper war es einfach gewesen. Das hier fühlte sich allerdings wieder wie Neuland an. „Wann willst du los? Meine Mom sagt immer, man soll das Eisen schmieden, solange es heiß ist. Du könntest morgen fahren und ich verlege in der Zwischenzeit den Parkettboden."

Endlich sah er zu mir hoch. „Das wollten wir gemeinsam machen."

„Das ist ein Knochenjob. Ich hätte Angst, dass deine Naht aufplatzt. Außerdem… dich auf allen vieren vor mir zu sehen würde bedeuten, dass ich für die Arbeit zehn Mal so lange brauche." Ich zwinkerte ihm zu, woraufhin er sich endlich etwas zu entspannen schien.

Er lächelte. „Na schön. Bist du sicher?"

Ich nickte und lächelte weiter. Ich bin ein unterstützender Freund. *Ich bin ein unterstützender Freund.*

„Du kannst mit dem Truck nach Denver fahren."

„Was, wenn du irgendwo hinfahren willst?"

Ich machte eine ausladende Geste mit der Hand. „Das wird nicht notwendig sein, aber für den Fall der Fälle habe ich dieses Riesenbaby hier."

„Du bist ein guter Kerl, Isaac." Cooper legte die Arme um meinen Nacken und zog mich zu sich, um mich zu küssen.

Schwein gehabt.

Ich verlor mich einige Minuten in unserem Kuss und streichelte ihn unter seinem Shirt, um die Wärme seines Rückens und der Haut direkt über seinem Hintern zu spüren. Vorsichtig hob ich ihn hoch und wollte ihn ins Schlafzimmer tragen, als er sich mir entzog.

„Mm, nein. Abendessen. Es ist schon fertig. Dann das Vergnügen."

Ich seufzte und setzte ihn ab, während ich ihn noch einmal lange und innig küsste. Als ich ihn endlich gehen ließ, sah er mich einen

Moment lang verklärt an. Doch dann schickte er mich unter die Dusche, während er alles vorbereitete. Beim Duschen fielen mir seine Worte wieder ein.

Du bist ein guter Kerl.

Das hatte ich so oft gehört. Ich war der Zuverlässige. Der Aufopferungsvolle. Der Kerl, der alles stehen und liegen ließ, wenn das Auto nicht ansprang oder wenn man beim Umzug schwere Möbel transportieren musste. Auch Cooper hatte mich schon einige Male so genannt und es war… ein zweifelhaftes Kompliment.

Manchmal kam es mir vor, als wäre ich nichts weiter als ein „guter Kerl". Ich war nicht witzig oder interessant, weder kreativ noch talentiert. Ich war einfach nur zuverlässig. Ich kümmerte mich um andere, aber kein Mensch brauchte mich wirklich. Sie brauchten einfach *irgendjemanden.*

Der Wasserstrahl auf meinem Körper war viel zu schwach. Ich wünschte, das Wohnmobil hätte einen besseren Wasserdruck, doch vermutlich war das nur ein weiterer Anreiz, endlich die Dusche in der Hütte zu installieren. Vielleicht während Coopers Abwesenheit. Dann würde ihn bei seiner Rückkehr ein königliches Badezimmer mit verschiedenen Düsen und grenzenlos warmem Wasser erwarten.

Ich trocknete mich schnell ab und zog mir eine Jogginghose an. Das T-Shirt streifte ich mir auf dem Weg zum Tisch über. Bevor ich mich setzte, beugte ich mich vor und küsste ihn auf den Scheitel. „So etwas Leckeres habe ich schon sehr lange nicht mehr gerochen."

Als wir zu essen begannen, zwang ich mich zur Ruhe. Noch verließ er mich nicht, und wenn es so weit war, würden es nur ein paar Tage sein. Kein Problem. Ich hatte ohnehin zu tun, jede Menge sogar. Wenn ich konzentriert und schnell arbeitete, könnte ich die Fertigstellung vielleicht beschleunigen, falls die Leute aus Los Angeles ihn schon früher brauchen.

„Du bist verdächtig ruhig", sagte er nach einer Weile.

Ach, stimmt. Die Sache mit dem Reden. Ich hatte ja versprochen, mich zu bemühen. „Hmpf. Ich überlege nur, woran ich als Nächstes arbeiten soll. Ich glaube, morgen werden die Armaturen für das Badezimmer und die Fenster und Türen geliefert. Das wird mich auf Trab halten, wenn ich mit dem Boden fertig bin."

Ich nahm mir noch eine Portion Hähnchen und Reis. „Das schmeckt fantastisch. Du musst mir das Rezept verraten, damit ich es mir auch mal kochen kann."

„Das kann ich für dich machen." Er klang genervt und defensiv.

„Okay."

„Es ist ja nicht so, als würde ich nach Los Angeles ziehen. Meine Familie lebt hier."

Ich sah zu ihm hoch. Eindeutig, er war genervt. Ich hielt den Mund.

„Und mein Bruder braucht diesen Eingriff."

Ich aß weiter.

„Und außerdem werde ich die Rolle ohnehin nicht bekommen, und selbst wenn, bin ich nicht sicher, dass ich sie will."

Jetzt konnte ich ihn nicht länger ignorieren. „Natürlich willst du sie."

Er atmete lautstark aus, schob seinen Teller zur Seite und legte seinen Kopf in einer dramatischen Geste auf seine Arme.

Ich nahm einen Schluck Wasser.

„Ja, will ich", murmelte er in den Tisch.

„Du wirst das großartig machen. Eins nach dem anderen, hm?"

Er hob den Kopf und funkelte mich an. „Hör auf, so rational zu denken."

Ich griff nach seiner Hand. „Hey, ich habe mir gedacht, dass wir heute Abend gemeinsam ein paar Einrichtungsideen recherchieren könnten.

Wenn wir etwas finden, das uns gefällt, könntest du es in Los Angeles kaufen."

Coopers Gesicht hellte sich auf. „Tolle Idee. Ich kann alles besorgen, was wir brauchen und was ich nicht tragen kann, lasse ich hierher liefern."

„Genau. Und falls wir heute nichts finden, kannst du dort zumindest ein paar vernünftige Bücher und Magazine für Inneneinrichtung besorgen."

Er stand auf und begann, den Tisch abzuräumen. „Okay. Du fütterst Nacho und ich hole das Notebook."

Ich löste ihn ab, denn so hatten wir es vereinbart. Wenn er kochte, räumte ich danach auf und umgekehrt. Heute ließ ich mir mit dem Abwasch allerdings Zeit und versuchte, in die richtige Stimmung zu kommen, um meinen letzten Abend mit ihm zu genießen, bevor sich alles ändern würde. Denn selbst wenn er diese Rolle nicht bekam, würde er eine andere bekommen. Dass sich schon so kurz nach Beginn unseres Projekts eine derartige Gelegenheit ergab, machte deutlich, dass das für ihn lediglich der Anfang war.

Als ich endlich mit dem letzten Teller fertig war und ins Badezimmer ging, war er längst am Tippen.

„Sie haben mir einen Flug für morgen Nachmittag gebucht, also bin ich rechtzeitig dort, um meinen Manager zum Abendessen zu treffen. Ich nehme an, dass das Casting übermorgen am Vormittag sein wird. Aber ich werde erst am Tag darauf wieder zurückfliegen – für den Fall, dass es eine zweite Runde gibt."

Ich kroch ins Bett und schob Nacho von meinem Platz neben Cooper. „Das ging schnell. Die arbeiten also noch."

Cooper sah nicht hoch. „Dort ist es eine Stunde früher, schon vergessen?"

Stimmt. Daran hatte ich nicht gedacht. Ich hätte es wissen müssen, aber es gab nicht wirklich einen Anlass für mich, mit jemandem aus Kalifornien zu sprechen. Vielleicht würde sich das ändern.

Ich kraulte Nachos Fell, während ich darauf wartete, dass Cooper seine Reiseplanung beendete. Als er schließlich die Website mit der Pinnwand öffnete, beugte ich mich zu ihm, um besser sehen zu können.

Er klickte auf einige Ordner, als würde er etwas Bestimmtes suchen. „Das hier habe ich vorhin entdeckt. Das ist eine wirklich coole Mischung aus bunten Elementen – zum Beispiel diesen Perserteppichen – und reduzierten, modernen Elementen, wie diesem Sofa. Bevor du jetzt sagst, dass du schlichte, moderne Sachen verabscheust, was ich bereits weiß, sieh dir bitte diese Fotos an…" Er zeigte auf einige Fotos, in denen man moderne Elemente mit bunten, gemütlichen Accessoires wie Kissen und Bildern kombiniert hatte. Ich war kein Profi in Sachen Einrichtung, aber es sah wirklich hübsch aus.

„Ja, gefällt mir gut. Ungewöhnlich, aber cool. Weißt du, was ich meine?" Vermutlich klang ich wie ein Idiot.

Cooper klickte noch auf einige weitere Beispiele, die diesen Stilmix zeigten, um mir ein ganz genaues Bild davon zu geben, wie er sich den Wohnbereich der Hütte vorstellte. „Was ist mit dem Schlafzimmer?"

„Also, ich habe mich gefragt, ob du einen Rahmen für ein großes Kingsize-Bett bauen könntest – passend zu der Holzverkleidung, die du aus den Ästen machen wolltest. Sieh mal… auf diesem Foto haben sie ein rustikales Bettgestell mit moderner Bettwäsche kombiniert. Also quasi das Gegenteil von dem, was wir im Wohnzimmer vorhaben."

Ich sah zu ihm hinüber. Er strahlte vor Begeisterung. So gefiel er mir am allerbesten, obwohl er immer wunderschön war. Ich strich mit meinen Fingern durch sein welliges Haar. „Du kannst das besser, als du vermutet hast. Du bist wohl *wirklich* schwul."

Er stieß mich mit dem Ellbogen an und lachte. „Kann sein. Oder vielleicht haben die Jahre in Los Angeles einfach mehr abgefärbt, als ich dachte."

Ich hob das Notebook von der Bettdecke und legte es auf den kleinen Nachttisch an meiner Seite. Dann rollte ich mich auf ihn und drückte ihn in die Kissen. „Zu schade. Ich dachte schon, dass es mit einer Hütte enden wird, die Duck Dynasty alle Ehre macht."

Cooper ließ seine Hände von meiner Taille nach hinten zu meinem Rücken wandern und packte durch die Decke hindurch meinen Arsch. „Tja, dank Normans Nicki und ihrem hippen Zeitschriftensortiment weiß ich jetzt, wie man ein Weinregal aus einer Hirschgeweih-Trophäe baut. Oder eine Flurgarderobe aus einem Elchgeweih. Oder ein Schuhregal aus —"

Ich küsste ihn, bevor er ausreden konnte. Danach verbrachte ich die ganze Nacht damit, sicherzustellen, dass er mich in Los Angeles nicht so schnell vergessen würde. Der spätnächtliche Sex hatte mich offenbar mehr erschöpft als erwartet, denn anstatt wie gewöhnlich früh aufzustehen und die Kaffeemaschine anzuwerfen, verschlief ich nicht nur Coopers Wecker, sondern auch seine Dusche und seine Abreise.

Als Nachos Winseln mich schließlich weckte, holperte mein Truck gerade von der Lichtung. Mit einem Mal war ich plötzlich wieder allein mit meinen DIY-Projekten, meiner Kamera und meinem Hund.

Genau so war es früher gewesen und vermutlich würde es auch immer so bleiben.

KAPITEL 22
COOPER

Ich hatte ein schlechtes Gewissen, dass ich mich so sehr auf meine Reise freute. Ich hatte Nine keinesfalls zurücklassen wollen und wenn es eine Möglichkeit gegeben hätte, ihn mitzunehmen, wäre es perfekt gewesen. Ich konnte allerdings nicht leugnen, dass mir beim Gedanken an den Griechischen Salat bei Vectors das Wasser im Mund zusammenlief oder dass ich unglaublich erleichtert war, so kurzfristig bei Kyle einen Termin für einen Haarschnitt bekommen zu haben.

Zurück in die Zivilisation. Zurück zu Ampeln und Nachtleben. Im Taxi zum Hotel fragte ich mich, ob meine alten Freunde Lust haben würden, in einen Club oder einfach nur auf einen Drink zu gehen und zu plaudern. Seit meiner Entscheidung, so lange wieder zuhause leben, bis wir wussten, was Jacks fehlte, waren mehrere Monate vergangen.

In all dieser Zeit hatte ich jedoch niemanden besonders vermisst. Ich hatte ab und zu mit einigen Leuten geschrieben, vor allem mit Evie und Van, meinen ehemaligen Mitbewohnern, oder Jarrod, meinem engsten Freund aus der Bar, in der ich gearbeitet hatte. Jetzt schrieb ich zuerst Evie, die sofort antwortete, sie werde einige Leute zusammentrommeln und mich später für Drinks in der Low Bar treffen. Dann schrieb ich Jarrod und fragte, ob er davor noch den Text mit mir durchgehen wollte.

Ich lehnte mich im Rücksitz zurück und versuchte, Freude aufkommen zu lassen. Ein schöner Besuch im Friseursalon, gefolgt von einem Abendessen mit meinem Agenten, um über das Projekt zu sprechen, danach ein fröhliches Wiedersehen mit meinen Freunden und schließlich eine Runde Schlaf vor dem Casting.

Warum war meine Freude nicht größer?

Als ich im Friseursalon ankam, seufzte ich erleichtert auf und genoss jede Sekunde, die ich von Kyle verwöhnt wurde. Als ich ihm von meinem Casting am folgenden Tag erzählte, steckte er mir eine halb-volle Tube Styling Creme zu, damit ich gewappnet war. Ich verließ den Salon mit einer leichteren Brieftasche, fühlte mich aber deutlich besser. Endlich war ich den rauchigen, holzigen Geruch los und konnte meine Lieblingsklamotten anziehen, die ich schon seit Ewig-keiten nicht mehr getragen hatte.

Zurück im Hotel konnte ich nicht anders, als Nine zu schreiben. Ich machte ein Selfie und schickte es ihm.

Cooper: *Hey, neue Friseur, erkennst du mich noch?*

Nine: *Wow. Sexy. Oder wie meine Schwester Jessie sagen würde: sexy AF. Ich weiß aber nicht, wofür AF steht.*

Cooper: *As fuck.*

Nine: *Oh, okay.*

Auf dem Display tauchte ein Foto von ihm auf. Ohne Shirt, braun gebrannt und verschwitzt – beinahe hätte ich vergessen zu atmen. Um die Hüfte hatte er ein kariertes Flanellhemd geschlungen und seine Jeans klebten wie eine zweite Haut an seinen muskulösen Ober-schenkeln. Er musste das Handy auf das Stativ gesteckt haben und dann ein paar Schritte zurückgemacht haben, um das Ganzkörperfoto aufzunehmen. Er stand vor der Hütte und das durch die Bäume gefil-terte Sonnenlicht warf Streifen auf die Veranda und auf Nacho, der tief und fest auf den Verandastufen schlief. Ich konnte regelrecht vor mir sehen, wie Nine jedes Mal, wenn er in die Hütte ging, vorsichtig über den Hund stieg, um ihn nicht zu wecken.

Auf dem Foto war alles, was ich vermisste: Nine, Nacho und diese Bruchbude, die dank Nines harter Arbeit langsam vielversprechend aussah. Ich strich mit dem Finger über das Abbild des Mannes, der mein Herz so wild zum Klopfen brachte, als wollte das verdammte Ding aus meinem Brustkorb und in Isaacs Foto hineinspringen.

Cooper: *Ich vermisse dich.*

Nine: *Du hast keine Ahnung, was Vermissen bedeutet. Ich muss in einem Bett schlafen, das nach dir riecht. Ich meide schon den ganzen Tag das Wohnmobil.*

Oh Mann, manchmal traf dieser Mann mit seinen Worten mitten in mein Herz.

Meine Finger flogen über die Tasten, doch bevor mir eine Antwort einfiel, erschien eine Nachricht meines Agenten mit dem Hinweis, dass er in der Lobby auf mich wartete. Als ich einen Blick auf die Uhr warf, wurde mir klar, dass er vermutlich schon seit einigen Minuten wartete. Schnell machte ich mich fertig und eilte nach unten.

Mitch Keyes war Ende fünfzig. Er hatte dichtes, schneeweißes Haar und trug eine Brille mit dunkler Fassung. Ich hatte ihn schon länger nicht persönlich gesehen, aber er sah noch immer aus wie früher „Hi, Mitch", ich streckte ihm meine Hand entgegen. „Danke, dass du Zeit für mich hast. Ich hoffe, Diana nimmt es mir nicht übel, dass ich dich heute in Beschlag nehme."

Er lächelte und klopfte mir auf die Schulter, nachdem er mir die Hand geschüttelt hatte. „Ach, nein. Sie ist heute mit Freunden bei so einer Weinverkostung, es war also gutes Timing."

Wir spazierten einige Blocks weit über den Sunset Strip bis wir das Sunset Trocadero erreichten. Als wir am Tisch Platz genommen hatten, zog er einige Unterlagen aus seiner Umhängetasche. „Du hast den Text für das Casting bekommen, oder? Ich dachte, du hast vielleicht keine Gelegenheit, ihn auszudrucken, also habe ich eine Kopie für dich mitgebracht. Hast du jemanden, der den Text mit dir durchgeht?"

Ich nahm das Skript und nickte. „Ja, mein Kumpel Jarrod. Ich treffe ihn nachher."

„Großartig. Hör mal, ich habe mir angesehen, woran du mit deinem Freund gerade arbeitest und muss sagen, es ist echt gut. Ich weiß, du warst enttäuscht, weil wir nicht mehr Gigs für dich gefunden haben, als du hier warst, aber dein neuer YouTube-Erfolg wird alles ändern."

„Denkst du?"

Er nahm einen Schluck Wein und nickte. „Definitiv. Erinnerst du dich an den Kerl, der im Teenie-Film *Junior Sunday* den Vater gespielt hat? Er wurde auf YouTube entdeckt. Er hat jahrelang versucht, eine Schauspielkarriere zu starten. Er war Englischlehrer an der High-school und gleichzeitig Mentor des Schauspielclubs und hat für seine Schüler Videos mit Schauspiel-Lektionen aufgenommen."

Interessant. Ich hatte schon davon gehört, dass Sänger auf diesem Weg entdeckt werden, aber bei Schauspielern war mir das neu. „Das wusste ich nicht."

Eine ältere Frau mit einem dicken, geflochtenen Zopf und Lachfält-chen rund um die Augen kam zu uns, um unsere Bestellung aufzuneh-men. Als sie wieder ging, lehnte Mitch sich zurück und streckte seine Füße unter dem Tisch aus. „Erzähl mir, was du dir vorstellst, Cooper, und ich werde sehen, was ich tun kann."

Ich war nicht sicher, worauf sich die Frage bezog. „Für diese Rolle? Du meinst… als Bezahlung?

Er lächelte geduldig, als würde er mit einem einfach gestrickten Gemüt sprechen. „Nein, ich meine deine Karriere. Ich kann auf dieser Situation aufbauen. Besonders wenn du die Rolle für das Sam-Gwan-Projekt bekommst."

Oh. Er sprach von meiner Karriere generell. „Tja, ich…" Ich hielt inne, um zu überlegen, was ich eigentlich wollte. Früher wollte ich in Filmen mitspielen. Filmschauspiel war im College mein Schwerpunkt gewesen und als ich in Los Angeles angekommen war, sparte ich sofort Geld für einen sechstausend Dollar teuren Filmschauspiel-Kurs an der UCLA. Davon hatte ich geträumt, seit ich acht Jahre alt war und meine Mom mir vor einem Camping-Ausflug einen Camcorder geschenkt hatte. Während des gesamten Ausflugs spielten Jacks und ich meiner Mom am Lagerfeuer Sketches vor und sie filmte jeden einzelnen mit.

Auf diesem Ausflug entdeckte ich, dass ich am glücklichsten war, wenn ich vor der Kamera eine Rolle spielen konnte. Doch im echten Leben war es sehr mühselig, eine Schauspielkarriere zu starten. Meine Lehrer im College hatten mir sehr deutlich vor Augen geführt, dass die Schauspielerei nicht so einfach war, wie ich gedacht hatte. Also hatte ich die Ärmel hochgekrempelt und hart gearbeitet, um zu beweisen, dass ich es schaffen konnte.

Und jetzt, wo sich mir vermutlich endlich die Gelegenheit bot, durchzustarten… ja, was wollte ich da eigentlich? Ich entschied mich zu einer Gegenfrage: „Was wäre deiner Meinung nach möglich?"

„Nun, lass uns realistisch sein. Wir reden hier nicht von einer Hauptrolle im neuen Scorsese-Film, nicht wahr?" Er lachte schnaubend. „Aber ich glaube, dass du Chancen auf eine Rolle in einer Liebeskomödie hast. Und falls du etwas Langfristiges willst, habe ich Kontakte zu einer Netflix-Serie, die neue Gesichter sucht. In der Serie geht es um die Produktion einer Reality Show, ich könnte also damit argumentieren, dass die Serie von deinem bestehenden Publikum profitieren könnte."

„Ich habe Ende des Sommers eine Operation, von der ich mich eine Woche lang erholen muss. Sie sagen, bis zur völligen Genesung könnten einige Wochen vergehen. Aber ich bezweifle, dass die Dreharbeiten für eine Nebenrolle sehr strapaziös sind. Trotzdem müssten wir herausfinden, wie der Zeitplan aussieht."

Mitch schnaubte abfällig. „Darüber können wir uns Gedanken machen, wenn du ein Angebot hast. Lass uns noch die anderen Vorschläge besprechen, die ich erwähnt habe."

Während wir auf unser Essen warteten und den Wein tranken, stellte ich ihm noch einige Fragen zu den jeweiligen Vor- und Nachteilen. Letztendlich kam ich zu dem Schluss, dass die Netflix-Option vermutlich die klügere Wahl wäre, wenn ich ein langfristiges Engagement anstrebte. Aber es konnte nicht schaden, beides ins Auge zu fassen und abzuwarten, was sich entwickelte. Die Wahrscheinlichkeit, eine der beiden Rollen zu bekommen, war ziemlich gering und die Wahrscheinlichkeit, beide gleichzeitig zu bekommen, war völlig absurd. Trotzdem hatte ich ein seltsames Gefühl, wenn ich zurückdachte, wie beiläufig Mitch meine Bemerkung über die Knochenmarkspende abgetan hatte. Für mich war es ein entscheidendes Kriterium – Jacks musste für seine Operation immerhin bereits das Ende von *Cooped Up With Nine* abwarten.

Als wir uns vor dem Restaurant verabschiedeten und vereinbarten, uns nach dem Casting wieder zu hören, versuchte ich, optimistisch zu sein. Es war schön zu hören, dass der Vlog sich positiv auf meine Chancen für Filmrollen auswirkte. Ich hoffte auf einen ähnlichen Effekt für Nine, damit er Sponsoren für Material und Kameraausrüstung finden würde – immerhin war das alles, was er sich neben dem Bau eines eigenen Hauses wünschte.

Als Nächstes ging ich zu Jarrods Wohnung, wo er und sein Freund gerade noch chinesisches Essen aßen, das sie bestellt hatten. „Hey, Fremder“, sagte er, als er mir mit einem breiten Lächeln die Tür öffnete. Wir umarmten uns und gingen hinein. Geoff lächelte und winkte mir vom Küchentisch aus zu, während er die Teller beiseite schob, um Platz zu machen.

„Was hast du so getrieben? Wir haben deine Show verfolgt“, sagte Geoff und trocknete seine Hände an einem Küchentuch ab. „Dein neuer Freund ist extrem heiß. Wo zum Teufel hast du den gefunden?“

Ich fühlte mich merkwürdig stolz. „Er ist der kleine Bruder meines ehemaligen Mitbewohners aus dem College.“

„Oooh, ein junger Hüpfer also?“, scherzte Geoff und zwinkerte mir zu.

Jarrod runzelte die Stirn. „Elis Bruder? Ich dachte, du kannst diesen Typen nicht leiden?“

„Konnte ich auch nicht. Ich hätte ihm am liebsten jedes Mal einen Arschtritt verpasst.“

Geoff prustete los. „Und jetzt machst du lieber was anderes mit seinem Arsch, nicht wahr?“

Jarrod verdrehte die Augen und Geoff schlug mit dem Handtuch nach ihm. „Wie auch immer“, sagte Jarrod. „Es ist süß. Ich meine, es sieht aus, als wäre es was Ernstes mit euch beiden. Gratuliere, Kumpel.“

Mein Herz machte einen Sprung. Das geschah in letzter Zeit öfter, wenn das Gespräch auf Isaacs und meine Zukunft fiel. „Danke. Er ist… ja.“

Geoff machte große Augen. „Oh. *Ohhhh.* So ist das also, hm?“

Ich seufzte und grinste. „Ja, es ist definitiv so.“

Jarrod schenkte mir sein blendendes Lächeln, das in der Bar sein Trinkgeld-Garant war. „Das ist fantastisch. Gratuliere. Dann lass uns mal den Text einüben, damit du die Rolle bekommst und ihr beide diese gottverlassene Gegend hinter euch lassen und herziehen könnt.“

„So ist es“, sagte Geoff und nickte. „Willst du ein Bier oder so, Cooper?“

„Eiswasser wäre toll, wenn ihr habt.“

„Klar, Herzchen.“

Als Geoff mit dem Wasser zurückkam, beugte Jarrod sich zu mir rüber, um das ausgedruckte Skript zu nehmen. „Du siehst echt gut aus, Coop. Ich muss sagen, dass du bei deiner Abfahrt ziemlich unglücklich gewirkt hast. Schön, dass dank der Bergluft und ein biss-chen Penis alles wieder im Lot ist.“

Ich verschluckte mich beinahe an meinem Wasser. „Viel Penis, du Arsch. *Viel* Penis.“

Geoff lachte „Ich habe es dir doch gesagt, Jarrod. Diese Holzfäller-
typen sind ziemlich gut bestückt."

Meine Wangen glühten. „Ich will gar nicht wissen, woher du das
weißt. Und jetzt Klappe. An die Arbeit. Themenwechsel. Skript. Auf
geht's."

Lachend suchte Jarrod seinen Part und endlich begannen wir mit
unserer Probe. Als wir etwa eine Stunde später Schluss machten, lud
ich die beiden ein, mit Evie und mir etwas trinken zu gehen. Zu
dritt spazierten wir zur Low Bar und entdeckten Evie und Van
sofort.

„Da ist er ja", rief Evie uns von dem Tisch entgegen, den sie für uns
besetzt hatte. Sie stand auf und umarmte mich herzlich. Aus ihrem
Pferdeschwanz hatten sich einige lockige, rote Strähnen gelöst und
obwohl sie normalerweise jede Menge Make-up für die Arbeit – ein
bei Touristen beliebtes Restaurant mit Zirkus-Motto – trug, war sie
jetzt ungeschminkt. Die Sommersprossen auf ihrer Nase waren deutlich sichtbar und ihre strahlend grünen Augen waren ein wunderba-
rer, vertrauter Anblick. Ich schloss sie in die Arme.

„Hach, ich habe dich vermisst", sagte ich und atmete den Duft ihrer
Body Lotion ein. „Schön, dass du gekommen bist."

Sie löste die Umarmung und deutete auf den Sitz neben ihrem. „Das
würde ich mir nie entgehen lassen. Wann ziehst du wieder her?"

Ich ging rüber und küsste Van auf die Wange. „Hey, Schnuckel. Wo ist
dein Liebster?"

Van verdrehte die Augen hinter der großen, rahmenlosen Brille. „Er
hat mich für so eine Schlampe fallengelassen. Alles gut. Er fährt einen
verdammten Kia Picanto – höhergelegt und mit Unterbodenbeleuch-
tung. Was habe ich erwartet?"

Geoff schnaubte. „Hey, sowas verkaufen sie hier gar nicht. Das ist
schon ein guter Fang."

Van machte eine wegwerfende Handbewegung in Geoffs Richtung. „Glaub mir, ich weiß alles darüber, wie selten und spannend seine ultra-kompakte Dreckskarre ist. Nächstes Thema."

Ich drückte ihn schnell und nahm dann Platz. „Das tut mir leid. Aber ich muss gestehen: Schon seit dem ersten Mal, als er mich im Laden an der Ecke gebeten hat, ihm fünf Dollar für Kondome *und* Beef Jerky zu leihen, hatte ich Zweifel, ob er wirklich für was Ernstes taugt. Jeder weiß, dass man für einen Fünfer nur das eklige Beef Jerky bekommt." Ich zwinkerte ihm zu und er lachte.

Den Rest des Abends verbrachten wir damit, Mixgetränke zu trinken und uns auf den neuesten Stand zu bringen. Wie immer lachten wir uns schlapp, aber trotzdem dachte ich an Nine. War er schon im Bett? War er einsam? Leistete Nacho ihm brav Gesellschaft? Was, wenn er sich verletzte und niemand da war, um ihm zu helfen?"

„Entschuldigt mich", murmelte ich nach einer Weile. „Ich muss mal." Ich stand auf und ging nach hinten zum Flur, wo ich mein Telefon aus der Tasche zog. Er hatte mir in größerem Abstand mehrere Nachrichten geschickt."

Nine: *Wie lange muss ich diese Tacoteile warm machen?*

Ich hob die Hand an meinen Mund. Er war einfach unfassbar hinreißend.

Nine: *Vergiss es. Jedenfalls nicht acht Minuten, falls du das je vermutet hast.*

Nine: *Was hilft gegen Brandblasen auf der Zunge?*

Nine: *Vergiss es. Habe das Erdbeer-Kiwi-Wasser gefunden, das du mir dagelassen hast.*

Nine: *Sorry die Störung, aber soll ich einen Gute-Nacht-Beitrag machen, obwohl du nicht da bist?*

Nine: *Vergiss es. Antworte nicht. Hab Spaß. Ich habe was gepostet. Nacht.*

Ich öffnete unseren Instagram-Account und sah mir den Beitrag an. Als ich das weiße Dreieck antippte, um das Video abzuspielen, bemerkte ich, dass ich mich vor lauter Anspannung über der Brust in mein Hemd gekrallt hatte.

Er trug sein liebstes T-Shirt – ein Arbeits-Shirt aus dem Baumarkt, dessen Stallion-Logo vom vielen Waschen mittlerweile faktisch unsichtbar war. Aus dem ursprünglichen Marineblau war ein helles, ausgewaschenes Denim-Blau geworden.

„Hey! Hier spricht Nine." Er räusperte sich. „Oh, Nacho ist natürlich auch da. Aber wie ihr seht, fehlt jemand. Cooper musste für einige Tage nach Los Angeles fliegen, aber keine Sorge – er ist bald zurück."

Seine Mundwinkel waren zu einem Lächeln hochzogen, aber seine Augen wirkten traurig. Beinahe so, als glaubte sein Herz die Worte nicht, die aus seinem Mund kamen.

„Wie auch immer. Während er weg ist, bereite ich eine besondere Überraschung für ihn vor. Ich hoffe echt, dass es ihm gefällt." Er sah hinunter auf seine Hand, die träge Nachos Kinn kraulte. Als er wieder hochsah, hatte er eine ernste Miene aufgesetzt. „Coop, wenn du das hier siehst... sollst du wissen..." Er setzte sein schrecklich gekünsteltes Lächeln auf, von dem mir ganz schlecht wurde. „Du wirst das großartig machen. Ich bin so stolz auf dich und ich..." Er schluckte. „Ich... verdammt, es ist nicht leicht, wenn andere zusehen."

Er lachte kurz und schüttelte den Kopf, dann richtete er den Blick wieder in die Kamera. Diesmal war sein Lächeln völlig aufrichtig und der wahre Isaac Winshed kam durch. „Wärst du in meiner Kindheit ein Huhn auf der Farm meines Dads gewesen, dann hätte ich auch dich in meinen Kleiderschrank gesteckt."

Das Video war zu Ende. Es war verrückt, wie viele Kommentare und Reaktionen der Beitrag hatte, obwohl er erst seit einer halben Stunde online war.

Als ich den Arm hob, um mir die Augen zu reiben, zitterte meine Hand.

Inmitten des Lärms um mich herum nahm ich Evies Stimme wahr. „Süßer? Was ist los? Du grinst und weinst? Ist alles okay? Sind wir glücklich oder traurig?"

Ich sah zu ihr hoch und fühlte mich so gut wie den ganzen Tag nicht. „Ich glaube… Ich glaube ‚er liebt mich."

Ihre Gesichtszüge wurden weich und sie umfasste mein Kinn. „Natürlich tut er das. Wer würde das nicht?"

Ich lächelte sie an, bis sie zur Damentoilette weiterging, dann warf ich einen Blick auf die anderen Nachrichten, die ich verpasst hatte.

Mom: *Jacks ist wieder im Krankenhaus. Ich melde mich, wenn ich mehr weiß.*

Plötzlich wurde aus der heutigen emotionalen Achterbahnfahrt ein Sturzflug. Zitternd wählte ich ihre Nummer.

„Coop, du hättest nicht anrufen müssen. Ich weiß, dass du bei einem Casting in Los Angeles bist. Ich wollte dir nur Bescheid geben, falls du versuchst, uns zu erreichen. Du weißt ja, wie die hier manchmal zu Mobiltelefonen stehen."

Ich steckte einen Finger in mein anderes Ohr und versuchte, den Lärm aus dem Lokal auszublenden. „Wie geht es ihm?"

„Alles okay. Sie machen eine Blutuntersuchung, um zu sehen, wie die Lage ist. Marchie hat erzählt, dass es ihm heute in der Arbeit ein paar Mal nicht gut ging, aber Jacks besteht darauf, dass es nur am niedrigen Blutzucker gelegen hat."

„Ich setze mich gleich morgen Früh ins Flugzeug nach Hause", versprach ich ihr.

Mit einem Mal hatte ihre Stimme diesen Tonfall, den jede Mutter drauf hatte. „Das wirst du nicht. Du bleibst schön dort und schnappst dir die Rolle. Wenn er wieder eine Transfusion braucht, werden sie ihm eine Transfusion geben."

„Und wenn er die Transplantation braucht?", fragte ich.

Stille. Wir wussten beide, dass wir uns die Operation noch nicht leisten konnten, jedenfalls nicht, bevor ich am Ende des Projekts das Geld von Stallion bekam.

„Darüber machen wir uns Sorgen, wenn es soweit ist", sagte meine Mutter.

KAPITEL 23

Anstatt an den Armaturen im Badezimmer zu arbeiten, gab ich einem verrückten Anflug von Kreativität nach. Auf einem der Fotos, die Cooper abgespeichert hatte, stand ein Kamin im Fokus des Raumes und der Sims war aus riesigen, dicken Holzstücken gefertigt. Nach einer kurzen Recherche, wie man das Holz vor der Hitze schützen konnte, hatte ich mich auf die Suche nach den passenden Bäumen für dieses Projekt begeben.

Zum Glück ging die Konstruktion schneller als erwartet von der Hand und ich war bereits am frühen Nachmittag fertig. Gleich darauf startete ich mit der Arbeit am Parkettboden und schuftete bis in die Abendstunden. Ich machte lediglich eine kurze Pause, um Abendbrot zu essen, ins Bett zu gehen und das Gute-Nacht-Video aufzunehmen. Nach der Aufnahme hüpfte ich sofort wieder aus dem Bett und ging zurück an die Arbeit. Als ich wieder die Hütte betrat, wo ich einige Lampen brennen gelassen hatte, fiel mein Blick auf den neuen Kaminsims, der den Raum mit seiner Präsenz ausfüllte. Ich sah geradezu vor mir, wie darauf bunte Kerzen oder Glasgefäße mit frischen Wildblumen stehen würden, sobald der Raum nach Coopers Plänen gemütlich eingerichtet war.

Es war das erste Mal, dass ich diesen Ort als ein gemütliches Häuschen betrachtete und nicht als meine endlose To-Do-Liste. Ich stand

in der Raummitte und drehte mich langsam im Kreis, während ich
mir vorstellte, wie großartig es hier mal aussehen würde. Ohne Hilfe
hätte ich ein derartiges Projekt nie geschafft. Die Renovierung hätte
ich womöglich alleine bewältigen können, aber niemals das Gesamtpaket und mit Rücksicht darauf, wie ein Paar hier tatsächlich mal
leben würde.

Ich schnallte mir die Knieschoner um und machte mich wieder an die
Arbeit, legte aber immer wieder Pausen ein, um meine Wasserflasche
im Wohnmobil aufzufüllen, wo Cooper vier Krüge mit aromati-
siertem Wasser für mich hinterlassen hatte. Als ich nach einer Trink-
pause wieder zurück in die Hütte kam, zeigte mein Telefon vibrierend
eine neue Textnachricht an.

Cooper: *Du bist der einzige Mensch, für den ich im Kleiderschrank leben
würde. Im Hühnerkleiderschrank.*

Ich lachte und der Klang hallte durch den leeren Raum.

Nine: *Hattest du einen lustigen Abend?*

Cooper: *Ja. Es war schön, meine Freunde zu sehen. Ich habe sie vermisst.*

Mein Lächeln erlosch, obwohl ich mich natürlich für ihn freute.

Nine: *Gut so. Sie haben dich bestimmt auch vermisst und sind froh, dass du
wieder zurück bist.*

Cooper: *Jacks ist im Krankenhaus.*

Ich las die letzte Nachricht ein zweites Mal und tippte dann auf den
Anruf-Button. Coopers schläfrige Stimme ertönte. „Hey.“

„Baby, wie geht es ihm? Was ist passiert?“ Ich schnippte mit den
Fingern, um Nacho auf mich aufmerksam zu machen und führte ihn
zum Wohnmobil zurück. Ich würde Schlaf brauchen, wenn ich in der
Früh zu seiner Mutter fahren wollte.

„Es ist alles okay. Er braucht wahrscheinlich nur eine weitere
Transfusion.“

Ich öffnete die Tür und betrat das Wohnmobil. „Soll ich rüberfahren und ihnen Gesellschaft leisten?"

Einen Augenblick lang sagte er nichts und ich dachte schon, die Verbindung sei abgerissen. Es waren nicht einmal drei Stunden bis Caswell, also würde ich schnell dort sein können, sobald ich etwas geschlafen und das Wohnmobil bereitgemacht hatte.

Coopers Stimme klang leise und sanft, so wie immer, wenn er wegdämmerte. „Nein, aber danke. Und Nine…?"

„Ja?"

„Ich würde dich auch in meinen Hühnerkleiderschrank stecken."

Mir wurde warm ums Herz. „Ruh dich aus, Liebling. Morgen ist ein großer Tag."

Nachdem wir uns verabschiedet hatten, zog ich mich aus und nahm eine schnelle Dusche, bevor ich endlich ins Bett ging. Nacho rückte weiter nach oben auf Coopers Platz, aber ich schnappte mir schnell das Kissen, bevor er seine Fellnase darauflegen konnte.

Die restliche Nacht verbrachte ich damit, den zarten Gardienienduft einzuatmen und dafür zu beten, dass Jacks wieder gesund werden würde. Am nächsten Morgen musste ich mich zwingen, aufzustehen und weiterzuarbeiten. Lediglich der Wunsch, vor Coopers Rückkehr so viel wie möglich zu schaffen, motivierte mich dazu, meinen Hintern aus dem Wohnmobil zu bewegen.

Der Vormittag verging wie im Flug. Ich drehte die Lautsprecher hoch und ließ alle Türen offen, sodass Nacho in der Hütte ein- und ausgehen konnte, während ich den Boden fertigstellte. Von der Arbeit auf allen vieren brachte mich mein Rücken um, aber ich schaffte es. Zum Glück war die Hütte sehr klein. Es gab lediglich einen Wohnbereich mit offener Küche, ein Schlafzimmer und ein Bad. Für das Badezimmer hatten wir geplant, die Fliesen auf einer Heizmatte zu verlegen, die an den Lichtschalter gekoppelt war. Da der Raum so klein war, würde das nicht viel Zeit in Anspruch nehmen, doch bevor ich mit dem Fliesenlegen starten konnte, musste ich die Dusche montieren.

Als ich zum Wohnmobil zurückkehrte, um mir ein Sandwich zu machen, meldete Cooper sich mit einem Update vom Casting.

„Es ist toll gelaufen", sagte er und ich hörte an seiner Stimme, dass er ein breites Grinsen aufgesetzt hatte. Ich nahm auch einen Hauch von Verunsicherung wahr, schob es jedoch auf die Sorge über seinen Bruder. „Alle waren unfassbar nett und die Stimmung war der Wahnsinn."

„Wirklich toll, Coop. Erzähl mir mehr. Falls du nicht zu beschäftigt bist, meine ich."

„Nein, nein. Es ist okay. Ich bin auf dem Weg ins Hotel, um mich umzuziehen und treffe nachher meine Freundin Evie zum Mittagessen und danach gehen wir Shoppen."

Er klang wie in seinem Element, als fühlte er sich in Los Angeles endlich zuhause. Ich freute mich für ihn, denn ich wusste, wie lange er gewartet hatte, dass seine Karriere Fahrt aufnahm.

„Klingt gut. Willst du etwas für die Hütte besorgen?"

Im Hintergrund hörte ich Stimmen von Menschen und hupende Autos. „Das ist der Plan. Evie kennt ein paar tolle Läden mit Einzelstücken, die nicht allzu teuer sind."

Wir hatten die Vorgabe, die Ausgaben für die Renovierung gering zu halten, doch ich hoffte, das würde ihn nicht davon abhalten, die Dinge zu kaufen, die seinen Vorstellungen entsprachen. „Mach dir nicht zu viele Sorgen um die Kosten. Vergiss nicht, dass ich beim Fußboden und den Fenstern jede Menge Geld eingespart habe."

„Ah, verdammt. Mein Manager ruft an. Kann ich dich zurückrufen?"

„Klar."

Er tat es allerdings nicht. Weder sofort noch im Verlauf des späteren Abends. Ich hatte mich wieder der Arbeit gewidmet, entschlossener denn je, diese Teilprojekte fertigzustellen, damit Cooper wieder verfügbar war und Rollenangebote annehmen konnte. Als ich die Dusche fertig verfliest und die Armaturen montiert hatte, war mein Körper reif fürs Bett. Ich räumte bestmöglich auf und ging zurück zum Wohnwagen. Zum Glück hatte Cooper einen Haufen Köstlichkeiten für mich dagelassen, die ich nur noch in der Mikrowelle wärmen musste.

Ich fütterte Nacho, stellte mein eigenes Abendessen in die Mikrowelle und mich selbst unter die furchtbare Dusche des Wohnmobils. Da der Boiler in der Hütte von einem Fachmann installiert werden musste, der die Gasleitung anschließen durfte, konnte ich die Vorzüge der neuen Dusche noch nicht genießen.

Als ich endlich mit meinem Teller und meinem Telefon am Esstisch saß, sah ich erneut nach, ob ich eine Nachricht von Cooper hatte.

Negativ.

Nine: *Alles okay?*

Klang das, als würde ich ihm hinterherlaufen?

Nine: *Falls du zu beschäftigt bist, um zu antworten, ist es auch kein Problem.*

Verdammt. Gerade als ich das Telefon beiseite legte, vibrierte es. Hastig hob ich es auf und sah, dass mein Bruder Eli anrief.

„Hey", sagte ich gehetzt, während ich mich fragte, ob er Neuigkeiten von Cooper hatte. Wenn Cooper einen Unfall gehabt und das Krankenhaus seine Mutter verständig hätte, dann hätte sie doch bestimmt Eli angerufen, oder nicht? „Alles okay?"

„Ja, alles gut. Wie läuft es bei dir?"

Ich atmete laut aus und versuchte, meinen Herzschlag wieder auf ein normales Tempo zu verlangsamen. „Gut. Viel zu tun, du weißt ja."

„Coop ist in Los Angeles, hm? Ich habe es auf Instagram gelesen."

„Er war bei einem Casting. Für eine Rolle in einem Film. Mit Text." Warum klang ich wie ein Verrückter? Womöglich, weil ich noch immer nach Atmen rang. Mir war nicht bewusst gewesen, wie sehr es mich beunruhigt hatte, nichts von Cooper zu hören.

„Wow. Was passiert, wenn er sie bekommt? Muss er in Los Angeles sein, bevor ihr die Sache mit Stallion abgeschlossen habt?"

Ich schob meinen Teller beiseite und lehnte mich zurück, während ich die kühle Brise genoss, die durch das geöffnete Fenster hereinströmte. „Keine Ahnung, aber ich versuche, die Arbeit hier zu beschleunigen. Nur für den Fall. Allerdings ist da auch noch dieser Eingriff für Jacks."

„Ach ja, verdammt. Und dafür braucht er das Geld von eurem Projekt."

„Nein. Er hat gesagt, dass Jacks die Operation noch nicht braucht. Wenn es so wäre, dann würden sie es doch ganz bestimmt schon jetzt durchziehen."

Eli war einen Moment lang still. „Nein, ihnen fehlt das Geld. Darum macht er diese Sache für Stallion. Ich dachte, das weißt du."

„Also ich weiß, dass er nicht versichert ist und dass sie das Geld für den Eingriff brauchen, aber…" Ich dachte kurz nach. „Das Krankenhaus wird ihnen doch bestimmt einen Kredit oder so etwas gewähren, den sie in Raten zurückzahlen können. Oder nicht? Ich dachte, er braucht das Geld für die Kreditrückzahlung, wenn es so weit ist, oder für andere Dinge, zum Beispiel wenn Jacks nicht arbeiten kann."

„Sie sind nicht kreditwürdig – wegen Coopers Vater. Also kriegen sie kein Darlehen oder Kreditkarten. Sie können den Eingriff erst machen lassen, wenn sie das Geld bekommen."

Meine Haut kribbelte, als ich mit einem Mal begriff, was er da sagte. „Moment, Moment. Das heißt, Jacks braucht den Eingriff sofort, aber sie können ihn noch nicht machen?"

„Nein, ich glaube, ganz so ist es auch nicht. Sie schinden Zeit mit Bluttransfusionen, bis sie genug Geld für die Knochenmarksache beisammenhaben. Weshalb weißt du nichts davon? Habt ihr beide überhaupt miteinander gesprochen, seit ihr zusammenwohnt? Himmel, Nine. Auf Social Media wirkt es, als würdet ihr euch richtig nahe stehen." Er kicherte. „Du bist ein grandioser Schauspieler, Kumpel. Mom wird sich freuen."

Das war lächerlich. Sogar Nacho wäre ein besserer Schauspieler als ich. „Worüber wird Mom sich freuen?"

„Darüber, dass es nur Show ist. Sie dachte schon, dass alles echt ist. Du und Coop. Ich habe ihr gesagt, dass das albern ist, aber sie hat mir nicht geglaubt."

Das Kribbeln unter meiner Haut fühlte sich plötzlich an wie Starkstrom. Lief so also ein Coming Out gegenüber der Familie ab?

„Es ist echt. Das habe ich ihr gesagt."

Er lachte erneut. „Nein, ich meine dich und Coop. Diese Beziehungssache. Wenn du wüsstest, wie schräg es für mich war, dabei zuzusehen, wie mein Bruder und mein bester Freund sich vor der ganzen Welt küssen. Oh Mann, das war wie ein computergenerierter Filmtrick oder so."

Ich schloss die Augen und zählte bis drei. *Ganz ruhig.* „Es ist echt, Eli. Ich verliebe mich in ihn."

Jetzt lachte er so laut, dass ich das Telefon von meinem Ohr nehmen musste. Ich war nicht sicher, ob seine Reaktion mich wütend oder traurig machte. Und dann gab es da noch diese böse Stimme in meinem Kopf, die mir einreden wollte, dass es keine Rolle mehr spielte. Warum sollte ich Eli davon überzeugen, wenn Cooper ohnehin nach Los Angeles ziehen würde?

„Nine", sagte Eli schließlich, als er sich wieder soweit beruhigt hatte, dass er sprechen konnte. „Du bist nicht schwul. Du bist das, was ein Magier leicht beeinflussbar nennen würde. Wenn du wirklich glaubst, dass du Gefühle für Cooper hast, dann vermutlich nur, weil du zu viel Zeit mit ihm verbracht hast. Versteh mich nicht falsch, er ist ein toller Kerl. Aber du bist nicht schwul."

„Du hast recht. Ich bin nicht schwul", gab ich zu, doch bevor er eine Gelegenheit hatte, sich selbstzufrieden zu freuen, fuhr ich fort: „Ich bin etwas anderes. Gray, demi, keine Ahnung. Aber ich weiß, dass ich starke Gefühle für Cooper Heath habe, und diese starken Gefühle haben zu Sex geführt. Jede Menge Sex. *Schwulem* Sex."

Das Schweigen am anderen Ende war befriedigend. Schließlich ergriff er wieder das Wort: „Du nimmst mich doch auf den Arm."

Ich seufzte. „Können wir später darüber reden? Ich habe den ganzen Nachmittag nichts von ihm gehört und langsam mache ich mir Sorgen."

„Ihm geht es sicher gut. Bestimmt hat er nur die Zeit vergessen, weil er so viel Spaß in Los Angeles hat. Er hat schon als kleiner Junge davon geträumt, eine Rolle in einem Film zu bekommen. Jetzt wird dieser Traum endlich wahr. Zumindest, wenn sie ihn nehmen. Aber es hat so geklungen, als wäre das Casting wirklich gut gelaufen."

„Ihr habt heute telefoniert?"

„Nur geschrieben. Ich habe ihm eine Nachricht geschickt, weil ein gemeinsamer Schulfreund heiraten wird und Cooper hat geantwortet, dass er eben aus dem Filmstudio raus ist."

Ich sagte nichts. Nach einiger Zeit fragte Eli: „Hast du nichts von ihm gehört?"

„Oh, doch. Er hat dasselbe erzählt. Das Casting ist gut gelaufen. Aber das ist schon Stunden her und danach kam nichts mehr."

Das Lachen meines Bruders klang sorglos und gelöst. „Er ist sicher nur mit seinen Freunden beschäftigt. Ich weiß, dass es dort einige Clubs gibt, die er mag, und er hatte schon seit Ewigkeiten keine Gelegenheit mehr, auszugehen und Dampf abzulassen. Beruhig dich und sieh dir einen Film an oder so. Und schufte dich nicht kaputt, okay?"

„Hmpf."

„Ich meine es ernst. Ich kenne dich und das ist der klassische ‚Nine macht auf Held‘-Mist. Keiner erwartet von dir, dass du jetzt ein Held bist.“

Manchmal hasste ich meine Familie.

„Danke für den Rat.“ *Du Arsch.*

Ich beendete das Gespräch und versuchte es noch einmal bei Cooper. Doch nachdem das Telefon klingelte und klingelte, gab ich schließlich auf. Eli hatte recht. Cooper amüsierte sich vermutlich in einem lauten Club. Ich sah seinen heißen Körper in enganliegender Kleidung vor mir, mitten auf der Tanzfläche und umgeben von bunten, blinkenden Lichtern. Vermutlich zog er alle Blicke auf sich und andere Männer wollten mit ihm tanzen und ihn berühren.

Ich hatte das Bedürfnis, etwas zu schlagen. Ich wollte einen verdammten Felsbrocken über die Lichtung schleudern und alles kurz und klein schlagen. Der Gedanke, dass ich alles, wirklich alles, hatte, was ich jemals wollte und es dann wieder losgelassen hatte, war schlimmer als so lange nicht gewusst zu haben, was ich verpasste.

Am Boden seufzte Nacho laut auf, bevor er sich zum Schlafen hinlegte. Es war spät. Ich räumte auf und zog mich aus. Heute gab es kein Gute-Nacht-Video. Ich hatte keine Lust, Instagram zu öffnen und unsere glücklichen Gesichter sehen. Ich konnte den Gedanken nicht ertragen, so zu tun, als wäre ich in einer Beziehung mit Cooper, während er womöglich gerade mit anderen Männern tanzte. Vielleicht war das egoistisch und kindisch, aber ich war auch verdammt müde. Ich wollte einfach die Augen schließen und eine Zeit lang über nichts nachdenken.

Doch als ich die Augen schloss, sah ich Coopers verschwitzten Körper auf der Tanzfläche vor mir, seine Bauchmuskeln, die sich anspannten, während er seine Hüften zur Musik bewegte.

Wenigstens mein Penis freute sich darüber, dass mein Hirn nur an ihn denken konnte, auch wenn mein Herz das anders sah.

Ich langte nach unten und massierte meinen Schwanz. Großartig. Anscheinend konnte mir sogar Wut Lust aufs Wichsen machen. Ich schnappte mir das Gleitgel vom Nachttisch und murmelte dabei die ganze Zeit über, was für ein Idiot ich doch war.

Doch die Bilder von Coopers verlockendem Körper in meinem Kopf waren zu heiß, um sie einfach zu ignorieren. Und die Erinnerung daran, wie ich in sein enges Arschloch eingedrungen war, brachte mich fast um den Verstand. Vor seiner Abreise hatte er mich mit geschlossenen Augen und zurückgeworfenem Kopf geritten. Meine Hände waren über seine Brust und seinen Bauch gewandert, bis ich ihm schließlich beidhändig einen runtergeholt hatte. Als er kam, spritzte er meine Brust und meinen Bauch voll – es war unfassbar geil.

Ich warf die Decke zurück und holte mir einen runter, bis mich der Orgasmus schnell und intensiv durchzuckte. Genauso schnell war es auch wieder vorbei.

Plötzlich wurde mir klar: Es würde das erste von vielen, vielen Malen sein, dass ich mir alleine im Bett einen runterholte, während ich an meine Zeit mit Cooper Heath zurückdachte.

KAPITEL 24
COOPER

Ich bemerkte erst, dass mein Telefon verschwunden war, als Evie und ich bereits ein Dutzend Läden in Los Angeles abgeklappert hatten. Nachdem wir nach einigem Herumtelefonieren herausgefunden hatten, wo ich es vergessen hatte, war bereits Ladenschluss, sodass ich es erst am nächsten Morgen holen konnte.

„Lass mich Nine über deinen Insta-Account eine Nachricht schreiben", sagte ich zu Evie. Dummerweise wusste ich seine Telefonnummer nicht auswendig. Oh Mann, ich wusste nicht mal die Nummer meiner Mutter, aber zumindest konnte ich bei ihr das Krankenhaus anrufen und sie dort erreichen.

Evie gab mir ihr Telefon und ich schrieb zwei Nachrichten: eine DM an unseren Instagram Account und eine Nachricht an unsere gemeinsame E-Mailadresse. In beiden erklärte ich, was los war und hinterließ Evies Telefonnummer. Dann rief ich das Krankenhaus in Caswell an und ließ meine Mutter ans Telefon holen.

„Es geht ihm gut", sagte sie. „Sie haben ihm die Transfusion gegeben und vermutlich dürfen wir morgen nach Hause gehen."

Ich seufzte und erlaubte mir endlich, mich ein wenig zu entspannen. „Gott sei Dank."

„Der Arzt sagt, dass er die Transplantation sehr bald brauchen wird, Cooper. In einem Monat. Spätestens." Sie klang beunruhigt und wer konnte es ihr verdenken.

Ein Monat. Das veränderte alles. Ich wusste nicht, wie ich es schaffen würde, dass Geld so schnell aufzutreiben, insbesondere wenn das hieß, dass ich meinen Vertrag mit Stallion nicht erfüllen konnte.

„Ich lasse mir etwas einfallen. Wenn es sein muss, werden wir es hinkriegen. Vermutlich könnte ich eine Crowdfunding-Kampagne auf GoFundMe starten – jetzt, wo wir so ein großes Publikum haben." Ich wusste, dass das keine Option war, zumindest nicht in Anbetracht des Stallion-Vertrags. Doch ich wollte meiner Mutter etwas Hoffnung geben, bis ich mir etwas anderes überlegt hatte.

„Oh, das ist eine tolle Idee! Fantastisch. Lass es mich wissen, wenn ich dir helfen kann." Ich konnte die Erleichterung in ihrer Stimme hören und wusste, dass es die richtige Entscheidung gewesen war, diesen Vorschlag zu machen."

„Richte Jacks aus, dass ich ihn liebe und mich bei ihm melde, sobald ich morgen Nachmittag in Denver gelandet bin. In der Zwischenzeit könnt ihr mich unter dieser Nummer erreichen."

Nachdem Evie und ich meinen Lieblingssalat zum Abendessen geholt hatten, fuhren wir zurück ins Hotel, um zu begutachten, was wir mit der Stallion-Kreditkarte erstanden hatten. Es waren jede Menge Tüten und in einem Laden hatten wir sogar einen großen Versandkarton ergattert, den ich als Gepäckstück aufgeben konnte. Alle großen Dinge wurden direkt zur Hütte geliefert.

Während ich die Einkäufe auspackte, um sie danach in den Karton zu sortieren, machte Evie es sich mit überkreuzten Beinen auf dem Bett bequem. Ihr Gesichtsausdruck verriet mir, dass mir ein ernstes Gespräch bevorstand.

„Was geht dir durch den Kopf?", fragte ich.

„Weshalb hast du deiner Mom nicht erzählt, dass du die Rolle bekommen hast? Ich denke schon den ganzen Nachmittag darüber nach, kann es mir aber nicht erklären."

„Weil sie mich schon Ende des Monats brauchen und ich das Nine nicht antun kann."

Sie verschränkte die Arme vor der Brust. Ihr rotes Haar war offen und ihre Locken, die durch den Wind etwas zerzaust waren, fielen ihr über die Schulter. „Klar kannst du das. Er wird es verstehen. Wir reden hier von deinem großen Traum."

Ich ließ die Einkaufstüte in meiner Hand sinken und starrte sie an. „Jeder nennt es meinen Traum, aber ich bin mir nicht mehr so sicher. Weißt du, wovon ich träume? Davon, dass mein Zwillingsbruder nicht stirbt. Also was soll dieser Schauspieltraum überhaupt? Ich bin nicht egoistisch genug, um Nines Traum vom Kauf einer eigenen Hütte, die er renovieren kann, platzen zu lassen. Was ist mit seinem Traum?"

Evie grinste und hob eine Augenbraue. „Noch vor einem halben Jahr hättest du allein für die Aussicht auf ein Casting für eine derartige Rolle deine allerliebste Skinny Jeans geopfert."

Ich nahm die Tüte wieder hoch und kramte darin. „Tja, die Dinge ändern sich. Außerdem passen mir diese Jeans nicht mal mehr, seit ich so viel mit Nine schufte. Mein Hintern ist doppelt so groß wie davor", murmelte ich.

„Aber du hast doch erzählt, dass dieser Vlog-Deal bis August laufen soll, oder? Das heißt, du wirst frühestens Ende August bezahlt. Wenn du es sausen lässt und die Filmrolle annimmst, ist der Dreh schon in wenigen Wochen und du wirst Ende Juli bezahlt. Das würde bedeuten, dass du das Geld für Jacks früher hättest, stimmt's? Denk mal darüber nach."

„Das würde bedeuten, Nine zu hintergehen", erinnerte ich sie. „Von Stallion Tools ganz zu schweigen. Selbst wenn ich bereit wäre, sie im Regen stehen zu lassen, würde ich Nine damit jede Chance auf eine künftige Partnerschaft mit dem größten Werkzeughersteller des Landes ruinieren."

„Süßer, nach allem was du mir von diesem Kerl erzählt hast, wird er dir vermutlich dasselbe raten. Rede zumindest mit ihm."

Ich schüttelte den Kopf und lachte, obwohl es nicht lustig war. „Kommt gar nicht in Frage. Er würde sich für mich sogar den rechten Arm abhacken. Wenn er wüsste, dass die Option im Raum steht, würde er darauf bestehen, dass ich die Rolle annehme."

Sie legte einen Moment lang den Kopf schief, als würde sie nachdenken. „Was wenn… was wenn du diese Woche zurückfliegst und ihr jede Menge Videos mit unterschiedlichen Outfits aufnehmt, die ihr dann nach und nach ausspielt, während du beim Filmdreh bist? Nine kann in der Zwischenzeit weiter an der Hütte arbeiten und du kannst die Rolle annehmen. Jeder bekommt sein Geld und alle sind zufrieden."

Der Gedanke, dass Nine die Arbeit für uns beide übernehmen müsste, gefiel mir nicht, doch zumindest wurde mir bewusst, dass ich vielleicht eine praktikable Lösung finden würde, wenn ich etwas länger darüber nachdachte.

„Ich werde mit ihm reden", sagte ich. „Sobald ich zurück bin. Zufrieden?"

Sie klatschte in die Hände. „Gut! Dir ist klar, dass ich ganz eigennützig versuche, dich zu einer Rückkehr nach Los Angeles zu bewegen, oder?"

Ich packte weiter den Karton ein. „Und genau deshalb liebe ich dich. Wirklich."

Als ich den Truck dann endlich auf der Lichtung parkte, konnte ich es nicht erwarten, Nine wiederzusehen. Ich hatte nichts mehr von ihm gehört, was enttäuschend war. Allerdings wusste ich, dass er seine E-Mails nicht besonders regelmäßig las, da das meiste Fanpost war, die ihn verlegen machte. Er zog es vor, die E-Mails zu ignorieren und so zu tun, als hätte er überhaupt keine Fans.

Nacho schoss aus der Eingangstür der Hütte und hüpfte und jaulte, während sein Schwanz sich so schnell bewegte wie ein Propeller. Ich stieg aus und zeigte ihm, wie sehr ich ihn vermisst hatte.

Nine hingegen kam um einiges zögerlicher aus der Hütte. Er blieb auf der Veranda stehen und wischte seine Hände in einem alten Tuch ab. Die Nachmittagssonne fiel auf seine Beine und betonte die mir vertrauten Oberschenkelmuskeln unter den blauen Jeans. Er sagte nichts, stand einfach nur da und sah zu mir herüber, als wüsste er nicht, wie er reagieren sollte.

Ich gab Nacho noch einen letzten Schmatzer auf den Kopf und lief dann über die Lichtung. Nine riss die Augen auf und stolperte gerade noch rechtzeitig die Verandatreppe herunter, damit ich mich in seine Arme werfen konnte. Ich umschlang ihn mit Armen und Beinen wie ein kleines Äffchen und klammerte mich fest an ihn, während ich seinen Duft nach Schweiß und Wald einatmete und dem Himmel dankte, dass er mir diesen Augenblick mit einer derart wunderbaren, freundlichen Seele schenkte.

Seine Arme spannten sich fester um mich, wie dicke Stahlseile, und er stieß ein verzweifeltes, kratziges Seufzen aus, bei dem ich beinahe losgeheult hätte.

„Ich habe dich so sehr vermisst", gestand ich, nachdem ich ihn innig geküsst hatte, meine Lippen noch immer an seinen. Dann küsste ich ihn wieder, ohne ihn zu Wort kommen zu lassen. Irgendwann löste ich mich lange genug, um zu sagen: „Ich habe mein Telefon verloren."

Ich spürte die Erleichterung von seinem Körper abfallen, als er auf der Verandatreppe Platz nahm. „Ich dachte... das wusste ich nicht. Ich dachte..."

Ich setzte mich auf seinen Schoß und legte meine Hände an sein Gesicht. „Ich habe dir eine Nachricht von Evies Insta-Account geschickt und außerdem habe ich dir eine E-Mail geschickt, aber ich weiß, dass du —"

Diesmal war es Nine, der sich für einen Kuss vorbeugte. „Du bist hier. Es geht dir gut. Das ist alles, was ich will", murmelte er zwischen zwei Küssen.

Wir konnten die Finger nicht voneinander lassen, aber ich wollte auch keine Zeit damit verschwenden, ins Wohnmobil zu gehen. Also blieben wir einfach auf der Veranda sitzen, wo wir uns eine Ewigkeit küssten und umarmten und uns zwischen all dem Rummachen schüchtern angrinsten. Dann gingen wir dazu über, uns zu erzählen, was wir in den achtundvierzig Stunden, die wir getrennt verbracht hatten, erlebt hatten. So verstrich langsam der Nachmittag. Ich erzählte ihm von dem Clubbesuch mit meinen Freunden und von der Einkaufstour mit Evie.

„Was ist mit der Rolle? Mein Letztstand ist, dass dein Agent dich angerufen hat", sagte Nine.

„Oh", ich machte eine Handbewegung, als wäre es nicht wichtig. „Es hat nicht geklappt. Aber das ist okay, ich habe nichts anderes erwartet."

Nines Lächeln erlosch. „Was? Ich dachte das Casting ist gut gelaufen? So ein Mist. Vielleicht geben sie dir noch eine Chance?"

Meine Finger glitten durch seinen Bart und ich zupfte sanft daran, wie ich es so gerne tat. „Ach, nein. Aber es ist ohnehin besser so. Sie haben sofort jemanden gebraucht und wir machen diese Sache hier. Zumindest war es eine Gelegenheit, meinen Manager wiederzusehen und er ist zuversichtlich, dass er mir dank der Aufmerksamkeit durch den Vlog andere Angebote besorgen kann."

Isaac anzulügen war nicht besonders schön. Im Gegenteil, es fühlte sich furchtbar an. Doch ich wusste: Wenn ich ihm die Wahrheit gesagt hätte, würde er nicht zulassen, dass ich die Rolle ablehne. Ganz egal, was ich dazu sage. Und falls er es doch täte, würde er sich schrecklich schuldig fühlen. Das war nicht notwendig. Beinahe wünschte ich, ich hätte die Rolle nicht bekommen – doch ich musste zugeben, dass das Angebot eine Wohltat für mein Ego war.

„Das tut mir wahnsinnig leid, Liebling", sagte er, während er mit seinen großen Händen meinen Rücken streichelte. „Die verpassen etwas. Zumindest konntest du deine Freunde wiedersehen und ein wenig Großstadtluft schnuppern."

Ich nickte, lehnte mein Gesicht an seine Brust und schmiegte mich enger an ihn, um seine Umarmung zu genießen. „Aber es war ein wenig seltsam. Ich habe es vermisst, hier bei dir zu sein."

Sein rollendes Lachen vibrierte an meinem Gesicht. „Das hat dich überrascht? Na, herzlichen Dank."

Ich richtete mich wieder auf und lächelte ihn an. „Nein, so habe ich es nicht gemeint. Ich hatte bloß angenommen, ich würde erleichtert sein, wieder in der Stadt zu sein und all das zu unternehmen, was ich am liebsten habe, aber… es ist nicht mehr das, was ich am liebsten habe."

Nines Finger strichen über mein Haar. „Warum nicht?"

Ich zupfte wieder an seinem Bart. „Weil es du bist, was ich am liebsten habe."

Eine Sekunde lang sah er verwirrt drein, doch dann wurde sein Gesichtsausdruck skeptisch. „Ich?"

Ich beugte mich vor und küsste seinen wunderbaren Mund. Aus irgendeinem Grund konnte ich mich noch nicht ganz dazu durchringen, die Worte zu sagen, also sagte ich das Nächstbeste: „Du bist das Huhn in meinem Kleiderschrank."

Bevor er sich zu einer Antwort verpflichtet fühlen konnte, verteilte ich spitze, schnelle Küsse auf seinem Gesicht. „Ich kann das besser als Sir Pick-A-Lot, oder?"

Vor lauter Lachen und Küssen fielen wir beinahe die Treppe hinunter, bis Nacho uns schließlich darauf aufmerksam machte, dass es Zeit fürs Abendessen war. Nine zog mich auf die Beine, dirigierte mich dann jedoch nicht in Richtung Wohnmobil, sondern zur Hütte.

„Ich will dir etwas zeigen", sagte er.

Als ich den Raum betrat, war ich überrascht, wie viel Unterschied der Parkettboden machte. „Ach du heilige… sieh sich einer diesen Boden an." In dem Moment sah ich es: Zu meiner Rechten, rund um den ursprünglichen Steinkamin, war der wunderschönste, maßgefertigte Kaminsims, den ich je gesehen hatte. Er war aus großen, glatten Holzstämmen gefertigt und war der perfekte Blickfang. Ich wandte mich Nine zu, der schon jetzt ganz rot und hibbelig war. „Das hast alles du gemacht?"

Er wendete den Blick ab und schien nicht zu wissen, was er mit seinen Händen tun sollte. Schließlich zuckte er mit den Schultern. „Ja. Nun ja, es gab sonst nicht wirklich etwas zu tun und mir ist eingefallen, dass du einige Fotos von Kaminen abgespeichert hattest, die dir gefallen."

Ich ging schnurstracks auf ihn zu und fiel vor ihm auf die Knie, wo ich seine Hose so schnell öffnete, wie ich konnte, und seinen Schwanz einsaugte, bevor irgendjemand von uns einen Gedanken fassen konnte.

„Fuck!", rief er in den leeren Raum hinein. Seine tiefe Stimme hallte von den Wänden. „Oh Gott, das ist nicht… das war nicht… hör nicht auf. *Fuck.*"

Ich lachte mit seinem Schwanz in meinem Mund. Wäre ich nicht anderweitig beschäftigt gewesen, hätte ich vermutlich einen Witz über seine widersprüchlichen Worte gemacht. Stattdessen konzentrierte ich mich darauf, ihn so schnell und so intensiv wie möglich zum Abspritzen zu bringen.

Nines Hand legte sich auf meinen Hinterkopf, ganz zärtlich, obwohl sein restlicher Körper angespannt war, als würde er sich zurückhalten.

Er fluchte schnaubend, während ich seine Eier liebkoste und von unten zu ihm hochsah. Ich konnte spüren, dass er kurz davor war zu kommen, also hörte ich auf und machte mit der Hand weiter, bis er mir ins Gesicht spritzte. Es war verdammt geil und etwas völlig Neues für uns.

„Oh Gott, fuck, fuck“, ächzte er. „Babe. Scheiße.“ Nine zog sein Shirt aus und wischte mein Gesicht ab. „Es tut mir leid. Ich wollte nicht —“

Ich riss ihm das Shirt aus der Hand und ließ mich lachend auf den Boden fallen. Er war manchmal so unfassbar naiv. „Das nennt sich Facial. Das ist eine Sexpraktik. Ich dachte, es könnte heiß sein. Vergiss es.“

Er starrte mich einen Moment lang an und lachte dann. „Ich bin so doof. Es war heiß. Also richtig, richtig heiß. Ich hatte nur Angst, dass ich dir ins Auge schieße.“

Nine zog mich hoch und küsste mich, dann griff er nach unten und rieb meinen Schwanz durch meine Jeans. Ich schob seine Hand weg. „Noch nicht. Lass uns zuerst Nacho füttern und dann machen wir im Bett weiter.“

Genau das taten wir. Nach einer wahnwitzigen, akrobatischen Neunundsechzig im Bett des Wohnmobils legten wir schließlich eine Pause ein, um Abendessen zu kochen.

„Lass das und setz dich“, sagte ich zu Nine, als ich aus der Dusche kam und ihn am Herd vorfand. „Ich mache Pasta. Beweg deinen Luxuskörper aus meiner Küche.“

Gerade als ich einen Topf mit Wasser füllte, rief meine Mutter an. Nine kam schnell herüber und löste mich ab, damit ich den Anruf annehmen konnte.

„Hey, alles in Ordnung?“

Ich konnte sofort hören, dass sie weinte und krallte mich in Nines unschuldigen Arm. „Was ist, Mom? Was ist los?“

Sie sog zitternd die Luft ein. „Jemand hat den Eingriff bezahlt, Cooper.“

„Was? Was soll das heißen?“ Ich pulte meine Fingernägel aus Nines Haut und rieb geistesabwesend über die kleinen sichelförmigen Kerben, um sie schneller verschwinden zu lassen.“

„Geht es ihm gut?“, murmelte Nine.

„Warte, Mom. Geht es Jacks gut?“

„Was? Ach, ja. Es ist alles in Ordnung. Er ist wieder zuhause und sieht sich irgendein Drag Race an, aber es hat nichts mit Autos zu tun.

Ich nickte Nine zu, woraufhin er meine Stirn küsste und sich dann wieder der Küche widmete. „Was meinst du damit, dass der Eingriff bezahlt wurde?“

„Die Praxis hat angerufen und gesagt, dass sie eine Förderung oder sowas in der Art für uns gefunden haben. Ich weiß es nicht genug, es war alles sehr verwirrend. Aber ich nehme an, dass es Leute gibt, die für medizinische Notfälle spenden und man hat uns ausgewählt. Ist das zu glauben? Es ist nicht mal ein Darlehen, sondern eine Beihilfe. Sie sagen, dass wir es nicht zurückzahlen müssen.“

Das klang zu gut, um wahr zu sein. „Bist du sicher, Mom?“

Sie lachte. „Ja. Dasselbe habe ich auch gedacht. ‚Sind Sie wirklich sicher?‘, habe ich immer wieder gefragt. Aber sie haben mir alle Details per E-Mail geschickt. Jedenfalls wollen sie den Eingriff am fünfzehnten Juli durchführen, wenn das für dich in Ordnung ist.“

Ich warf Nine einen Blick zu. „Klar, natürlich. Wir werden uns irgendetwas überlegen, damit es klappt. Das ist fantastisch, Mom.“

„Gut, jetzt lasse ich dich wieder in Ruhe. Lass Nine von uns grüßen. Es ist schön, dich so glücklich zu sehen. Er ist viel besser als dieser Lee.“

Warum müssen alle ihn ständig erwähnen? Himmel. „Mom. Lee war nicht der Rede wert. Zwischen uns ist nichts gelaufen.“

Sie schnaubte verächtlich. „Jedenfalls gut, dass du ihn los bist.“

Nach dem Telefonat ging ich wieder hinüber zu dem kleinen Herd und schubste Nine zur Seite. „Tut mir leid. Mom hat erzählt, dass sie eine Förderung für Jacks Eingriff bekommen hat. Ist das zu fassen?“

„Das ist super. Wer ist Lee?“

Ich sah hoch in sein gerunzeltes Gesicht. Ehrlich gesagt war ich überrascht, dass Eli ihm noch nicht von Lee erzählt hatte.

„Niemand wichtiger."

Ich schüttete die Soße aus dem Glas in eine kleine Pfanne und drehte die Herdplatte auf.

„Verstehe." Nine ging zum Tisch und setzte sich. Als er nichts mehr sagte, beschwor das Schweigen meine Schuldgefühle hoch, die mir den Brustkorb einschnürten.

Ich holte zwei Schüsseln aus dem Küchenschrank und goss jedem von uns ein Glas Eiswasser ein. Irgendwann konnte ich es nicht mehr ertragen.

„Lee Chambers hat in Los Angeles in der Wohnung über uns gewohnt. Genauer gesagt war es sein Gebäude." Ich gab mich weiterhin beschäftigt, damit ich Nine nicht ansehen musste, während ich die Geschichte erzählte. „Ich habe mich sofort in ihn verknallt. Wir haben geflirtet und so – keine große Sache –, aber nachdem wir mal mit Freunden tanzen gegangen sind, sind wir im Bett gelandet."

Ich hockte mich hin, um das Nudelsieb aus dem unteren Küchenschrank zu kramen und ignorierte das leise Knurren, das aus Nines Kehle kam. „Und danach nochmals und so weiter. Ich habe Gefühle für ihn entwickelt, doch es war klar, dass er nur Sex wollte. Was okay war, zumindest dachte ich das. Aber dann bemerkte ich, dass er sich auch mit anderen Kerlen traf. Das hätte eigentlich auch okay für mich sein sollen, immerhin kannte ich jede Menge Typen, die so drauf waren, sogar wenn sie in einer monogamen Beziehung waren – und wir waren definitiv nicht in einer Beziehung oder so." Mir wurde klar, dass ich zu schwafeln begann, also hielt ich inne und atmete durch.

„Ich hätte es beenden sollen, aber dafür mochte ich ihn zu sehr. Also bin ich in diesen Teufelskreis reingeraten, wo man eben das nimmt, was man kriegen kann. Er rief mich spät nachts an und sagte, ich solle zu ihm hochkommen. Sobald wir fertig waren, schickte er mich höflich, aber bestimmt, wieder in meine Wohnung." Ich stieß ein gekünsteltes Lachen aus. „Evie hat das Ganze verrückt gemacht. Sie hat ihn dafür gehasst, dass er so mit mir gespielt hat, aber ich habe ihr gesagt, dass ich ein großer Junge bin und er von Anfang an offen gesagt hatte, dass er keine Beziehung will."

„Weshalb hast du ihn so sehr gemocht, obwohl er dich so behandelt hat?" Nines Stimme klang rau und enttäuscht.

Ich seufzte. „Er hatte… Charisma. Er war einer dieser Menschen mit einer magnetischen Ausstrahlung, zu denen man sich einfach hingezogen fühlt. Er war in der ganzen Welt herumgekommen und hatte tolle Geschichten auf Lager. Seine Wohnung war voll spannender Kunst und er hatte diesen eklektischen Stil, der einfach… *er* war. Ich habe ihn um sein Leben beneidet. Er lebte nach seinen eigenen Regeln und das fand ich ziemlich mutig, oder verwegen. Deshalb musste ich es respektieren, wenn er Single sein und nur Spaß haben wollte, oder? Ich meine, genau dieser Aspekt an ihm ließ ihn auf mich so frei und begehrenswert wirken."

„Hmpf."

Ich kicherte über Nines vertrautes, missbilligendes Grummeln." Jedenfalls hat er eines Tages seine Meinung geändert. Er hat gesagt, dass er mit mir zusammen sein will und mich wirklich mag. Er wollte zwar eine offene Beziehung, aber er war bereit für etwas Ernstes, wo wir füreinander da sein und uns über alles andere stellen würden."

Die Küchenuhr ertönte, also seihte ich die Nudeln in der Spüle ab. Schnell gab ich zwei große Portionen in die beiden Schüsseln und setzte mich Nine gegenüber, um die Geschichte zu Ende zu erzählen. Wie immer schob er seine Beine unter dem Küchentisch sofort zwischen meine.

Ich fuhr fort. „Etwa… keine Ahnung… drei Wochen?… lief alles gut. Er hat mich als seinen Freund bezeichnet. Hat mich seinen Freunden vorgestellt und auch seinen Arbeitskollegen aus dem Filmstudio —"

„Moment mal. Er hat in der Filmbranche gearbeitet und dir nicht dabei geholfen, einen Job zu kriegen?"

Ich wusste seinen empörten Einwand zu schätzen, schüttelte jedoch den Kopf. „Er produziert Gameshows. Das ist nicht wirklich mein Fall."

„Aber er hat doch sicher Freunde in der Branche."

Ich zuckte mit den Schultern. „Ja. Aber ich wollte ohnehin keinen Job von ihm. Stell dir mal vor, ich wäre zu einem Casting aufgetaucht, das mein Freund für mich arrangiert hat. Nein, danke. Aber es war okay. Mein Manager hat sein Bestes gegeben, aber ich habe einfach keine Angebote bekommen. Ein Filmabschluss an der Universität von Wyoming bringt einen offenbar doch nicht so weit, wie man erwarten würde."

Damit entlockte ich ihm ein Grinsen. „Eli hat mir erzählt, dass du dort studiert hast, weil irgendein Schauspieler auch dort war."

Mir stieg die Schamesröte ins Gesicht. „Ich war ein dummer, schwuler Junge, der besessen vom Film *Copacabana* war. Steve Cochran spielt im Film Steve Hunt und er hat an der Universität von Wyoming studiert. Außerdem war ich ein klein wenig in Matthew Shepherd verschossen, wegen seinem Foto und wegen dem ganzen Fall. Er hat auch dort studiert." Ich zuckte mit den Schultern. „Für mich war es die perfekte Kombination aus weit genug von zuhause entfernt und einer kurzen Fahrzeit."

„Also, was ist aus Lee geworden?"

„Ich hatte einen Autounfall." Bevor ich weitererzählen konnte, schnellte Nines Kopf hoch.

„Was? Wann?" Sein Gesicht war voller Sorge. Fürsorglich wie immer.

Ich streckte die Hand aus und drückte seinen Arm. „Alles gut. Ich hatte in Los Angeles kein eigenes Auto, also habe ich für ein Casting ein Taxi nach Culver City genommen. Ich bin danach eine Weile in der Gegend geblieben, um mit einem Freund Abendessen zu gehen. Als ich danach mit einem anderen Taxi heimgefahren bin, ist der Fahrer von hinten in ein anderes Auto gedonnert, weil er nicht mitgekriegt hat, dass der Fahrer vor uns gebremst hat. Das Auto hatte einen

Totalschaden und ich fand mich mitten in der Nacht auf der Autobahn wieder. Mein Kopf tat weh, weil ich gegen den Sitz vor mir
geknallt bin, und ich hatte Angst. Die Polizei war nicht sonderlich
hilfreich, also habe ich Lee gebeten, mich zu holen.“

Nine kniff die Augen zusammen, weil ihm klar wurde, wie die
Geschichte ausging. Ich versuchte, nicht allzu erbärmlich zu klingen,
als ich ihm das Ende erzählte. „Er war beschäftigt. Er sagte, ein total
heißer Typ wäre auf dem Weg zu ihm und riet mir, ich solle einfach
bis zur nächsten Abfahrt gehen und mir ein Taxi rufen, sobald ich von
der Autobahn unten war.“

KAPITEL 25
NINE

Meine Nasenflügel zitterten und ich merkte, wie ich die Zähne aufeinander biss. „Beschissener Egoist."

Cooper schob die Nudeln auf seinem Teller umher, ohne etwas zu essen. „Tja. Es war dumm von mir, mir mehr zu erhoffen, als er mir geben wollte. Nachdem mein Vater uns verlassen hat, habe ich mir geschworen, mich nie wieder auf jemand anderen zu verlassen, also habe ich mich dafür gehasst, dass ich mich von Lee so abhängig fühlte. Er hatte recht. Ich musste mir selbst helfen. Immerhin war ich erwachsen, oder? Also habe ich genau das getan. Ich bin anderthalb Kilometer zu Fuß den Pannenstreifen entlang bis zu einem Café am Santa Monica Boulevard marschiert. Nach einer Stärkung habe ich mir ein Taxi bestellt und bin nach Hause gefahren."

„Und dann hast du Lee hoffentlich eine reingehauen", grummelte ich.

„Nein, aber danach habe ich den Kontakt abgebrochen, außer wenn wir uns zufällig im Treppenhaus begegnet sind. Es war nicht leicht, aber meine Freunde haben mich unterstützt. Sie haben mich abgelenkt, wenn ich Trübsal blasen wollte."

Gute Freunde waren so wichtig. Ich musste daran denken, in Zukunft nicht immer so eifersüchtig auf sie zu sein. „Was hat er gesagt, als du Schluss gemacht hast?"

Cooper lachte. „Nichts. Absolut gar nichts. Als hätte er meine Abwesenheit nicht mal bemerkt."

Verdammter, beschissener Egoist. „Verdammt."

Er zuckte mit den Schultern. „Ich habe viel Zeit damit verschwendet, an dieses ‚Glücklich bis ans Lebensende'-Gedöns zu glauben. Ehrlich gesagt gebe ich Disneyfilmen die Schuld dafür."

Er versuchte, es wie einen Witz klingen zu lassen, doch das kaufte ich ihm nicht ab. Sein Vater hatte ihn ziemlich hängenlassen, aber Cooper musste realisieren, dass nicht alle Beziehungen zum Scheitern verdammt waren.

Ich sah ihm in die Augen. „Meine Eltern sind seit beinahe vierzig Jahren glücklich verheiratet. Mein Dad kämmt meiner Mom jeden Abend vor dem Schlafengehen die Haare und meine Mom kocht ihm jeden Sonntag sein Lieblingsessen, obwohl der Rest von uns es nicht ausstehen kann. Aaron und Heather sind unendlich glücklich. Beth und Gary sind füreinander bestimmt und haben Herzchen in den Augen, wenn sie einander ansehen. Sag nicht, dass Happy Ends Blödsinn sind. Meine Urgroßeltern sind händchenhaltend gestorben."

Mir war klar, dass ich naiv klang und er meine Beispiele für die Ausnahme und nicht für die Regel hielt.

„Nun ja", sagte er, ganz offensichtlich bestrebt, das Thema zu wechseln. „Vielleicht liege ich falsch. Ich hoffe, dass du es findest."

Ich prallte zurück, als hätte er mich geschlagen. „Mein Happy End?" Sollte das ein Witz sein? War das seine Art, mir zu sagen, dass er niemals zumindest die Hoffnung gehabt hatte, dass das mit uns langfristig funktionieren würde? Es war wie ein Schlag in die Magengrube. Ich hatte das Gefühl, nicht atmen zu können. War das alles nur Show gewesen? Was zur Hölle war das zwischen uns, wenn es nicht echt war?"

„Ja. Mit einer süßen Frau oder einem Mann aus Wheatland, die sich so ein Leben wünschen. Unternehmungen in der Natur, Renovierungen. Ich bin mir sicher, dass sie bei dir Schlange stehen, sobald du zurück bist."

„Schlange stehen? Wofür? Für ein Date?"

Cooper schluckte und für den Bruchteil einer Sekunde wirkte es, als würde ihm die Vorstellung nicht gefallen, dass ich ein Date mit jemand anderem hatte. Doch dann setzte er wieder sein Lächeln auf. „Natürlich für ein Date. Hast du nicht die riesige Reklame gesehen, die ich gepostet habe?"

Mein Gesicht fühlte sich taub an. Fühlte es sich so an, von jemandem sitzen gelassen zu werden, den man liebte? Es war unerträglich.

„Keine Ahnung, was du meinst", zwang ich mich zu sagen, während meine Zukunftspläne sich direkt vor meinen Augen in Luft auflösten. „Was für eine Reklame?"

„Oh mein Gott, es ist der Hammer", sagte er, während er zu seinem Telefon griff und im Fotoalbum scrollte, um mir zu zeigen, wovon er sprach. Auf dem Foto stand er auf der Ladefläche des Trucks und hinter ihm war eine riesige Stallion-Reklametafel zu *Cooped Up With Nine*. Sie zeigte uns beide vor der Hütte, während wir uns umarmten, als wären wir das glücklichste Paar auf der ganzen Welt.

Bloß, dass alles eine Lüge war.

„Wow." Vielleicht hätte ich mich darüber freuen können, wenn mein Herz in dem Moment nicht zu beschäftigt damit gewesen wäre, zu zerbrechen.

„Nicht wahr?", fragte er aufgeregt und zog das Telefon zurück, um weitere Fotos zu suchen. „Die Reklame ist zwar nicht im Zentrum von Los Angeles, aber es ist trotzdem der Wahnsinn. Sie hängt auf der Interstate 70, Höhe Denver. Oh, ich habe völlig vergessen, dass ich auch ein Foto vom Sonnenuntergang in den Bergen geschossen habe. Lass mich das schnell posten." Während er mit seinem Telefon beschäftigt war, stand ich auf, um unsere Teller abzuwaschen. Ich hatte das Gefühl, als würde jede meiner Bewegungen fünf Mal länger dauern als sonst und als wäre mein Körper plötzlich doppelt so schwer.

„Ich muss heute Abend noch die Spülbecken montieren, bevor die Dichtungsmasse trocknet. Bin bald wieder zurück", sagte ich über meine Schulter hinweg. Das war völliger Quatsch. Dichtungsmasse funktionierte nicht so, aber das wusste Cooper nicht.

Ich verließ das Wohnmobil und ging über die Lichtung zur Veranda vor der Hütte. Da hörte ich, wie die Tür des Wohnmobils sich hinter mir öffnete.

„Nine?"

Ich drehte mich um und sah Coopers Silhouette im beleuchteten Türrahmen stehen. „Hm?"

„Alles okay bei dir?"

Nein. Es würde nie wieder alles okay bei mir sein. „Klar. Ich will nur die beiden Spülbecken montieren. Dann kann ich morgen in der Früh die Mischbatterien installieren, bevor der Gasmann kommt, um den Boiler anzuschließen."

Noch mehr Quatsch. Die Mischbatterien mussten nicht installiert werden, bevor der Boiler angeschlossen wurde. Aber auch das wusste Cooper nicht.

„Sicher?", fragte er.

„Geh ins Bett, Babe. Du bist sicher todmüde von der ganzen Aufregung und der Reise."

Er lächelte und nickte. „Okay. Ruf mich einfach, wenn du ein zweites Paar Hände brauchst, ja? Und weck mich für unser Gute-Nacht-Video auf."

Ich hob zur Bestätigung eine Hand, bevor ich mich umdrehte und in die Hütte ging. Sobald ich die Tür hinter mir geschlossen hatte, atmete ich zitternd tief durch und setzte mich auf den Boden. Ich würde mir fünf Minuten lang erlauben, mich wie ein blauäugiger

Arsch zu fühlen und danach aufstehen und die Sache hinter mir lassen.

Doch nur wenige Minuten später bemerkte ich, dass ich die Videokamera auf dem Tisch im Wohnmobil liegen gelassen hatte. Ich wollte die Montage der Küchenspüle filmen, also überquerte ich wieder die Lichtung. Als ich näherkam, drang Coopers Stimme durch das offene Fenster.

„Ich habe es dir bereits erklärt, ich kann die Rolle nicht annehmen. Sie brauchen mich schon in drei Wochen für den Dreh, aber ich habe eine vertragliche Verpflichtung gegenüber Stallion."

Ich blieb wie angewurzelt stehen.

„Mitch! Es ist egal, ob du es schaffst, mich aus dem Stallion-Deal rauszuholen. Ich lasse meinen Freund nicht im Stich. Nine braucht das Geld genauso wie ich. Wenn ich mein Wort gegeben habe, dann breche ich es nicht, ganz egal, wie sehr ich diese verdammte Rolle will."

Geschockt stand ich da. Cooper hatte nicht nur gelogen und behauptet, dass er die Rolle nicht bekommen hatte – er hatte sie noch dazu abgelehnt, weil er mir gegenüber irgendeine lächerliche Form von Verpflichtung verspürte. Als wäre mein Wunsch, ein kleines Fleckchen Land in Wyoming zu kaufen, auch nur annähernd so wichtig wie dieses Rollenangebot.

Mein Magen rumorte in einer Mischung aus Wut und Schuldgefühl. Wie konnte er es wagen, diese Entscheidung zu treffen, ohne mit mir darüber zu sprechen? Aber vielleicht war ich selbst schuld. Immerhin hatte ich ihm nicht erzählt, dass ich Stallion in Wahrheit nur seinetwegen zugesagt hatte – damit er Jacks Operation bezahlen konnte.

„Na schön. Gib mir vierundzwanzig Stunden, um darüber nachzudenken, wenn du das unbedingt möchtest. Aber meine Antwort wird dieselbe sein." Er hörte einen Moment lang zu. „Alles klar, morgen Nachmittag. Ruf mich nach deinem Meeting an."

Ich schlich ohne Kamera zurück in die Hütte und filmte die Montage der Spüle stattdessen mit meinem Handy. Während des Tutorials legte ich den Fokus auf meine Erklärung und überlegte, wie ich jenen Menschen, die selbst eine Spüle installieren wollten, am besten helfen könnte. Der vertraute Rhythmus meiner Stimme, die in einem leeren Raum in die Kamera sprach, beruhigte mich auf gewisse Weise. Als ich die beiden Spülbecken montiert und aufgeräumt hatte, fühlte ich mich bereits etwas gelassener.

Vor dem Gehen ließ ich meinen Blick durch die Hütte schweifen. Die Fenster waren eingebaut, der Boden war fertig, die Gipskartonplatten waren montiert, sämtliche Armaturen würden bald fertig installiert und betriebsbereit sein. Dann waren die Beleuchtung, die Küchenschränke, die Geräte und die Arbeitsplatte dran, doch das würde nicht lange dauern.

Danach war nur noch die Inneneinrichtung offen. Ich hatte mir ausgemalt, wie ich diesen Teil gemeinsam mit Cooper erledigen würde, doch die Situation hatte sich geändert.

Ich ging zurück zum Wohnmobil und zog mein Telefon heraus, um in der Küche, wo noch Licht brannte, ein Gute-Nacht-Video aufzunehmen. Aus dem Schlafzimmer war leises Schnarchen zu hören.

„Hallo alle miteinander", sagte ich halb flüsternd. „Es ist schon ziemlich spät. Ich habe noch einige Arbeiten in der Hütte erledigt, aber Coop ist in der Zwischenzeit eingeschlafen."

Ich ging mit der Kamera ins Schlafzimmer und zeigte, wie er in die Decke gekuschelt schlief, während Nacho zu seinen Füßen schnarchte.

Zurück in der Küche drehte ich die Kamera wieder zu mir und lachte leise. „Ehrlich gesagt habe ich gedacht, dass das Schnarchen von Cooper kommt, aber es war wohl doch Nacho. Jedenfalls ist das alles für heute. Falls ihr unsere schicke Reklametafel noch nicht gesehen habt, werft einen Blick in unseren Feed und schaut euch Coopers letzten Beitrag an. Gute Nacht, Leute."

Ich beendete das Video und stellte es online. Dann zog ich mich aus und schlüpfte neben Coopers warmen Körper unter die Decke. Meine Gefühle waren völlig durcheinander, wie bei einem großen, billig verarbeiteten Wollknäuel, das völlig verknotet war. Dennoch war ich mir ganz sicher, dass ich seinen Körper so lange wie möglich neben mir spüren wollte. Ich zog ihn herüber zu mir, bis er in unserer üblichen Schlafposition auf meiner Brust lag.

„Ich liebe dich", murmelte er im Schlaf.

Keiner von uns beiden hatte diese Worte bisher ernsthaft ausgesprochen und es war so klar, dass ich sie zum ersten Mal von ihm hörte, wenn er von irgendetwas anderem träumte. Womöglich dachte er an seinen beschissenen Ex-Vermieter oder vielleicht träumte er sogar davon, seinen Bruder im Krankenhausbett zu besänftigen.

Ich spürte warme Tränen in meinen Augen hochsteigen und runterkullern. Noch nie hatte ich wegen so einer Lappalie geweint. Ich kam mir vor wie ein kleines Kind.

Doch es war Zeit, erwachsen zu werden, denn irgendjemand musste eine schwierige Entscheidung treffen – und diesmal würde ich dieser Jemand sein.

Doch zuerst musste ich nachdenken.

KAPITEL 26

COOPER

Nine verhielt sich seltsam und es hatte mit dem gestrigen Gespräch über Lee begonnen. Seither hatte er wieder den schweigenden Grummelmodus aktiviert, bei dem er nur mit mir sprach, um mir zu erklären, wie man die Trockenmauer vor dem Ausmalen abschleift.

Es war offensichtlich, dass er mit den Gedanken woanders war und ich hielt es nicht länger aus.

„Willst du mir vielleicht erklären, weshalb du so eine beschissene Laune hast?"

Nines Kopf tauchte wieder auf – er war eben dabei gewesen, dem Gasmann beim Anschließen des Herds zur Hand zu gehen. Na schön, ich hatte möglicherweise nicht den besten Zeitpunkt für dieses Gespräch gewählt, doch ich konnte mich nicht länger beherrschen.

Nine sah gleichermaßen verwirrt und genervt aus. „Wovon redest du?"

Der Gasmann tat, als würde er uns ignorieren.

„Ich meine dich, mich, das hier. Du hast heute eine Scheißlaune und ich will wissen warum. Du hast den ganzen Tag kaum mit mir gesprochen."

Er sammelte einige der Karton- und Plastikteile auf, in die der Herd verpackt gewesen war. „Aha, jetzt erzählen wir einander also alles? Gut zu wissen."

Ach Mist.

Er brachte den Müll zum Baustellencontainer und ich verfolgte ihn wie ein nerviges Hundebaby.

„Sag mir, was du damit meinst", sagte ich gereizt.

„Warum sollte ich?", fragte er, und so laut hatte ich seine Stimme noch nie gehört. Sein tiefer Bass hallte über die Lichtung. Er streckte die Hände zu seinen Seiten aus. „Es ist ja nicht so, als ob das hier echt wäre. Es ist ja nicht so, dass wir wirklich zusammen wären. Du hast gestern Abend sehr deutlich gesagt, was du fühlst. Wir sind kein Paar. Das war alles nur eine Show für diesen Auftrag. Ich habe es jetzt kapiert, wirklich."

Was zur Hölle redete er da. „Das stimmt nicht!"

„Ach nein? Ein echtes Paar hätte über die Dinge gesprochen, anstatt sie zu verheimlichen. Ein echtes Paar hätte sich einer Herausforderung gemeinsam gestellt. Ein echtes Paar —" Er hielt inne und biss die Zähne zusammen. Dann machte er kehrt und stürmte in den Wald.

Es machte mir Angst, wie wütend er war. Der süße, ruhige Isaac Winshed wurde nie wütend. Er schrie nie herum. Ich hatte keine Angst vor ihm, aber ich hatte Angst *um* ihn. Ich hasste es, ihn so aufgebracht zu sehen. Als würde man beobachten, wie Cinderella von ihrer dicken Lieblingsmaus bestohlen wird.

„Bleib stehen!", schrie ich. „Bleib stehen. Lass uns darüber reden."

Er blieb nicht stehen.

Aus dem Augenwinkel sah ich den Gasmann zurück zu seinem Truck stapften und davonfahren. Was für ein Chaos. Hoffentlich hat er zumindest alles Nötige erledigt, bevor wir ihn vertrieben haben.

„Nine!"

Er blieb stehen und drehte sich abrupt um. „Wir sind kein echtes Paar, oder? Das waren wir nie. Wie sich herausstellt, glaubst du nicht einmal an sowas, was ziemlich traurig ist, Cooper. Dass du der Meinung bist, es nicht zu verdienen, dass jemand für dich da ist, bricht mir das Herz." Er schlug sich an die Brust. „Ich will für dich da sein, verdammt nochmal. *Ich*. Aber du bist so unendlich erpicht darauf zu beweisen, dass du ein Einzelkämpfer bist. Und ich versteh das. Du bist verletzt worden. Du bist von den Leuten, von denen man etwas anderes erwartet hätte, mit Füßen getreten worden."

Er wandte mir den Rücken zu, fuhr sich mit beiden Händen durchs Haar und fasste sich frustriert an den Kopf. Nachdem er einige Male durchgeatmet hatte, ließ er die Arme sinken und drehte sich wieder zu mir um.

„Du wirst nach Los Angeles gehen und diesen Job annehmen."

„Nein, werde ich nicht", sagte ich, ohne nachzudenken. Es lag mir nicht, Befehle zu befolgen.

Er kniff die Augen zusammen. „Oh, doch, das wirst du."

Oh. Ohh. Der dominante Isaac kam wieder zum Vorschein. Und siehe da, schon wurde mein Schwanz hart. Als könnte ich das bei all dem Chaos gebrauchen.

„Ich lasse niemanden im Stich, der auf mich angewiesen ist", erklärte ich ihm.

„Damit meinst du hoffentlich nicht mich, denn ich bin und war nicht auf dich angewiesen. Ich habe keinen Bock auf diesen ganzen Scheiß." Nine war fuchsteufelswild, was dazu führte, dass ich mich unge-bunden und wild fühlte. Mir war bis zu diesem Moment nicht klar gewesen, wie stark er mich in den letzten Wochen geerdet hatte.

„Aber —"

Er hob eine Hand. „Nein. Ich kann dich hier ohnehin nicht gebrau-chen. Ich habe alles durchgedacht und mir einen Plan überlegt. Wir haben in kürzester Zeit Haufenweise Tutorials aufgezeichnet.

Außerdem habe ich so schnell gearbeitet, wie ich konnte, in der Hoffnung schon früher fertig zu werden, damit du wieder zurück zu Jacks kannst."

Ich öffnete den Mund, um zu antworten, doch er unterbrach mich erneut.

„Psscht. Hör einfach zu. Du wirst den Job annehmen. Ich arbeite hier weiter und werde regelmäßig Videos posten. Wir tun einfach so —"

Ich öffnete den Mund, doch er schüttelte den Kopf.

„Wir tun einfach so, als wärst du noch immer hier. Wir werden den Vertrag mit Stallion behalten, weil wir ihn erfüllen werden. Und du wirst die Filmrolle annehmen. Dann wirst du ihnen sagen, dass du eine Woche Urlaub für die Knochenmarkspende brauchst. Und sie werden einverstanden sein, weil sie – hoffentlich – anständige Menschen sind."

Er wollte also auf stures Arschloch machen? Dieses Spiel konnten auch zwei spielen. „Ich will die Rolle nicht."

Nine verdrehte die Augen. „Doch, das tust du. Du beleidigst mich, Cooper. Ich bin vielleicht naiv, aber nicht dumm. Außerdem brauchst du das Geld. Vielleicht bezahlen die von Stallion schon früher und dann kannst du Jacks und deiner Mom helfen."

Was bildete er sich eigentlich ein, mir vorzuschreiben, was gut für mich war? Ich ertappte mich dabei, wie ich die Hände in die Hüfte stemmte, wie es meine Mutter immer tat, wenn sie keine Widerrede duldete. „Ich werde den Job nicht annehmen."

Er sah mich durchdringend an. „Dann gehe ich. Und keiner von uns bekommt, was er will. Deine Entscheidung."

Dieser sture Esel würde sich selbst schaden, wenn er mir damit half. „Das kann nicht dein Ernst sein."

Sein Schweigen hallte durch die Bäume.

„Isaac", sagte ich, diesmal sanfter.

Er wendete den Blick ab. „Es ist das Beste, Cooper. Du hast es selbst gesagt. So etwas wie ein Happy End gibt es nicht. Wir kommen aus verschiedenen Welten. Dein Platz ist in Los Angeles und meiner in der Wildnis. Geh los und lebe deinen Traum, und Ende des Sommers kommst du wieder her, damit wir das Projekt abschließen können. Einverstanden? Lass uns deshalb nicht streiten, du wirst ohnehin nicht gewinnen. Und ich bin nicht stark genug, um weiter... um weiter...“

In seiner Stimme lag ein Flehen und mir wurde klar, dass er alles, was er zu mir über Liebe gesagt hatte, auch so gemeint hatte. Doch vielleicht wusste er nicht, dass auch ich es ernst gemeint hatte.

Ich trat näher, doch er sah mich an, als wäre ich eine Giftschlange. Beschwichtigend hob ich die Hände. „Ich will dich bloß umarmen.“

Er wirkte unsicher, als vermutete er dahinter einen Trick.

„Isaac. Ich werde gehen. Ich werde den Job annehmen. Lass... lass uns einfach noch eine letzte Nacht lang so tun, als wäre zwischen uns alles in Ordnung.“

Er atmete aus und ließ erleichtert die Schultern hängen. „In Ordnung. Das wäre schön.“

Ich schloss zu ihm auf und hielt ihn so fest, als würde mein Leben davon abhängen. Er roch nach Honig, verbranntem Holz, Sägemehl und Schweiß. Ich sog den Duft ein wie lieblichen Wein, bis er jeden Winkel meiner Seele erfüllte.

Er beugte sich zu mir und küsste mich sanft, wobei sein Bart an meinen Lippen kitzelte. „Trotzdem ist heute ein Arbeitstag“, murmelte er an meinem Mund. „Und wir müssen noch jede Menge Gute-Nacht-Videos und Clips in unterschiedlichen Outfits aufnehmen, falls ich etwas zusammenschneiden muss.“

Er hatte recht, aber zuerst wollte ich ihn noch weiter küssen. „Eine Minute“, sagte ich und ließ dann meine Zunge über seine Unterlippe gleiten. Wir tauschten noch einige Zeit lang zärtliche Küsse aus, bis der Moment erreicht war, wo es entweder wieder Zeit für die Arbeit war oder dafür, ebene Fläche und Gleitmittel zu suchen.

„An die Arbeit“, sagte er keuchend und zog sich zurück, als hätte er meine Gedanken gelesen. „Arbeiten. Aber zuerst rufst du an.“

Er umfasste mein Gesicht, beugte sich herunter und gab mir einen dicken Kuss auf die Stirn. „Ruf an“, wiederholte er, diesmal sanfter.

Ich nickte und blieb alleine im Wald zurück, während er davonging.

KAPITEL 27
NINE

Die ersten beiden Wochen ohne Cooper waren eine Qual. Ich wandelte wie in Trance umher und hatte das Gefühl, als würde mir etwas Wesentliches fehlen, was auch so war. Mein Herz war nach Los Angeles geflogen und ich würde es nie wieder zurückbekommen.

Ohne dem Plappermaul war es im Wohnmobil unerträglich still, also war ich dazu übergegangen, beim Kochen und Abendessen Country-Musik über den Bluetooth-Lautsprecher zu hören. Nach dem Abendessen ging ich meistens zurück an die Arbeit und nahm den Lautsprecher mit. Mal hörte ich Podcasts, mal hörte ich sogar einige der Popsongs, die Cooper mochte.

Als eines Abends mein Telefon klingelte, ertönte es daher lautstark über den Lautsprecher, was mich beinahe zu Tode erschreckte.

Es war Eli.

„Hallo", sagte ich, während ich das Telefon vom Lautsprecher trennte und die Musik abdrehte. „Was gibt's?"

„Warum hast du mir nicht erzählt, dass Cooper gegangen ist?"

Allein beim Klang seines Namens krampfte sich meine Brust zusammen. „Ich war der Meinung, dass wir es nicht jedem erzählen."

„Ich bin nicht jeder. Außerdem wollte Cooper, dass ich mich nach dir erkundige. Er hat erzählt, dass du seine Anrufe ignorierst."

Ich aktivierte die Freisprechfunktion, damit ich nebenbei meine Farbpinsel aufräumen konnte. „Alles gut bei mir." Ich würde meinem Bruder ganz bestimmt nicht erzählen, dass ich es nicht mehr ertragen konnte, Coopers Stimme am Telefon zu hören.

„Ja, ja. Dann erklär mir mal, weshalb du den Geburtstag von Beth verpasst hast?"

Ich ließ den Pinsel klappernd ins Waschbecken fallen. „Ach, du Scheiße. Habe ich das? Verdammt. Welcher Tag ist heute?"

Wenn es etwas gab, worauf man sich bei mir verlassen konnte – neben allem anderen –, dann darauf, dass ich die Geburtstage und besonderen Ereignisse im Leben meiner Geschwister feierte. Ich hasste es, einer von vielen zu sein, deshalb war es mir wichtig, meinen Geschwistern so oft wie möglich das Gefühl zu geben, dass sie etwas Besonderes waren. Aus diesem Grund waren Geburtstage eine große Sache für mich. Ich vergaß sie nie. Niemals.

„Wir haben den neunundzwanzigsten Juni, Nine."

Mist. „Wirklich? Ihr Geburtstag war vor drei Tagen und du rufst erst jetzt an?"

„Ich wäre nicht auf die Idee gekommen, dass du ihn vergessen könntest, aber sie hat es heute Abend beim Grillen bei Mom und Dad erzählt. Mom hat sogar gesagt, dass sie dich ein paar Mal angerufen hat, du aber nicht rangegangen bist."

Ich hob den Pinsel auf und wusch ihn weiter aus. „Weil ich auf ihren ‚Ich hab's dir ja gesagt'-Vortrag verzichten kann", gestand ich. „Ich wollte einfach meine Ruhe haben."

„Tja, Pech gehabt. Ich besuche dich morgen und werde dir helfen."

Ich richtete mich auf und betrachtete mein Spiegelbild in dem großen Panoramafenster über der neuen Küchenspüle. „Das wirst du nicht tun. Ich brauche keine Hilfe. Eigentlich muss ich sogar langsamer arbeiten, damit es länger dauert. Also nein, du wirst mich nicht besuchen."

„Cooper hat mir schon die Adresse geschickt. Er hält es für eine tolle Idee."

„Cooper kann mich mal", knurrte ich. „Coopers tolle Ideen können mir gestohlen bleiben."

Es war kurz still, dann ertönte ein „Oh."

„Komm nicht her, Eli. Bitte."

„Keine Chance. Ich sehe dich morgen frisch und munter gegen Mittag."

Damit endete der Anruf. Verdammt.

Ich räumte fertig auf und ging dann ins Badezimmer, um die Vorzüge der großen Dusche in der Hütte zu genießen, wo bereits alles stand, was ich brauchte. Der heiße Duschstrahl war eine Wohltat für meinen erschöpften Körper, aber mein Schwanz hatte keinerlei Interesse an Action. Seit ich Cooper nach Denver zum Flughafen gebracht hatte, war er in Streik getreten.

Aber das war in Ordnung.

Vollkommen in Ordnung. Ich hatte vorher keinen Sex gebraucht und ich würde auch jetzt ohne Sex überleben.

Ich drehte die Dusche ab und trocknete mich ab, bevor ich das Handtuch um meine Hüfte schlang und in die geöffneten Schuhe schlüpfte, um zurück über die Lichtung zu schlurfen. Als ich mich endlich ins Bett legte, wo Nacho Coopers Platz für sich beanspruchte, konnte ich mein Hirn nicht abschalten.

Ich fragte mich, was Cooper in Los Angeles gerade tat. Ich machte mir Sorgen darüber, wie er die Situation mit seiner Familie und seinen Job unter einen Hut brachte. Daher war ich dankbar über alle Neuigkeiten, die mein Bruder mir morgen erzählen würde. Mit dem Gedanken, dass ich ihn irgendwann auf der Kinoleinwand sehen würde, schlief ich ein – glücklich in dem Bewusstsein, dass ich ihn mit gutem Grund fortgeschickt hatte. Der Grund war, ihm endlich eine Chance auf jenes Leben zu geben, das er sich immer gewünscht hatte.

* * *

Als Eli auf der Lichtung parkte, musste ich mir eingestehen, dass ich mich freute, ihn zu sehen.

Nachdem er aus dem SUV gestiegen war, öffnete er die hintere Tür und seine beiden schwarzen Labradore, Barnaby und Rose, hüpften heraus. Nacho jaulte auf und flitzte über die Lichtung, um sich der aufgeregten Meute anzuschließen. Die drei hatten in den vergangenen Jahren ziemlich viel Zeit miteinander verbracht und freuten sich somit über das Wiedersehen.

„Du scheinst dich hier wie zuhause zu fühlen", sagte er, während er für eine brüderliche Umarmung näher kam. „Du hast hier die Wälder, den Hund, eine Hütte voller Werkzeug. Es scheint das Paradies für dich zu sein."

Ich nickte „Definitiv." Auch wenn etwas sehr Wichtiges fehlte. Doch ich hatte beschlossen, diese Tatsache vorläufig zu ignorieren, um nicht wie ein depressiver Idiot zu wirken. „Komm, ich gebe dir eine Tour."

Als ich ihn in die Hütte führte, war er sichtlich beeindruckt. „Verdammt, Nine. Das ist der Hammer."

Vor Stolz wurde ich einige Zentimeter größer. „Danke." Ich zeigte ihm das Schlafzimmer und das Bad und erklärte ihm, was ich bereits erledigt hatte und was noch zu tun war. „Oh, und natürlich ist da noch das Dach."

„Ich kann dir dabei helfen, wenn du das Material hier hast", sagte Eli. „Ohne Dad, der uns herumkommandiert, könnten wir das viel schneller erledigen als bei seinem Haus damals."

Wir lachten beim Gedanken an den Sommer, als wir unserem Vater geholfen hatten, das Dach neu zu decken. „Das war furchtbar. Als hätten wir für einen Feldwebel gearbeitet", sagte ich. „Aber was ist mit deiner Arbeit? Wird dein Chef nicht sauer sein, wenn du dir frei nimmst?"

„Ach, nein. Es war seine Idee. Wenn wir gerade Hochsaison hätten, wo die ganzen Steuersachen zu erledigen sind, wäre es etwas anderes, aber im Sommer ist es kein Problem. Wir haben im Sommer ohnehin freitags frei bekommen, damit wir unsere Überstunden vom ersten Quartal abbauen können."

Eli war Buchhalter bei einer kleinen Firma in Wheatland. Da er mit der Tochter seines Chefs zusammen war, war es nicht weiter überraschend, dass er etwas Handlungsspielraum hatte.

„Wird Rissa dich nicht vermissen?", zog ich ihn auf. Jeder wusste, dass er unter dem Pantoffel seiner Freundin stand.

„Sie ist mit den Mädels aus der Arbeit für so eine Junggesellinnen-Sache nach Las Vegas gefahren. Trina Chisolm heiratet diesen Pete vom Radiosender."

„Hmpf." Ich war kein großer Fan seiner Freundin oder ihrer Freundinnen. Rissa versuchte ständig, mich mit irgendeiner der Damen zu verkuppeln, und je öfter ich ablehnte, desto härter entschlossen schien sie zu sein, mich zu überreden.

„Ich soll dir ausrichten, dass sie alle der Meinung sind, dass du und Cooper ein süßes Paar seid. Ich habe ihr gesagt, dass alles nur Show ist, aber sie ist überzeugt, dass es echt ist. Sie sagt, sie wünschte, ich würde sie so ansehen, wie ihr beide euch anseht." Eli musterte mich aus dem Augenwinkel. „Hast du es ernst gemeint, als du mir damals erzählt hast, dass du wirklich Gefühle für ihn hast?"

Ich riss die Arme in die Höhe. „Ja, verdammt. Warum glaubt mir niemand? Ist es so schwer zu glauben, dass einer von uns zehn nicht hetero sein könnte? Himmel, Eli. Es gibt Leute die schwul sind, oder bi, oder… was auch immer, okay? Hör auf, so zu tun, als wäre das alles so unvorstellbar. Ich weiß, dass du nicht blind gegenüber der Welt um uns herum bist."

Er hob die Hände. „Nein, nein, ich weiß. Es ist nur... ich meine... du und Lauren. Und da war noch dieses andere Mädchen. Wie hieß sie noch gleich? Na, egal. Aber du musst verstehen, wie schräg das für mich ist. Nicht... nicht, weil er ein Kerl ist, sondern weil er Cooper ist. Und du bist mein Bruder."

„Ja, schon gut. Das kann ich verstehen. Es ist ja nicht so, dass ich damit gerechnet hätte." Ich rieb meine Hände über mein Gesicht. „Außerdem ist es vorbei. Er ist weg. Was solls."

Eli streckte die Hand aus und legte sie auf meine Schulter. „Nine..."

Ich starrte ihn an. „Lass stecken. Was auch immer du sagen willst – dass Cooper niemals mit jemandem wie mir eine ersthafte Beziehung führen würde oder er für Größeres bestimmt ist – lass es einfach. Okay? Das weiß ich alles schon."

Ich ging hinüber zur provisorischen Küche und machte mich daran, die kleinen Boxen mit den Nägeln zu schließen, die ich dort hingelegt hatte, damit sie nicht durch die Gegend kullerten, wenn jemand gegen das Regal stieß.

„Eigentlich", setzte Eli zögernd an, „wollte ich das Gegenteil sagen. Cooper ist mein bester Freund und ich liebe ihn. Aber du verdienst etwas Besseres."

Ich machte den Mund auf, um ihm zu widersprechen, doch er unterbrach mich.

„Lass mich ausreden. Cooper ist irgendwie... verkorkst. Sein Vater hat ihn im Stich gelassen und dann hat er sich in diesen Arsch verliebt, der all seine negativen Vorurteile über Beziehungen bestätigt hat. Das Ergebnis ist, dass Cooper sich nie auf einen Mann verlassen wird. Er weigert sich, irgendjemanden zu brauchen. Und du bist die Sorte Mensch, der es braucht, gebraucht zu werden."

„Das stimmt nicht."

Er lachte, doch seine Augen waren voller Sympathie. „Nine. Du bist der beständigste Mann, den ich kenne, sogar beständiger als Dad. Du wirst eines Tages ein toller Ehemann sein, weil du zuverlässig, fleißig, fürsorglich und aufmerksam bist. Deshalb betteln Rissas Freundinnen immer darum, mit dir verkuppelt zu werden. Du bist ein guter Fang. Du weißt es nur nicht. Und Cooper wird nie bereit sein, sich lebenslang an jemanden zu binden, schon gar nicht an einen ruhigen, beständigen Kerl aus Wheatland, Wyoming."

Zugegeben, dieser Teil war richtig, aber es tat trotzdem verdammt weh, das zu hören.

„Danke", grummelte ich und warf die Boxen mit den Nägeln in einen großen Plastikbehälter mit Werkzeug. „Verdammt hilfreich. Wie gut, dass du hier bist."

Ich ging nach draußen, um den Behälter zu den anderen unter die Abdeckplane zu stellen und durchstöberte dann die Stapel mit den Leisten, um die passenden Elemente für die Küche zu finden. Kaum hatte ich sie in die Hütte getragen, fiel mir ein, dass ich die Nägel brauchte, um die Leisten zu montieren.

„Mist." Ich machte kehrt und wollte gerade wieder nach draußen gehen, als Eli mir den Weg zur Tür versperrte.

„Warte kurz. Ich verstehe, dass du sauer bist, aber rede mit mir. Bist du böse auf mich oder auf Cooper?"

„Ich bin auf niemanden böse", sagte ich. Und so war es wirklich. „Ich will einfach nur arbeiten, okay? Ich will mich darauf konzentrieren, den ganzen Scheiß hier zu erledigen, damit ich in Ruhe mein verdammtes Leben weiterleben kann."

Bevor ich die Worte ausgesprochen hatte, war mir nicht klar gewesen, dass sie wahr waren. Ich musste all das hinter mir lassen. Die einzige Möglichkeit, über Cooper hinwegzukommen, war, das Projekt abzuschließen und diesen Ort zu verlassen. Alles hier erinnerte mich an ihn und unsere gemeinsame Zeit: die Lichtung, die Hütte, das Wohnmobil, die Wälder um uns herum. Verdammt, sogar mit meinem Truck und der nächstgelegenen Stadt verband ich Erinnerungen an Cooper und sein schnippisches Grinsen.

Eli musterte mich einen Augenblick lang und nickte dann lächelnd. „Also gut. Dann machen wir uns mal an die Arbeit. Ich kann nicht versprechen, dass ich nach all den Jahren am Schreibtisch noch einigermaßen in Form bin, aber hoffentlich kann ich noch mit dir mithalten."

Damit entlockte er mir ein Schnauben. Eli war sehr stolz drauf, dass er diszipliniert trainierte. Außerdem half er Dad und Aaron beinahe jedes Wochenende auf der Farm. Er war gut in Form.

Ich drehte die Musik lauter, die über den Lautsprecher kam, und wir machten uns an die Arbeit. Ich mochte es, in Elis stiller, unkomplizierter Gesellschaft zu arbeiten. Es fühlte sich irgendwie an, wie ein Schritt in die richtige Richtung, weg von diesem verrückten, vorübergehenden Leben mit Cooper und zurück zu meinem normalem Leben – meinem richtigen Leben – zuhause bei meiner Familie.

Mit Eli an meiner Seite, während die Sonne auf meine Haut brannte und ich schwitzend das Dach für die neuen Schindeln vorbereitete, hatte ich das Gefühl, dass vielleicht doch alles gut werden würde.

Fünf Tage später, als Eli und ich gerade die letzten Reparaturen an der Holzfassade machten, ergab sich endlich etwas Neues, worauf ich meine Aufmerksamkeit konzentrieren konnte. Ein Marketingmitarbeiter einer großen Urlaubsbuchungsplattform rief mich an.

„Hallo, Nine, hier spricht Adrian Walsh von MyCabin dot com. Wir würden dir gerne eine Kooperation vorschlagen."

Ich winkte Eli zu, um ihn auf mich aufmerksam zu machen und wechselte dann den Standort, um im kühlen Schatten des Wohnmobils weiterzutelefonieren.

„Hallo, Adrian. Schön, dass Sie anrufen."

„Hör mal, wir sind sehr beeindruckt von eurem YouTube-Auftritt und würden mit euch gerne über eine Idee sprechen. Aber davor interessiert uns, wie eure Vereinbarung mit Stallion ist. Ist das ein exklusiver Vertrag oder könnt ihr nach diesem Projekt auch mit anderen zusammenarbeiten?"

Ich war mir nicht ganz sicher, ob sie uns beide wollten oder nicht und beschloss, das zu klären, bevor wir weitere Details besprachen. „Also, ich bin ab August für neue Projekte verfügbar, aber Cooper noch nicht. Wollten Sie uns beide, oder…?"

„Das wäre ideal, ja, aber…. hmm… Wo ich darüber nachdenke… du bist der Mann für das Grobe, also wäre das vielleicht in Ordnung. Uns interessiert ohnehin vor allem euer Material über die Renovierung. Versteh mich nicht falsch, unsere Inhaber sind LGBT, also fänden wir es toll, mit jemandem aus der Community zusammenzuarbeiten, aber der Content muss sich nicht darum drehen. Ich erkläre dir mal, was wir uns vorstellen, und dann werde ich mit meinem Team abklären, ob eine Kooperation mit dir alleine okay für uns ist.

Er erzählte, dass ihr Unternehmen im Grunde eine Art Airbnb für Blockhütten war. Sie waren auf der Suche nach einem Vlogger, der eine Webserie darüber machen würde, wie man eine alte Hütte als Nebeneinkommensquelle vermieten kann.

„Wow, das klingt spannend", sagte ich. „Ich bin definitiv interessiert, mehr darüber zu erfahren." Wir beendeten das Gespräch, nachdem wir vereinbart hatten, uns in ein paar Tagen wieder zu hören. Nachdem ich das Telefon weggelegt hatte, ging ich zurück in die Hütte, um Eli davon zu erzählen, der in diesem Moment ebenfalls einen Anruf beendete.

„Rate mal?", rief ich über die Lichtung. Doch er antwortete nicht. Stattdessen drehte er sich zu mir um.

Sobald ich sein Gesicht sah wusste ich, dass irgendetwas passiert war.

KAPITEL 28
COOPER

Nach meiner Ankunft in Los Angeles fühlte ich mich zunächst wie im Paradies. Ich hatte kaum Zeit, Isaac zu vermissen, denn ich war sofort mit mehreren Fitnesskursen beschäftigt, die Jarrod für mich gebucht hatte. Im Film hatte ich nämlich eine Szene, in der ich in der Umkleide des Krankenhauses mein Oberteil auszog. Evie überzeugte mich davon, die Bauarbeiterbräune, die ich mir in Colorado geholt hatte, mit Spray Tanning auszugleichen.

Als die Meetings für den Film endlich losgingen, fühlte ich mich bereits erschöpft und überwältigt. Es dauerte ein wenig, um mich an den Geräuschpegel und die Hektik der Stadt zu gewöhnen. Was seltsam war, denn bei meinem kurzen Besuch neulich schien mich das alles nicht zu stören. Vielleicht weil ich damals wusste, dass Los Angeles nur ein kurzer Zwischenstopp war und nicht die Stadt, in der ich wieder leben würde.

Einen großen Anteil an meinen zwiespältigen Gefühlen, so war ich überzeugt, hatte die Tatsache, dass ich nicht vernünftig mit Nine kommunizieren konnte. Anfangs hatte er noch ganz normal auf meine Nachrichten geantwortet, doch dann waren seine Antworten immer kürzer geworden. Irgendwann schrieb er nur noch so selten, dass ich mich dazu aufraffte, ihn anzurufen – obwohl ich vermutete, dass ich beim Klang seiner Stimme heulen würde wie ein Baby.

Er hob nicht ab.

Dann hörten auch seine Nachrichten auf. Ich hatte mich geirrt. Ich heulte nicht, weil ich seine Stimme am Telefon hörte, sondern weil ich sie *nicht* hörte.

Irgendwann fand Evie mich zusammengerollt zwischen dem Sofa und der Zimmerecke auf dem Boden.

„Wen soll ich umbringen?", fragte sie mit einem Knurren.

„Mich", gab ich schniefend zu. „Ich werde nur gerade von meiner Vergangenheit eingeholt, die ein Hühnchen mit mir rupfen will." Natürlich erinnerte mich das an Sir Pick-A-Lot und ich musste noch mehr heulen.

Ich war völlig am Ende. Das Gefühlschaos mit Nine, Jacks unsichere gesundheitliche Lage, all das machte mich völlig fertig. Zum Glück hatte Nine recht behalten und das Produktionsteam war bereit, meinen Dreh so zu planen, dass ich bis zur Knochenmarktransplantation Mitte Juli fertig war. Doch das bedeutete auch, dass ich umso härter arbeiten musste, um alle Szenen rechtzeitig abzudrehen.

Obwohl ich mich überwältigt fühlte, war ich auch dankbar. Ich hatte beinahe acht Jahre lang davon geträumt, in Los Angeles Schauspieler zu werden und endlich hatte ich eine respektable Rolle in einem Film. Noch dazu waren die anderen Schauspieler verdammt cool und mega professionell. Bane McKenner spielte die männliche Hauptrolle und ich musste gestehen, dass ich ziemliche Ehrfurcht vor ihm hatte. Er hatte eben die Verfilmung eines Bestsellers mit dem Titel *Colt* abgedreht, und ich erinnere mich noch, dass Eli darüber Witze gemacht hatte, weil es der Name seines Bruder ist. Es war ein riesiger Jugendbuch-Hit. Die Hauptrolle in der Verfilmung zu bekommen hieß, dass Bane McKenner auf einem guten Weg war, eines der beliebtesten Teenie-Idole auf der ganzen Welt zu werden.

Mit Sam Gwan zu drehen war ebenfalls ein wahr gewordener Traum. Er war brillant, hungrig, offen und authentisch. Er war jung genug, um in seinen Meinungen noch nicht so festgefahren zu sein wie ein routinierter Regisseur. Gleichzeitig war er lang genug im Geschäft, um ganz genau zu wissen, was er tat. Ich war umgeben von Talent und Enthusiasmus.

Doch es war verdammt harte Arbeit und ich war nicht besonders gut darin. Nicht in dieser speziellen Rolle.

Das sagte ich nicht, um bescheiden zu wirken. Den Krankenpfleger für einen sterbenden jungen Mann zu spielen war keine besonders gute Rolle für mich.

Zumindest zu diesem Zeitpunkt meines Lebens nicht.

Glücklicherweise half mir Jarrod fast jeden Abend dabei, mich auf den kommenden Tag vorzubereiten. Ohne ihn hätte man mich vermutlich bereits als drittklassigen Schauspieler *und* nervliches Wrack abgestempelt und vom Set eskortiert. Ich fühlte mich in einer Gruppe von derart talentierten Schauspielern fehl am Platz, und ihre Gegenwart führte mir deutlich vor Augen, wie blauäugig ich gewesen war. Ich hatte wirklich gedacht, dass eine tolle Filmrolle die Leere in meinem Leben füllen könnte.

Wie lächerlich. Diese Rolle machte mir klar, dass ich all meine Hoffnungen und Träume an einen Mythos geknüpft hatte. Es war, als wäre der Hauptgewinn endlich in Reichweite, doch wenn man danach greift, erkennt man, dass es immer nur ein Hologramm gewesen war. Wenn ich nachmittags nach Hause kam, fühlte mich nicht erfüllter als morgens beim Verlassen der Wohnung. Und warum sollte ich auch? Den letzten Monat hatte ich jeden Tag vor der Kamera gestanden, bloß, dass ich in den Aufnahmen für den Stallion-Vlog ich selbst sein konnte.

Zu erkennen, dass das nicht das Richtige für mich war, war gewissermaßen befreiend. Es war, als fühlte ich mich endlich nicht mehr zwischen zwei Welten hin- und hergerissen. Mir wurde klar, dass ich nach Hause zurückkehren wollte, zumindest bis Jacks sich vollkommen erholt hatte und Mom sich nicht mehr zerreißen musste.

In der Hütte in der Nähe von Shale Falls hatte ich gewusst, dass ich mit dem Auto in wenigen Stunden bei meiner Familie sein könnte, falls sie mich brauchten. Hier in Los Angeles fühlte es sich an, als wären sie eine Million Kilometer weit entfernt.

Und dann war da noch Nine.

Mir fiel ein, wie meine Mom mir von der Zeit erzählt hatte, als sie endlich ihren Ehering abgenommen hatte, nachdem mein Dad uns endgültig verlassen hatte.

„Ich habe ständig die Stelle an meinem Finger berührt und bemerkt, dass er nicht mehr da ist", hatte sie gesagt. „Es war, als fehlte ein Teil von mir und als könnte mein Körper das zwar spüren, aber nicht darüber hinwegkommen." Es hatte ein Jahr gedauert, bis sie nicht mehr nach dem Ring griff.

Genau so ging es mir mit Isaac Winshed. Er war ein Teil von mir, er hatte sich tief in meine Haut gegraben, wie die kleine Ansammlung von Sternen, die auf meine Hüfte tätowiert war. Bloß, dass er verschwunden war. Mein Körper streckte sich jede verdammte Nacht nach ihm aus und fiel mit einem Rums von Van und Evies Sofa. Jeden Morgen zählte mir Evie auf, wie viele Male sie mich bereits auf den Boden plumpsen gehört hatte. Van hatte sogar angeboten, mit mir zu tauschen und mir das Bett zu überlassen.

Ich sagte ihm die Wahrheit: „Dann würde ich einfach so lange über das Bett rollen, bis ich wieder auf den Boden falle."

Weil mein Körper einfach nicht aufhören konnte, nach ihm zu suchen.

„Hey, Schnuckel, aufwachen!", sagte Bane und warf eine zerknüllte Papierserviette an meine Stirn.

Ich sah ihn verwirrt an, während ich versuchte, meine schlechte Laune abzuschütteln. „Tut mir leid, was gibt's?" Für jemanden, der einen Sterbenden spielte, war er in den Drehpausen putzmunter.

„Einige von uns treffen sich nachher bei mir und wir bestellen was. Bist du dabei? Willow will dich unbedingt kennenlernen. Sie folgt dir und deinem Freund auf Insta."

Ich schob meinen Joghurtbecher zur Seite. Bane war mit einer berühmten Sängerin zusammen. Bei ihnen zum Abendessen eingeladen zu sein, war beinahe surreal. „Ja, klar", sagte ich automatisch. „Danke."

Ich nahm Evie mit, die mir mit ihrem Quietschen und Betteln fast das Ohr abgekaut hätte, nachdem ich ihr davon erzählt hatte. Als wir bei der großen Wohnung mit Strandblick in Santa Monica ankamen, war ich mehr als beeindruckt. Wenig überraschend war alles professionell eingerichtet und unfassbar cool. Die Wände in Richtung Strand waren allesamt aus Glas und einige der Schiebetüren waren geöffnet und ließen den Klang der Brandung und die Meeresbrise ins Innere.

Bane stellte mir sofort Willow vor, die mich aufgeregt auf *Cooped Up With Nine* ansprach.

„Wie schafft ihr beide Projekte zur selben Zeit? Ich habe Bane gefragt, aber er wusste es nicht", fragte Willow, während sie mich zum langen Esstisch führte, auf dem Fingerfood und Wein standen.

„Nine ist noch dort. Er postet Material, das wir vorab aufgenommen haben und erledigt noch einige kleinere Arbeiten." Ich nahm das Weinglas, das sie mir anbot. „Danke. Er, ähm… er hat darauf bestanden, dass ich die Rolle annehme. Ich wollte ihn nicht im Stich lassen, aber —"

„Wie süß von ihm. Das kann ich mir so gut vorstellen. Bei der Art, wie er dich ansieht. So…" Sie legte ihre schlanke Hand auf den V-Ausschnitt ihrer tief ausgeschnittenen Bluse. „Schmachtend." Sie sang ein paar Zeilen, in denen ich Ed Sheerans Song „Perfect" erkannte.

Your heart is all I own. And in your eyes you're holding mine.

Ich zwang mich zu lächeln und zu nicken, doch meine Hände begannen zu zittern. „Er ist ein guter Kerl." Ich hörte meine Worte, doch ich fühlte mich, als hätte ich meinen Körper verlassen. Ich wusste, dass er diesen Satz hasste, obwohl es zu tausend Prozent auf ihn zutraf.

Evie musste mein Unbehagen bemerkt haben, denn sie begann, irgendwelche albernen Fragen über die Wohnung zu stellen, etwa wo sie das Sofa gekauft hatten oder wer das Bild an der Wand gemalt hatte. Ich nutzte die Gelegenheit, um hinaus auf den Balkon zu gehen und durchzuatmen.

Ich zog mein Telefon aus der Tasche und prüfte zum unzähligsten Mal unseren Instagram Account. Es gab einen neuen Beitrag. Isaacs hübsches Gesicht war von der Sonne gerötet. Wäre ich bei ihm gewesen, dann hätte ich ihn an die Sonnencreme erinnert.

„Hallo, alle miteinander. Heute hat mein Bruder mir noch einmal mit dem Dach geholfen. Coop liegt noch immer flach, aber er hat mir versprochen, dass er ein Video für euch aufnimmt, sobald er wieder gesund ist. In der Zwischenzeit haben Nacho und seine Freunde ein paar neue Tricks für euch einstudiert.“

Er machte einen Schritt aus dem Bild und gab den Blick auf die Lichtung frei. Vermutlich hatte er das Handy mit dem flexiblen Stativ am Verandageländer montiert. Nine steckte die Finger in den Mund, bis der Winshed-Pfiff ertönte. Nacho schoss aus dem Wald und flitzte auf ihn zu, genau wie Elis Hunde. Im nächsten Moment saßen alle zu Nines Füßen.

Ich konnte es ihnen nicht verdenken.

„Okay, bleib“, sagte er und hob die Handfläche, um sie zu beruhigen. Er schnappte sich die Box mit Tennisbällen, die auf dem Sägebock neben ihm lag und warf einen davon ein paar Mal in die Luft. Sämtliche Hundeaugen folgten dem Ball, als wäre er ein fettes Steak.

Er ging etwas vorgebeugt in die Hocke, warf einen Ball in die Luft und rief nach Rose. Sie machte einen Satz auf seinen Rücken, stieß sich ab und fing den Ball in der Luft, bevor sie wieder auf dem Boden landete. Gleich darauf warf er den zweiten Ball und rief Barnabys Namen. Danach warf er ein drittes Mal für Nacho. Doch sobald

Nacho sich von Nines Rücken abgestoßen hatte, stand Nine auf und kaum hatte Nacho sich den Ball aus der Luft geschnappt, fing Nine ihn auf.

Nine wirkte verdammt stolz auf sich selbst und grinste breit in die Kamera. Zwischen dem dunkelbraunen Bart wirkten seine Zähne noch weißer. Die Sonne fiel genau im richtigen Winkel auf die Lichtung, um die roten Pigmente in seinem Bart aufleuchten zu lassen. Als die Kamera langsam ausblendete, schob Eli sich ins Bild und machte einen Witz darüber, dass Nine sich jetzt um seine Bälle kümmern würde.

Jede einzelne Faser in meinem Körper sehnte sich danach, mit Nine und Nacho auf der Lichtung zu sein, herumzualbern und in den Arbeitspausen mit Nacho zu spielen. Es war schön zu sehen, dass Nine nicht alleine war. So wie es aussah, war Eli bereits seit einigen Tagen bei ihm.

Ich atmete seufzend aus und betrachtete die Wellen. Einen Augenblick später hörte ich Willow, die eine Zeile eines Hamilton-Songs zum Besten gab.

I will never be satisfied.

Mir entkam ein leises Schnauben. Genau das. Das passte zu mir. Ich stand hier und hatte alles, was ich jemals gewollt hatte und war noch immer nicht glücklich. Zum Teufel damit. Ich musste mich zusammenreißen und lernen, dankbar zu sein. Ich drehte mich um und mischte mich wieder unter die Leute. Das war das Leben, das ich wollte, ich musste mich lediglich darauf einlassen und damit aufhören, eine launische Diva zu sein.

Bane und Willow erwiesen sich als durch und durch freundliche Leute, die ihr Bestes gaben, damit ihre Gäste sich wohl fühlten. Evie und ich setzten uns auf ein bequemes Zweier-Sofa und lachten stundenlang, bis Willow irgendwann betrunken genug war, um singende Imitationen von Bane und den anderen Schauspielern vorzutragen. Ich ließ meinen Blick durch den Raum und über einige der Schauspieler und Set-Mitarbeiter schweifen, die ich in den vergangenen

Wochen kennengelernt hatte, und beschloss, dass das gut genug für mich war.

Wenn ich Nine und die Märchenhütte in den Wäldern nicht haben konnte, würde ich hier in Los Angeles mit meinen neuen Freunden zufrieden sein. Es war genug.

Es musste genug sein.

„Morgen Abend ist der vierte Juli. Wir sehen uns das Feuerwerk von der Yacht aus an, Marina del Ray", sagte Willow laut, sodass alle es hörten. „Wer ist dabei?"

Evie rammte mir den Ellbogen in die Rippen, um meine Aufmerksamkeit zu wecken. Als sie mit weit aufgerissenen Augen den Kopf schief legte wusste ich, dass wir den vierten Juli auf Willows Yacht verbringen würden. Ich hob die Hand. „Ich war noch nie auf einer Yacht, aber ich habe sicher tausend Mal *Der gefährlichste Job Alaskas* gesehen. Bin ich deshalb ein Newbie?"

Willows Lachen wurde von ihren beiden legendären Grübchen akzentuiert. „Ich verspreche dir, dass du nicht das Deck schrubben musst."

Bane ging hinter unserem Sofa vorbei, um sich noch ein Bier zu holen und klopfte mir dabei auf die Schulter. „Du wirst es lieben. Man hat die beste Sicht auf das Feuerwerk und der Schiffskoch macht traumhaftes Sushi."

Als Evie und ich uns schließlich ein Taxi riefen und zurück zu unserer Wohnung fuhren, sah sie mich mit großen Augen an. „Heilige Scheiße, Coop. Wir sind mit Willow Ex und Bane McKenner befreundet. Wir verbringen den vierten Juli auf ihrer verdammten *Yacht*."

Sie lehnte sich zurück und pustete ihre Stirnfransen an.

„Sie sind verdammt nett. So authentisch. Hast du gehört, wie Bane erzählt hat, dass er seinem Bruder Fahrradfahren beigebracht hat? Das war so süß. Und als Willow erfahren hat, dass ich im Trapeze arbeitete, war sie begeistert. Als Kind war das einer ihrer Lieblingläden, hat sie erzählt. Und Lou, euer Produktionsassistent, ist nur dreißig Kilometer von mir entfernt aufgewachsen, in Lanton. Ist das nicht verrückt?"

Sie plapperte aufgeregt weiter und erzählte von den übrigen Leuten, die sie kennengelernt hatte. Ich schloss die Augen und spürte die warme Luft, die durch das offene Autofenster hereinströmte. Die Geräusche und Gerüche der Stadt waren das komplette Gegenteil von meiner kleinen Lichtung in den Bergen in Colorado, doch die warme Brise auf meinem Gesicht war es nicht. Sie erinnerte mich an den Tag, als wir eine Decke in die Sonne gelegt hatten, um mittags ein Picknick zu machen. Ich lag mit meinem Kopf in Nines Schoß und hatte die Augen geschlossen, um die warme Sonne auf meinem Gesicht zu genießen. Die Brise strich sanft durch die Bäume und erzeugte das vertraute, raschelnde Flüstern, das Espen im Wind von sich geben.

Nine hatte mein Haar gestreichelt, während aus dem Lautsprecher, den wir in der Hütte gelassen hatten, leise seine altmodischen Country Songs ertönten.

„Dein Telefon vibriert", sagte Evie und weckte mich damit aus meinem Halbschlaf. Es war zwei Uhr morgens, ein Anruf um diese Zeit konnte nichts Gutes bedeuten."

„Mom?", fragte ich, während ich das Telefon an mein Ohr presste.

„Du musst sofort herkommen, Liebling", sagte sie panisch. „Er ist in der Arbeit gestürzt und hört nicht auf zu bluten."

KAPITEL 29
NINE

Irgendwie wusste ich, dass es um Jacks gehen musste. „Was ist los?", fragte ich Eli, während ich über die Lichtung hastete.

„Es geht um Jacks. Er hatte einen Unfall und liegt in der Intensivstation."

„Geben sie Cooper Urlaub, damit er zu ihm kann?"

Eli zuckte mit den Schultern. „Er weiß es noch nicht, weil ein Feiertag ist. Aber er fährt trotzdem."

„Gut, das sollte er." Ich stand auf der Lichtung wie ein Idiot, so als… als müsste ich irgendetwas tun oder irgendwohin gehen.

Eli legte den Kopf schief und sah mich an. „Fährst du nach Caswell?"

Jede Faser meines Körpers wollte *Ja* schreien. „Nein. Außer er will mich dort haben, und wir wissen beide, dass er niemals irgendjemanden braucht." Doch der Gedanke, dass er dort nicht jede Menge moralischen Beistand hatte, behagte mir nicht. „Du solltest fahren."

Eli machte große Augen. „Ich kann nicht, ich muss zurück in die Arbeit."

Mein Herzschlag beschleunigte sich. „Er hasst Nadeln, Eli. Wenn sie die Knochenmarksache durchführen müssen, wird er jemanden brauchen, der seine Hand hält und so.“

„Oh Mann, der Eingriff dauert höchstens zwei Stunden und wird unter Narkose durchgeführt. Er schafft das schon. Ich glaube, sein Part an der Prozedur ist sogar ambulant.“

Er verstand es nicht. Es ging nicht darum, wie lange der Eingriff dauerte, sobald er betäubt war, sondern darum, *wie* sie ihn betäuben würden.

„Er wird Panik kriegen. Er wird beinahe ohnmächtig, wenn er Nadeln sieht, wird ganz blass und so.“

Eli griff sich seinen Hammer und stieg zurück auf die Leiter. „Er ist ein großer Junge. Er wird das überstehen.“

Natürlich hatte er recht. Aber etwas zu überstehen hieß noch lange nicht, dass man sich *gut* dabei fühlte. Während ich mich wieder an die Arbeit machte, dachte ich an Coopers kleine Familie. Wer würde sich um seine Mutter kümmern, wenn beide Söhne im Krankenhaus waren? Würde ihr jemand etwas zu essen bringen oder ihre Hand halten, während sie wartete? Und was sagte ihr Arbeitgeber dazu, dass sie frei brauchte?

Nachdem ich eine Stunde lang die Holzfassade repariert hatte, hielt ich es nicht länger aus.

Nine: *Ich habe das von Jacks gehört. Geht es ihm gut?*

Es schien ewig zu dauern, bis die Punkte sich in Worte verwandelten.

Cooper: *Sie konnten die Blutung stoppen. Sobald er stark genug für die Chemo ist, die sein Knochenmark abtöten soll, starten sie mit der Transplantation.*

Mein Magen verkrampfte sich und mein Hirn konnte nicht aufhören, in Gedanken bereits die Koffer zu packen.

Nine: *Brauchst du mich? Ich kann in drei Stunden da sein.*

Diesmal nahmen die Punkte sich zehn Jahre lang Zeit.

Cooper: *Ich komme zurecht, aber danke.*

Ich starrte auf die Nachricht. Natürlich tat er das. Er kam immer zurecht.

Zur Hölle damit.

Ich sammelte mein Werkzeug ein und brachte es in die Hütte, wo die große Werkzeugkiste stand. Plötzlich waren meine Gedanken so klar wie nie zuvor. Wenn man jemanden liebt, ist man für ihn da – ganz egal, ob der andere es wollte oder nicht. Das wusste ich dank meiner großen Familie schon seit Jahren. Ich hatte es schon in jungen Jahren verinnerlicht, nachdem meine Eltern uns das immer vorlebten.

Wenn man jemanden liebt, ist man für ihn da.

„Eli", rief ich. „Lass uns fahren. Wir packen unsere Sachen und fahren nach Caswell. Du wirst für Coop da sein, ob du willst oder nicht. Und ich werde… keine Ahnung. Für seine Mutter den Rasen mähen oder lernen, wie man einen Auflauf zubereitet. Irgendwas. Komm in die Gänge."

Er stieg klappernd von der Leiter und warf von draußen einen Blick in die Hütte. Mit einem fetten, süffisanten Grinsen sagte er: „Mein kleines Brüderchen hat eine herrische Seite. Wer hätte das gedacht?"

Ich räumte auf und verstaute das Werkzeug und die teuren Materialien in der Hütte, wobei sich die neuen Türriegel bezahlt machten. Dann ging ich ins Wohnmobil und packte das Nötigste zusammen. Und schon war ich bereit für die Abreise.

Eli umarmte mich fest, klopfte mir auf den Rücken und rief dann die Hunde zu sich.

Als wir endlich losfuhren, fühlte ich mich erleichtert. Zumindest konnte Eli jetzt seine Hand halten und ich würde mich irgendwie im Hintergrund nützlich machen. Vielleicht konnte ich sogar in der Bäckerei aushelfen oder Wäsche waschen – Hauptsache ich machte ihr Leben irgendwie leichter, während Jacks all das hinter sich brachte.

Als wir den Berg zur Hälfte hinter uns gelassen hatten, bog ich hinter Eli in die Tankstelle in Shale Falls ein. Aus einer Laune heraus gab ich eine Bestellung bei der Pizzeria nebenan auf. Bei unserer Ankunft in Caswell würde es neunzehn Uhr sein, doch ich wusste, selbst wenn sie kalt war, würde Cooper die Pizza zu schätzen wissen, falls er Hunger hatte. Eli konnte sie ins Krankenhaus mitnehmen.

Während ich auf die Pizza wartete, klingelte mein Telefon. Cooper war dran.

„Hey", sagte ich zögerlich. Ich fragte mich, ob Eli ihm von unserem Vorhaben erzählt hatte und Cooper mich nun davon abhalten wollte, zu kommen.

Ich hörte sofort, dass er weinte, woraufhin mein Herz einen Sprung bis zum Mond machte. Er klang verunsichert und ängstlich, was mich nervös machte. „Isaac? Ich weiß nicht, ob ich das schaffe."

„Natürlich. Natürlich schaffst du das."

Seine Stimme war ein krächzendes Flüstern. „Ich habe Angst."

Mein Herz konnte es kaum ertragen. „Eli ist auf dem Weg zu dir. Er ist in ein paar Stunden da. Ist etwas passiert?" Beinahe hatte ich Angst, zu fragen.

Er schniefte. „Nein, ich habe einfach nur Angst und… und ich will nicht alleine sein… und —" Seine Stimme brach und mein Herz gleich mit.

„Shh, alles gut, Liebling. Eli ist unterwegs." Ich schaffte es nicht, ihm zu sagen, dass ich ebenfalls auf dem Weg war. Was, wenn es ihn noch mehr aufregte? Oder wenn das hier nur ein vorübergehender Anflug von Angst war und er es bereuen würde, mich um sich zu haben? „Ist deine Mom auch da?"

„Mm-hm. Sie ist gerade bei Jacks, aber wir müssen uns abwechseln und diese Schutzkleidung tragen, weil sein Immunsystem für die

Transplantation herunterfährt. Sie sagen, eine Infektion könnte böse enden. Ich habe totale Panik."

Der Pizzamann überreichte mir einen großen Karton, was ich mit einem angespannten Lächeln quittierte. Als ich wieder hinter dem Lenkrad saß, schaltete ich die Freisprechanlage ein. Cooper würde Ablenkung brauchen, wenn er ganz alleine warten musste.

„Habe ich dir jemals davon erzählt, als Graham, Tip und ich Eli zum Nacktbaden im Trandle's Pond überredet haben? Aber in Wahrheit hatten wir anderen alle Badehosen an.

Er lachte leise und schniefend. „Nein, aber ich kann es mir gut vorstellen."

„Das Wasser war eiskalt. Die Schule hatte schon wieder angefangen, also war es vermutlich September. Ich glaube, ich war damals zehn, also war er sechzehn. Tip – wer sonst – hatte die Idee, ein Wettschwimmen zu machen, um zu sehen, wer am schnellsten den Teich durchqueren kann. Jedenfalls hatte Tip auch seiner damaligen Freundin davon erzählt, die Captain des Cheerleader-Teams war. Sie packen ihre Bikinis ein und kamen alle ans Teichufer. Wir hatten unsere Badehosen in eine kleine Tüte gepackt und Graham gelang es irgendwie, sie unter Wasser zu verstecken. Als wir am anderen Ufer ankamen, standen dort die Mädchen. Graham gab mir und Tip unsere Badehosen und wir spazierten aus dem Wasser, als wäre es keine große Sache."

Wieder lachte er leise. „Wenn es einen Gott gäbe, hättest du Fotos davon."

Ich beschrieb Elis legendären Wutanfall und legte noch einige andere Geschichten über Eli nach, die er noch nicht kannte. Als seine Mom aus Jacks Zimmer kam, klang er schon deutlich besser.

Er sagte etwas zu seiner Mutter und sprach dann wieder ins Telefon. „Danke."

„Klar", sagte ich. „Keine Ursache."

„Isaac?“ Er klang müde und ich hätte ihn so gerne in den Arm genommen.

„Ja, Baby?“

„Ähm... ich...“

„Kümmere dich jetzt um deine Mom. Alles wird gut. Ich... Eli ist bald da.“

KAPITEL 30

COOPER

Ich war so schrecklich müde. Nines süße Stimme am Telefon zu hören hatte mir das letzte bisschen Energie geraubt und jetzt wollte ich nur noch schlafen.

„Er ruht sich aus", sagte meine Mutter und setzte sich neben mir auf das kleine Sofa, das in dem privaten Warteraum stand, den man uns zugewiesen hatte.

Ich legte einen Arm um ihre Schulter und lehnte meinen Kopf an ihren. „Geh nach Hause und ruh dich etwas aus, hm? Du bist schon die ganze Nacht wach. Ich bleibe hier, für den Fall, dass er aufwacht."

Einen kurzen Augenblick lang schien sie mir widersprechen zu wollen, doch dann stand sie lächelnd auf und beugte sich zu mir herunter, um mir einen Kuss auf den Scheitel zu geben. „Okay. Wir wechseln uns ab, aber nur, wenn du versprichst, dass du gehst, sobald ich wieder zurück bin."

Ah, Mom und ihre Tricks. „Mal sehen."

Sofort nahm sie wieder Platz und verschränkte die Arme. Ich seufzte und winkte ab. „Na schön. Geh. Ich verspreche es."

Nach einem weiteren Kuss war sie verschwunden. Ich lehnte mich wieder in dem Zweisitzer zurück und versuchte, einen Moment lang die Augen zu schließen. Ich konnte nicht sagen, wie lange ich so vor mich hingedöst hatte, doch schließlich weckte mich eine junge Krankenschwester.

„Mr. Heath? Dr. Levine möchte im Labor eine Blutprobe von Ihnen nehmen, sobald Sie bereit sind. Hier sind seine Anweisungen." Sie gab mir eine Plastikhülle mit einigen Papieren darin. „Ich kann Sie jederzeit ins Labor bringen."

Ich rieb mir über das Gesicht, stand auf und streckte mich. Mein ganzer Körper schmerzte von dem Nickerchen auf dem harten Möbelstück. „Ich bin soweit. Danke."

Ich folgte ihr den Flur entlang zum Labor, doch dann fiel mir ein, dass die Blutabnahme auch Nadeln involvierte – und ich hasste Nadeln. Ein Kribbeln durchströmte meinen Körper und mir wurde schlagartig übel.

Reiß dich zusammen.

Schweißperlen bildeten sich auf meiner Oberlippe und ich hatte einen sauren Geschmack in der Kehle. Wie ein kleiner Junge wünschte ich, meine Mom wäre hiergeblieben. Wie zum Teufel konnte Jacks dieses ganze medizinische Zeug ertragen? Er hatte nie solche Probleme mit Nadeln gehabt wie ich.

Als der Labortechniker mich zu einem Stuhl mit speziellen Armschienen für die Blutentnahme führte, presste ich die Hände vor den Mund. „Ein Bett wäre besser", murmelte ich durch meine schwitzigen Finger hindurch. „Kann sein, dass ich ohnmächtig werde."

Der Techniker nickte und schenkte mir ein zuversichtliches Lächeln, während er mich weiter nach hinten zu einem schmalen Untersuchungstisch führte. „Vasovagale Synkope. Das ist verbreiterter, als Sie denken. Legen Sie sich einfach hin."

Bis er endlich alle Instrumente bereitgelegt hatte, zitterte ich am ganzen Körper. Ich hasste es, mich so zu fühlen. Ich verabscheute es, mir wie ein Kind vorzukommen und keine Kontrolle zu haben.

Erwachsene sollten nicht dieselben Angstreaktionen zeigen wie Kleinkinder, verdammt noch mal.

Er brauchte fünf Versuche, um eine Vene zu finden.

Als er endlich eine gefunden hatte, waren meine Arme mit Flecken übersät und heiße Tränen liefen mir in den Nacken. Ich vermisste Nine. Ich vermisste ihn so sehr. Ich wollte bloß, dass er hier war und meine Hand hielt und mir sagte, dass alles gut werden würde.

„Sie müssen viel trinken", murmelte der Techniker, während er die Teströhrchen beschriftete. „Dann wäre das hier um einiges leichter. Sie werden es noch mit jeder Menge Nadeln zu tun kriegen, wenn Sie Knochenmark spenden. Oh Mann, diese eine, die sie einem für die Entnahme ins Becken stecken, ist —"

Noch bevor er ausreden konnte, drehte ich mich um und erbrach mich in die kleine Plastikschüssel, die er mir nach dem zweitem erfolglosen Einstichversuch gegeben hatte. Der Techniker nahm es gelassen und reichte mir sogar eine Reisezahnbürste und Zahncreme, damit ich mich im Badezimmer des Labors frischmachen konnte. Ich schloss die Augen und stellte mir vor, dass Nines großer, starker Körper hinter mir stand und mich stützte, während ich mir die Zähne putzte und mein Gesicht wusch. Vielleicht reichte schon die Vorstellung, dass er mir Kraft gab, um das hier durchzustehen.

Als ich mich genug gesammelt hatte, um zurück in den Warteraum zu gehen, fühlte ich mich schwach, zittrig und unglaublich fertig. Ich hatte viel zu viel Mitleid mit mir selbst, wenn man bedachte, dass Jacks so viel Schlimmeres durchmachen musste als ich. Doch bei diesem Gedanken fühlte ich mich nur noch schwächer und dämlicher. Und schuldig. Extrem schuldig.

Wer zur Hölle war ich denn, dass ich jemand anderes brauchte? Ich war nicht der Hilfsbedürftige hier. Ich war der Helfer. Ich war hier, weil Jacks mich brauchte und ich musste stark sein. Für ihn. Für uns beide.

Als ich zurück in den kleinen Warteraum kam, war ich überrascht, Eli vorzufinden. „Du bist gekommen", sagte ich einfältig.

Er strahlte und stand auf, um mich zu umarmen. Er war nicht so groß wie Nine und roch anders, aber an seiner Kleidung haftete ein Hauch von verbranntem Holz, der mich an seinen Bruder und unsere kleine Lichtung in den Wäldern erinnerte.

„Ja. Wie fühlst du dich?", fragte er und setzte sich auf einen der Stühle in dem kleinen Raum. Ich nahm wieder auf dem harten Sofa Platz.

„Beschissen", gestand ich mit einem müden Lachen. „Ich wünschte, Nine wäre hier. Nichts für ungut."

Eli sah mich verblüfft an. „Wirklich?"

Ich hatte das Gefühl, gleich wieder loszuheulen, was nach allem, was ich heute durchgemacht hatte, einfach nicht sein durfte. Also nickte ich einfach nur. Eli wirkte unbehaglich, doch ich schob es auf die Weise, wie ich über seinen Bruder sprach.

Wir saßen eine Weile schweigend nebeneinander und taten, als verfolgten wir die Kochsendung, die im Fernseher in der Ecke lief. Eli tippte auf seinem Telefon herum, also nahm ich an, dass er seiner Freundin Rissa schrieb.

„Wie geht es Rissa?", fragte ich, um Smalltalk zu machen. Er war den ganzen Weg hierher gekommen, also sollte ich zumindest dankbar genug sein, um mich mit ihm zu unterhalten.

Er kicherte. „Keine Ahnung. Sie ist mit Freundinnen für ein Junggesellinnenwochenende nach Vegas gefahren. Tja, es war als Wochenende geplant, aber sie haben den Trip verlängert."

Er sah zu mir hoch und grinste. „Ich habe Nine erzählt, dass sie ihm jede Menge Dates mit ihren Freundinnen aufdrängen wird, sobald sie wieder zurück ist."

Und schon war meine Übelkeit wieder zurück. „Er ist schwul", sagte ich stur, obwohl es nicht so war. Nicht wirklich. Es war nicht fair, ihn für mein Geschlecht zu beanspruchen, nur weil ich rasend eifersüchtig war.

„Nein", sagte Eli, ohne von seinem Telefon hochzusehen. „Das war nur eine Phase. So wie auf dem College, wo viele Leute mal kurz herumexperimentieren, du weißt ja. Nur, dass er nie auf dem College war."

Ich starrte ihn an. „Soll das ein Witz sein?" Seit wann war mein bester Freund so ein Idiot?

Er zuckte mit den Schultern und lehnte sich zurück. Dann schloss er die Augen und lehnte den Kopf gegen die Vinylwand hinter ihm. „Du hast ihm eine Kostprobe gegeben und jetzt ist er fertig damit. So einfach ist das."

Ich hätte diesen Kerl am liebsten eine reingehauen. „So war das nicht", giftete ich. „Es war mir ernst mit ihm. Ist es noch immer, ehrlich gesagt. Das hat überhaupt nichts mit Experimentieren zu tun."

Wieder zuckte er mit den Schultern, ohne dabei die Augen zu öffnen. „Tja, Tank Peterson ist schwul. Er betreibt ein Fitnessstudio in Wheatland. Vielleicht versucht er es mal mit Nine. Ich frage mich, ob Nine kräftige Männer mag. Tank nimmt an Wettkämpfen im Gewichtheben teil."

Ich biss die Zähne zusammen, doch auch das hielt meine Tränen nicht auf. „Hör auf, darüber zu reden, dass er andere Leute trifft", sagte ich mit rauer Stimme. „Das ist fies."

Eli hob überrascht den Blick. „Was soll das heißen? Du bist doch derjenige, der ihn nicht mehr wollte, oder? Du wolltest ein Leben in Los Angeles? Du hast Nine nicht mal gefragt, ob er mitkommen will."

Ich war völlig durcheinander, aber eine Sache wusste ich ganz sicher. „Ich will ihn. Ich will ihn jetzt sofort. Ich brauche ihn hier bei mir." Mit jedem Wort fielen weitere Tränen. „Ich brauche ihn", wiederholte ich leise. Ich klang erbärmlich, aber ich war todmüde.

„Immerhin hast du mich", sagte Eli. Er schien auf etwas zu warten – eine Reaktion oder etwas in der Art.

„Nimm es mir nicht übel, Eli, aber du bist nicht Isaac", stieß ich hervor. Dann beugte ich mich vor und vergrub mein Gesicht in meinen Händen.

„Du willst, dass Isaac herkommt?"

Ich riss den Kopf hoch und starrte ihn an. „Ja, verdammt! Wie oft muss ich es dir noch sagen. Ich will ihn hier haben. Ich habe ihn angerufen, oder etwa nicht? Ich habe ihm erzählt, dass ich Angst habe, aber er ist trotzdem nicht —"

Eli unterbrach mich. „Er ist draußen auf dem Parkplatz."

Ich starrte ihn an. „Was?"

„Er wollte für dich da sein, aber er hatte Angst, dass du ihn nicht hier haben willst. Er hatte den tollen Plan, morgen zum Haus deiner Mutter zu gehen und die Hecke zu schneiden, oder sowas in der Art. Keine Ahnung. Rede mit ihm."

Doch ich war bereits bei der Tür.

KAPITEL 31

NINE

Ich war eben dabei, die Hunde nach einer kleinen Pinkelpause wieder zurück ins Wohnmobil zu lassen, als mir jemand über den Parkplatz hinweg etwas zurief.

„Hey, Arschloch!"

Es war Cooper und es hätte mich nicht gewundert, Rauch aus seiner Nase steigen zu sehen. Sein blasses Gesicht war wutverzerrt und seine Hände waren zu Fäusten geballt. Er stürmte über den Parkplatz, als wäre ihm der Teufel auf den Fersen.

Er sah zum Weinen schön aus.

Doch er war in Rage wie ein wilder Stier. „Was zur Hölle, Nine? Was zur verdammten Hölle soll das? Du bist hier und hast nicht die Eier reinzukommen?"

Ich wusste nicht, was ich antworten sollte. Egal, welche Worte ich wählte, es würden vermutlich die falschen sein. Also sagte ich gar nichts.

„Aha, du hast also überhaupt nichts dazu zu sagen?" Ein Donnerschlag untermauerte seine Worte. „Der große, schweigende Isaac Winshed. Was habe ich auch anderes erwartet?"

Ich zwang mich, zu sprechen. „Eli ist bei dir. Ich habe nicht angenommen —"

„Ich will nicht Eli, du Arsch!" Er war nun nahe genug bei mir, um mich mit beiden Händen zu schubsen, doch ganz offensichtlich war er zu erschöpft, um viel Kraft aufzuwenden. „Ich will *dich*! Ich brauche *dich*."

Aus der Nähe konnte ich mit einem Mal sehen, dass er weinte. Sein Gesicht war aufgequollen, als würde er das schon den ganzen Tag tun.

Ich starrte ihn dämlich an und rief mir das Telefonat in Erinnerung, in dem ich ihn ausdrücklich gefragt hatte, ob er mich hier haben wollte. „Aber ich habe dich gefragt und —"

Seine Fäuste schlugen schwach gegen meine Brust und ich spürte die ersten dicken Tropfen fallen.

„Ich hasse dich", jammerte er. „Ich habe dich gebraucht und du hast dich einfach gedrückt, wie ein beschissener —"

Ich packte ihn auf Brusthöhe an seinem Shirt, zog ihn näher an mich und nahm ihn in die Arme. Ich drückte ihn so fest ich konnte und erstickte den Rest seiner Worte an meiner Brust. „Shh, es tut mir leid. Ich bin ja da. Es tut mir leid."

Er kämpfte weiter gegen mich an, stemmte sich gegen mich und zog mich dazwischen immer wieder an sich. Als könne er sich nicht entscheiden, ob er mich schlagen oder in meiner Nähe sein wollte.

„Ich hasse dich so sehr", wiederholte er und diesmal klang seine Stimme zorniger. „Und noch mehr hasse ich mich selbst, weil ich dich brauche."

Mittlerweile goss es in Strömen, also griff ich nach der Türklinke des Wohnmobils. Kaum hatten wir es die Treppe hochgeschafft und die Tür hinter uns geschlossen, stürzte Cooper sich auf mich und drückte mich gegen den breiten Schrank an der gegenüberliegenden Wand.

Alle drei Hunde winselten hüpfend um unsere Aufmerksamkeit, aber ich befahl ihnen knurrend, sich hinzusetzen.

Cooper packte meinen Bart und riss meinen Kopf nach unten, bis seine Lippen sich auf meine pressten. Es fühlte sich an, als fiele eine heiße Raubkatze über mich her, doch ich stand einfach da und ließ es mir gefallen – aus Angst, er würde noch wütender werden, wenn ich jetzt versuchte, ihn zu stoppen und zu beruhigen.

Seine Hände waren plötzlich überall. Mein Shirt flog über meinen Kopf, meine Jeans rutschten nach unten und ich hörte, wie er leise vor sich hinmurmelte.

„Beschissenes Arschloch. Wartest einfach hier draußen, während ich dort drin bin. Wusstest du, dass die mich wegen einer einzigen, verfickten Blutprobe fünfzigtausend Mal gestochen haben? Nein. Das wusstest du nicht, weil du hier draußen warst und wie ein Idiot den Kopf in den Sand gesteckt hast, während die meine verdammten Venen durch den Fleischwolf gedreht haben. Aber weißt du was? Ich erzähl dir mal was, du Arschloch. Damit ist jetzt Schluss. Du gehörst mir. Du und ich. Das hier ist real, ob es dir gefällt oder nicht, und ich lasse mir von dir nicht sagen *mmmpff*!“

Ich nahm sein Kinn und küsste ihn grob, dann drehte ich den Spieß um und schob ihn durch das Wohnmobil, bis er mit dem Rücken zur Wand stand. Jetzt war er an der Reihe, seine Kleidung loszuwerden und sobald er nackt und keuchend vor mir stand, warf ich ihn mir über die Schulter und trug ihn zum Bett, wo ich ihn auf die Tagesdecke warf und mir dann das Gleitmittel und ein Kondom schnappte.

Wenn er seinen Frust in Form von Sex ablassen wollte, war ich nur zu gerne dabei. Vielleicht warf das kein gutes Bild auf mich, aber ich wusste, dass es genau das war, was Cooper wollte. Was er brauchte. Er musste für einen Augenblick den Kopf freikriegen und ich wusste haargenau, wie ich das anstellen würde.

„Auf alle viere. *Sofort*“, sagte ich.

„Du hast mir überhaupt nichts zu sagen“, fauchte er.

„In diesem Moment schon. Los.“

Er warf mir einen giftigen Blick zu, beeilte sich dann aber, meiner Anweisung Folge zu leisten. Sein blasser Hintern leuchte im dämmrigen Raum.

„Ich lasse mich nicht herumkommandieren", murrte er ins Kissen.

Ich packte eine Pobacke und zog sie gerade so weit zur Seite, damit ich mit meinem glitschigen Daumen sein Loch massieren konnte. „Du gehörst mir. Schon vergessen? Deine Worte."

„Du gehörst mir, habe ich gesagt, nicht — *ach du scheiße*."

Ich drückte meinen Daumen fest hinein und Gänsehaut breitete sich auf seinem Fleisch aus.

„Isaac", sagte er keuchend. „Bitte."

Hastig verteilte ich das Gleitgel, zog dann das Kondom über und benetzte es ebenfalls, bevor ich die Tube beiseite warf. „Willst du das hier?" Meine Stimme klang rau vor Verlangen, aber ich wollte sichergehen.

„Isaac." Diesmal war es ein Wimmern. „Bitte."

Ich beugte mich über seinen Körper, der schmaler war als meiner, und drückte meine Wange an seine. „Sag mir, dass du mich in dir spüren willst. Sag mir, dass ich dich hart ficken soll. Sag mir, dass du —"

„Ja! Ist okay! Ja. Fick mich. Nimm mich. Ich brauche dich so sehr. Bitte, verdammt, ich flehe dich an. Was willst du — *unghh!*"

Mit einem einzigen festen Stoß bohrte ich mich in ihn, bevor ich anfing, mich rein und raus zu bewegen. Sein Körper war eng und heiß und fühlte sich irgendwie vertraut an. Meine Kehle wurde trocken. Wieder in ihm zu sein, fühlte sich unbeschreiblich an und ich wollte für immer so bleiben.

Ich wusste, dass er einfach nur verzweifelt nach einer Ablenkung suchte – so verzweifelt, dass er gar nicht wusste, was er sagte. Doch wenn es bedeutete, dass ich ihn wieder auf diese Weise spüren konnte, war ich bereit, mich darauf einzulassen.

Während ich mich in ihn und wieder heraus schob, verteilte ich Küsse auf seiner Wirbelsäule, hinauf bis zu seinem Nacken. Er keuchte und krallte sich in das Bettlaken.

„Genau so", stöhnte er wieder und wieder. „Oh Gott, nicht aufhören."

Ich griff nach seinen Händen und schob sie hoch über seinen Kopf, während ich ihn weiterhin hart und schnell fickte. „Du fühlst dich so gut an. Ich komme gleich."

„Nine!" Sein Schrei zerriss die Luft und sein ganzer Körper verkrampfte sich. Ich griff nach unten und ertastete sein Sperma auf seinem Schwanz und den Laken darunter. Der Gedanke, dass er ohne Berührung gekommen war, gab mir den Rest.

Ich kam aus dem Rhythmus und hielt mich einfach nur an ihm fest, während mein Orgasmus mich überrollte und meine Gedanken in tausend Stücke zerstoben. Als ich fertig war, blieb ich so, in ihn gedrückt, während ich flach ausgesteckt auf seinem Rücken lag. Ich vergrub meine Nase in seinem Haar und küsste seine Wange.

Die Worte lagen mir auf der Zunge, aber ich bekam sie nicht heraus. „Ich…" *Ich liebe dich.* „Ich…"

Cooper reichte nach hinten und vergrub seine Hand in meinem Haar, während er mein Gesicht an sich drückte. „Halt mich einfach nur fest, ja?"

Ich nickte und versuchte, meine Furcht hinunterzuschlucken. Er verdiente es zu wissen, wie sehr ich ihn schätzte, aber ich hatte Angst. Ich hatte regelrecht Panik, dass er seine Worte vorhin nicht ernst gemeint haben könnte und dass all das hier nur darauf zurückzuführen war, dass er überfordert und ausgelaugt war. Wenn ich ihm meine Gefühle gestand und er sie nicht erwiderte… ich war mir nicht sicher, ob ich das überstehen würde.

Außerdem brauchte er mich jetzt als seinen Felsen in der Brandung, beständig und zuverlässig. Das konnte ich gut. Einen emotional verunsicherten Komplexhaufen konnte er nicht gebrauchen.

„Bleib einfach liegen und ich mache uns sauber“, murmelte ich, während ich mich von ihm löste, um in das kleine Bad zu gehen. Als ich mit einem Tuch zurückkam, schlief er bereits. Ich säuberte uns beide und schrieb Eli, dass wir im Wohnmobil ein Nickerchen machten. Dann legte ich mich neben ihn ins Bett und zog ihn an mich.

Ich war nicht sicher, was das hier bedeutete, doch solange ich ihn eine Weile lang festhalten konnte, war ich zufrieden.

KAPITEL 32
COOPER

Die folgenden Tage waren völlig verschwommen. Ich war mir nicht sicher, ob ich das Ganze überstanden hätte, ohne als weinendes Häufchen Elend zu enden, wenn Nine nicht die ganze Zeit über an meiner Seite gewesen wäre. Die Kombination aus Nadeln und Blutentnahmen, Infusionen und piependen Apparate machte mich schrecklich nervös.

„Danke, dass du geblieben bist", sagte ich zum tausendsten Mal. Nine hob den Blick von seinem Notebook. Er hatte es sich mit überkreuzten Beinen auf dem breiten Stuhl für Besucher bequem gemacht, der an meinem Bettende im Zimmer stand. Die Knochenmarkentnahme war reibungslos verlaufen, doch der Arzt wollte mich noch über Nacht hierbehalten, weil ich eines der Schmerzmittel nicht vertragen hatte.

„Hör auf, das zu sagen. Natürlich bin ich geblieben." Er wandte sich wieder seiner Arbeit zu.

Offensichtlich konnte er es nicht gebrauchen, von mir gestört zu werden, doch mir war langweilig. „Woran arbeitest du gerade?"

Er sah mich kurz an, klappte dann sein Notebook zu und schob es in meinen Nachttisch. „Ich habe ein Tutorial darüber gepostet, wie man den Fliesenboden im Bad verlegt. Ich habe deinen Rat befolgt und für unsere Zuseher einen Rabatt auf die Heizmatten von Blue Radiant ausgehandelt.“

Ich grinste ihn an. „Sieh mal einer an, du wirst noch ein richtiger Verhandlungsprofi.“

Er zuckte mit den Schultern und stand auf, um seine Arme zu strecken, so wie er es immer tat, wenn er sich aus einem Stuhl hievte. Sofort fokussierte mein Blick auf seinen behaarten Bauch, der bei dieser Bewegung immer aufblitzte. Es machte mich jedesmal verrückt, sogar wenn ich ein wenig benommen von starken Schmerzmitteln war.

„Hast du Durst?“, fragte er und griff nach meinem Gatorade.

Ich nickte und setzte mich auf, zuckte dann aber wegen der plötzlichen Schmerzen zusammen. „Scheiße, das vergesse ich immer.“

Zwischen seinen Augenbrauen bildete sich ein Grübchen. „Nicht bewegen. Ich gebe es dir.“

Er war so süß. Dieser Kerl war mir wortwörtlich nicht von der Seite gewichen – abgesehen von den beiden Nächten, wo sie ihn rausgeworfen hatten. Und selbst da hatte mich die Gewissheit beruhigt, dass er gleich draußen im Wohnmobil war, direkt in meiner Nähe, falls ich ihn brauchte.

Ich zog an dem Strohhalm und schloss genüsslich meine Augen, sobald ich das kühle, orangefarbene Getränk auf meiner Zunge spürte. Als ich nach einigen Schlucken genug hatte, lehnte ich mich zurück und fragte: „Hast du von Stallion gehört?“

„Ja. Ich habe ihnen erzählt, was los ist und dass wir jede Menge Videos haben, um unsere Abwesenheit zu überbrücken. Es ist in Ordnung für sie, solange wir so bald wie möglich wieder weitermachen. Ich soll dir ausrichten, dass sie dir und Jacks die Daumen drücken.“

„Die sind viel netter als die Leute in Hollywood“, sagte ich schnaubend.

Nines Gesicht wurde zornerfüllt, wie immer, wenn ich den Film erwähnte. „Diese Pisser sind gefühlskalte Arschlöcher. Es sollte strafbar sein, dass sie dich zurückerwarten, wenn du noch mit einem Fuß im verdammten Krankenhaus bist."

Ich liebte es, wenn er für mich in die Bresche sprang. Abgesehen von meiner Mom und meinem Bruder hatte ich diese Form von unerschütterlicher Loyalität nie kennengelernt.

„Dreharbeiten sind teuer. Sie mussten ohnehin schon alles neu planen, damit ich fünf Tage fehlen kann."

„Hmpf", grunzte er, bevor er sich wieder in seinen Stuhl setzte und näher rückte, um meine Hand halten zu können.

Sein Neandertalergehabe brachte mich zum Kichern. Ich war high genug von den Medikamenten, um alles witzig zu finden. Doch ein Teil von mir wusste, dass ich sie so bald wie möglich absetzen musste, damit Nine und ich besprechen konnten, welche Auswirkungen all das hier auf unsere Zukunft hatte. Ich nahm an, dass er hier war, weil ich ihm wichtig war. Dieses Gefühl gab er mir zumindest. Aber bestand vielleicht eine Möglichkeit, dass er nur aus einer Art Pflichtgefühl hier war? War er nach Caswell gekommen, um meine Hand zu halten, weil er jemand war, der sofort mit einem Ersatzkanister Benzin losfuhr, wenn irgendjemand auf der Autobahn liegengeblieben war?

Ich war zu benebelt, um diese Gedankengänge länger zu verfolgen. Daher begnügte ich mich vorerst damit, wieder wegzudämmern und den restlichen Tag in einem Wechsel aus Schlaf- und Halbschlaf zu verbringen. Ich hörte gedämpfte Unterhaltungen zwischen Nine und meiner Mom. An ihrer Stimme merkte ich, dass Nines ruhiges, höfliches Verhalten sie ganz verlegen machte. Hätte ich die Energie gehabt, um richtig aufzuwachen, hätte ich nur zu gerne gesehen, wie sie bei jedem seiner Sätze wie ein Teenager kicherte.

Am darauffolgenden Morgen, als ich endlich wieder klar denken konnte, wurde ich entlassen.

Mein Mom holte meine gefalteten Kleidungsstücke aus dem Eckschrank in meinem Zimmer. „Na komm, Liebling. Lass uns zurück nach Hause fahren, damit du dich ausruhen kannst."

Ich bemerkte, dass Nine in der anderen Ecke des Raumes sein Gewicht von einem Fuß auf den anderen verlagerte.

„Ich...", ich warf wieder einen Blick zu Nine und versuchte verzweifelt, seine Gedanken zu lesen. „Ich dachte, ich könnte hier bleiben. Bei Nine. Im Wohnmobil."

Nine sagte nichts, also ruderte ich zurück. „Ich meine, außer du willst nicht. Ich dachte nur, so könnten wir in der Nähe bleiben, falls irgendwas mit Jacks ist und —"

„Natürlich ist das in Ordnung", sagte Nine. „Das weißt du doch. Das Wohnmobil gehört ebenso dir wie mir."

Ich starrte ihn an. Wollte er mir durch den fehlenden Enthusiasmus vermitteln, dass er das Wohnmobil lieber nicht mit mir teilen würde?

„Schätzchen", sagte meine Mom und tätschelte durch die Decke hindurch meine Beine. „Ich glaube einfach, dass du es in deinem eigenen Bett bei mir zu Hause bequemer hättest. Dein Zimmer ist schon hergerichtet und einige Leute aus der Arbeit bringen Essen vorbei. Warum lassen wir den armen Nine nicht wieder zurück an die Arbeit gehen?"

Nine trat zögernd näher. „Ich... Ich muss nicht sofort zurückfahren. Ich könnte —"

Schnell ging Mom zum ihm, um ihn fest zu drücken. „Du bist so ein Schatz. Ich kann dir gar nicht sagen, wie sehr ich es schätze, dass du für Cooper da bist. Ich —"

Draußen am Flur ertönten Geräusche und Mom und ich erkannten im selben Moment Marchies Stimme.

Sie streckte den Kopf aus dem Zimmer. „Marchie, bist das du? Wir sind hier drinnen, Herzchen."

Hektisch und mit geröteten Augen stürmte er ins Zimmer. „Wo ist er? Warum hat niemand mich angerufen? Was ist passiert? Geht es ihm gut?"

„Wo zum Teufel warst du?", fragte ich. Er war nicht in der Stadt, als all das hier passiert war, doch von Jacks bestem Freund und Geschäftspartner hätte ich erwartet, er würde alles stehen und liegen lassen und herkommen, wenn es Zeit für die Transplantation war.

„Bitte sagt, dass es ihm gut geht." Sein Blick schweifte über unsere Gesichter.

Nine war derjenige, der einen kühlen Kopf bewahrte. „Ja. Er ist noch in Isolation, um das Infektionsrisiko zu reduzieren, aber es ist alles in Ordnung. Die Transplantation war vor zwei Tagen und bisher verläuft alles wie geplant."

Er wischte sich die Tränen aus dem Gesicht. „Verdammt, er... er hat mir gesagt, dass ich zur Hochzeit meines Cousins nach Vermont fahren kann. Er hat gesagt, dass die Transplantation erst am Fünfzehnten ist – und bis vor zwei Tagen hat er mir noch Nachrichten geschrieben, als wäre alles in Ordnung. Als ich ihn nicht mehr erreichen konnte, habe ich im Laden angerufen und Nan hat mir erzählt, was los ist. Kann... kann ich ihn sehen?"

Wieder war Nine es, der das Wort ergriff und anbot, Marchie zu dem Zimmer zu bringen, in dem Jacks isoliert wurde. Sobald sie gegangen waren, drehte Mom sich überrascht zu mir um. „Hast du gewusst, dass er diese starken Gefühle für Jackson hat?"

Ich nickte und zog den Kleiderstapel näher, damit ich mich unter dem Krankenhaushemd ankleiden konnte. „Er ist seit Ewigkeiten in ihn verliebt. Als ich Jacks gefragt habe, weshalb Marchie nicht hier ist, hat er erzählt, dass er auf einer Hochzeit ist. Ich bin überhaupt nicht auf die Idee gekommen, dass Jacks ihn absichtlich weggeschickt hat."

„Sturer Kerl", murmelte meine Mutter, während sie einige meiner Habseligkeiten in einen Stoffbeutel packte. „Das seid ihr alle vier. Im Ernst, es ist ein einziges Déjà-vu."

„Wie meinst du das?"

Sie warf mir einen scharfen Blick zu. Die Intensität überraschte mich. „Ihr beide – Jackson und du – habt solche Komplexe, weil ihr unbedingt unabhängig sein wollt. Gott bewahre, dass ihr mal jemanden um Hilfe bitten müsst. Gott bewahre, dass ihr euch auf jemanden verlassen müsst. Sobald aber jemand, den ihr liebt, Probleme hat, seid ihr die ersten, die helfen wollen. Das solltet ihr auch, aber warum ihr euch dann umgekehrt nicht helfen lasst, wenn ihr wen braucht, ist mir ein Rätsel."

„Moment, warte mal. Das ist nicht fair. Ich habe um Hilfe gebeten. Ich habe nach Nine gefragt."

Wieder dieser bohrende Blick. „Nein, das hast du nicht. Nicht sofort. Er hat gefragt, ob du ihn hier haben willst, aber deine Antwort war, dass du zurechtkommst."

„Ich *bin* zurechtgekommen!"

Sie ließ den Beutel aufs Bett sinken und verschränkte die Arme. Ihr langer, geblümter Rock bewegte sich um ihre Beine. „Blödsinn. Du hattest Angst. Und du warst einsam. Und du hast jemanden gebraucht, der für dich da ist. Siehst du? Nicht einmal jetzt kannst du es zugeben."

Ich lachte. „Ich gebe es ja zu. Ich war einsam und es hat noch nie jemanden gegeben, der nur für mich da ist. Nine hier zu haben ist fantastisch. Er ist der liebevollste Mensch auf der Welt."

Sie lächelte sanft. „Das ist er. Er kümmert sich so gut um dich."

„Warum wolltest du dann nicht, dass ich mit ihm im Wohnmobil bleibe?"

Meine Mom lehnte ihre Hüfte neben mir gegen das Bett. „Ich habe einfach angenommen, dass er zurück in die Hütte in den Bergen muss, um alles fertig zu machen. Der neue Auftrag, von dem er mir erzählt hat, soll schon Ende des Monats starten, aber in der Hütte wurde noch nicht mal mit der Inneneinrichtung begonnen."

Ich sah sie verwirrt an und plötzlich verspürte ich Übelkeit, was einer der häufigen Nebeneffekte der starken Schmerzmittel ist. „Welcher neue Auftrag?"

„Der für diese Buchungsplattform für Ferienhütten. Du weißt schon… die haben ein Logo mit einem Bären und einem großen, animierten Herz. Im Fernsehen sieht man oft die Reklame."

„MyCabin dot com?", fragte ich ungläubig.

„Genau. Hat er dir nichts davon erzählt? Sie wollen, dass er den Leuten zeigt, wie man alte Hütten renoviert und sie in Mietobjekte für ihre Website verwandelt. Perfekt für ihn, nicht wahr?"

Das war es. „Ja…"

„Er hat erzählt, dass die Hütte, an der er arbeiten soll, im Norden Minnesotas liegt, also wird die Autofahrt dorthin einige Tage dauern. Ich glaube, das ist der Grund, weshalb er zur Hütte zurückkehren muss, aber ich kann mich auch irren."

Als Nine zurück ins Zimmer kam, und sich ein weiteres Mal darüber beschwerte, dass sie ihn beinahe nicht reingelassen hätten, weil er nicht zur Familie gehörte, hatte ich einen seltsamen Kloß im Hals. Der neue Auftrag erklärte sein Zögern über meinen Vorschlag, mit ihm im Wohnmobil zu bleiben, aber weshalb hatte er mir nichts von dem neuen Job erzählt? Und wie zum Teufel sollte ich eine Beziehung mit Nine aufbauen, wenn er Minnesota war und ich in Los Angeles?

„Nine kann dir mit dem Rest helfen, während ich das Auto hole. Okay?", fragte meine Mutter.

Ich schlüpfte in die Flip-Flops, die Nine mir aus dem Kleiderschrank gereicht hatte, aber vom Ankleiden war mir noch immer ein wenig zu schwindlig, um aufzustehen. Vermutlich war es an der Zeit, von den starken Schmerzmitteln auf das ganz gewöhnliche Zeug umzusteigen.

„Fährst du heute zurück?", fragte ich ihn.

Nine runzelte die Stirn. „Ähm… ich denke schon?"

„Ich will bloß… Mom hat erzählt, dass du viel zu tun hast.“

Er kratzte sich im Nacken. „Nun ja… ja, aber…“

„Ich möchte keine Last sein, Isaac.“

Er machte große Augen. „Das bist du nicht. Niemals.“

Ich sah überall hin, nur nicht in seine Richtung. *Hör auf, so ein Angsthase zu sein und frag ihn einfach nach dem Auftrag.*

„Mom hat erzählt, dass du nach Minnesota gehen wirst.“

Er trat nervös auf der Stelle. „Oh, äh, ich weiß es noch nicht genau. Es ist… es ist noch nicht in trockenen Tüchern.“

Ich sah zu ihm hoch. „Warum hast du mir nichts davon erzählt?“

Er wirkte noch überraschter als zuvor, sofern das überhaupt möglich war. „Ähm, weil du mitten in einer Krise steckst und mein neuer Kooperationsvertrag im Vergleich zu deiner Gesundheit und deinem Wohlbefinden unwichtig ist?“

Ich war müde und verwirrt, teils schmerzerfüllt und teils betäubt von den Medikamenten. „Können wir… ich meine… wenn der Dreh fertig ist und du alles für die Hütte erledigt hast, was du erledigen musst… können wir dann…. reden? Ein paar Dinge klären?“

Nines Finger glitten durch mein Haar und seine Gesichtszüge wurden weich. „Ich würde alles für dich tun. Weißt du das noch immer nicht?“

Ich atmete seufzend aus. Gut. Zwischen uns war alles gut. Es würde alles gut ausgehen.

KAPITEL 33

NINE

Auf der Rückfahrt zur Hütte hatte ich miserable Laune. Ich beschwerte mich selten, doch als Calum Scotts „Dancing On My Own" im Radio ertönte, schrie ich meinen Ärger mit jedem Wort hinaus. Der arme Nacho dachte vermutlich, dass man mich durch einen unmusikalischen Roboter ersetzt hatte.

Als Johnny Cash an die Reihe kam, sang ich weiter und auch danach bei Toby Keith und Reba McEntire. Erst als Joe Diffie sein schnulziges „Texas Size Heartache" anstimmte, streckte ich die Hand aus und drückte energisch den Off-Button. Es gab keinen Grund, in Selbstmitleid zu zerfließen. Ich war ein erwachsener Mann, um Himmels willen, und wir hatten nicht mal Schluss gemacht. Wir waren einfach... zwei Menschen, die ganz offenbar Gefühle füreinander hatten, aber komplett unterschiedliche Leben lebten.

Genau so war es.

Sobald ich versuchte, mir unser Leben zu zweit vorzustellen, war ich ratlos, wie das funktionieren sollte. Ich könnte auf die Berge verzichten, auch auf das weitläufige Land, auf dem die Farm meiner Familie stand. Himmel, sogar auf meine Familie könnte ich verzichten. Das wusste ich jetzt. Aber ich war nicht sicher, ob ich es ertragen konnte, nichts mehr zu reparieren oder nichts mehr zu tun zu haben. Jetzt, wo ich meinen Vlog aufgebaut hatte, wollte ich eigentlich nicht wieder in ein Leben zurückkehren, in dem ich nur in einem Baumarkt arbeitete und nichts Eigenes hatte, nichts, wo ich meine Kreativität zumindest ein klein wenig ausleben konnte.

Als ich schließlich in die vertraute Lichtung einbog, sah die Hütte genau so aus, wie ich sie verlassen hatte. Ich stellte das Wohnmobil ab und folgte der Bedienungsanleitung, um sicherzustellen, dass alles korrekt eingerichtet war. Nacho flitzte durch die Gegend, prüfte jeden Winkel seines Königreichs und war verdammt glücklich, wieder in der Natur, umgeben von anderen Tieren und spannenden Gerüchen zu sein.

Ich schickte Cooper schnell eine Textnachricht, damit er wusste, dass wir wohlbehalten angekommen waren, doch als er nicht antwortete, nahm ich an, dass er sich gerade ein wenig dringend benötigte Ruhe gönnte.

Da ich sonst nichts zu tun hatte, machte ich mich sofort an die Arbeit. Nachdem ich eine Stunde lang die modrigen Bretter auf der Veranda ausgetauscht hatte, war ich bereits verschwitzt von der Nachmittagshitze. Die Arbeit war eine willkommene Ablenkung und es tat gut, meinen Körper wieder zu bewegen, nachdem ich einige Tage lang zusammengekauert in einem Stuhl neben Coops Krankenhausbett verbracht hatte.

Am nächsten Morgen kam eine kurze Nachricht von Cooper, in der er sich für meine Nachricht über meine Ankunft bedankte. Er sei erschöpfter als erwartet, falls er sich nicht meldete, lag es somit vermutlich daran, dass er schlief. Sicherheitshalber gab er mir die Telefonnummer seiner Mutter.

Ich wollte sie nicht belästigen, doch nicht zu wissen, wie es ihm ging, machte mich wahnsinnig. Ich dachte an den großen Bluterguss, der sich nach der Knochenmarkentnahme auf seiner Hüfte ausgebreitet hatte, und fragte mich, ob er damit überhaupt schlafen konnte.

Mein Vater hatte mir immer beigebracht, dass harte Arbeit wichtig war. Wenn man in einem kleinen Familienbetrieb aufwuchs, führte kein Weg daran vorbei. Ich war harte Arbeit gewohnt. Meiner Erfahrung nach konnte ich meiner Familie meine Liebe deutlich beweisen, wenn ich hart auf der Farm arbeitete.

Also stürzte ich mich in die Fertigstellung der Hütte und konzentrierte mich darauf, dass die Videos über das Projekt, meine Tutorials, aber auch die tatsächliche Arbeit von höchster Qualität waren. Auch Coopers Name stand hinter diesem Projekt und ich wollte, dass er stolz darauf sein konnte.

Vier Tage später meldete sich Adrian mit Neuigkeiten zu meiner Kooperation mit MyCabin. Als das Telefon klingelte, saß ich gerade am Küchentisch beim Mittagessen und stöberte daneben durch einige Videoclips auf meinem Notebook.

„Wir freuen uns riesig, dass du mit an Bord bist", sagte er. „Mein Team sucht bereits nach einer zweiten Immobilie, falls wir beschließen, unsere Zusammenarbeit nach der Hütte in Minnesota fortzusetzen. Auf Basis des Zeitplans, den du uns geschickt hast, gehen wir davon aus, dass die Renovierung vor Wintereinbruch abgeschlossen ist, sofern du wie besprochen am ersten August startest. Somit könnten wir mit der zweiten Immobilie am ersten Oktober loslegen. Natürlich würden wir für dieses Winterprojekt eine Gegend mit milderem Klima suchen. Wir dachten da an die Blue Ridge Mountains oder vielleicht sogar an eine Hütte an einem See in Alabama."

Ich stellte mir vor, so weit von Cooper entfernt zu sein, dass wir uns nicht sehen konnten – und es war einfach nicht machbar für mich. Diese Kooperation war mir nicht wichtiger als er. Plötzlich wusste ich mit völliger Klarheit, dass ich auch in einem Baumarkt in Los Angeles arbeiten würde, wenn ich so ein Teil von Coopers Leben sein könnte.

„Wäre es eine Option, eine Immobilie im Südkalifornien zu suchen?", fragte ich und malte mit meinen Fingerspitzen ein unsichtbares Muster auf die glatte Tischplatte.

Das entlockte Adrian ein Lachen. „Nicht in einer Million Jahre. Ich hoffe, du machst Witze. Nicht mal ein Unternehmen, das deutlich größer ist als wir, würde so viel Geld in eine YouTube-Kampagne investieren."

Dann ging er dazu über, mich daran zu erinnern, dass sie mich nicht nur für den Haupt-Vlog, sondern auch für Print- und TV-Kampagnen bezahlen würden. „Die Aufnahmen können wir in einem Studio hier in Vancouver machen. Wir fliegen dich einfach ein —"

„Ich habe keinen Reisepass", platzte ich heraus. „Ich fliege nicht."

Er war einen Augenblick lang still und als er wieder das Wort ergriff, sprach er langsamer als zuvor, so als würde er sich einer menschlichen Bombe annähern. „Schon in Ordnung.... Wir können uns etwas überlegen, wenn es soweit ist..."

„Also, ich bin mir nicht sicher, was all das hier betrifft. Mein Freu —" Ich unterbrach mich selbst. „Mein... Cooper wurde eben erst aus dem Krankenhaus entlassen und ich... ich bin ein wenig... ich würde ihn zuerst gerne um seine Meinung fragen, falls das in Ordnung ist."

„Klar. Nimm dir den Rest der Woche Zeit, wenn du willst. Wir sind ohnehin noch dabei, den Vertrag aufzusetzen, also kein Problem. Du weißt ja, wie du mich erreichen kannst, falls du oder dein... Cooper Fragen habt."

Er klang verständnisvoll und ich war mehr als dankbar dafür. „Vielen Dank. Das weiß ich sehr zu schätzen."

Kaum hatte ich das Telefonat beendet, klingelte mein Telefon erneut. Der Anruf kam vom Anschluss meiner Eltern.

„Hallo", sagte ich.

„Hallo mein Junge. Dad hier." Als könnte ich seine Stimme verwechseln. Die Stimme meines Vaters kannte nur zwei Lautstärken: schallend und donnernd. An einem normalen Tag schallte sie nur, doch wenn er wirklich wütend war, so wie damals bei Sir Pick-A-Lot, dann donnerte sie. Heute schallte sie. „Ich wollte dir nur sagen, dass wir für den nächsten Teil der Ernte deine Hilfe brauchen. Der Rübenroder macht noch Probleme, aber Colt kümmert sich gerade darum. Wir brauchen ihn ohnehin erst im September, aber der…"

Er schwadronierte über die Farmarbeiten und ich verspürte das vertraute Pflichtgefühl gegenüber meiner Familie, das ich so tief verinnerlicht hatte. Es hatte nie jemand gefragt, ob ich meiner Familie bei der Ernte helfen wollte. Es war einfach eine Tatsache. Sogar Walt wusste, dass ich in der Erntesaison Urlaub brauchte, um Aaron und meinem Vater zur Hand zu gehen.

Doch dieses Jahr hatte ich, zum allerersten Mal, neben meinen Verpflichtungen gegenüber der Familie auch noch anderes zu tun. Es gab das Projekt in Minnesota und es gab Cooper in Los Angeles. Ich kam mir vor wie eine dieser alten, elastischen Action-Figuren, die in drei verschiedene Richtungen gezogen wurde.

„Ich glaube nicht, dass ich euch dieses Jahr helfen kann, Dad", unterbrach ich ihn mitten im Satz.

Einen Augenblick lang war es still. „Du hilfst mir immer bei der Ernte und ich habe ohnehin schon den ersten Teil der Heuernte ohne dich erledigt. Verdammter Mist."

Ich spürte ein nervöses Kribbeln unter der Haut. „Ich weiß, aber dieser Sommer ist echt hart. Vielleicht kann Colt sich Urlaub nehmen oder Tip… oder vielleicht kann zur Abwechslung mal Graham helfen. Himmel, vermutlich hätten nicht mal Jessie und ihre Schulfreunde was dagegen, solange du ihnen danach Pizza und Bier spendierst."

Er schnaubte. „So wie dieses Mädchen ihren kleinen Sportwagen fährt, lasse ich sie ganz bestimmt nicht ans Lenkrad meines Traktors. Außerdem kann sie nicht so gut wie du einen Heuballen hochheben – und auch Tip und Lucky können das nicht, wie sie bei der ersten Hälfte der Ernte bewiesen haben. Und Colt bekommt keinen Urlaub."

„Dad…"

„Deine Mutter hat erzählt, dass du Ende des Monats mit der Hütte fertig sein wirst, also erwarte ich dich gleich danach zur Ernte. Dann sind noch die Zuckerrüben dran und hoffentlich wird Colt diesen verdammten Roder bis dahin repariert haben."

Es folgte noch etwas Gemecker über in die Jahre gekommenen, empfindlichen Gerätschaften, die eine kleinere Farm immer wieder vor Herausforderungen stellten. Während er sprach, suchte ich verzweifelt nach einem Weg, Nein zu sagen. Ich hatte noch nie in meinem Leben Nein zu ihm gesagt.

„Ich kann nicht, Dad. Ich habe einen Job in Minnesota und sie brauchen mich am ersten August", setzte ich an.

„Sag ihnen, dass du am Zehnten anfangen kannst. Das sollte klappen."

Ich stützte meine Stirn in die Handfläche. „Dad. So funktioniert die Geschäftswelt nicht. Sie wollen mich am Ersten des Monats, weil es so im Vertrag steht. Und an dem Tag brauchen sie mich. Ich bin nicht der Einzige in Wyoming, der Heuballen pressen kann. Kannst du nicht —"

„Was ist wirklich los, mein Sohn?"

„Dad?"

„Deine Mutter ist der Meinung, dass du wegen dieses Jobs dort unten in Colorado verwirrt bist und nicht mehr weißt, wer du bist. Ich habe ihr nicht eine Sekunde geglaubt, aber wenn ich jetzt höre, dass du nicht mal nach Hause kommst, um uns auf der Farm zu helfen? Das klingt dir nicht ähnlich, Nine."

„Ich bin nicht verwirrt", sagte ich. „Mir gefällt diese Arbeit. Ich freue mich auf die Möglichkeit, meinen Lebensunterhalt damit zu verdienen, dass ich Hütten wie diese renoviere."

„Ist es wegen Cooper Heath?"

Der Klang seines Namens reichte, dass mir eng in der Brust wurde. „Nein, Dad. Er hat nichts mit diesem Projekt zu tun. Er ist in Los Angeles und arbeitet an einem Film. Diesen Auftrag mache ich alleine."

Dieser Gedanke machte mich natürlich noch deprimierter. Mit Cooper an meiner Seite machte die Arbeit zehn Mal mehr Spaß.

„Gut, gut. Dann ist also nur er am anderen Ufer, sozusagen." Er ließ seinen Seitenhieb mit einem Kichern ausklingen.

Mein ganzer Körper fühlte sich plötzlich merkwürdig und kribbelig an. Der Moment war gekommen, ob ich wollte oder nicht, ob ich bereit war oder nicht.

„Dad. Ich liebe ihn."

Schweigen.

Ich war noch nie gut darin gewesen, das Schweigen meines Vaters zu ertragen. „Es tut mir leid, wenn das —"

Er fiel mir ins Wort, klang aber mehr verwirrt als wütend. „Das verstehe ich nicht. Ich dachte, dass war alles nur Show, wegen des Geldes."

„Anfangs. Aber... aber dann habe ich ihn besser kennengelernt und ich..."

„Sohn... es ist nicht so, dass ich dich... verurteile oder etwas in der Art, denn ich habe kein Recht zu entscheiden, was oder wer dich glücklich macht, aber... ich schätze, ich verstehe bloß nicht, wie ein Mann zuerst mit einer Frau und dann mit einem Mann zusammen sein kann. Ich meine... hat er irgendetwas gesagt, dass deine Meinung darüber geändert hat, wer du bist?"

Jetzt war ich an der Reihe zu kichern. „Nein. Ich bin derselbe wie vorher. Ich habe einfach nur erkannt, dass ich den richtigen Menschen finden musste, um starke Gefühle für jemanden zu entwickeln, und jetzt, wo es so weit ist... ist dieser Mensch zufällig ein Mann. Es hat mich vermutlich genauso überrascht, wie dich."

„Nun ja, wie gesagt... ich bin nicht sicher, ob ich es verstehen kann, aber ich gebe mein Bestes, um es zu respektieren. Ich habe diesen Jungen ohnehin schon immer gemocht. Wann immer Eli ihn mitgebracht hat, war er freundlich und hilfsbereit."

Meine Nase begann zu laufen und heiße Tränen schossen in meine Augen. Wäre Cooper jetzt hier gewesen, dann hätte er bestimmt einen Witz darüber gemacht, dass ich nach all diesem Drama ganz sicher schwul war. „Danke, Dad. Aber ich bin mir nicht sicher, ob das noch eine Rolle spielt. Er ist nach Kalifornien geflogen, um ein Filmstar zu werden."

„Und?"

„Was meinst du mit ‚und'?"

„Ich meine: Was tust du jetzt? Mein Sohn würde nicht einfach aufgeben und nichts tun, wenn es schwierig wird. Erinnerst du dich daran, als du dein kleines Gartenprojekt gestartet hast?"

„Klar."

„Die Erde war voller Steine. Das war einer der Gründe, weshalb ich dir das Stückchen Garten überlassen habe. Ich habe angenommen, dass du aufgibst, sobald du merkst, wie steinig es ist. Ich bin nicht stolz darauf, aber ich wollte nicht, dass du deine Zeit mit einem Garten verschwendest, an dem du, wie ich annahm, bald wieder das Interesse verlieren würdest. Dein Bruder hatte im Vorjahr ein ähnliches Projekt erfolglos gestartet, aber ich hätte es besser wissen müssen, als dich daran zu messen. Jedenfalls hast du dich von diesen Steinen nicht aufhalten lassen. Du bist draußen geblieben und hast jeden verdammten Stein ausgegraben."

„Ich erinnere mich daran. Meine Hände waren völlig im Eimer", sagte ich lachend. „Aber ich wollte dieses Beet haben."

Er ließ meinen letzten Satz kurz wie ein Echo nachwirken.

„Genau", sagte er dann leise. „Du wolltest es. Also hast du alles dafür gegeben. Auch wenn es hart war. Auch wenn es schmerzhaft war. Einige Dinge sind die Mühe wert, Isaac."

Mein Vater, der Philosoph.

„Danke, Dad."

Er atmete ein und wechselte wieder in den schallenden Dad-Modus. „So wie die Ernte“, stichelte er. „Die Ernte ist die Mühe wert. Überzeug dich selbst davon. Erster August. Bis dann.“

Lachend legte ich auf. Und mit einem Mal wusste ich, was ich tun musste. Es würde nicht einfach werden, aber es würde die Mühe wert sein.

Hoffentlich.

KAPITEL 34
COOPER

Mich wieder in meine Rolle einzufinden war nicht einfach. Ich war müde und wund von dem Eingriff und meiner Besorgnis um Jacks und egoistisch wie ich war, vermisste ich außerdem meinen heißen Holzfäller. Ich plante, zu ihm zurückzukehren, sobald der Filmdreh vorbei war, doch aus irgendeinem Grund machte mich der Gedanke nervös – als könnte mit jedem Tag, den wir getrennt waren, sein Interesse an einer gemeinsamen Zukunft schwinden.

Er war nie wirklich der Typ für regelmäßigen Telefonkontakt gewesen, Textnachrichten und Anrufe waren nicht so sein Ding. In Verbindung mit meinem unvorhersehbaren Job und seinem Aufenthaltsort mitten in der verdammten Einöde ergab das jede Menge verpasste Möglichkeiten für ein Gespräch. Keine Gelegenheit zu haben, ihn zu sehen oder seine Stimme zu hören, weckte eine innere Unruhe in mir.

Für mich war es aber noch immer einfacher als für ihn, immerhin konnte ich jeden Tag seine Instagram-Beiträge ansehen. Obwohl wir im Voraus einige Gute-Nacht-Videos aufgenommen hatten, veröffentlichte er zusätzlich täglich auch schnelle Tipps oder Clips über die Arbeit an einem Projekt. Mittlerweile hatte es seit zwei Tagen keines dieser Bonusvideos mehr gegeben, weshalb ich begann, mir Sorgen um ihn zu machen.

Die beiden Tage waren auch deshalb besonders langsam vergangen, weil ich meine Filmszenen bereits abgedreht hatte, aber trotzdem noch einige Tage lang verfügbar sein musste, falls Sam seine Meinung änderte. Doch nach dem heutigen Drehtag hatte mir der Produktionsassistent endlich gesagt, dass ich gehen durfte.

Ich hatte sofort einen Flug nach Denver gebucht, damit ich bei Jacks vorbeischauen konnte, bevor ich zur Hütte fuhr, um Nine zu überraschen. Ich hoffte, wir würden vor dem Beginn seines neuen Auftrags zumindest eine ganze Woche Zeit haben, um die Hütte gemeinsam einzurichten und alles fertigzustellen.

Meine Freunde wollten unbedingt den erfolgreichen Dreh meiner ersten richtigen Filmrolle mit mir feiern. Bane und Willow hatten die gesamte Außenterrasse eines Restaurants namens Fig and Olive in West Hollywood reserviert, was für mich nach etwas klang, was Promis tun, um vor der Presse anzugeben. Bei unserer Ankunft beugte ich mich zu Evie und flüsterte ihr ins Ohr:

„Ich frage mich, ob sie zumindest versucht haben, einen privaten Raum drinnen zu reservieren. Dann hätte man sich ungestört unterhalten können."

Evie sah mich mit großen Augen an. „Süßer, man wird dich dabei fotografieren, wie du mit zwei der derzeit angesagtesten jungen Promis in Los Angeles im privaten Rahmen zu Abend isst. Das ist eine riesige Sache für deinen Ruf. Bestimmt haben sie die Terrasse aus diesem Grund gebucht. Um dir zu helfen."

Ich war verblüfft. Es klang logisch, aber… ich hätte lieber einen ruhigen Abend mit meinen Freunden verbracht. Die Vorstellung, beim Abendessen beobachtet zu werden, war gruselig. Ich hatte miterlebt, welches Leben Bane und Willow führten. Ihre Privatsphäre war nicht existent und sie standen im Mittelpunkt jedes Events. Oder vielleicht hatten sie deshalb den Weg in die Unterhaltungsbranche eingeschlagen, weil im Mittelpunkt zu stehen ihrer Persönlichkeit entsprach. War das eine Huhn-und-Ei-Frage?

„Ich will keine Fotos", sagte ich trotzig.

Evie lachte. „Mach dich nicht lächerlich. Jeder aufstrebende Filmstar würde für derartige Publicity töten. Ich wette um zehn Dollar, dass Mitch dich morgen anrufen und wie ein kleines aufgeregtes Schweinchen quieken wird."

Ich dachte an Mitch und seine Anrufe, vor denen ich mich drückte. Er hatte mehrere Anfragen erwähnt, aber nichts klang aufregend genug, um dafür die letzte Woche von *Cooped Up With Nine* zu verpassen. Als Mitch mich schließlich erreicht hatte, bestand er auf ein gemeinsames Frühstück, bevor ich morgen zum Flughafen fuhr. Bis dahin musste ich herausfinden, wie zur Hölle ich mir mein Leben vorstellte.

Wir schlossen uns der Party auf der Terrasse an, die bereits in vollem Gange war, und Evie ging sofort schnurstracks auf den Kellner zu, der ein Tablett mit Champagner herumreichte.

„Cooper ist da!", sagte Willow und zog eine andere junge Frau am Arm, die mir vage bekannt vorkam. „Komm, ich stelle dir Cooper vor. Er ist der aus Banes Film, von dem ich dir erzählt habe. Ist er nicht ein Schnuckel?"

Die Frau errötete und lächelte. „Hi, ich bin Gillian." Plötzlich fiel es mir ein. Gillian Ivers war eine Country-Sängerin und ich kannte sie von Nines Alben auf seinem Smartphone. Von ihr war das Lied „Barn Lights", das er das eine Mal abgespielt hatte, als wir auf der Lichtung vor der Hütte langsam miteinander getanzt hatten. Danach hatten wir es jedes Mal angehört, wenn eine sternenklare Nacht uns zu einem Tänzchen inspirierte.

„Oh mein Gott, Gillian. Ich kann dir gar nicht sagen, wie aufgeregt ich bin, dich zu treffen. Mein Freund ist ein Riesenfan."

Sie strahlte. „Wirklich? Das ist so süß. Willst du... willst du ein Foto machen und es ihm schicken?"

Ich kam mir plötzlich wie ein verrückter Groupie vor und versuchte, gelassen zu wirken. „Das wäre großartig."

Willow bot an, das Foto mit meinem Smartphone zu knipsen, während Gillian uns in Position brachte und ihren Arm um meine

Hüfte legte. Sie war winzig und es fühlte sich merkwürdig an, meinen Arm um ihre Schulter zu legten, wo doch bei einer Umarmung mit Nine immer ich der kleinere Part war.

„Erzähl mir von ihm“, sagte sie. „Wie heißt er?“

„Er heißt…“ Da fiel mir auf dem Bürgersteig ein Mann auf, der mit einer Reklametafel um den Hals auf das Restaurant zukam. Sein Bart sah genauso aus wie… „Isaac, aber alle nennen ihn…“ Ich kniff die Augen zusammen, um mehr zu erkennen. Er führte Finger und Daumen an den Mund, als wollte er pfeifen. Konnte das womöglich… „Nine?“

Der Pfiff schrillte durch die Menge zwischen uns und sein Bart machte einem schüchternen Lächeln Platz. „Hallo.“ Er sah sich nervös um. „Ähm…“

Was zum Teufel sollte das? Auf dem Reklameschild vor seiner Brust war mein Foto abgebildet und in großen Lettern stand darauf: „Wenn du Cooper Heath siehst…“

„Was ist das?“, fragte ich und schob mich schnell durch die Menge zwischen mir und dem Zugang zur Terrasse. Mein Herz schlug schnell und ich spürte ein albernes Kichern in mir hochsteigen. Nine war hier. Mein Nine.

Er drehte sich einmal um die eigene Achse. „Oh, ähm, es ist irgendwie dämlich, aber… ich weiß, dass du eines Tages deine eigene Reklametafel in Hollywood willst und, ähm, das ist das Beste, was ich so kurzfristig auftreiben konnte.“

Auf der Tafel auf seinem Rücken stand „Sag ihm, dass Nine ihn liebt.“ Rundherum waren kleine, handgemalte, rosafarbene Herzen. Es war das schwulste, was Isaac Winshed jemals gemacht hatte, und ich liebte ihn abgöttisch dafür.

Er dreht sich wieder zu mir um. Meine Hand war vor meinen Mund gewandert, während die Leute um uns aufgeregt miteinander sprachen und Fotos machten.

Er liebt mich?

Er *liebt* mich.

Nines Gesicht war rot wie eine Tomate und sein Blick sprang hin und her wie Tischtennisbälle, die auf den Boden gefallen waren. „Ich wollte, dass du es weißt", sagte er mit zitternder Stimme. „Ich wollte… ich wollte, dass du es weißt."

Tränen strömten über mein Gesicht. Nine hasste es, im Mittelpunkt zu stehen. Er hasste den Gedanken, dass andere Leute ihn ansahen und über ihn urteilten. Und trotzdem hatte er das hier für mich getan. Er hatte sich eine verdammte Werbetafel umgehängt und war durch die Straßen West Hollywoods gelaufen, um seine Liebe zu einem anderen Mann zu gestehen.

Ich stieß eine Mischung aus Lachen und Schluchzen aus. „Ich liebe dich auch, du riesiger Idiot."

Mein Geständnis schien ihn zu überraschen. „Was?"

Ich gestikulierte mit den Händen. „Gib das Ding runter, ich will dich umarmen."

„Ist das wahr? Du liebst mich?", fragte er, während er die Klapptafel über seinen Kopf hob und abstellte. „Ich bin hier, um dich davon zu überzeugen, mir eine Chance zu geben. Ich will mit dir zusammen sein. Ich will — *uff*."

Kaum war er frei, presste ich mich an ihn und umschlang ihn mit Armen und Beinen, als hinge mein Leben davon ab. „Ich liebe dich so sehr", sagte ich, bevor ich sein unfassbar attraktives Gesicht küsste. „Ich liebe, liebe, liebe dich."

Er hielt mich mit seinen starken Muskeln fest und küsste mich mitten am Melrose Place, wo alle uns sehen konnten, darunter auch eine Schar von Paparazzi, die sich vor der kurzen Terrassenmauer versammelt hatte, um Fotos zu schießen. Als ich mich schließlich aus unserem Kuss löste, grinste ich ihn an. „Du hättest allerdings nicht herkommen müssen. Ich wollte morgen zu dir nach Hause fliegen. Der Flug ist schon gebucht.“

Nines Gesicht wurde ernst und sein Blick eindringlich. „Ich musste dir sagen, dass ich alles tun werde, was nötig ist. Was immer dich glücklich macht. Ich werde herziehen und mir einen Job suchen. Ich war schon in zwei Baumärkten und habe gefragt, ob sie offene Stellen haben.“

Noch mehr Tränen rollten über mein Gesicht. „Ich will nicht, dass du zu mir nach Los Angeles ziehst.“

Er machte ein enttäuschtes Gesicht, also beeilte ich mich, meinen Gedankengang zu beenden. „Nein, so meine ich es nicht. Ich will nicht, dass du herziehst, weil ich bei dir sein will. Ich will dich nach Minnesota begleiten und dir dabei helfen, Häuser zu renovieren.“

Sein Gesicht hellte sich auf und endlich zeigte sich in seinem Bart wieder sein typisches, sexy Grinsen. „Wirklich? Das würdest du tun? Aber was ist hiermit? Was ist mit den Filmen?“

Er setzte mich wieder auf dem Bürgersteig ab, doch ich ließ ihn nicht los. Ich vergrub mein Gesicht an seinem Hals und sog seinen Waldduft ein. „Ich will dieses Leben nicht“, flüsterte ich so leise, dass nur er es hören konnte. „Ich dachte, ich will es, aber das stimmt nicht. Ich will weiter das tun, was wir hatten, die Sache mit dem Vlog und Social Media. Ich habe viele Ideen und… und kann immer noch vor der Kamera stehen. Aber so kann ich vor der Kamera ich selbst sein. Außerdem kann ich mit dir zusammen sein. Ich will unser gemeinsames Leben – das auf der Lichtung. Bloß, dass es mir egal ist, wo wir tatsächlich sind, solange ich dich habe.“

Er lehnte sich zurück und nahm mein Gesicht in seine Hände. Er sah mich direkt an und sein Blick wirkte prüfend. „Bist du sicher?“

„Ich liebe dich“, sagte ich und strahlte ihn dabei vermutlich an wie ein Idiot. Hinter mir hörte ich Evie quietschen.

Isaacs Gesichtszüge wurden weich. „Ich liebe dich auch. Mehr als alles andere.“

„Mehr als deinen Stolz, wie ich sehe", stichelte ich. „Dieser Auftritt ist dir bestimmt nicht leicht gefallen."

Isaac schien sich auf einen Schlag bewusst zu werden, dass wir von Menschen und Kameras umgeben waren. Jetzt war er derjenige, der sein Gesicht in meinem Hals vergrub.

„Ich glaube, ich halluziniere", flüsterte er. „Die Frau dort drüben sieht aus wie eine berühmte Country-Sänger."

Ich trat zurück und griff nach seiner Hand. Ich war mir nicht sicher, wann ich mich zuletzt so unbeschwert und glücklich gefühlt hatte. „Komm mit. Ich will dir einige Leute vorstellen. Ich kann es nicht erwarten, vor meinen Freunden mit dir anzugeben."

Obwohl er schrecklich schüchtern war, war Isaac das Highlight der Party. Alle liebten ihn, was verständlich war. Evie stürzte sich wegen seiner „großen Geste", wie sie es nannte, regelrecht auf ihn und überhäufte ihn quietschend mit Umarmungen. Willow ertappte ich dabei, wie sie sich einige Tranchen wegwischte, während Gillian sich geradezu Luft zufächeln musste, als sie meinen Freund sah. Tja, wer war nun der Süße von uns beiden in dieser Beziehung?

Mein Freund.

Jedes Mal, wenn ich ihn mit diesem Wort vorstellte, wanderten seine Mundwinkel für ein winziges Lächeln in die Höhe. Den ganzen Abend lang wich er nie weit von meiner Seite. Um genauer zu sein, hielt er die meiste Zeit über meine Hand regelrecht umklammert, was einfach zuckersüß war. Es war offensichtlich, dass er unglaublich nervös war und dass er seine Komfortzone weit hinter sich gelassen hatte, aber er war hier. Für mich. Er war gekommen, um mir zu beweisen, dass das hier es wert war, darum zu kämpfen. *Wir* waren es wert.

„Diesem Kerl würde ich jederzeit meinen Hammer anvertrauen", raunte Van mir ins Ohr. „Du hast mir nicht gesagt, dass dein Holzfäller in natura sogar noch heißer ist."

Ich sah meinen ehemaligen Mitbewohner an, der meinen neuen Mitbewohner verträumt anstarrte. „Du solltest ihn nackt sehen“, antwortete ich. „Das ist noch besser.“

Van fiel die Kinnlade hinunter, während er weiterhin Nine fixierte, als würde er den armen Kerl in Gedanken ausziehen. Nine war zu vertieft in die Unterhaltung mit Gillian, um es zu bemerken.

„Hat er einen Bruder?“, fragte Van. „Einen, der mein Feld beackern würde und so. Mich auf seinem großen Traktor springen lässt, sozusagen.“

Nine packte meine Hand fester, woraus ich schloss, dass er jedes einzelne Wort von Vans durch Alkohol angeheizten Fantasien gehört hatte.

„Ja klar“, sagte ich. „Er hat sogar fünf Brüder. Und sie alle wissen, wie man einen Pflock einschlägt, wenn du verstehst, was ich meine.“

Nine verschluckte sich an dem Bier, an dem er genippt hatte, schaffte es jedoch irgendwie, sein Gespräch mit der Sängerin an seiner Seite fortzusetzen.

Ich ließ meinen Blick über die kleine Familie schweifen, die ich in so kurzer Zeit in Los Angeles gefunden hatte. Es waren großartige Menschen, doch ich wusste, dass ich nicht in Los Angeles leben musste, um sie in meinem Leben zu halten. Klar, ein YouTube-Job würde uns nie so viel Geld einbringen wie echte Filme, aber wir würden genug verdienen, um ab und zu auf Besuch zurückzukommen. Und wenn es so weit war, würde ich Nine all die Dinge zeigen, die ich an Südkalifornien liebte.

Aber danach würden wir in unser kleines Wohnmobil in den Wäldern zurückkehren, wo auch immer es dann parkte, und unsere Ruhe genießen, während Nacho sich zu unseren Füßen zusammenrollt und Nines schnulzige Musik aus dem Bluetooth-Lautsprecher ertönt. Allein der Gedanke daran machte mich gelassener und half mir, ruhiger zu atmen.

Ich atmete geräuschvoll aus.

Isaac beugte sich zu mir und küsste meine Ohrmuschel. „Alles okay bei dir, Liebling? Bist du müde? Ist es deine Hüfte? Hast du Schmerzen?"

Ich beugte mich zu ihm, legte meine Arme um seinen Nacken und zog ihn in eine Umarmung. „Es fühle mich besser als jemals zuvor. Lass uns nach Hause fahren."

EPILOG
NINE - DEZEMBER

Beinahe wäre ich damit davongekommen. Doch wenn zwei Leben miteinander verschmelzen, und damit auch zwei Bankkonten, stecken neugierige Freunde ihre Nase gerne dorthin, wo sie nicht hingehören.

„Nine!", rief Cooper aus dem Wohnmobil, und zwar so laut, dass ich hochschreckte und mir den Kopf an den Rohren unter dem Spülbecken und Müllschlucker stieß.

„Was?"

„Beweg deinen Arsch her!"

Ich seufzte und kroch aus dem Küchenschrank, in dem ich eben die Geschirrspülmaschine installiert hatte. „Ich komme."

Nachdem ich meine Hände in dem Tuch neben mir abgewischt hatte, ging ich durch die kleine, ein Zimmer große Skihütte hinaus in den frischen Schnee. In der Ferne konnte ich durch die Bäume hindurch die bunten Jacken auf den Skiliften des Vail Resorts erkennen. Ich wusste noch immer nicht, wie Cooper es geschafft hatte, uns für die Feiertage einen Job in unmittelbarer Nähe unserer Familien zu besorgen, doch ich freute mich auf das große Truthahnessen meiner Mom, das am Wochenende anstand. Coops Mutter begleitete uns nach

Wheatland, da Jacks die Feiertage mit Marchies Familie verbringen würde.

Ich stapfte durch den Schnee bis zur Tür des neuen Wohnmobils. Es war ein Wohnauflieger, den wir an den Truck koppeln konnten. So konnten wir zwischen den Einsatzorten hin- und herfahren, ohne die beiden Fahrzeugen getrennt lenken zu müssen. Wir hatten es selbst gekauft... nun ja, wir hatten es selbst finanziert... und es war viel besser auf unsere Anforderungen und unsere Arbeit abgestimmt. Wir hatten sogar einen großen Fernseher, damit wir uns von unserem bequemen Ledersofa aus Filme ansehen konnten. Die Dusche im Badezimmer war groß genug für uns beide. Okay, gerade so, aber immerhin. Wir konnten gemeinsam duschen, wenn uns danach war, und uns war öfter danach, als ich gedacht hätte. Doch das mit Abstand Beste an unserem neuen Zuhause war, dass es uns gehörte. Cooper hatte es mit seiner neu entdeckten Begeisterung für Inneneinrichtung dekoriert und einige Fotos aus unserem Social Media Feed rahmen lassen.

Auf einem der Fotos an der Wand tanzten wir auf der Lichtung. Als wir nach Abschluss des Hüttenprojekts die Zeitraffer-Aufnahmen von der Lichtung angesehen hatten, war es, als würden wir einen Film darüber sehen, wie wir uns ineinander verliebten.

Da waren die langsamen Tanzeinlagen, die langen Küsse auf der Veranda, das Picknick. Coop gefielen vor allem jene Szenen besonders gut, in denen ich nur mit Handtuch und Schuhen über die Lichtung huschte, nachdem ich in der Hütte geduscht hatte. Er verbrachte viel Zeit damit, das Filmmaterial von den Tagen anzusehen, an denen er nicht hier gewesen war und hatte Zeitstempel für seine Lieblingsszenen erstellt, damit er sie immer wieder ansehen konnte.

Neben dem Foto von unserem Tanz hing ein Standbild aus unserem ersten Gute-Nacht-Video für Instagram, auf dem ich ziemlich verschreckt und seltsam aussah. Und dann gab es da noch eines, auf dem ich mit in den Nacken gelegtem Kopf lachte, nachdem ich versuchte hatte, Cooper das Axtwerfen beizubringen und er die Axt direkt in den Wald geschleudert hatte. In den Wald hinter uns.

In einem der gerahmten Fotos stand ich, mit der Werbereklame um den Hals, auf dem Bürgersteig in Hollywood und wirkte völlig panisch. Eines zeigte uns beide in den kitschigen Smoking-T-Shirts, in denen wir Jacks und Marchie in Vegas überraschten, nachdem sie alleine durchgebrannt waren. Und dann gab es noch je ein Foto, auf dem wir vor den drei Häusern standen, die wir seit dem Start von *Cooped Up With Nine* bereits renoviert hatten.

Ich stellte die Schuhe auf die Gummimatte neben der Tür. „Bin da", rief ich und beugte mich vor, um Nacho zu kraulen, der zusammengerollt auf seiner Lieblingsdecke lag. Er antwortete mit einem Schwanzwedeln, doch seine Augen blieben geschlossen. Ich bemerkte, dass der kleine Gaskamin brannte und Cooper leise Musik aufgelegt hatte. Cooper trat aus dem Schlafzimmer. Er weinte und wedelte mit einem Stück Papier in der Luft.

„Baby, was ist los?", ich ging zu ihm, doch er streckte den Arm aus, um mich zu stoppen. Mein Herz setzte aus.

„Wie konntest du nur?"

War er sauer, weil ich mehr als vereinbart für sein Weihnachtsgeschenk ausgegeben hatte? Nein. Ich hatte sein neues Notebook bar bezahlt und es war sicher verwahrt in der Werkzeugkiste in meinem Truck, unter einem Haufen schmutzigen Werkzeugs. Er konnte es nicht entdeckt haben.

„Wie konnte ich was? Hilf mir auf die Sprünge."

Er wischte über sein Gesicht. „Du bist der anonyme Spender?"

Oh. *Ohhh.* Ich versuchte, mich dumm zu stellen. In der Regel funktionierte das.

„Anonymer Spender wofür?"

Er sah mich mit zusammengekniffenen Augen an. „Jacksons Operation. Die Knochenmarktransplantation. Die Krankenhausrechnungen."

Verdammt. „Ähm, nein?"

Er schnaubte. „Du bist ein verdammt schlechter Lügner, Isaac Winshed. Das Krankenhaus hat die letzte Zahlungsbestätigung an unser
Postfach gesendet."

„Ach, das. Nun ja, ja. Ich hatte das Geld und ihr habt es gebraucht."

Er funkelte mich an. „So einfach also, hm?"

Ich zuckte mit den Schultern.

„Du wolltest dir mit dem Geld ein Grundstück kaufen. Das waren
deine Ersparnisse. Für deine Zukunft."

Ich lächelte ihn an und zog ihn, trotz seiner halbherzigen Bemühungen, mich auf Abstand zu halten, an mich. „Ja, ich habe dieses Geld für
meine Zukunft gespart und genau dafür habe ich es auch ausgegeben."

„Für deine Zukunft?"

Ich nickte. „Für meine zukünftige Familie."

Er lehnte seine Stirn an meine Brust. „Ach, zum Teufel. Hör auf, so ein
verdammt guter Mensch zu sein. Du lässt andere Menschen schlecht
aussehen. *Arschloch*."

Ich lachte und küsste ihn auf den Scheitel. „Tut mir leid, das nächste
Mal werde ich versuchen, ein lausigerer Mensch zu sein."

„Danke", sagte er leise an meiner Brust. Und ich wusste, dass er keine
Witze mehr machte.

„Gern geschehen. Außerdem wollte ich nur deshalb mein eigenes
Stück Land kaufen, damit ich an einem Projekt arbeiten und mein
eigenes Zuhause haben kann. Und jetzt habe ich all das ohnehin."

Coop riss mein Flanellhemd hinten aus meiner Hose, damit er seine
Hände an meinem Rücken wärmen konnte, so wie er es immer tat,
wenn es eisig kalt draußen war. Ich zuckte zusammen, als seine kalten
Finger meine warme Haut berührten. „Ein anderer Grund, weshalb
ich dich gerufen habe, ist, dass Mitch vorhin angerufen hat."

Plötzlich war es nicht nur die Haut auf meinem unteren Rücken, die erschauerte. Insgeheim hatte ich noch immer Angst, dass irgendwann ein großes Filmangebot käme, das verführerisch genug wäre, um Cooper zur Rückkehr nach Los Angeles zu bewegen. Ich wusste mittlerweile, dass es nicht das Ende unserer Beziehung bedeuten würde, doch ich wollte dennoch nicht weit von ihm entfernt sein. „Ach?"

Als Cooper einen Schritt zurück machte, sah ich das riesige Grinsen auf seinem Gesicht. „HGTV möchte sich mit uns unterhalten, weil sie unsere Serie als richtige Sendung in ihr Programm aufnehmen wollen."

„Was ist HGTV?", fragte ich ernst.

Coopers Lächeln erlosch. „Was? Du… was?"

„Scherz. Das ist fantastisch. Was denkst du darüber?" Ich lachte über sein verdutztes Gesicht und tat einige Schritte zur Seite, um mir Wasser aus dem Kühlschrank zu holen. „Sollten wir das in Betracht ziehen?"

„Warte!", kreischte er, bevor er mich rammte und gegen den Kühlschrank drückte. Während das Echo seines panischen Ausrufs nachhalte, standen wir also da: Er klebte an meinem Rücken, während ich mir mein Gesicht an der kühlen Kühlschranktür platt drückte.

„Liebling", sagte ich vorsichtig. „Gibt es einen Grund, weshalb ich mir nichts zu trinken holen darf?"

„Nein… ja… nein. Es ist nur…"

Ich drehte mich um und sah ihn forschend an. Er wirkte ungewöhnlich nervös. Seine Unterlippe war zwischen seine Zähne geklemmt.

Er seufzte. „Es ist nur so, dass dein Weihnachtsgeschenk dort drinnen ist."

„Du schenkst mir zu Weihnachten aromatisiertes Wasser?", scherzte ich. „Wie unglaublich süß von dir."

Er boxte mit der Faust gegen meine Brust. „Mach dich jetzt nicht lustig über mich, ich bin ein Nervenbündel."

Ich beugte mich vor und küsste ihn. „Kein Grund, in meiner Gegenwart nervös zu sein. Ich werde alles lieben, was du mir schenkst, besonders wenn es Erdbeer-Kiwi-Geschmack hat."

Er lachte. „Lass das."

„Was hältst du davon, wenn ich unter die Dusche hüpfe und mir den Dreck von meiner Auseinandersetzung mit der alten Spülmaschine abwasche, während du mein Geschenk besser versteckst? Klingt das gut? Und vielleicht kannst du mir bei dieser Gelegenheit auch gleich etwas Wasser einschenken." Ich zwinkerte ihm zu und griff nach meinen Hemdknöpfen, während ich mich in Richtung Badezimmer bewegte. Ich zog mich aus und stopfte meine Kleidung in den Wäschebeutel aus Stoff, der auf der Rückseite der Schranktür angebracht war. Vielleicht könnten wir zum Abendessen in die Stadt fahren und auch gleich einen Waschsalon aufsuchen.

Das Wasser war angenehm warm und wir hatten einen Aufpreis für eine robuste Pumpe bezahlt, um einen vernünftigen Wasserdruck sicherzustellen. Ich hatte eine Weile gebraucht, um herauszufinden, wie man bei jeder Hütte einen Wohnmobil-Stellplatz mit den nötigen Anschlüssen einrichtet, doch es bedeutete für uns einen viel komfortableren Aufenthalt und für die Besitzer der Hütten war es ein zusätzlicher Bonus, den sie auf der Vermietungsplattform in der Ausstattung listen konnten.

Während mir diese sexy Gedanken durch den Kopf gingen, hörte ich Cooper das Badezimmer betreten. Plötzlich ging das Licht aus und nur eine einzelne Kerze blieb erleuchtet. Das gedämpfte Licht flackerte durch die Milchglastür der Duschkabine.

„Rein mit dir, mein Hübscher", knurrte ich. Ein wenig Sex unter der Dusche würde mir enorm dabei helfen, nach diesem stressigen Tag zu entspannen.

Er antwortete nicht. Stattdessen bewegte er sich durch den Raum und zündete immer mehr Kerzen an, bis das kleine Bad von Lichtern erfüllt war.

Als er sich noch immer nicht zu mir gesellte, streckte ich meinen Kopf aus der Milchglastür, um nachzusehen, was er vorhatte. Vor mir, auf der flauschigen grauen Badematte, kniete die Liebe meines Lebens mit einer winzigen, eckigen Box in Händen.

„Frohe Weihnachten", sagte er mir zittriger Stimme. „Ich… ich hoffe, es ist das erste von vielen gemeinsamen Weihnachten. Und… was ich sagen will, ist…"

Der Rest seiner Worte wurde vom Tosen der Brause übertönt, nachdem ich hastig versucht hatte, das Wasser in der Kabine abzudrehen. Als ich dabei quasi stolperte und – klatschnass und splitternackt – aus der Kabine fiel, lachte Cooper.

„Vielleicht hätte ich das besser durchdenken sollen", sagte er.

„Wiederhole es", knurrte ich.

Er sah mich mit großen Augen an. „Ich habe noch nie eine freundlichere, sanftere Seele als dich kennengelernt. Du bist witzig und schlau, fleißig und großzügig. Ich bin bereits der glücklichste Mann auf der Welt, weil ich mein Leben mit dir teilen darf, aber wäre es zu viel verlangt, dich zu bitten, es offiziell zu machen? Isaac Winshed, willst du mich heiraten?"

Ich fiel vor ihm auf der Matte auf die Knie und nahm sein Gesicht in meine Hände. „Ja." Ich küsste ihn lange und innig. Mein Hirn spielte all die aufregenden Möglichkeiten durch, die die Ehe mit sich bringen würde – mit der Erleichterung zu wissen, dass er für immer mein sein würde und der Gewissheit, dass mein Leben genau so verlaufen würde, wie es sein sollte.

Als wir uns endlich erhoben und Luft holten, stand ein Grinsen in Coopers Gesicht. „Habe ich mich gut geschlagen? War es gut, obwohl du klatschnass und nackt warst? Denn ich muss schon sagen, für mich war gerade das das Beste."

Mein Lachen schallte durch den kleinen Raum und erinnerte mich an meinen Dad. „Tja, was Liebeserklärungen angeht, war es zwar kein verstecktes Huhn im Kleiderschrank, aber es hat gereicht."

Vielen Dank fürs Lesen! Wollt ihr wissen, wie es mit Jacks und Marchie weitergeht? Besucht meine Website oder meldet euch für meinen deutscher Newsletter an und holt euch eine kostenlose 5.000 Wörter lange Bonusgeschichte (in Englisch)!

Besucht www.lucylennox.com/l/1765467, wenn ihr erfahren wollt, welche von Lucys Büchern bereits ins Deutsche übersetzt wurden. Die vollständige Liste mit Lucys Büchern findet ihr www.lucylennox.com/l/1765468.

Seid ihr neugierig, wie die Künstlerin Lauren Dombrowski Cooper und Nine gezeichnet hat? Blättert um...

EINE NACHRICHT VON LUCY

Lieber Leserinnen und Leser,

Vielen Dank, dass ihr *Verliebt in Nine* gelesen habt! Inspirationsquellen für die Geschichte waren meine Liebe für Tyler und Todds YouTube-Kanal und der YouTube-Kanal My Self Reliance. Diese Accounts waren allerdings *nur* Inspiration. Die Charaktere und Schauplätze in meiner Geschichte repräsentieren in keiner Weise reale Personen oder Ereignisse. Dieser Roman ist fiktional, ebenso wie die erfundenen Städte Shale Falls und Caswell, Colorado.

Ich liebe die Vorstellung, dass zwei Männer Zeit in einem Wohnmobil verbringen und ein Renovierungsprojekt durchführen, während sie alles für ein Publikum filmen. Ich wollte ein notwendiges Konfliktpotenzial schaffen, indem ich aus dem Paar weder völlig Fremde noch Freunde machte.

Die fantastischen Videoarbeiten der oben erwähnten realen YouTuber haben mich inspiriert und meine Vorstellung darüber angeregt, wie es sein würde, ein wenig abgeschnitten von der Außenwelt zu arbeiten und zu leben, während man in den Genuss der herrlichen, umliegenden Natur kommt. Ich hoffe, ich konnte Isaacs und Coopers Geschichte gerecht werden.

Falls das hier euer erster Lucy-Lennox-Roman ist, dann seht euch bitte unbedingt *Borrowing Blue* an – es ist mein beliebtestes Buch und die Geschichte zweier Männer, die genauso wunderbar sind, wie die beiden Männer, die ihr hier kennengelernt habt.

Wenn ihr die englischsprachige Bonus-Kurzgeschichte über Jacks und Marchie lesen möchtet, dann vergesst nicht, euch hier für meinen deutscher Newsletter anzumelden:

www.lucylennox.com/l/1765469

Falls ihr mal einen Newsletter verpassen solltet, findet ihr die Links zu meinen kostenlosen Bonus-Geschichten auch auf meiner Website.

Folgt mir auf Amazon, um benachrichtigt zu werden, sobald es neue Bücher von mir gibt und lasst euch auf meiner Facebook-Seite von kleinen Einblicken in neue Geschichten überraschen.

Schaut auf www.LucyLennox.com vorbei oder folgt mir auf Social Media, um auf dem Laufenden zu bleiben. Wir haben außerdem eine wirklich tolle Lesegruppe auf Facebook, gleich hier:

https://www.facebook.com/groups/lucyslair/

Für witzige, inspirierende Fotos zu all meinen Geschichten – natürlich auch zu *Verliebt in Nine* – könnt ihr einen Blick auf meine Pinterest Boards werfen.

Viel Spaß beim Lesen!

Lucy

ÜBER LUCY LENNOX

Lucy Lennox ist die Schöpferin der Bestseller-Buchserie *Made Marian*, der *Forever Wilde*-Serie sowie Co-Autorin der *Twist of Fate*-Serie in Zusammenarbeit mit Sloane Kennedy, und der *After Oscar*-Serie in Zusammenarbeit mit Molly Maddox. Im Südosten der USA aufgewachsen, setzt sie ihren Studienabschluss in Englischer Literatur endlich sinnvoll ein.

Lucy liebt Nickerchen, Pizza und ist gut im Aufschieben von Dingen. Ihr Ehemann ist besser in Mathematik als in Romantik, bringt sie jedoch jeden einzelnen Tag zum Lachen und ist der beste Tänzer in der Geschichte der Menschheit.

Lucy bleibt jede Nacht viel zu lange wach, um M/M-Liebesromane zu lesen, weil sie diese Geschichten einfach unmöglich aus der Hand legen kann.

Um weitere Informationen und Neuigkeiten zu künftigen Veröffentlichungen zu erhalten, meldet euch bitte für Lucys Newsletter auf ihrer Website an.

facebook.com/LucyLennoxMM
twitter.com/LucyLennoxMM
instagram.com/lucylennoxmm
amazon.com/Lucy-Lennox/e/B01N0IOYPT
bookbub.com/authors/lucy-lennox
pinterest.com/lucy_lennox

WEITERE TITEL VON LUCY LENNOX

Weitere Titel von Lucy Lennox

Werde Teil von Lucys Lesegruppe Lucy's Lair

Hol dir Lucys News-Alert für Neuerscheinungen

Folge Lucy auf Facebook

Folge Lucy auf BookBub

Folge Lucy auf Amazon

Folge Lucy auf Instagram

Folge Lucy auf Pinterest

Titel von Lucy in deutscher Übersetzung:

Made Marian (Serie)

Wendungen des Schicksals (Serie)

Titel von Lucy auf Englisch:

Made Marian (Serie)

Forever Wilde (Serie)

Aster Valley (Serie)

Twist of Fate (Serie) mit Sloane Kennedy

After Oscar (Serie) mit Molly Maddox

Licking Thicket (Serie) mit May Archer

Virgin Flyer

Say You'll Be Nine

Besuche Lucys Website unter www.LucyLennox.com für weitere
Informationen!

www.ingramcontent.com/pod-product-compliance
Lightning Source LLC
Chambersburg PA
CBHW061308190726
48288CB00002B/411